BRENDA ST. JOHN BROWN

Ein Sommer in Tokio

BRENDA ST. JOHN BROWN

Ein SOMMER in TOKIO

Roman

Ins Deutsche übertragen von
Frauke Lengermann

LYX
EGMONT

Die Originalausgabe erschien 2014 unter dem Titel
Swimming to Tokyo bei Spencer Hill Contemporary,
an imprint of Spencer Hill Press, Contoocook, NH, USA.

Deutschsprachige Erstausgabe Mai 2015 bei LYX
verlegt durch EGMONT Verlagsgesellschaften mbH,
Gertrudenstraße 30–36, 50667 Köln

1. Auflage
Redaktion: Catherine Beck
Satz: Greiner & Reichel, Köln
Printed in Germany (670421)
ISBN 978-3-8025-9746-6

www.egmont-lyx.de

MIX
Papier
FSC® C083411

*Für alle,
die sich schon mal in einem Buch
verloren haben, nur um sich zwischen
den Seiten wiederzufinden.*

1

Ich wische mir die Nase mit dem T-Shirt-Ärmel ab, wobei ich das pinkfarbene Nike-Logo voll erwische. Eklig, aber nicht zu ändern.

Das kann durchaus mithalten mit der anderen Schleimspur, die ich gerade hinter mir herziehe.

»Es tut mir leid, Mrs Alvarez. Es ist nur ... ich muss gleich zur Schule, und danach habe ich Schwimmtraining und Lerngruppe, und Babci muss das Medikament mittags und abends nehmen, und ich kann heute Abend nicht vor sieben zu Hause sein.« Uff. Ich höre mich an wie ein bettelnder Schlaubi Schlumpf. »Ich muss das Geld beim Joggen verloren haben. Ich komm noch mal wieder. Schon okay.«

Aber es ist nicht okay. Es ist schon Viertel vor acht, und in vierzig Minuten muss ich in meinem Kurs für nordamerikanische Literatur sein. Außerdem schwitze ich immer noch, was bedeutet, dass ich mein Haar nicht mal mit dem Föhn in den Griff kriegen werde. Eigentlich wollte ich heute keinen Pferdeschwanz tragen. Nicht mit der knallroten Nase und den glasigen Augen, die aussehen, als hätte ich weit Schlimmeres als Allergietabletten eingeworfen. Verdammter Heuschnupfen. Blöde Idee, ausgerechnet dann joggen zu gehen, wenn alles wie verrückt sprießt und blüht.

»Zosia, kann dein Vater nicht vorbeikommen, um sie abzuholen? Bevor er zur Arbeit fährt zum Beispiel?« Mrs Alvarez, die hinter der Kasse steht, mustert mich über den Rand ihrer Brillengläser hinweg, als wäre das eine echte Option. Das rote

»W« des Walgreen-Schilds in ihrem Rücken setzt ihr zwei kleine rote Hörner auf.

Ich schüttele den Kopf. »Er nimmt zurzeit immer den Zug um neunzehn nach sechs.«

Wenn er um neunzehn nach sechs mit dem New-Jersey-Nahverkehrszug zur Penn Station in New York fährt und abends den Zug um vierundzwanzig nach acht zurück nimmt, kann er auf diese Weise dem Berufsverkehr entgehen. Das bedeutet aber auch, dass mein Dad täglich fünfzehn Stunden unterwegs ist. Seit Babci eingezogen ist, verlässt er sich darauf, dass sie mich im Auge behält. Dabei soll sie sich eigentlich ihrem »Genesungsprozess« widmen. Seine Worte, nicht ihre. Wie auch immer, meine Großmutter hier zu haben, erleichtert ihm das Leben. So hat er mehr Zeit, sich auf seine Arbeit zu konzentrieren – und auf die Telefonstimme von gestern Abend, die ihn »Liebling« nennt.

Aber das ist eine andere Geschichte.

Ich greife nach dem zerknitterten, durchweichten Papierstreifen auf der Ladentheke und schiebe ihn wieder in meine Hosentasche. »Okay, ich komme mit den fünf Dollar wieder.«

»Ich kann dir fünf Dollar leihen, wenn du willst«, sagt da eine tiefe männliche Stimme hinter mir.

»O mein Gott. Vielen Dank.« Ich bin schon dankbar, bevor ich weiß, von wem das Angebot kommt. Ich drehe mich um, und mir klappt die Kinnlade runter, als ich Finn O'Leary vor mir stehen sehe, der eine Fünf-Dollar-Note aus seiner Brieftasche zieht.

Im Ernst jetzt? Finn O'Leary?

Genau der Typ, den ich stalken würde, wenn ich so drauf wäre.

Finn hält mir das Geld hin, und als ich nicht danach greife, legt er es auf die Ladentheke. Dank seines breiter werdenden

Lächelns wird mir klar, dass ich ihn immer noch anstarre. Ich mit meinem roten Gesicht, dem widerspenstig abstehenden Haar und der laufenden Nase. Ich nestele den Papierstreifen wieder aus meiner Hosentasche. »Danke. Ähm, vielen Dank. Dann muss ich nicht wiederkommen. Ich bin eh schon spät dran, also danke.«

Finn strahlt mich an. Er hat ein tolles Lächeln. Und seine Oberarmmuskeln sind der Hammer. Während wir miteinander reden, sind sie gut zu sehen, zeichnen sich unter seinem dunkelblauen T-Shirt ab. »Ja, ich hab's mitbekommen. Kein Problem.«

Ich bete zu Gott, dass er nicht sieht, wie ich rot werde. Mrs Alvarez ist deutlich anzusehen, dass sie sich das Grinsen verkneifen muss. Sie nimmt das Geld und reicht mir eine kleine Papiertüte. »Hier ist das Medikament. Ich wünsche dir einen schönen Tag, Zosia.«

Finns Augenbrauen wandern nach oben. Fast alle sagen nur Zo oder Zoe zu mir. Nicht dass mein Name Finn jemals über die Lippen gekommen wäre.

»Danke noch mal. Ich, ähm, zahl's dir zurück«, verspreche ich ihm.

Er schüttelt den Kopf. »Es sind ja nur fünf Dollar. Mach dir mal keinen Stress.«

»Nein, wirklich. Ich kann mir doch nicht einfach fünf Dollar schenken lassen.«

»Lad mich einfach auf einen Kaffee ein, wenn ich das nächste Mal in der Gegend bin. Ist echt kein Ding«, sagt er, grinst mich an und nennt Mrs Alvarez seinen Familiennamen. Holt Finn ebenfalls ein Medikament ab? Ist er krank? Er sieht nicht krank aus. Ich würde sogar sagen, dass er kerngesund aussieht. Ich bleibe weitere zehn Sekunden wie angewurzelt auf dem grauen Fliesenboden stehen, bis mir klar wird, dass sich Finn und Mrs Alvarez zu mir umgedreht haben und mich anstarren, also stürze ich den nächsten Gang mit Damentoilettenartikeln hinunter. War ja klar. Falls Finn jemals einen zweiten Gedanken an mich verschwendet, dann darf in dem Bild in seinem Kopf auf keinen Fall eine Tamponschachtel fehlen.

Während ich unter der Dusche stehe, zerbreche ich mir abwechselnd den Kopf darüber, warum Finn nach Westfield zurückgekommen ist, und darüber, was er morgens um acht bei Walgreens macht. Weil es viel einfacher ist, sich zu fragen, was er in Westfield macht, als darüber nachzudenken, ob er tatsächlich von mir zum Kaffee eingeladen werden möchte – oder ob er nur höflich sein wollte.

Ich bin wirklich unverbesserlich. Total unverbesserlich.

Kein Wunder, dass meine letzte Beziehung gerade mal einen Monat gehalten hat. Verdammter Matt Cooper. Ich kann es immer noch nicht ertragen, ihn zu sehen, was aber weniger mit dem Scheitern unserer Beziehung als mit seiner Rückkehr zu seiner Ex zu tun hat – und das nur zwei Tage, nachdem ich mit ihm Schluss gemacht habe. Idiot. Meine beste Freundin Mindy sagt, dass ich kein Recht habe, sauer zu sein. Schließlich war ich diejenige, die ihm den Laufpass gegeben hat. Wahrscheinlich hat sie recht, aber es geht ums Prinzip.

Ich ziehe mir Jeans und Bluse an und schiebe ein Essstäbchen durch mein auf dem Kopf zusammengebundenes Haar. Innen ist es immer noch feucht, deshalb wird es sich später in einen gigantischen Wischmop verwandeln, aber dagegen kann ich nichts tun. Sicherheitshalber pflücke ich noch einen Seidenschal vom meinem Bettpfosten, ehe ich die Treppe hinunterstürze. Für den Fall, dass ich sie mir später nach hinten binden muss. Eine Baseballkappe wäre jetzt prima – oder noch besser eine dieser Skimasken, die das ganze Gesicht bedecken. Blöder Frühling. Dann hätte ich das Haar- und Allergieproblem auf einen Schlag gelöst.

»Dzień dobry.« Babci begrüßt mich zwar auf Polnisch, wendet den Blick aber nicht von der *The Today Show* ab, während ich an ihr vorbei in die Küche sprinte.

»Morgen«, antworte ich ihr auf Englisch, den Mund voll mit dem Toast, den sie für mich auf die Frühstückstheke gestellt hat. Was Frühstück angeht, ist Babci unerbittlich, und es ist einfacher nachzugeben, als mit ihr zu streiten.

»Ich habe nach der Schule noch Schwimmtraining und Lerngruppe, aber um sieben müsste ich wieder zu Hause sein.« Ich greife nach der Papiertüte von Walgreens. »Hier sind deine Antibiotika. Der Arzt hat gesagt, dass du sie diese Woche zweimal täglich nehmen sollst, und danach wieder einmal täglich zum Mittagessen. Versprich mir, dass du daran denkst, sie zu nehmen.«

Babci schnauft nur, völlig absorbiert von Matt Lauer, der ein Mädchen interviewt, das in Montana einem Bärenangriff entkommen ist. Ich stelle mich vor den Fernseher und schwenke die Papiertüte. *»Ten. Wy będziecie brać to, tak?« Hier. Du nimmst deine Tabletten, okay?* Dieses Mal versuch ich's auf Polnisch. Wenn ich ihre Aufmerksamkeit will, ist das der einzige Weg.

Sie greift nach der Tüte. *»Dziękuję.« Danke.* Streng genommen keine Bestätigung.

»Babci, jetzt mal im Ernst. Der Arzt hat gesagt, dass sich der Schnitt an deinem Arm entzündet hat, und du willst doch nicht, dass es noch schlimmer wird? Du musst diese Tabletten nehmen, in Ordnung?« Aus irgendeinem Grund verwandelt sich mindestens die Hälfte dessen, was ich zu ihr sage, am Satzende in eine Frage. Die Genervtheit in meiner Stimme ist trotzdem nicht zu überhören.

»Ich weiß. Mach dir keine Sorgen. Du klingst schrecklich. Bist du sicher, dass du heute Nachmittag zum Schwimmtraining gehen solltest?« Das V zwischen ihren Augenbrauen wird tiefer, während sie mich prüfend mustert.

Ich habe ihr letzte Woche dabei geholfen, sich das Haar zu färben. Jetzt hat es fast genau denselben Rotton wie meins, und ihre Falten fallen viel mehr auf, als wenn sie es einfach grau werden ließe.

»Nur eine kleine Erkältung. Mir geht's gut.«

Das ist zwar keine Antwort, aber sie hakt nicht weiter nach. »Möchtest du Hackbraten zum Abendessen? Dein Vater hat gesagt, dass er heute früher nach Hause kommt. Offenbar gibt es Neuigkeiten.«

»Was für Neuigkeiten?«

Babci zuckte mit den Achseln. »Ich hab nicht gefragt. Aber wenn er heute früher zu Hause ist, gibt's was Ordentliches zum Abendessen.«

»Solange ich keine Rote Bete essen muss, ist mir alles recht, okay?« Ich schneide eine Grimasse, und meine Großmutter sieht mich böse an.

Meine Abneigung gegen Rote Bete ist schon lange ein Streitpunkt zwischen mir und meiner polnischen Großmutter, die Rote Bete praktisch als eigene Nahrungsmittelgruppe betrachtet. Ich ertrage sie nur roh und geraspelt im Salat, und so was kommt in Queens, wo Babci normalerweise lebt, nicht vor. Vor drei Wochen ist sie auf dem Bürgersteig gestürzt, hat sich am Arm verletzt und den Knöchel verstaucht, deshalb wohnt sie jetzt bei uns in Westfield, bis sie wieder gesund ist. Und Genesungsprozesse sind Babcis Meinung nach auch das Einzige, wofür New Jersey gut ist.

»Deine Mutter würde sich im Grab umdrehen, wenn sie das hören könnte.« Das ist ihre Standardantwort, was die meisten Leute haarsträubend finden. Weil man keine Scherze über die tote Mutter macht, selbst wenn es drei Jahre her ist und Babci das völlig ernst meint. Meine Mutter hat sich mächtig ins Zeug gelegt, um mir Rote Bete schmackhaft zu machen, bevor sie es aufgab und ihr Scheitern dem amerikanischen Einfluss meines Vaters zuschrieb. Ich nehme an, dass sie sich auch klarmachte, dass ich immerhin Sauerkraut esse, und dass es manchmal ratsamer ist, sich seine Kräfte für die wirklich wichtigen Kämpfe im Leben aufzusparen.

»Mom hat nicht mal ein Grab.« Das wiederum ist meine Standardantwort. Mom wollte verbrannt werden und ihre Asche sollte im Hudson River und in der Weichsel, einem Fluss in ihrem Heimatland Polen, verstreut werden. Dort ist sie nun. Treibt für immer über das Wasser.

Ich werfe einen Blick auf die Uhr. Dreizehn Minuten nach acht. Noch zwölf Minuten, dann bin ich offiziell spät dran. Schon wieder. »Ich muss los. Wir sehen uns heute Abend, okay?«

Babci nickt und winkt, ihr Blick ist längst wieder zu Matt Lauers Lächeln zurückgewandert.

Ich schnappe mir Rucksack und Fahrradhelm, schwinge mich auf mein gegen die Tür gelehntes Mountainbike und radele an den in Reih und Glied stehenden Kolonialhäusern und den eineinhalbstöckigen Einfamilienhäusern im Cape-Cod-Stil vorbei. Das Union Community College ist genau drei Kilometer von unserem Haus entfernt, und normalerweise schaffe ich die Strecke in zehn Minuten. Heute allerdings bin ich zu spät losgefahren, sodass ich warten muss, bis der Zug, der um acht Uhr einundzwanzig fährt, an mir vorbeigerauscht ist. Deshalb bin ich spät dran.

Sehr zum Missfallen von Professor Kerr, der mir einen strafenden Blick zuwirft, als ich mich setze. Jeder andere Prof an der UCC ist ziemlich entspannt, was Unpünktlichkeit angeht – alle außer der Hilfslehrkraft, die meinen ersten Morgenkurs unterrichtet. Am ersten Tag hat er uns einen langen Vortrag darüber gehalten, dass Pünktlichkeit mit Respekt gleichzusetzen sei. Vielleicht ja, vielleicht nein. Für mich hat Zuspätkommen überhaupt nichts mit Respekt zu tun, sondern damit, dass der Unterricht viel zu früh anfängt.

»Nett, dass Sie uns auch noch die Ehre erweisen, Ms Easton.«

Ich nicke und schlage das Buch auf. Wir lesen *Katzenauge* von Margaret Atwood. Nicht mein Lieblingsbuch, aber immerhin besser als Ernest Hemingway. Professor Kerr hätte sich neulich fast an seinem Kaffee verschluckt, als ich das laut gesagt habe, und leider ist dieser Zwischenfall typisch für meine Teilnahme an diesem Kurs. Mom hat immer gesagt, dass Bücher wie Fenster zur Welt wären, aber in meiner Welt waren Zahlen immer wichtiger als Buchstaben.

»Ms Easton, glauben Sie, dass die Figur der Cordelia zu Mitgefühl fähig ist?«, fragt Professor Kerr.

Ich starre auf die zufällig aufgeschlagene Buchseite, als wäre die Antwort dort zu finden, obwohl ich genau weiß, dass die Frage dazu dienen soll, eine Diskussion anzuregen. Ich soll die Antwort nicht *finden*. Ich soll sie *kennen*.

»Ähm«, stottere ich. »Ich glaube, dass sie ein fieses kleines Biest ist – also nein. Sie tut mir nicht leid, falls Sie das meinen. Aber wenn Sie damit meinen, dass Cordelia ein Opfer ist, dann ja. Ich glaub schon.«

»Ein Opfer?« Professor Kerr mustert mich erstaunt, und mir rutscht das Herz in die Hose. Ich würde am liebsten einen Rückzieher machen, ihm sagen, dass ich das Buch falsch verstanden habe, obwohl ich weiß, dass er mir dann sagen wird, dass es keine *richtigen* Antworten gibt.

»Sie hält sich wirklich für so toll«, lege ich los.

»Ja, als ob sie wirklich glauben würde, dass sie all das ist«, wirft Cory Malone ein, der hinter mir sitzt.

Ich seufze erleichtert auf und verbringe den Rest der Stunde damit, lange Passagen des Buchs noch einmal zu lesen, wobei ich sorgfältig Blickkontakt zu Professor Kerr meide.

»Ich hasse Englisch.« Das ist das Erste, was ich zu Mindy sage, als ich in Vicki's Diner meinen Rucksack auf den gegenüberliegenden Sitz werfe. Wir treffen uns jeden Dienstag und Donnerstag um zehn nach zehn bei Vicki. Ich muss die Zeit bis zu meinem nächsten Kurs totschlagen, und Mindys Schicht beginnt erst um halb zwölf. Obwohl ich nicht hier arbeite, lässt Vicki mich in der Angestelltennische sitzen, was daran liegt, dass meine Mutter und ich früher häufig zusammen hier waren. Entkoffeinierter Kaffee und Buttertoast. Vicki hat es nicht vergessen.

Mindy sieht von ihrem Handy auf. Sie trägt heute blauen Eyeliner und schwarzen Lippenstift, und es besteht nicht die geringste Chance, dass Vicki ihr erlaubt, diesen Lippenstift bei der Arbeit zu tragen. Nicht die geringste.

»Was ist diesmal passiert?«

»Ich komm mir total unfähig vor. Als hätte ich zwar dasselbe Buch gelesen wie alle anderen, aber wenn wir drüber reden, dann habe ich keine Ahnung, woher sie das ganze Zeug nehmen, das sie sagen. Ich meine, es ist nur ein Buch. Hatte Margaret Atwood wirklich diese ganzen symbolischen Bedeutungen im Kopf, als sie es geschrieben hat?«

Mindy mustert mich mit hochgezogener gepiercter Augenbraue. »Margaret Atwood? Garantiert.«

Ich atme hörbar aus. »Okay. Na schön. Das weiß wahrscheinlich jeder. Himmel, wahrscheinlich weiß das sogar ich. Ich habe diesen Kurs gewählt, weil ich dachte, dass er einfach sein würde, aber ich werde auf keinen Fall die Bestnote bekommen. Weil ich mich nicht am Unterricht beteilige. Und wenn doch, stelle ich mich total blöd an. Außerdem komme ich immer zu spät …«

»Im Ernst? Warum warst du heute zu spät?« Mindy ist die letzte Person auf Erden, von der man annehmen würde, dass sie großen Wert auf Pünktlichkeit legt, aber tatsächlich kommt sie nie zu spät. Nie.

»Ich musste noch Babcis Antibiotika in der Apotheke abholen. Hab ich gestern Abend vergessen.« Ich ziehe ein Taschentuch aus der Hosentasche. »Oh, und jetzt rate mal, wer mir heute Morgen bei Walgreens über den Weg gelaufen ist?«

»Charles Walgreen persönlich?«

»Besser. Finn O'Leary.« Ich sehe zu, wie ihr die Kinnlade nach unten klappt. Ihre Reaktion hat große Ähnlichkeit mit meiner, als Finn mir das Geld angeboten hat.

Mindy deutet mit ihrem spitzen lilafarbenen Fingernagel auf mich. »Was soll das heißen, er ist dir über den Weg gelaufen?«

»Er hat mir fünf Dollar geliehen, weil ich nichts dabeihatte. Er meinte, dass ich mich revanchieren könnte, indem ich ihn demnächst mal zum Kaffee einlade, wenn er wieder in der Gegend ist.« Ich gebe mir alle Mühe, locker zu klingen, und das klappt sogar ganz gut.

Finn O'Leary ist eins unserer Lieblingsthemen, seit er kurz nach Beginn unseres letzten Highschooljahrs auf der Westfield High auftauchte. Er fiel uns beiden auf, was ziemlich ungewöhnlich ist, weil Mindy und ich bei Jungs ziemlich unterschiedliche Geschmäcker haben. Zugegeben, ihr fiel er wegen des Igelhaarschnitts und des Tattoos auf, das unter seinem Ärmel hervorblitzte. Mich faszinierten seine unergründlichen Augen und das Muskelspiel unter der Tätowierung. Aber bei einer Sache waren wir uns einig: dass er höllisch sexy war.

»Was?« Mindys Ungläubigkeit lässt ihre Stimme lauter werden, und Vickis wenige andere Gäste drehen sich um, um sie anzusehen. Sie will ihnen gerade den Stinkefinger zeigen, als Vicki hinter dem Tresen den Kopf schüttelt und Mindy innehält. Jedes Mal, wenn sie das tut, denke ich sofort an die Mindy, wie ich sie in der ersten Klasse kennengelernt habe: Bemüht zu gefallen und mit pinkfarbenen Strähnchen in dem damals noch blonden Haar. Das ist mindestens sieben Haarfarben her.

»Diese dämliche Allergie hat mich in den Wahnsinn getrieben, ich muss das Geld verloren haben, als ich ein Taschentuch aus der Hosentasche gezogen hab. Finn hatte wahrscheinlich einfach Mitleid mit mir.«

»Okay, verstehe. Aber wie war das mit dem Kaffee? Und was macht er unter der Woche in New Jersey? Ich dachte, er geht in Boston oder so aufs College?«

»Er geht aufs MIT.« Die Tatsache, dass ich das so genau weiß, bezeugt, wie verknallt ich letztes Jahr in ihn war. Zum Glück ist Mindy nett genug, das nicht zu kommentieren. Sie nickt und lässt mich weiterreden. »Ich habe keine Ahnung, was er hier macht. Ich wollte ihm das Geld zurückzahlen, und da hat er vorgeschlagen, dass ich ihn stattdessen zum Kaffee einlade.«

»Das hat er wirklich gesagt? Mit diesen Worten?« Mindy fährt sich mit dem Fingernagel über die Lippe, während sie das fragt, und untersucht dann den schwarzen Rand unter ihrem Fingernagel. Der schwarze Lippenstift ist neu und einem Wochenendausflug nach New York zu verdanken. An ihr sieht er sogar gut aus, auf eine Art, wie es niemand anders hinkriegen würde. In der Highschool hat es jedes Jahr ein oder zwei Mädchen gegeben, die Gruftis sein wollten und anfingen, sich wie Mindy anzuziehen, ihren Gang nachzuahmen und ihre Haare genauso zu färben, aber sie wirkten nie besonders überzeugend. Wahrscheinlich, weil Mindy weder ein Grufti noch ein Punk ist – oder welches Label sonst derzeit für diesen Kleidungsstil angesagt ist. Mindy ist einfach Mindy.

Ich zucke mit den Achseln. »Ich weiß nicht mehr. So ungefähr.«

Mindys blaue Augen werden groß. »Also lädst du ihn zum Kaffee ein? Ich meine, offensichtlich ist er gerade in Westfield, stimmt's? Grüner wird's nicht.«

»Na klar. Super Idee. Erstens habe ich keine Ahnung, wie ich ihn erreichen soll, und zweitens werde ich auf keinen Fall auf Mr Unnahbar zugehen und ihn zum Kaffee einladen.«

»Immerhin war das sein Vorschlag, stimmt's? Vielleicht haben wir alle falschgelegen, und er ist einfach nur schüchtern?«

So ein Quatsch. Finn ist unnahbar, nicht schüchtern. Dazwischen liegt ein himmelweiter Unterschied. Er war ein Einzelgänger an der Westfield High, weil er es sein wollte. Das war glasklar. Er hatte ein oder zwei Freunde, aber Mindy und ich waren nicht die Einzigen, denen er auffiel, wenn er sich irgendwo blicken ließ. Ziemlich viele unserer Mitschülerinnen versuchten bei ihm zu landen, aber er ließ sie alle abblitzen – sogar Kathy Johnson, die nicht nur Beliebtheitskönigin beim Alumni-Jahrestreffen und Schneekönigin in dem gleichnamigen Schultheaterstück war, sondern auch noch als unvermeidliche Abschlussball-Königin glänzte. Eines Tages war sie im Café zu seinem Tisch geschlendert und hatte ihn gefragt, ob sie sich zu ihm setzen dürfte, aber er hatte sie nur mit seinen schwarzen Augen gemustert und Nein gesagt. Vor allen Mitschülern. Ein schlichtes »Nein«.

»Aber heute Morgen war er wirklich … richtig nett.«

Mir war nicht klar, dass ich das laut ausgesprochen habe, zumindest nicht bis zu dem Moment, in dem Mindy sagte: »Vielleicht hat er einfach nur die Highschool gehasst?«

»Wenn das so ist, dann solltest *du* ihn wahrscheinlich zum Kaffee einladen.« Obwohl ich dabei lache, ernte ich einen bösen Blick. Mindy hat schon früher darauf hingewiesen, dass sie die Highschool nicht mehr gehasst hätte als ich. Im Gegensatz zu mir hätte sie nur nicht gute Miene zum bösen Spiel machen wollen.

»Schön wär's.« Mindy verdreht noch einmal die Augen und wechselt dann das Thema. »Was machst du nachher? Liz hat heute Abend ein Date.«

Liz ist Mindys Mom, auch wenn ich mir ziemlich sicher bin, dass Mindy sie schon seit der siebten Klasse nicht mehr so nennt. Meine Mutter hätte mich umgebracht, wenn ich so was gebracht hätte, aber ich glaube nicht, dass es Liz was ausmacht. »Ein Date?«

»Mit einem Typen, den sie im Trader Joe's getroffen hat. Wollen wir nach meiner Schicht essen gehen oder was anderes machen?«

»Ich kann nicht. Mein Vater hat Neuigkeiten für uns, deshalb haben wir heute Abend ausnahmsweise ein Familienessen. Aber das wird nicht länger als eine Stunde dauern. Komm doch um acht vorbei, dann können wir noch ein bisschen abhängen.«

»Neuigkeiten, wie? Was für Neuigkeiten?

»Ich hab keine Ahnung. Babci wusste es auch nicht. Ich glaube, dass er eine Freundin hat, wahrscheinlich will er sie uns demnächst vorstellen.« Ich sage das, als würde es mir nichts ausmachen, aber in Wirklichkeit zieht sich mein Magen zusammen, wenn ich nur daran denke. Es sollte mir nichts ausmachen. Es ist jetzt immerhin schon drei Jahre her. Dad hat ein Recht darauf, glücklich zu sein.

Als Vicki mit der Kaffeekanne auf uns zusteuert, kreuze ich die Finger unter meinem Oberschenkel. Vielleicht geht es ja um was anderes. Babci meinte nur, dass er Neuigkeiten hätte. Das kann alles bedeuten.

2

Als es um zehn nach acht klingelt, begrüßt mein Dad Mindy, schließt die Tür hinter ihr und scheucht sie ins Esszimmer, ehe ich dazu komme, sie hereinzubitten. Ich sitze noch am Esstisch. Auf meiner Gabel steckt immer noch ein Stück Hackbraten, ansonsten ist mein Teller unberührt.

»Hey Zo.« Mindy mustert den Tisch. Babci und Dad haben schon ein bisschen was gegessen, aber es sieht trotzdem aus, als hätten wir gerade erst angefangen.

»Möchtest du mit uns essen?«, fragt Dad. Er bedeutet Mindy, sich hinzusetzen, aber sie ist schlau genug, abzulehnen.

»Nein, danke. Ich hab schon auf der Arbeit gegessen. Ist alles in Ordnung?«

»Vielleicht kannst du ja mit ihr reden.« Babci lächelt Mindy an, während sie das sagt, und deutet mit dem Kinn auf mich. »Ihr beide könnt nach oben gehen. Ich bewahre was vom Essen auf, falls ihr Hunger bekommt.«

»Zo.« Ich bin bereits halb aus dem Zimmer, als Dad laut hinter mir herruft. »Das wird bestimmt prima, Zo.«

Nur weil er es zum neunzehnten Mal wiederholt, ist es noch lange nicht wahr.

Ich laufe nach oben, immer zwei Stufen auf einmal, und Mindy rennt hinter mir her. Trotz ihrer klobigen Stiefel ist sie ziemlich schnell und erreicht meine Zimmertür nur zwei Sekunden nach mir. »Zo, was zum Teufel ist los?«

Mein Gesicht fühlt sich an, als würde es in tausend Stücke zerspringen, sobald ich den Mund aufmache, deshalb schüttle ich nur den Kopf und gehe zu meinem Laptop. Ich öffne die Googlemaske, und Mindy schiebt mich mit ihrem Hintern zur Seite, damit wir beide auf meinen Stuhl passen.

»Die Entfernung zwischen Westfield und Tokio? Was zum Teufel?« Ihr Gesicht ist zu nah, es sieht aus, als hätte sie drei Augen.

»Dads Arbeitgeber hat ihn gefragt, ob er für drei Jahre nach Tokio gehen würde.« Meine Stimme ist tonlos, obwohl ich vollkommen aufgewühlt bin. Zehntausendachthundertneunundvierzig Kilometer. Von Westfield, New Jersey, sind es zehntausendachthundertneunundvierzig Kilometer bis nach Tokio, Japan.

»Was soll das heißen, sie haben deinen Dad gefragt, ob er nach Tokio geht?« Sie sieht mich mit zu Schlitzen verengten Augen an.

»Die Bank hat ihn gefragt, ob er die Zuständigkeit für die Geschäfte der Bank in Asien übernehmen will.«

»Und er hat Ja gesagt?«

Ich springe auf und stütze mich am Fensterbrett ab, um ihr ins Gesicht zu sehen. »Nein, nicht sofort. Er hat gesagt, dass er erst nach Hause fahren muss, um das Angebot mit seiner Familie zu besprechen – was wir wahrscheinlich hiermit tun. In Wahrheit ist das nur eine Art Verkaufsgespräch, denn er will das Angebot annehmen.«

»Aber was ist mit dir?« Beim letzten Wort zögert Mindy, als hätte sie Angst vor der Antwort, und ich kann's ihr nicht verdenken.

»Nun ja, im Herbst beginnt sowieso mein Studium an der Universität von Rhode Island, und ich könnte den Sommer in Tokio verbringen. Vielleicht sogar ein oder zwei Weihnachtsfeste, auch wenn für die Japaner Silvester viel wichtiger ist als Weihnachten. Hast du das gewusst? Ich nicht, aber offensichtlich finden in Japan an Silvester massenhaft Feiern statt, was natürlich großartig ist. Ist es doch, oder? Das hat Dad jedenfalls gesagt. Und dass nicht alle Collegestudenten so eine tolle Chance bekämen, du weißt schon. Und da ich ja so sprachbegabt wäre, hätte ich die Gelegenheit, ein paar Brocken Japanisch aufzuschnappen.« Meine Stimme wird immer schriller, und ich atme tief durch, in der Hoffnung, dass es hilft.

Aber das tut es nicht, vor allem, als ich zum nächsten Teil der Ankündigung komme. »Während der nächsten Monate fliegt er immer mal wieder rüber. Bis das Semester vorbei ist, kann ich mit Babci hier im Haus bleiben, und er hilft uns so oft er kann bei den Umzugsvorbereitungen. Die neuen Mieter wollen ohnehin nicht vor dem Memorial Day einziehen, sie kommen aus Kalifornien. Ausgerechnet Kalifornien. Ist das zu glauben? Sie arbeiten mit einer Immobilienmaklerin zusammen, die Dad aus dem Zug kennt, und die ihm dabei geholfen hat, alle Daten und Details zu klären.«

»Er will das Haus vermieten?« Mindys Augen werden groß.

Ich nicke, kneife die Augen zusammen und lasse mich zu Boden sinken. »Na ja, da Dad dann in Tokio wohnt und ich in Kingston studieren werde, ist niemand hier. Babci will ganz bestimmt nicht länger als nötig in Westfield bleiben, und das Haus den größten Teil des Jahres über leer stehen zu lassen, ergibt keinen Sinn.«

»Aber deine Mom …«

In diesem Augenblick verliere ich die Fassung. Heftige Schluchzer schnüren mir die Kehle zu. Mindy sitzt neben mir auf dem Boden und legt den Arm um meine Schultern, sie ist klug genug, nichts zu sagen. Nicht dass es etwas zu sagen gäbe. Denn obwohl mein Dad seinen Chefs gesagt hat, dass er erst mit seiner Familie sprechen muss, ist die Sache in Sack und Tüten. Das sehe ich an dem Ausdruck in seinen Augen, wenn er davon spricht. Nervös, aber glücklich. So aufgeregt war er nicht mehr, seit Mom krank geworden ist.

Neun Taschentücher später habe ich immer noch Tränen in den Augen, bin aber nicht mehr hysterisch. Mindy und ich sitzen im Schneidersitz auf dem Boden, und sie wählt ihre Worte sorgfältig, als sie den Mund aufmacht. »Das wird schon wieder, Zo. Ganz bestimmt, das wird schon.«

Ich lächle sie mit glasigen Augen an. »Ja. Ich meine, ein Sommer in Tokio könnte vielleicht sogar richtig cool werden. Du verbringst den Sommer ja ohnehin in diesem Wissenschafts-Camp, und besser, als bei Theresa zu kellnern, ist es allemal. Es ist nur wegen dem Haus.« Ich atme zitternd ein und hoffe, dass die Tränen nicht wieder zu fließen anfangen. »Alle meine Erinnerungen an meine Mom haben mit diesem Haus zu tun. Wie kann jemand anders hier mit meinen Erinnerungen leben?«

»Das werden sie nicht. Deine Erinnerungen an deine Mom werden dich begleiten. Sie sind da drin.« Just in dem Moment, als Mindy mit dem Finger gegen meinen Kopf pocht, klopft es an der Tür.

Bevor eine von uns etwas sagen kann, geht sie auch schon auf, und Babci steht mit einer ShopRite-Tüte in der Hand in der Tür. Sie schlurft in unsere Richtung und stellt die Tüte vor mich auf den Boden. »Du hast dein Abendessen nicht gegessen, deshalb bringe ich es dir. Vielleicht geht es dir dann besser.«

Mindy öffnet die Tüte und zieht eine Tüte geriffelter Chips, eine Packung Sauerrahm-Zwiebel-Dip, zwei Diätcolas und eine Packung M&Ms heraus. »Babci, du weißt ganz genau, was das beste Heilmittel ist.«

Babci ist so sehr daran gewöhnt, dass Mindy sie Babci nennt, dass sie nicht mal blinzelt. Aber sie schüttelt den Kopf auf eine

Weise, dass sogar Mindy merkt, dass es ihr ernst ist. »Ein Heilmittel ist es nicht, aber Zosia wird wenigstens erkennen, dass es so nicht das Schlechteste ist.« Ihr Blick wandert zu mir. »Das hier ist wichtig für deinen Vater, er braucht das. Ich werde ihn dazu überreden, das Angebot anzunehmen – du wirst damit klarkommen. Wenn du also auf jemanden sauer sein musst, dann sei sauer auf mich.«

»Was?« Ich reiße den Kopf nach oben. Was hat sie gerade gesagt?

»Ich habe gesagt, dass dein Vater das Angebot ablehnen will, und dass ich ihn davon überzeugen werde, es anzunehmen. Du wirst schon damit klarkommen.«

Hat sie das wirklich gesagt. »Warum? Warum hast du ihm gesagt, dass ich damit klarkomme? Glaubst du, dass das stimmt? Sehe ich so aus, als würde ich gut damit zurechtkommen? Hast du ihm gesagt, dass er unser Haus an Fremde vermieten soll? Hast du ihm gesagt, dass das ebenfalls kein Problem ist?« Meine Stimme wird immer lauter und schriller.

Babcis Stimme dagegen ist sanft, als sie mir mit einem entschuldigenden Blick in Mindys Richtung auf Polnisch antwortet. Mindy ist die Einzige meiner Freundinnen, mit der Babci Englisch spricht, was ich irgendwie witzig finde. Nicht wegen Mindy, die beiden kennen sich schließlich schon ewig. Aber die anderen Mädchen, die mich besuchen, sehen weder wie Gruftis noch wie Punks aus, und ich hätte gedacht, dass Babci solche Freundschaften eher zusagen würden. Als ich sie einmal darauf angesprochen habe, meinte sie, dass sie keine Lust hätte, sich mit Barbiepuppen zu unterhalten und dass ich es auch lieber lassen sollte. Danach haben wir das Thema nicht mehr angeschnitten.

»Oh, Zosia. Meinst du nicht, dass das für ihn genauso schwer ist? Dieses Haus ist immer der gemeinsame Traum deiner Eltern gewesen. Ihr Leben fand hier statt. Dein Vater braucht diese Chance. Er braucht einen Neuanfang.«

Ich unterbreche sie auf Englisch. »Und deshalb habt ihr entschieden, dass es fair ist, wenn sich Fremde in unserem Zuhause breitmachen? Damit er noch mal von vorn anfangen kann?«

Babci beißt sich auf die Unterlippe, und ich weiß, dass sie sauer auf mich ist, weil sie mir bedächtig und in perfektem Englisch antwortet. »Dann ist es also nur dann fair, wenn du so weitermachen kannst wie bisher?«

Als sie zur Tür geht und sie hinter sich zuzieht, humpelt sie leicht. Ich lasse sie gehen, weil es mich wütend macht, dass sie davon wusste und mir nichts gesagt hat, mich nicht gewarnt hat. Noch wütender macht mich, dass sie sich auf Dads Seite schlägt, obwohl sie überhaupt erst in der Zeit mit ihm warm geworden ist, als Mom krank wurde.

Mindy öffnet die Chipstüte und den Behälter mit dem Dip, dann nimmt sie eine Handvoll Chips und taucht einen nach dem anderen ein. Ich folge ihrem Beispiel und mache schließlich eine der beiden Diät-Cola-Dosen auf, die wir uns teilen.

Ich weiß nicht, wie lange wir dort sitzen, essen und schweigen und die Worte, die dann aus meinem Mund kommen, haben weder mit Tokio noch mit dem Umzug zu tun. »Das hätte ich fast vergessen. Ich habe heute eine E-Mail von meiner zukünftigen Zimmergenossin in Rhode Island bekommen.«

Mindy, die über den Dip gebeugt dasitzt, richtet sich auf. »Echt? Und? Wie heißt sie? Welches Sternzeichen? Ist sie bei Instagram? Twitter? Bitte nicht Facebook.«

»Ich habe keine Ahnung. Solche Sachen habe ich sie nicht gefragt, und hör auf, Facebook schlechtzumachen. Ich mag Facebook. Ihr Name ist Sarah, und sie kommt aus Richmond.«

»Glaubst du, dass sie cool ist?«

Ich lächle schwach. »Na ja, so cool wie jemand sein kann, mit dem man sich über Farbvorlieben austauscht.«

»Auweia. Jetzt erzähl mir nicht, dass du losgehen sollst, um farblich aufeinander abgestimmte Steppdecken für euch zu kaufen. Sie hat dir doch nicht etwa Links zu Bed, Bath & Beyond geschickt, oder?«

Tatsächlich hatte sie genau das getan, aber das werde ich Mindy nicht auf die Nase binden. Ich greife nach einem Chip und schüttle den Kopf. »Am Wochenende sind wir zum Skypen verabredet. Ich sag dir Bescheid, wenn's losgeht, dann kannst du dich im Hintergrund halten und dir selbst ein Bild machen.«

»Hey, irgendjemand muss dir unter die Arme greifen. Ich hab keine Lust, das Wochenende mit irgendwelchen Spinnern zu verbringen, wenn ich dich besuche.« Mindy schneidet eine Grimasse, die sie aber mit einem Lächeln abmildert.

»Wenn du dich ebenfalls in Rhode Island beworben hättest, dann hätten wir das Problem nicht«, erinnere ich sie.

»Oder wenn du dich an der NYU beworben hättest«, kontert Mindy.

Dieses Gespräch hatten wir in den letzten acht Monaten mindestens siebenhundertsechsundzwanzigmal, und es ist das übliche Geplänkel. Mindy weiß schon seit der siebten Klasse, dass sie auf die NYU gehen will, und als ihre Mutter sagte, dass sie sich die Studiengebühren nicht leisten kann, hat Mindy ihren Studienbeginn um ein Jahr verschoben. Sie hat angefangen, im Diner zu kellnern, als Babysitter zu jobben, in einem Altenheim zu fotografieren und überhaupt alle Jobs anzunehmen, die sie finden konnte. In Anlehnung an europäische Gepflogenheiten bezeichnet sie diese Auszeit als ihr Sabbatjahr, aber in Wahrheit will sie sich einfach nicht festlegen. Nicht mal für die UCC konnte sie sich entscheiden.

Ich hingegen bin mit nichts anderem beschäftigt, als mich festzulegen. Zumindest, wenn man meinem Dad glauben darf, der nicht gerade begeistert davon war/ist, dass ich mich in meinem Abschlussjahr nirgendwo beworben habe, sodass die UCC am Ende als einzige Option übrig blieb. Ich habe keine Ahnung, warum ich damals noch nicht so weit war. Ich war nicht bereit, alles hinter mir zu lassen, was ich kannte – ihn, Westfield, das Haus voller Erinnerungen an meine Mom, dem aber das Wichtigste fehlt, nämlich die echte Mom.

Welche Ironie.

»Vielleicht hätte ich mich auch an der NYU bewerben sollen«, sage ich leise.

Mindy dämpft die Stimme. »Sieh mal, es ist ja nicht so, dass du nie hierher zurückkommen wirst. Mindestens einmal im Jahr schleife ich dich nach Westfield, um mit mir und Liz die Ferien zu verbringen, und den Rest des Jahres schneie ich immer mal wieder bei dir und Babci in Queens rein. Es hat echt keinen Sinn, sich deswegen fertigzumachen.«

»Ich weiß, aber was ist, wenn Sarah tatsächlich eine Spinnerin ist? Bei dir weiß ich wenigstens Bescheid.« Ich werfe ihr einen Chip an die Schulter, und sie verdreht die Augen. Mindy hat nicht ganz unrecht, und das weiß sie auch.

»Kingston ist nicht weit entfernt von Boston. Du könntest Finn O'Leary aufspüren, um mit ihm Kaffee zu trinken.«

»O ja, tolle Idee. Ich bin mir sicher, dass er mich nicht mal wiedererkennen würde, wenn er mich das nächste Mal sieht.«

»Hast du nicht gesagt, dass du ihn nach dem Joggen getroffen hast? Da warst du sicher nicht gerade top gestylt.«

Ich zupfe an meinem Haar herum. »Das bin ich jetzt auch nicht.« Ganz plötzlich schießen mir wieder Tränen in die Augen und kullern mir über die Wangen.

Mindy steht auf und greift nach ihrem Schlüsselbund.

»Was machst du?«, frage ich.

»Du musst mit deinem Dad sprechen. Komm schon.« Sie zieht mich hoch, ehe ich sagen kann, dass ein Gespräch mit meinem Vater das Letzte ist, was ich jetzt brauche. Stattdessen lasse ich mich die Treppe hinunterführen.

Dad hat Babci ihrem Fernsehprogramm überlassen und ist in seinem Arbeitszimmer, dessen Tür offen steht. Früher gab es hier einen begehbaren Kleiderschrank, aber als wir Moms Krankenhausbett im Esszimmer aufstellten, schaffte Dad seinen Schreibtisch in die Kammer und räumte die Mäntel weg. So konnte er in ihrer Nähe sein und sie hören, war aber gleichzeitig weit genug weg, um sie nicht mit seinem Tippen zu wecken. Ich bin mir nicht sicher, warum er diese Aufteilung beibehalten hat, vielleicht liegt es daran, dass er keine Tür zum Zumachen hätte, wenn er in einer Ecke des Esszimmers arbeiten würde.

Mindy klopft und öffnet dann die Tür. »Mr Easton, ich muss jetzt los. Ich glaube, Zo möchte mit Ihnen reden.«

Dann umarmt sie mich kurz und lässt mich auf dem Teppich stehen, den meine Mom in Dubai gekauft hat, als ich dreizehn Jahre alt war. Mom und ich haben Dad damals bei einer Dienstreise begleitet und das Ganze in einen Familienurlaub verwandelt. Es war unser letzter. Der vor dem Krebs.

Dad kommt zur Tür, bleibt aber dann stehen, ohne mich zu umarmen. Mom war diejenige, die keine Scheu vor Körperkontakt hatte, und daran hat sich nichts geändert. Ich bin immer noch in Tränen aufgelöst, deswegen kommt er auf mich zu, legt den Arm um mich und führt mich zu dem winzigen Sofa, das zwischen Tür und Schreibtisch eingequetscht dasteht. Er küsst mich auf den Scheitel, und ich lasse mich gegen ihn und die weichen Kissen sinken.

»Es tut mir leid, Zo«, flüstert er, und ich fange sofort wieder an zu weinen.

Ich brauche eine Weile, um mich zu beruhigen, aber am Ende lehne ich mich zurück und tupfe mit dem feuchten Taschentuch, das ich die ganze Zeit in der Hand gehalten habe, an meinen Augen herum. »Das ist schon in Ordnung, Dad. Ist es wirklich.« Die Worte kommen ganz automatisch.

»Ich weiß, Zo. Du hast recht.«

Es ist zwar kein bisschen in Ordnung, aber die Falten auf Dads Stirn sind sehr tief, so tief werden sie nur, wenn er sich ernsthaft Sorgen macht. Während des vergangenen Jahres war seine Stirn wieder etwas glatter geworden, aber jetzt sind die Linien wie eingemeißelt, und ich weiß, dass er sich gigantische Sorgen macht. Ich habe wirklich alles gegeben, um es nicht schlimmer zu machen, und will jetzt auch nicht damit anfangen. Also schlucke ich den Kloß in meinem Hals herunter und quieke: »Ich bin ab nächstem Jahr ohnehin an der Uni, dann wärst du ganz allein hier. Ich war nur so überrascht wegen Tokio und dem Haus. Ich kann mir einfach nicht vorstellen, meine Ferien nicht in Westfield zu verbringen, und dass jemand anders hier mit unseren Sachen wohnt. Mit Moms Sachen. Sie ist immer so sorgsam mit allem umgegangen. Was ist, wenn die Mieter das nicht tun? Wenn sie ihnen nicht so viel bedeuten wie ihr?«

»Ich weiß. Es ist nur, ich kann das einfach nicht, Zo.« Seine Stimme bricht, und ich bin so geschockt, dass ich zwanzig Sekunden dasitze und ihn anstarre, bevor ich mich in seine Arme werfe. Dad hat nicht mehr geweint, seit wir Moms Sachen zusammengepackt und auf den Dachboden gebracht haben. Als er mich schließlich loslässt, sieht er vollkommen fertig aus. »Himmel, Zo, es tut mir leid. Es ist so verdammt schwer.«

Am liebsten würde ich schreien: »Wenn es so schwer ist, dann lass es.«

Aber ich tu's nicht.

»Mom würde wollen, dass du gehst. Das würde sie, selbst wenn die Leute, die hier einziehen, totale Chaoten sind. Ich meine, deshalb wollte sie ja auch kein Grab, damit wir nicht an einen Ort gebunden sind. Sie würde bestimmt wollen, dass du nach Tokio gehst. Mom wäre total begeistert.« Obwohl ich das sage, um meinem Dad die Sache leichter zu machen, ist es nicht weit entfernt von der Wahrheit.

»Kannst du dir vorstellen, wie deine Mutter Japanisch spricht?« Bei dem Gedanken daran, wie sie mit ihrem starken polnischen Akzent *arigato* sagt, müssen wir beide lächeln.

»Kannst du dir vorstellen, wie *du* Japanisch sprichst?«, frage ich und grinse noch etwas breiter, da Dad in Sachen Sprachen schrecklich unbegabt ist. Obwohl Babci seit zwanzig Jahren versucht, ihm Polnisch beizubringen, kann er nur wenige Sätze sagen, wobei eine gewisse Portion innerer Widerstand seinerseits eine Rolle spielen könnte.

»Ich habe ein ziemlich gutes Computerprogramm.« Dad sucht seinen Schreibtisch ab und wühlt dann in seinen Sachen herum, bis er einen *Rosetta-Stone*-Japanischkurs gefunden hat. »Ich lasse ihn hier für dich liegen. Du sprichst die Sprache wahrscheinlich schon fließend, bevor wir überhaupt dort sind.«

»Ich kann ja schon mal ein paar wichtige Sätze lernen, aber zurzeit gibt es da noch diese Kleinigkeit namens College, deshalb könnte ich mit was anderem beschäftigt sein.«

»Nun ja, du wirst den ganzen Sommer zum Japanisch lernen Zeit haben. Und mach dir keine Sorgen, ein paar meiner amerikanischen Kollegen haben ebenfalls Kinder. Du musst nicht die ganze Zeit allein rumhängen, während ich auf der Arbeit bin.« Dad lächelt, und die Falten auf seiner Stirn glätten sich.

Ich verdrehe die Augen. »Na toll, dann kann ich dort den Babysitter spielen. Wie viel Yen bekommt man in Japan fürs Babysitten? Irgendeine Idee?«

Dad lacht. »Ich erkundige mich mal, aber da sind auch noch ein paar ältere Kids. Eine meiner Kolleginnen, Eloise, hat einen Sohn, der ungefähr in deinem Alter ist. Der wird wahrscheinlich auch mitkommen.«

»Sieht er gut aus?«

»Ich versuch's rauszufinden.« Dad wird ernst. »Das wird sicher toll, Zo. Tokio ist für uns beide eine großartige Chance.«

»Ja, Dad. Ich weiß.« Ich stehe auf und streiche mein Shirt über dem Magen glatt, der prompt knurrt und mir einen prima Abgang ermöglicht. »Babci hat gesagt, dass ihr mir was vom Essen übrig gelassen hättet. Ich schau mal nach, was ich finden kann. Möchtest du auch was?«

»Nein, geh schon.« Dad öffnet seinen Laptop und befindet sich bereits in einer anderen Welt, als ich das Zimmer verlasse.

Ich trotte den Flur hinunter in die Küche und hole den Hackbraten aus dem Kühlschrank, der immer noch in der Auflaufform ist, das Fett ist an den Seiten geronnen. Ich schnappe mir eine Gabel und esse einen Bissen, beim Kauen schließe ich die Augen. Als ich sie wieder aufmache, lehnt Babci im Türrahmen und sieht mich an. Ich öffne den Mund, um mich dafür zu entschuldigen, dass ich direkt aus der Auflaufform esse, mache ihn aber wieder zu, als sie den Kopf schüttelt. Ihre Stimme ist weich.

»Jesteś mocne.«

»Będę.«

Du bist stark.

Ich werde es sein.

Babci kommt zu mir und legt ihre Hand auf meine. Ich nehme noch einen Bissen von dem kalten Hackbraten, der sich in meinem Mund in Sägemehl verwandelt.

3

Als schließlich Ende Mai das Memorial-Day-Wochenende anbricht, bin ich tatsächlich ziemlich aufgeregt, was Tokio angeht, auch wenn mich zwischendurch immer mal wieder heftige sentimentale Anfälle heimsuchen. Dad ist zu Hause, und den Gesprächsfetzen nach zu urteilen, die hin und wieder durch die geschlossene Tür seines Arbeitszimmers dringen, telefoniert er mit den künftigen Mietern. Aber bisher ist niemand mit Koffern vor unserer Tür aufgetaucht, deshalb habe ich keine Ahnung, was los ist, und ich frage auch nicht nach. Abgesehen von gelegentlichen Aufforderungen, mich vor unserer Abreise am nächsten Mittwoch ein bisschen mehr beim Kleiderschrank-Ausräumen ins Zeug zu legen, bekomme ich kaum mit, dass wir uns auf Mieter für das Haus vorbereiten.

Dad und Babci haben Mindy und Liz zu einer Memorial-Day-Grillparty eingeladen, womit sie eine alte Familientradition pflegen. Als Mom noch gelebt hat, hat sie immer den ganzen Montag damit zugebracht, Piroggen und andere seltsame Vorspeisen zuzubereiten, die besser schmeckten, als sie aussahen. Dieses Jahr hat Babci ein paar dieser seltsamen Vorspeisen gekauft, weil sie mit ihrem Arm nicht gut kochen kann. Während sie, Dad und Liz sich auf der Veranda entspannen und Wein trinken, nehmen Mindy und ich den restlichen Wein mit in mein Zimmer, um meinen Kleiderschrank durchzugehen.

»Ich kann nicht glauben, dass du den immer noch hast.« Mindy hält meinen Badeanzug aus der Junioren-Schulmannschaft hoch. »Sieh doch nur, wie winzig du damals warst.«

»Das ist der Grund, warum ich ihn aufbewahre. Damit ich nicht vergesse, dass ich nicht immer eine Amazone war.« Ich nippe an dem Chardonnay. Eigentlich trinke ich lieber Bier, aber wir haben keins im Haus.

»Und das hier«, quiekt Mindy. »O mein Gott. Dein Abschlussballkleid. Zieh es an.«

Ich beäuge den knielangen, silbernen Chiffon, der auf dem Kleiderbügel schimmert. »Ich hab dieses Kleid geliebt.«

»Zieh's an. Bring ein bisschen Stil in unsere Party.« Sie drückt mir den Kleiderbügel in die Hand.

Lachend nehme ich ihn entgegen und streiche über das hauchdünne Material. »Ich sag's ja nicht gern, aber das hier ist nicht direkt eine Party.«

»Echt? Aber es ist nah genug dran«, kontert Mindy. »Komm schon. Ich kann sehen, dass du es auch willst.«

Sie hat recht. Das tue ich. Ich habe dieses Kleid von der ersten Sekunde an geliebt, als ich es entdeckt hatte. Dass es seit dem Zwölftklässler-Abschlussball letztes Jahr im Schrank hängt, ist pure Verschwendung.

Ich schiebe die dünnen Spaghettiträger vom Bügel. »Vielleicht sollten wir Pete Christensen anrufen. Du weißt schon, um der alten Zeiten willen.«

»Pete Christensen lassen wir lieber in den alten Abschlussballfotos, wo er hingehört. Das Kleid allerdings verdient so viel Frischluft, wie es bekommen kann«, sagt Mindy.

Ich ziehe mein T-Shirt über den Kopf und spüre, wie sich die Träger an meine Schultern schmiegen, dann knöpfe ich schnell die Shorts auf, die ich noch unter dem Rock trage. »So schlimm war Pete gar nicht. Nur langweilig.«

»Genau.« Mindy tritt hinter mich und dreht mein Haar zu einem schlichten Knoten im Nacken auf. Für den Abschlussball im letzten Jahr hat Babci es sorgfältig zu Korkenzieherlocken aufgedreht, sodass ich Mom ähnlicher sah als je zuvor – oder danach. Die Markenzeichen meiner Mutter waren eine gepflegte, modische Lockenfrisur und lässige Eleganz. Mindys Interpretation ist zwar weder besonders modisch noch elegant, aber wenn ich das Kleid trage, fühle ich mich dennoch glamourös, trotz der widerspenstigen Locken, die aus dem Knoten entwischen. »Komm schon. Lass uns nach unten gehen. Der Wein ist alle.«

Sie trinkt den letzten Schluck direkt aus der Flasche, um ihrer Behauptung Nachdruck zu verleihen, und wir lachen. Da wir beide nicht Auto fahren, ist Dads Einstellung zu Alkohol ziemlich entspannt, obwohl wir noch minderjährig sind. Letztes Jahr hat er eine große Sache daraus gemacht, mir einen langen Vortrag über verantwortungsvollen Alkoholgenuss zu halten und darüber, dass er mich jederzeit ohne Fragen zu stellen abholen würde, wenn ich zu betrunken bin, um selbst zu fahren. Aber wir wissen beide, dass ich ihn niemals anrufen würde. Betrunken Auto fahren würde ich genauso wenig, also läuft es darauf hinaus, dass ich meist eher der Form halber ein bisschen Alkohol trinke. Wenn überhaupt.

Mindy dagegen trinkt nicht nur gern Wein, sie trinkt ihn auch lieber als anderen Alkohol. Und Chardonnay mag sie am liebsten. Als wir durch die Glastür auf die Veranda treten, geht Mindy direkt zu dem eisgefüllten Eimer, in dem die zweite Weinflasche gekühlt wird, und schenkt uns beiden nach. Ich will mich in den leeren Stuhl setzen, aber Babcis Stimme lässt mich innehalten. »Zosia. Wie bezaubernd du aussiehst. Komm, lass dich mal ansehen.«

Ich lächle, und Babci streckt die Hand aus und fährt mit der Hand sanft über das Mieder des Kleids. »Wir haben es in meinem Kleiderschrank gefunden, und ich musste es einfach anziehen«, erkläre ich.

»Wenn ich deine Figur hätte, würde ich dieses Kleid jeden Tag tragen«, sagt Liz. »Das ist das Kleid, das du und Mindy bei Van's Vintage gefunden habt, stimmt's?«

Ich nicke. »Ich habe dieses gekauft, und Mindy hat an dem Tag ihre blaue Sergeant-Peppers-Jacke entdeckt.«

»Himmel, es kommt mir wie gestern vor, als du in diesem Kleid zum Abschlussball gegangen bist«, sagt Dad. »Du wirst viel zu schnell erwachsen, Zo.«

Ich widerstehe dem Drang, ihn daran zu erinnern, dass ich fast neunzehn bin und nicht neun.

»Als ich so alt war wie du, habe ich deinen *dziadzia* kennengelernt, weißt du«, sagt Babci.

»Ich lerne bestimmt nie jemanden kennen«, entgegne ich mit einem Lachen.

Mindy legt den Arm um mich. »Mit dieser Haltung ganz bestimmt nicht. Vielleicht gibt es ja da draußen einen japanischen Jungen, der nur darauf wartet, dich im Sturm zu erobern.«

Darüber lacht sogar Liz, und die ist nun wirklich eine unverbesserliche Optimistin, was Dates angeht. Aber um fair zu sein, muss man sagen, dass Liz sich auch tatsächlich mit Männern verabredet.

»Du weißt, dass ich größer bin als die meisten japanischen Jungs, oder?« Ich gebe mir alle Mühe, weiterzulächeln, kann aber spüren, wie sich mein Mund unglücklich verzieht.

»Der durchschnittliche Japaner ist einen Meter siebzig groß, und ich werde mich auf keinen Fall mit einem Jungen verabreden, der kleiner ist als ich.« Selbst wenn es nur um einen Zentimeter geht.

»Kevin Morgan war kleiner als du«, sagt Mindy und wackelt mit den Augenbrauen.

Ich werde rot, was aber außer Mindy ziemlich sicher niemand merkt. Kevin Morgan ist der Typ, mit dem ich in der zehnten Klasse gegangen bin, mein erster und letzter fester Freund. Der erste und letzte Junge, mit dem all das lief, was in Beziehungen normalerweise so läuft. Danach kamen noch ein paar andere, hier mal ein Monat, dort ein paar Wochen, sogar ein paar Blind Dates, aber es war kein Junge dabei, dem ich mich wirklich nahe gefühlt hätte – und ganz bestimmt keiner, der mich nackt gesehen hat.

Dad lächelt und sagt: »Diese Dinge haben keine Eile, Zo. Wie ich schon sagte, ich habe ohnehin das Gefühl, dass das alles viel zu schnell geht. Man stelle sich das mal vor, wahrscheinlich dauert es gar nicht mehr lange, und du und Mindy besucht uns hier mit euren Freunden – vielleicht sogar mit euren Kindern.«

»Hör lieber auf, bevor du noch sentimental wirst«, sage ich so streng, wie ich kann. »Gespräche über Kinder sind ab sofort tabu. Genau wie die über nicht-existente Freunde. Von jetzt an erkläre ich Essen zum einzigen akzeptablen Gesprächsthema, ich bin nämlich am Verhungern.«

Dad springt auf. »Warte. Bevor wir klären, wer einen Hamburger und wer einen Hotdog möchte, möchte ich dir noch etwas geben.«

Er geht ins Wohnzimmer, und ich höre ihn im Schrank wühlen. Ich werfe Babci einen fragenden Blick zu, aber die zuckt nur mit den Achseln. Als Dads Schritte hinter mir zu hören sind, drehe ich mich um. In der Hand hält er eine schwarze Samtschachtel, die er in meine Handfläche legt.

»Das hier wollte ich dir heute Abend geben, eine Art verfrühtes Geburtstagsgeschenk. Wir haben uns hier heute Abend mit unseren ältesten Freunden versammelt und bereiten uns darauf vor, das nächste Kapitel unseres Lebens aufzuschlagen. Mit allem, was dazugehört.« Ich bin mir sicher, dass er diese kleine Ansprache vorher geübt hat, dennoch muss er sich räuspern, und seine Augen fangen an zu glänzen, als er weiterspricht. »Aus unserem Haus auszuziehen, war keine leichte Entscheidung, aber ich glaube, dass es die richtige ist. Ich danke dir für deine Unterstützung, Zosia.«

Ich kenne die Schachtel, und meine Hände zittern, als ich sie öffne. Die dünne Silberkette schimmert auf dem schwarzen Samt, und die Diamanten zwinkern mir zu, als sich das Licht in ihnen bricht. Moms Kette. Drei ineinander verschränkte Ringe – zwei aus Silber und in der Mitte einer aus Diamanten. Dad hat sie ihr geschenkt, als ich geboren wurde, und sie hat sie nie abgelegt. Und auch ganz zuletzt war Dad derjenige, der den Verschluss geöffnet hat, weil ihre Hände von der Chemo zu sehr zitterten.

Ich gebe sie Dad und drehe mich um, damit er mir die Kette umlegen kann. Sie schmiegt sich kühl an meine Haut, und ich berühre sie, als würde mich das meiner Mutter näherbringen. Mein Finger zieht den Ring aus Diamanten nach, der sich gegen meine Kehle presst. »Du weißt, wie sehr ich diese Kette immer geliebt habe.«

»Es war immer so gedacht, dass du sie an deinem neunzehnten Geburtstag bekommen solltest. Deine Mutter hat darauf bestanden.« Dad schüttelt den Kopf, als würde er sich daran erinnern, und ich kann es ebenfalls vor meinem geistigen Auge sehen. Ich erinnere mich daran, wie ich sie gefragt habe, ob ich sie eines Tages haben könnte, und ihre immer gleiche Antwort darauf lautete: *Neunzehn. Wenn du alt genug bist.*

Alt genug für was?, habe ich dann gefragt.

Aber sie lächelte nur und schüttelte den Kopf, als wäre diese Frage ein Beweis dafür, dass ich noch nicht alt genug wäre. Einmal sagte sie zu mir, dass man erst mit neunzehn so richtig erwachsen sei. *Die Leute denken, dass neunzehn so ein merkwürdiges Alter irgendwo dazwischen wäre, in dem nichts*

Wichtiges passiert. Aber ich glaube, dass es ein Alter ist, in dem alles passieren kann, weil man so weit ist, es zuzulassen.

Tränen brennen hinter meinen Augenlidern, und ich zwinge mich zu einem Lächeln. »Du weißt, dass ich erst im August Geburtstag habe, oder?«

»Ich weiß, aber ich wollte sie dir gern jetzt schon geben. Solange wir noch hier sind.« Der Teil, den Dad nicht laut auszusprechen wagt, lautet: *in unserem Haus.*

»Sie ist wunderschön.« Mindy sieht mir dabei zu, wie ich noch eine Sekunde lang an der Kette herumspiele, für den Fall, dass ich noch etwas sage, ehe sie hinzufügt: »Und sie sieht super aus zu dem Kleid.«

»Wirklich?«, frage ich.

»Mh-mh. Vielleicht hätten wir Pete doch anrufen sollen.« Mindy wackelt mit den Augenbrauen, und ich ziehe eine Grimasse, obwohl ich froh darüber bin, dass sie die Atmosphäre aufgelockert hat.

»Hörst du endlich auf? Pete und ich sind nur Freunde.«

»Ja, ja. Ich finde immer noch, dass er dich wenigstens hätte küssen können. Man geht nicht mit jemandem zum Abschlussball und versucht es dann nicht mal.« Mindy lacht, und ich boxe ihr gegen das Bein.

»Mein Stichwort, Essensbestellungen entgegennehmen«, sagt Dad. »Liz, Lust auf einen Burger? Babci, was ist mit dir?«

Ich knuffe Mindy mit dem Ellbogen in die Seite. »Ich glaube, Mindy hätte gern eine große Portion Dumpfbacke, halb durch, stimmt's?«

Sie streckt mir die Zunge raus, und wir lachen beide laut los.

Der Abend vergeht viel zu schnell. Als Liz darauf hinweist, dass es bereits nach elf ist und sie morgen arbeiten muss, endet die Grillparty mit der schnellen Entsorgung der Pappteller im Müll, während die Essensreste im Kühlschrank verschwinden.

Dad und Babci sehen erschöpft aus und sind um halb zwölf in ihre jeweiligen Zimmer verschwunden.

Und so habe ich Gelegenheit, in Ruhe und allein durch das Haus zu schlendern. Barfuß laufe ich durch das Wohnzimmer, fahre mit den Fingern über das weiche Holz der Beistelltischchen, schüttele die Zierkissen auf. Der Abend hat Spaß gemacht. Abgesehen von den wenigen Malen, in denen das Gespräch aufs College kam, hätte es genauso gut der Memorial Day des Vorjahres sein können, oder der des Jahres davor.

Nur dass es nicht so ist. Das hier ist das letzte Mal, dass wir ihn hier verbringen. In diesem Haus. Zumindest für die nächsten drei Jahre. Und machen wir uns nichts vor – in drei Jahren kann eine Menge passieren.

Gerade ich sollte das wissen.

Lassen wir die Zierkissen einfach für die Mieter auf dem Sofa liegen?, frage ich mich. Was ist, wenn sie Haustiere haben und sie auf den Polstermöbeln schlafen lassen? Bis ich sieben Jahre alt war, hatte Mom eine Katze, aber die scheuchte sie immer von allen Möbeln runter. Die einzige Ausnahme war der alte Schaukelstuhl in ihrem Schlafzimmer. Katzen auf der Wohnzimmercouch hätten ihr nicht gefallen. Fremde wahrscheinlich auch nicht.

Bei dem Gedanken schließen sich meine Finger um die Kette, was mich halb aufwühlt und halb tröstet. Ich kann mir nicht wirklich vorstellen, was Mom gewollt oder nicht gewollt hätte, dazu schwirren mir zu viele eigene Wünsche im Kopf herum. Ich will sie wiederhaben. Ich will nach Tokio. Ich will in Westfield bleiben und im Sommer im Theresa's kellnern. Ich will mich in meinem Bett verkriechen und nie wieder rauskommen. Ich will raus aus diesem Haus.

Am Ende setzt sich der letzte Wunsch durch, weil es genau das ist, was ich in dem Moment brauche, als ich die Verandatür leise hinter mir schließe und über den Rasen schlendere. Ich kann nicht hierbleiben, umgeben von Kindheitserinnerungen und Erinnerungen an meine Mom, sonst drehe ich durch. Es hat mich in diesen letzten Jahren zu viel Mühe gekostet, das durchzustehen, um jetzt in einer rastlosen Nacht alles zunichtezumachen.

In den ersten drei Minuten setze ich einfach nur einen Fuß vor den anderen; ich habe keine Ahnung, wo ich hinwill. Aber dann sehe ich Licht am Ende der Straße, und mir wird klar, dass ich die ganze Zeit dorthin wollte. Die Straßenlaternen sind heller als in meiner Erinnerung, und ich halte mich im Schatten, bis ich das Tor erreiche und den Riegel hochziehe. Ich habe keine Ahnung, ob es wirklich illegal ist, nachts einen Spielplatz zu betreten, aber es wäre mir auf jeden Fall peinlich, mein Eindringen zu erklären, falls man mich erwischt. Ich gehe auf die Schaukeln zu, deren Umrisse im Schatten der Laternen sichtbar sind, streife meine Schuhe ab und lasse sie am Pfosten stehen, bevor ich mich auf das Hartgummi setze. Mit der einen Hand fahre ich über die dicke Stahlkette, mit der anderen berühre ich Moms Halsschmuck, während ich mich mit den bloßen Füßen abstoße.

»Oh, Mom.« Die Worte hängen in der Nachtluft, und als ich die Augen schließe, sehe ich ihr Lächeln vor mir. Gott, all die Stunden, die wir auf diesen Schaukeln verbracht haben. Und dann, als sie krank wurde, kam ich hierher, um ihrer Krankheit zu entfliehen.

Bis sie starb und die Schaukeln zu einem Ort wurden, an dem ich mich so an sie erinnern konnte, wie sie früher war.

Ich stelle mich auf die Sitzfläche der Schaukel, so wie ich es früher getan habe, als ich noch klein war, und ziehe an den Ketten, bis ich hin- und herschwinge und meinem Rock dabei zusehen kann, wie er in der Brise flattert. Mom hätte sich so für mich gefreut. Für Dad. Tokio. Sie reiste wahnsinnig gern und hätte Tokio als ein Riesenabenteuer betrachtet. Ich lege den Kopf in den Nacken und schaue zu den Sternen auf.

»Das ist schon okay, Mom. Das ist es wirklich. Ich drehe nur gerade ein bisschen durch. Ich meine, es ist schon cool, ich hätte nur einfach nicht gedacht, dass es so schnell gehen könnte. Dass sich was ändert, bevor …«

»Bevor?« Die Stimme ist sanft und in der Dunkelheit ziemlich nah.

Ich reiße die Augen auf und springe von der Schaukel. Eine Hand greift nach meinem Handgelenk, aber ich reiße mich los, sobald ich festen Boden unter den Füßen habe. »Du lieber Himmel! Was soll das?«

Als ich aufblicke, rutscht mir das Herz in die Hose.

Finn O'Leary steht vor mir, ich kann's kaum glauben. Keine dreißig Zentimeter entfernt. Es ist dunkel, und ich erkenne ihn an seinem markanten Kinn und an dem kurz geschnittenen glatten Haar. Sein weißes T-Shirt leuchtet im Mondlicht – es ist das, was ich am deutlichsten sehen kann. »Ich … nichts. Was machst du hier?«

»Nichts. Im Ernst, was soll das? Warum schleichst du dich an mich ran?« Meine Stimme ist laut und hart, und mein Herz schlägt so schnell, dass meine Knie weich werden.

»Whoa. Hey. Ich schleiche mich nicht an dich heran.« Er macht einen Schritt nach hinten und hebt abwehrend die Hände, als würde ich mich gleich auf ihn stürzen.

»Ach echt? Wie würdest du das denn nennen?« Ich kann Finns Gesichtsausdruck nicht wirklich sehen, und eine kleine zweifelnde Stimme in meinem Kopf fragt sich, ob ich mir Sorgen machen muss. Ich habe nicht mal mein Handy dabei, und es ist ja auch nicht gerade so, dass ich ihn besonders gut kennen würde. Wir haben uns auf der Highschool zwar ein paarmal beiläufig unterhalten, aber Kommentare zum Mittagessen kann man schlecht als echte Unterhaltung bezeichnen.

»Es ist nur, ich habe dich gesehen und wollte nachschauen, ob alles in Ordnung ist. Du solltest nicht mitten in der Nacht allein hier rumlaufen.« Sein Ton hat sich nicht verändert, er klingt immer noch sanft und gelassen. Aber wow, seine Stimme ist echt tief. Ist sie das immer gewesen? Ich bin mir sicher, dass er sich anders angehört hat, als ich ihn bei Walgreens getroffen habe. Oder doch nicht?

»Von wo aus hast du mich gesehen?« Immerhin klinge ich schon etwas weniger vorwurfsvoll.

Er deutet auf einen Apartmentkomplex gegenüber des Spielplatzes. »Von dort drüben. Dritter Stock. Zweites Fenster von links.«

»Du wohnst da?« Der eisige Unterton verschwindet aus meiner Stimme, und ich fühle mich etwas unbehaglich, weil ich mich frage, wie lange er mich beobachtet hat.

»Ich habe Gitarre gespielt und dich hier draußen gesehen. Ich meine, ich wusste natürlich nicht, dass du es bist. Das Ganze wirkte etwas surreal, wenn ich ehrlich sein soll.« Er lächelt jetzt. Ich kann weiße Zähne aufblitzen sehen.

»Wow. Na, dann muss ich mich wohl bei dir bedanken? Bei mir ist alles … prima.«

Er setzt sich auf die Schaukel neben der, von der ich vor einigen Sekunden heruntergesprungen bin, und schwingt vor und zurück. »Was machst du hier draußen?«

»Auf der Schaukel sitzen.« Ich stehe immer noch wie angewurzelt da, bin aber versucht, mich neben ihn zu setzen. Es macht nicht den Eindruck, als ob er vorhätte, bald zu gehen.

»Ein kleiner Mitternachtsbesuch auf dem Spielplatz? Eine Art Memorial-Day-Tradition?«

»Ja … nein. Ich brauchte einfach etwas frische Luft.«

»Du siehst aus, als wärst du auf einer Hammer-Party gewesen.« Er zeigt auf mein Kleid.

»Nein, ich meine, wir haben gegrillt. Es hat Spaß gemacht, aber es war keine richtige Party. Ich habe das Kleid in meinem Kleiderschrank gefunden und hab's angezogen.« Ich komme mir etwas komisch vor, so dazustehen, deshalb setze ich mich auf die Schaukel neben ihm, und wir schwingen beide hin und her. »Um ehrlich zu sein, habe ich gar nicht mehr daran gedacht, dass ich es anhabe.«

»Ist das ein Abschlussballkleid?«, fragt er.

Ich höre auf zu schaukeln und sehe ihm direkt ins Gesicht. Finn ist letztes Jahr nicht beim Abschlussball gewesen. Seine Abwesenheit wurde von den meisten Cheerleaderinnen und dem halben Schwimmteam beklagt. Demnach ist sein Kommentar entweder spöttisch gemeint, oder er hat einfach gut geraten – aber egal, wie es ist, mir fällt nichts ein, was ich darauf erwidern könnte.

»Jep. Es ist tatsächlich mein Abschlussballkleid«, ist alles, was ich dazu sage.

»Hattest du Spaß? Beim Abschlussball?«

»Mh, ich glaub schon. War ganz in Ordnung.« Ich zögere, frage dann aber doch, obwohl ich die Antwort schon kenne. »Und du?«

»Ich bin nicht hingegangen.«

»Warum nicht?« Die Dunkelheit macht mich mutig. Der Wein, an dem ich im Laufe des Abends immer mal wieder genippt habe, ist wohl auch nicht ganz unschuldig.

Die Frage scheint ihn zu überrumpeln. »Ich hatte kein Date.«

»Du hättest jemanden fragen können.«

»Wen?«

Gerade will ich »mich zum Beispiel« sagen, aber da redet

er schon weiter. »Ich kannte niemanden, den ich hätte fragen können.«

»Ich bin mir ziemlich sicher, dass jedes Mädchen aus unserer Schule mit dir hingegangen wäre. Glaub mir.« So wie ich daherrede, würde es mich nicht wundern, wenn Finn merkt, dass ich einen sitzen habe, aber das ist wahrscheinlich auch egal.

Er lacht. Ein tiefes, volltönendes Geräusch. »Wenn du das sagst.« Er stößt sich mit den Füßen ab und fliegt an mir vorbei. »Fehlt sie dir?«

»Die Highschool?« Er nickt, und ich schnaube, was nicht besonders sexy klingt. »Nein. Ich meine, es war schon ganz in Ordnung. Aber nein. Und du?«

»Kein bisschen. Ich habe dieses ganze Highschool-Kastensystem gehasst.« Er stößt sich wieder ab. »Du weißt schon, die Coolen, die Schlauen, die Nerds, die Kiffer, die Sportskanonen.«

»Zu welcher Gruppe hast du gehört?«

»Hier? Zu keiner. Ich bin unter dem Radar geblieben.« Wieder ein Lächeln.

Ich lächle auch, aber eher darüber, dass er wirklich zu glauben scheint, dass er unter dem Radar der weiblichen Schülerschaft der Westfield Senior High bleiben konnte. »Warum?«

»Weil von vornherein klar war, dass ich hier nur meine Zeit absitzen würde.«

»Das klingt wie eine Gefängnisstrafe«, sage ich.

»Kommt der Sache ziemlich nah.« Bilde ich mir das ein, oder ist sein Ton um einiges kühler geworden?

»Warum bist du zurückgekommen?«, frage ich.

»Weil mein Mutter sich hin und wieder ganz gern davon überzeugt, dass ich noch lebe, und offensichtlich ist es dafür nötig, dass ich persönlich bei ihr aufkreuze.« So wie er den

Kopf schüttelt, frage ich mich, ob ihn das nervt, oder ob er nicht auch froh ist über ihre Hartnäckigkeit.

»Na schön, und jetzt bist du hier.« Super, Zo, wirkt immer besonders intelligent, dass Offensichtliche auszusprechen. »Wie oft kommst du her?«

»Ein paarmal im Jahr. In letzter Zeit häufiger, weil meine Mom sich gerade auf einen Umzug vorbereitet, und ich ihr dabei helfe. Wie ein guter Sohn eben.«

»Und sonst bist du kein guter Sohn?« Ich ziehe die Augenbrauen hoch und versuche kokett zu klingen.

Aber so kommt es bei ihm offenbar nicht an. »Eigentlich nicht. Das Abschlussjahr war ziemlich hart.«

Schon klar. Laut sage ich: »Inwiefern?«

Finn atmet hörbar aus, es klingt genervt. »Sie wollte, dass ich herkomme und mich ins Zeug lege, aber dazu hatte ich keine Lust. Ich wollte keine Freunde finden. Ich wollte keinen Sport machen. Ich wollte nichts von alldem. Ich hatte ein Jahr totzuschlagen und wollte einfach nur, dass es vorbeigeht.«

»Versteh schon, aber trotzdem … ein ganzes Jahr ohne Freunde ist ziemlich lang.«

»Ich *habe* Freunde«, sagt er, und in seiner Stimme klingt ein Unterton mit, als wollte er mich ärgern.

Ich ahme seinen Tonfall nach. »Davon bin ich überzeugt. Aber nicht *hier*.«

»Ich weiß. Es ist tatsächlich gar nicht lange her, da habe ich versucht, das zu ändern, indem ich ein Mädchen gefragt habe, ob wir mal zusammen Kaffee trinken gehen. Aber es hat nichts gebracht. Scheiße, ich hab ihr sogar Geld gegeben, aber sie lässt sich einfach nicht erweichen.« Er hat das Gesicht abgewandt, sodass ich sein Lächeln nicht sehen kann, aber ich kann's hören.

»Du meinst *mich*?« Meine Wangen werden heiß. Es ist, als

würde er mit mir flirten, aber nein. Auf keinen Fall. »Du hast mich nicht zum Kaffee eingeladen.«

»Doch, habe ich. An dem Tag, als wir uns bei Walgreens gesehen haben. Was übrigens schon Wochen her ist.«

»Ich erinnere mich. Du hast gesagt, dass ich mir wegen des Geldes keine Gedanken machen soll, und dass ich dich auf einen Kaffee oder so einladen könnte, wenn du mal in der Gegend wärst.« Ich erinnere mich genau. An jedes Wort.

»Stimmt. Genau das habe ich gesagt.«

Ich schüttle den Kopf. »*Ich* sollte dich zum Kaffee einladen, nicht umgekehrt. Und seien wir ehrlich, dazu wird es nie kommen.«

»Und warum nicht?«

»Im Ernst jetzt? Vielleicht ist es dir nicht klar, aber die Abfuhr, die du Kathy Johnson letztes Jahr erteilt hast, ist legendär.«

Das ist erst der Anfang, aber er unterbricht mich mit einem leisen Lachen, bevor ich weiterreden kann. »Das kannst nicht mal du mir vorwerfen.«

Ich lache ebenfalls. »Na schön. Du hast selbst gesagt, dass du mit niemandem reden wolltest. Mich eingeschlossen.«

»Aber ich rede jetzt mit dir.« Er hält inne, und ich will gerade etwas antworten, aber da spricht er schon weiter. »Im Übrigen hast du dich auch nie mit mir unterhalten.«

»Stimmt nicht. Ich habe mit jedem geredet.«

Ich bereite mich darauf vor, Namen runterzurasseln, aber er kommt mir zuvor. »Aber nicht über alles.«

»Wie meinst du das?« In meinem Nacken kribbelt es leicht.

»Du bist gut darin, Fragen zu stellen.«

»Ich weiß nicht mal, wie du das meinst.« Trotzdem fühle ich mich sofort in die Enge getrieben.

»Wie viele Leute kennen dich? Kennen dich wirklich, meine ich.« Sein Ton ist herausfordernd, ob nun beabsichtigt oder nicht.

Jetzt fühle ich mich wirklich in die Enge getrieben. »Ein paar. Einige. Ich weiß es nicht.«

»Okay. Wie vielen Leuten wirst du von deinem kleinen Mitternachtsspaziergang zum Spielplatz erzählen?«

Ich werde rot. Irgendwie habe ich vergessen, dass ich Selbstgespräche geführt habe, als er mich gefunden hat, und ich habe keine Ahnung, wie viel er mitbekommen hat. »Mh, na ja, dir ganz offensichtlich.«

»Was nur an meinem Timing liegt.« Er lächelt wieder. Aber dann verändert sich sein Ton, und er fragt noch einmal: »Wem noch?«

»Mindy vielleicht …«

»Na schön.« Seine Stimme klingt jetzt ungeduldig. »Ich wette zehn Dollar mit dir, dass alle denken, dass du in diesem Augenblick sorglos in deinem Bett schlummerst.«

»Na und?«

»Wer im Glashaus sitzt, sollte nicht mit Steinen werfen.« Ich kann praktisch hören, wie er die Augen verdreht. »Du tust so, als hättest du jede Menge Freunde, und ich tue so, als hätte ich gar keine. Aber irgendwas scheint dich ja so zu beschäftigen, dass du mitten in der Nacht durch die Stadt tigerst –«

Ich unterbreche ihn, meine Stimme wird lauter. »Wen den? Wen hast du zum Reden?«

Dass er mir antwortet, überrascht mich. »Einen Typen von zu Hause. Jamal Grant. Wir sind Freunde, seit wir zehn sind. Seine Mutter macht den besten Schokokuchen der Welt.«

So wie er das sagt, würde ich am liebsten die Hand ausstrecken und ihn berühren, aber ich tue es nicht. Das wäre noch seltsamer als dieses Gespräch, das wir gerade führen. »Okay. Du hast gewonnen.«

Finns Stimme wird weicher. Sie klingt, als würde er mich ebenfalls gern berühren, wenn er nicht glauben würde, dass ich dann ausflippe. »Hier geht's nicht ums Verlieren oder Gewinnen.«

»Ja, vielleicht. Wahrscheinlich hast du recht. Es ist nur … um ehrlich zu sein, ist ganz schön hart.«

»Blödsinn. Ehrlich zu sein, ist leicht. Jemandem zu vertrauen, ist schwer.« Er sagt das ohne zu zögern, schnell und entschieden.

»Vielleicht schon, aber das eine ist nicht ohne das andere zu bekommen.«

»Na ja, das stimmt nicht unbedingt.« Ich bin mir ziemlich sicher, dass er die Augenbraue hochzieht, während er das sagt.

»Wir kennen uns nicht mal richtig. Es ist einfacher, ehrlich zu sein, wenn man keine Verpflichtungen hat«, sage ich. »Wie Leute, die man im Flugzeug trifft. Wenn man weiß, dass man sich ohnehin nie wieder begegnet, kann man alles sagen.«

»Ich weiß nicht. Wir beide scheinen uns ständig zu begegnen.« Er lächelt.

»Okay, na schön. Aber wenn ich dir auch nur das kleinste bisschen vertrauen soll, dann musst du mir was echt Peinliches über dich erzählen. Dann denk ich drüber nach.« Ich lache ein klein wenig und rechne mit einer schnippischen Antwort oder einem Witz. Auf jeden Fall nicht mit dem, was kommt.

»Ich war ungefähr neun und musste eine Rolle in einem Schultheaterstück spielen. Eine total blöde Rolle. Ich war ein außerirdischer Angreifer und hatte dieses aufwendige Kostüm mit dem riesigen Kopfteil an. Das Ganze war nicht mein Ding, aber meine Mutter wollte unbedingt, dass ich mitmache, weil sie meinte, dass es mir Spaß machen würde. Typischer Mütterkram, du weißt schon.

An dem Tag, als das Stück aufgeführt wurde, aßen wir in

einem italienischen Restaurant zu Abend, und meine Mom erlaubte mir, Orangenlimonade zu bestellen, was ich sonst nie durfte. Nie. Das war damals mein absolutes Lieblingsgetränk, und sie war wegen der künstlichen Farbe dagegen. Wie auch immer, ich durfte so viel davon trinken, wie ich wollte, und danach ging ich zu dem Theaterstück und zog meinen riesiges Kostüm an. Mein Magen rumorte ziemlich nach dieser Mischung aus Nudelsoße und Limonade, aber ich hätte nicht gedacht, dass es so schlimm werden würde. Ich ging auf die Bühne, auf der es total heiß war, was die Sache nur noch schlimmer machte. Ich hätte es wahrscheinlich trotzdem geschafft, wenn das Raumschiff nicht gezündet hätte. Irgendjemand setzte die Zündschnur in Brand, ein grauenhafter Gestank hat die Bühne eingenebelt, und ich habe vor dem gesamten Publikum in die Maske meines Kostüms gespuckt.«

Ich pruste los und versuche nicht mal, mir das Lachen zu verkneifen. »O mein Gott. Wie schrecklich. Du wolltest bestimmt nur noch sterben.«

»Du hast ja keine Ahnung.« Er schüttelt den Kopf. »Ich weiß nicht. Eigentlich sollte es verboten sein, über so was zu lachen.«

»Ich geb mir Mühe.« Und scheitere.

Jetzt lacht er ebenfalls. »Tust du nicht. Aber du hast jetzt mehr Vertrauen zu mir.«

Er hat recht. Das habe ich. Mein Lachen war echt, und ich komme mir viel weniger blöd vor als noch vor zehn Minuten. Tatsächlich bin ich zum ersten Mal, seit Finn auf dem Spielplatz aufgekreuzt ist, froh über seine Gesellschaft.

Sein Handy piepst, und er zieht es aus der Gesäßtasche seiner Shorts. Er wirft einen Blick auf das Display und seufzt laut.

»Alles in Ordnung?«, frage ich.

»Ja. Ich muss los.« Er springt von der Schaukel. »Soll ich dich nach Hause begleiten?«

»Nein, nicht nötig. Ich wohne nicht weit von hier.« Die Antwort kommt mir automatisch über die Lippen.

»Eigentlich war das keine Frage. Ich kann dich nicht guten Gewissens allein nach Hause gehen lassen.«

Offenbar ist Finn O'Leary auch noch ein Gentleman. Ich füge diese Eigenschaft zu der Liste in meinem Kopf hinzu, während ich mir die Schuhe anziehe.

Wir reden nicht weiter, während wir gehen, aber das macht mir nicht viel aus. In meinem Kopf schwirren eine Million Fragen herum, die ich ihm gern stellen würde. Über sein Leben, das MIT, den Sommer. Aber es sind nur fünf Häuserblöcke, und unser gemeinsames Lachen hat die Atmosphäre so entspannt, dass wir schweigend bis zu mir nach Hause gehen können, ohne dass es komisch oder künstlich wirkt.

Auf halber Strecke zwischen unserem Haus und dem von Mrs Maso bleibe ich stehen, nur für den Fall, dass Dad oder Babci noch wach sind. »Hier wohne ich.«

Er nickt, und während wir beide dastehen, spüre ich, dass er mich ansieht, obwohl ich seine Augen in der Dunkelheit gar nicht richtig sehen kann. Er ist so nah, dass ich ihn berühren könnte.

»Hoffentlich kannst du schlafen.« Seine Stimme klingt jetzt anders, gedämpft.

Ich nicke. Das hoffe ich auch.

»Falls ich mich danebenbenommen haben sollte, tut es mir leid.«

»Das hast du nicht.« Nicht wirklich.

»Ich fand dich immer cool. Wenn ich in Westfield Freunde gesucht hätte, dann wärst du meine erste Wahl gewesen.«

Wirklich? *Wirklich?* »Und warum hast du dich dann nicht mit mir angefreundet?«

»Weil das gegen meine Prinzipien verstoßen hätte. Außerdem habe ich gehört, dass Kathy Johnson ziemlich über mich hergezogen hat. Ich war mir sicher, dass du ohnehin nichts mit mir zu tun haben willst«, erwidert er grinsend und schiebt die Hände in die Hosentaschen.

»Ich weiß nicht. Eigentlich spricht das eher für dich.« Ich lächle vorsichtig.

Er lacht leise. »Gut zu wissen.«

»Du hättest es tun sollen. Ich meine …« Ich lasse den Stoff meines Kleids zwischen Zeigefinger und Daumen hindurchgleiten, um meine Hände zu beschäftigen. »Ich wünschte, du hättest es getan.«

»Geht mir genauso.«

Eine Sekunde lang stehen wir wie festgefroren da, und ich wünsche mir mit aller Kraft, dass er die Hand nach mir ausstreckt, weil ich mir ziemlich sicher bin, dass er mich dann küssen würde. Und ganz plötzlich wünsche ich mir nichts auf der Welt mehr, als Finn O'Leary zu küssen.

In seine Hand kommt Bewegung, und ich halte vor Spannung den Atem an, aber dann fährt er sich nur mit der Hand über den Nacken und dreht sich um, um zu gehen. Er macht zwei Schritte, dann höre ich seine Stimme. »Bis bald, Zosia.«

»Finn?« Seinen Namen auszusprechen, fühlt sich komisch an.

Er steht jetzt im Lichtkegel der Straßenlaterne, und zum ersten Mal an diesem Abend kann ich seine Augen sehen. So dunkel. Ich mache einen Schritt und bleibe dann stehen, und ich bin mir ziemlich sicher, dass ich mich mein ganzes Leben lang fragen werde, was passiert wäre, wenn ich noch einen letzten Schritt auf ihn zugemacht hätte.

Stattdessen sage ich: »Bis bald.«

Und dann sehe ich ihm dabei zu, wie er geht.

4

Die nächsten drei Tage verschwimmen wie in einem Traum. Nach all den Treffen mit Mindy, den Last-Minute-Einkäufen bei Target und dem Kofferpacken rechne ich damit, dass ich auf dem Flug sofort einschlafe, sobald ich es mir in meinem Premium-Economy-Sitz bequem gemacht habe. Stattdessen verbringe ich vierzehn Stunden damit, mir Filme und Wiederholungen alter Fernsehserien anzuschauen. Kein Wunder, dass ich an meinem ersten Tag in Tokio erst um zwei Uhr nachmittags aufwache. Ich muss zweimal auf die Uhr gucken, um zu glauben, dass ich tatsächlich sechzehn Stunden geschlafen habe. Allerdings fühlen sich mein Kopf und meine Blase entsprechend an.

Ich gehe in das winzige Badezimmer und brauche drei Minuten, um den richtigen Knopf für die Klospülung zu finden. In meinem ganzen Leben habe ich noch nie eine Toilette mit so vielen Knöpfen gesehen, und laut Dad hat sie – abgesehen von allem anderen – auch noch eine beheizbare Klobrille für den Winter. Er hat natürlich keine Ahnung, um welchen Knopf es sich handelt, aber da es zurzeit draußen um die vierzig Grad sind, ist das ohnehin kein Thema.

Und Tokio ist nicht nur heiß, sondern auch feucht. Meine Haare fingen in dem Augenblick an, sich zusammenzuringeln, als wir den Narita-Flughafen verließen; und als wir die Wohnung erreichten, sahen sie schlimmer aus als je zuvor. Wir sind mit dem Zug in die Stadt gefahren, und ein mutiger kleiner Junge hat mich in ziemlich gutem Englisch gefragt, ob er mein

Haar anfassen darf. Ich erlaubte es ihm, weil ich nicht wusste, was ich sonst tun sollte. Seine Mutter war vollkommen entsetzt und überschüttete mich mit dreitausend *gomen nasai*, was so viel wie *Entschuldigung* heißt, während sie gleichzeitig auf Japanisch auf den Jungen einredete. Ich bin mir ziemlich sicher, dass es darauf hinauslief, dass er diese Sache für den Rest seines Lebens bereuen würde. Ich versuchte ihr zu sagen, dass es nicht weiter schlimm sei, und es endete damit, dass ich mich ein paarmal bei dem Kind entschuldigte.

Ich gehe in die winzige Küche und schalte den Wasserkocher ein. Von der Tür aus kann ich die ganze Wohnung überblicken. In dem winzigen Apartment gibt es alles, was man braucht, das hat Dad mindestens sechsmal betont. Im Wohnzimmer stehen eine richtige Couch und eine Art Couchtisch, von dem Dad sagt, dass er als *kotatsu* bezeichnet wird. Genauso wie die Klobrille ist er beheizbar, und im Winter kann man anscheinend eine Decke zwischen Tischplatte und Tischgestell klemmen, einen Knopf drücken und sich unter die Decke kuscheln, um warm zu bleiben. Entweder sind die Japaner von Kälte besessen, oder die japanischen Winter sind mit den sibirischen vergleichbar.

Der Teekessel pfeift, und ich hole den löslichen Kaffee vom Regal. Dabei ziehe ich eine Grimasse, aber Pulverkaffee ist besser als nichts. Dad trinkt keinen Kaffee und hat bereits angekündigt, dass er auf keinen Fall eine Kaffeemaschine anschaffen wird, da sie zu teuer ist und zu viel kostbaren Stauraum sowohl auf der Arbeitsplatte als auch im Regal wegnehmen würde. Zugegebenermaßen ist die Stellfläche auf beidem wirklich sehr begrenzt. Es gibt eine L-förmige, an der Wand befestigte Arbeitsplatte, an deren einem Ende sich das Spülbecken und am anderen der Herd befindet. Dazwischen ist nicht mal ein Meter Platz, und dort stehen bereits ein Toaster, ein Kessel und ein Reiskocher. Der Reiskocher kann meinetwegen weg, gehört aber leider zur Ausstattung.

Ich gieße den Kaffee auf und gehe ins Wohnzimmer – genau genommen sind es nur vier Schritte –, um es mir mit dem Laptop auf der Couch gemütlich zu machen. Meine E-Mails habe ich gestern Abend schon gecheckt, aber da war ich zu müde zum Tippen, und Dad war zu aufgeregt, um mich in Ruhe zu lassen. Jetzt setze ich mich hin, um ungestört die neuen Nachrichten zu lesen. Eine lange E-Mail von Mindy. Sie ist in einem Camp, demselben Sommer-Wissenschaftscamp, in dem sie schon die letzten drei Jahre gejobbt hat, und wie immer hat sie schon nach kurzer Zeit jede Menge zu berichten. Am ersten Tag sollten sich die Kinder im Camp eingewöhnen, indem sie draußen Experimente machten; unter anderem warfen sie Mentos in eine Coladose. Die Colafontäne ist Mindy mitten ins Gesicht geschossen, und sie hat mir ein Bild von sich geschickt, auf dem sie zwar pitschnass und klebrig ist, aber lächelt. Ein paar E-Mails von meinen Freunden aus dem Schwimmteam. Eine kurze E-Mail von meiner zukünftigen Zimmergenossin Sarah, die hofft, dass ich gut in Tokio angekommen bin.

Da diese Mail die kürzeste wird, beantworte ich sie als Erste. Danke, bin gut angekommen. Ich hoffe, es geht dir gut, bla, bla, bla. Ich bin noch nicht dazu gekommen, für unser gemeinsames Zimmer einzukaufen, obwohl Sarah mich ständig fragt, ob rot für mich in Ordnung ist. Ich habe ihr gesagt, dass rot völlig okay ist, und dass es mir nichts ausmacht, wenn unsere Sachen nicht zusammenpassen. Aber ich bin mir ziemlich sicher, dass es *ihr* etwas ausmachen würde, auch wenn sie das nicht zugibt. Solange ich ihr kein Beweisfoto von einer Steppdecke mit Rotanteil schicke, werde ich höchstwahrscheinlich nicht viel von ihr hören.

Ich logge mich bei Facebook ein und sehe mir die Updates an. Ein paar sind ganz witzig, aber es ist nichts Aufregendes dabei. Und nichts von Finn. Nach jener Nacht auf dem Spielplatz habe ich ihn bei Facebook gesucht, wobei ich mir ziemlich sicher war, dass er es nicht benutzt. Aber das tut er, und da sein Profil nicht geschützt ist, kann ich ihm jetzt hinterherspionieren – für eine Freundschaftsanfrage bin ich zu feige. Nicht dass er davon groß Notiz nehmen würde, immerhin hat er über dreihundert Freunde – die eine Hälfte aus Boston, die andere Hälfte aus Baltimore, und die meisten sind Sportskanonen, wenn man den Profilbildern glauben darf. Diese Freunde scheinen ihn zu kennen und zu mögen, jedenfalls legen das die Nachrichten nahe, die sie auf seiner Pinnwand hinterlassen haben.

Ich komme mir vor wie ein Voyeur, als ich sie lese, aber das hält mich nicht davon ab, jedes Mal seine Pinnwand zu überprüfen, wenn ich meine Facebookseite öffne, und der heutige Tag ist keine Ausnahme. *Alter, ist die Welt wirklich eine Scheibe? Wo zum Teufel steckst du?* Ein anderes Facebookmitglied mit einem Betty-Boop-Profilbild schreibt: *Verdammt schade, dass du diesen Sommer nicht wieder mit uns am Strand verbringst. Echt verdammt schade.* Und dann die Nachricht, die mich dazu bringt, mir das Foto daneben genauer anzuschauen: *Du fehlst mir, trotz des süßen Abschieds.*

Lexy Newton. Beziehungsstatus: It's complicated. Langes blondes Haar. Braun gebrannt. Strahlendes Lächeln. Große Brüste. Ich suche ihre Pinnwand nach Nachrichten von Finn ab, muss aber bis April zurückgehen, um eine von ihm zu finden. *Bin wieder in New Jersey. Nächste Station ist Boston. Wir sehen uns in ein paar Wochen.*

Zurück zu seinem Profil. Beziehungsstatus: Single. Auf den Fotos, die ich alle schon durchgesehen habe: keine Lexy. Ihr

Profil ist allerdings eine ganz andere Geschichte, wie ich feststellen muss. Sie und Finn Arm in Arm. Sie, wie sie auf seinem Schoß sitzt. Er küsst sie auf die Wange. Für mich sieht das verdammt nach Liebespaar aus, ganz egal, wie kompliziert die Sache gerade ist.

Ich schließe das Fenster und lehne mich auf dem Sofa zurück. Okay, das erklärt zwar ein paar Dinge, aber wirklich viel sagt es auch nicht aus. Eine Freundin hat er nicht erwähnt, nur seinen besten Freund aus Kindertagen. Geküsst hat er mich aber auch nicht. Nicht dass das eine Rolle spielen würde, ich habe ihn vor unserem Abflug ohnehin nicht mehr gesehen, und jetzt liegt die Wahrscheinlichkeit einer zufälligen Begegnung bei null.

Ich nippe an meinem Kaffee. Realistisch betrachtet ist es unwahrscheinlich, dass ich ihn – außer auf Facebook-Bildern – überhaupt je wiedersehe. Das macht mir mehr zu schaffen, als es sollte, also wende ich mich erneut dem Bildschirm zu und gebe Yokohama in die Googlemaske ein. Ich muss mich unbedingt auf was anderes konzentrieren, ganz egal, was. Herauszufinden, wo ich mich befinde und was hier abgeht, scheint mir ein guter Anfang zu sein. Insbesondere bei fünfzehn Millionen Treffern in sechsundzwanzig Sekunden.

Der Japanführer und die vielen Links zu Tempeln und Zugfahrplänen faszinieren mich so, dass ich völlig die Zeit vergesse. Deshalb bin ich ziemlich überrascht, als ich den Schlüssel im Schloss höre und einen Blick auf die kleine Uhr in der oberen Laptopecke werfe – nur um festzustellen, dass es fast halb sechs ist. Dad steht schon im Wohnzimmer, während ich noch dabei bin, auszurechnen, wie spät es jetzt in New York ist. Ist es in Tokio elf oder dreizehn Stunden später als in New Jersey?

»Zo? Ist alles in Ordnung?«

»Ja, alles prima. Und bei dir?«

Er runzelt die Stirn, also vielleicht nicht. »Willst du heute Abend ausgehen?«

Ich mustere ihn mit hochgezogenen Augenbrauen. »Ähem, ich weiß nicht. Will ich das?«

»Wir sind zum Abendessen verabredet. Weißt du noch, ich wollte dich von zu Hause abholen, damit du nicht allein hinfinden musst? Dass ich spät dran bin, tut mir leid. Eigentlich wollte ich schon um sechs zu Hause sein.« Er beäugt das Ensemble aus abgeschnittener Jogginghose und Tank-Top, das ich anstelle eines Pyjamas trage.

Also sind wir dreizehn Stunden weiter. Es ist fast halb sieben. »Himmel. Das hab ich total vergessen. Klar können wir gehen. Ich mach mich fertig.«

Er sieht ein bisschen erleichtert aus. Vielleicht hielt er mich für deprimiert, nicht für faul. Nach dem Tod meiner Mutter, bevor ich mich entschied, »prima« zurechtzukommen, habe ich praktisch in meinen Pyjamahosen gelebt – jedenfalls, wenn ich nicht in der Schule war. Dabei tat ich so, als sei das vollkommen normal.

»Wir müssen um sieben da sein. Ich ruf nur kurz Eloise an und sage ihr, dass wir später kommen und dass die anderen schon mal bestellen sollen.«

»Ich brauche nur zehn Minuten, Dad. Mach dir keine Sorgen.« Ich bin schon mit einem Bein im Bad und höre ihn telefonieren, halte aber einen Moment inne, ehe ich die Tür schließe. Obwohl er nichts Ungewöhnliches sagt, schwingt in seiner Stimme ein Unterton mit, der mich vermuten lässt, dass Eloise die Frau ist, die ihn eines Abends angerufen und »Liebling« genannt hat. Eloise, seine sogenannte Arbeitskollegin. Wow.

Ich würde weiter darüber nachdenken, wenn ich nicht mit der Dusche kämpfen würde, die man kaum als solche bezeichnen kann. Es handelt sich um einen Duschkopf an einem Haken in der Wand, der so tief angebracht ist, dass ich kaum meinen Kopf darunterquetschen kann, und der Wasserdruck ist praktisch inexistent. Ich gebe jede Hoffnung auf, meinem Haar eine Spülung zu gönnen, jedenfalls nicht, wenn ich es in zehn Minuten schaffen will. Also erledige ich nur das Allernötigste, bevor ich aus der Dusche springe.

Mein Koffer nimmt die Hälfte des Zimmerbodens ein, und ihm Nachhinein wünsche ich mir, dass ich mir heute die Zeit genommen hätte, ein paar Sachen in den Schrank zu räumen oder wenigstens auf die rollbare Kleiderstange in der Ecke zu hängen, denn alles ist total zerknittert. Ich schnappe mir ein relativ weit oben liegendes grünes Baumwollkleid mit schmalen Tank-Top-Trägern, das nicht ganz so schlimm aussieht wie der Rest, dazu kombiniere ich einen breiten Ledergürtel. Das Haar binde ich mir zu einem hohen Pferdeschwanz, schminke mir schnell noch die Augen mit ein bisschen Mascara und gehe ins Wohnzimmer zurück, wo Dad mich mit einem Lächeln begutachtet.

»Du siehst toll aus.«

Das sagt er immer, und ich nicke unbestimmt, während ich in meiner Handtasche nach einem Lippenpflegestift krame. »Erinnere mich daran, dass ich nachher endlich meinen Koffer auspacke, statt ständig im Internet zu surfen. Wohin gehen wir denn?«

Dad erklärt mir, dass wir in einem japanischen Grillrestaurant verabredet sind, das zwei U-Bahn-Stationen entfernt liegt, und dass wir jetzt endlich losmüssen, also folge ich ihm nach draußen. Unsere Wohnung befindet sich im dritten Stock, und wir schlängeln uns die Treppe hinunter, wobei das Klatschen unserer Schuhe auf dem Betonboden das einzige Geräusch ist, das uns begleitet. Tatsächlich staune ich darüber, wie still es hier ist, denn von gestern Abend weiß ich, dass wir in unmittelbarer Nähe einer Hauptstraße wohnen.

Und diese Hauptstraße ist die reinste Hölle. Autos, Motorräder, Sirenen, Menschen. Und dann auch noch die vielen Neonschilder. Wir befinden uns noch nicht mal im echten Zentrum Tokios, und es kommt mir trotzdem vor wie der Times Square. Der Bahnhof ist nur zwei Häuserblöcke entfernt, und als wir dort ankommen, schwirrt mir der Kopf, weil es so viel zu sehen gibt.

»Wow, das ist wirklich überwältigend«, sage ich.

»Es ist wie in New York. Du wirst dich dran gewöhnen.« Dad kauft mir eine Zugfahrkarte an einem Automaten, bei dem es anscheinend eine Englisch-Spracheinstellung gibt, allerdings habe ich keine Ahnung, auf welche Knöpfe er dafür gedrückt hat. Er reicht mir die Fahrkarte zusammen mit ein paar Geldscheinen. »Du solltest immer etwas Geld dabeihaben, für den Fall, dass du es brauchst. Morgen besorge ich dir eine Geldautomatenkarte und am besten auch ein Handy.«

»Und wen soll ich damit anrufen?« Ich kann mir zwar nicht vorstellen, ohne Handy in New Jersey zu leben, aber hier erscheint es mir völlig plausibel.

»Du könntest neue Freunde finden.« Dad lächelt und führt mich auf den Bahnsteig, wo wir wie alle anderen stehen und warten. Über unserem Kopf ist ein Fahrplanschild mit militärischen Zeitangaben: 18:57. »Wir sind mit ein paar von den anderen Auswanderern zum Abendessen verabredet.«

»Oh, super. Dann kann ich gleich erste Kontakte wegen des Babysitterjobs knüpfen.«

»Es sind auch ältere Kinder darunter. Eloise …«

Richtig. Eloise. »Dad …« Ich unterbreche ihn, stocke aber dann, weil der Zug einfährt und eine Million Leute aussteigen. Offen gestanden habe ich noch nie so viele Menschen gleichzeitig aus einem Zug aussteigen sehen, und schon gar nicht so geordnet. Nicht wie in New York, wo man eigentlich beiseitetreten soll, um zu warten, bis die ankommenden Fahrgäste ausgestiegen sind, alle Leute aber trotzdem drängeln. Hier wartet jeder auf dem Bahnsteig, bis die Neuankömmlinge ausgestiegen sind, dann erst bilden die Wartenden eine Schlange und steigen ein.

Dad und ich landen in der Mitte des Abteils, was mich etwas nervös macht, weil es nur zwei Haltestellen sind und ungefähr dreihundert Leute zwischen uns und der Tür stehen. Okay, das ist jetzt übertrieben, aber nur ein bisschen. Das Mädchen neben mir wird gegen mich gedrückt, und es bleibt uns beiden nichts übrig, als uns damit abzufinden, weil sie im wahrsten Sinne des Wortes nirgendwo anders hinkann.

Dad lacht über meinen Gesichtsausdruck. »Wenn du das hier schlimm findest, dann fahr lieber nicht morgens während der Rushhour mit diesem Zug.«

»Ich hab davon gelesen – von diesen japanischen Bahnangestellten, die Fahrgäste in überfüllte Züge schieben, damit mehr Leute reingehen.« Außerdem gab's da den Blogeintrag von einem Mädchen, das während des morgendlichen Stoßverkehrs das Bewusstsein verlor – was allerdings erst sieben Haltestellen später von den anderen Fahrgästen bemerkt wurde, als sich der Zug leerte. Allein der Gedanke lässt mich angewidert den Kopf schütteln. »Nein danke.«

»Nachher, wenn wir zurückfahren, ist es nicht mehr so schlimm. Das hier sind immer noch die Angestellten, die von der Arbeit kommen.«

Mir fällt auf, dass die Umstehenden uns neugierig mustern, auch wenn sie versuchen, es sich nicht anmerken zu lassen. Dad sagt, dass ich auf jeden Fall Blicke auf mich ziehen werde, weil meine Haare für hiesige Verhältnisse so fremdartig sind, und ich frage mich, ob sie uns wirklich deswegen anstarren, oder ob es daran liegt, dass wir Englisch sprechen? Falls es an unserer Sprache liegt – wie viel verstehen die Japaner von dem, was wir sagen? Wenn ihr Englisch gut ist, werden sie gleich was Interessantes zu hören kriegen.

Ich räuspere mich. Ich habe keine Ahnung, wie ich das ansprechen soll, aber ich muss es auf jeden Fall hinter mich bringen, bevor ich Eloise im Restaurant von Angesicht zu Angesicht gegenüberstehe. »Hat es Eloise was ausgemacht, dass wir zu spät kommen?«

Dad schüttelt den Kopf. »Nein, das ist schon in Ordnung. Wir sind insgesamt zwanzig Leute. Die anderen bestellen einfach schon mal was zu essen, und wir kommen später dazu.«

»Bist du hier häufig abends unterwegs?« Der Zug kommt zitternd zum Stehen. Nur noch eine Haltestelle.

»Hin und wieder. Häufiger als in New York. Jetzt, da du hier bist, ist das anders.«

»Ich weiß, aber das muss es nicht, Dad. Ich meine, ich kann mich um mich selbst kümmern, es gibt keinen Grund für dich, dich weniger mit anderen zu treffen.«

»Aber ich möchte Zeit mit dir verbringen, Zo.« Dad sieht verwirrt aus.

Mist. Ich vermassele alles.

Also tue ich das einzig Sinnvolle und platze einfach damit heraus. »Ich möchte auch gern Zeit mit dir verbringen, Dad. Aber ich kann mir nicht vorstellen, dass deine Freundin es toll findet, wenn du sie den ganzen Sommer über vernachlässigst.«

»Meine Freundin?« Dad wiederholt die Worte ganz langsam, und das Mädchen rechts neben mir rammt mir den Ellbogen in die Rippen. Ich habe das Gefühl, dass sie mich für mein mangelndes Taktgefühl bestraft, aber vielleicht irre ich mich auch, denn sie starrt stur geradeaus.

»Eloise? Vielleicht liege ich ja auch falsch, aber ich bin mir ziemlich sicher, dass es da jemanden gibt, und du brauchst keine Angst davor haben, mir davon zu erzählen. Moms Tod ist schon lange her, und du solltest glücklich sein.« Meine Handflächen, die die Haltestange umklammern, sind schweißnass, während ich das sage. Ich habe recht. Ich weiß, dass ich recht habe. Mom würde wollen, dass er glücklich ist. Ich will, dass er glücklich ist.

Dad starrt mich mit offenem Mund an, aber bevor er antworten kann, hält der Zug, und er zieht mich zur Tür. Ich rechne halb damit, dass das Mädchen uns folgt, damit sie rechtzeitig dazwischengehen und mir noch mal den Ellbogen in die Rippen rammen kann, aber sie ist immer noch im Zug, als er wieder losfährt. Dad und ich bleiben auf dem Bahnsteig stehen, während die Geschäftsleute und japanischen Büroangestellten an uns vorbei zur Treppe strömen.

»Ich wollte nicht, dass du es so erfährst, Zosia. Das hatte ich mir anders vorgestellt.«

Er nennt mich Zosia, was bedeutet, dass ich recht habe. Irgendwie jedenfalls. »Ich bin ein großes Mädchen, Dad. Ich kann's ertragen.«

Entweder ist er meiner Meinung, oder er fühlt sich in die Enge getrieben. »Eloise und ich verbringen schon seit ein paar Monaten Zeit miteinander. Aber das Angebot, nach Tokio zu gehen, haben wir unabhängig voneinander bekommen. Damals war zwischen uns noch nichts passiert. Ich wusste nicht, wie ich es dir sagen soll.«

Ich lege die Hand auf seinen Arm. »Man hört es deiner Stimme an, wenn du jemanden magst, Dad. Das ist bei allen Menschen so.«

Er sieht verdutzt aus. »Tatsächlich?«

Der Bahnsteig füllt sich erneut mit Fahrgästen. »Ja. Komm, lass uns hier verschwinden.«

Wir verlassen den Bahnhof schweigend, aber dann bleibt

Dad nach zehn Metern stehen. »Wenn du Luise heute Abend doch nicht kennenlernen möchtest, kann ich das gut verstehen.«

»Dad, ich möchte Luise gern kennenlernen. Und es ist mir lieber, wenn ich vorher weiß, dass sie deine Freundin ist, statt es in einer Woche oder sonst wann zu erfahren. Das wäre viel seltsamer.« Ich lache und gebe mir alle Mühe, locker zu klingen. »Ich meine, was wäre, wenn ich etwas Negatives über sie sagen würde und dann herausfände, dass sie deine Freundin ist?«

Dad sieht entsetzt aus. Ich habe das Falsche gesagt. Schon wieder.

»Du wirst sie bestimmt mögen. Sie ist nicht deine Mutter, aber sie ist sehr authentisch. Und sie hat eine schwierige Zeit hinter sich – ihr Exmann, ihr Sohn …«

»Dad, hör auf. Ich bin mir sicher, dass sie prima ist.« Das ist das magische Wort, und Dad marschiert mit neuem Enthusiasmus den Bürgersteig hinunter, während ich einen Schritt hinter ihm bleibe.

Meine Füße sind plötzlich bleischwer. Es ist *nicht* alles prima. Ich bin nicht bereit, zwanzig Leute zu treffen, die ich nicht kenne, und ganz bestimmt bin ich nicht so weit, Dads neue Freundin kennenzulernen. Seine erste Freundin seit Mom. Die Tatsache, dass er mich nicht gewarnt hat – dass er nicht mal vorhatte, mich zu warnen –, bereitet mir am meisten Sorge, weil ich weiß, was das bedeutet. Es bedeutet, dass er davon ausgegangen ist, dass es für mich in Ordnung ist.

Auf dem Weg zum Restaurant denke ich die ganze Zeit darüber nach, wie ich aus dieser Nummer rauskomme. Ich bin erschöpft. Mit meinem Magen stimmt was nicht. Vielleicht muss ich mich übergeben. Als wir im Aufzug stehen, öffne ich den Mund in der Absicht, eine glaubhafte Entschuldigung von mir zu geben. Aber Dad sieht mich nicht mal an, sondern erklärt mir, dass es in den meisten Geschäften im obersten Stockwerk Restaurants gibt, während sich die Supermärkte im Keller befinden. Deshalb weiß man immer, wo man was zu essen bekommt. Er plappert vor sich hin, als wäre er aufgeregt, und seine Nervosität steckt mich an.

Als sich die Türen öffnen, rieche ich Zigarettenrauch und Essen. In dieser Reihenfolge. Mein Magen zieht sich zusammen, was wohl an dem ganzen Kaffee liegt, den ich heute getrunken habe. Von dem Zigarettenrauch wird mir so schlecht, dass ich wirklich das Gefühl habe, mich übergeben zu müssen. Falls ich mir nicht vorher in die Hose pinkele. Weder meine Blase noch mein Magen sind an so viel Kaffee gewöhnt.

»Ähem, Dad, ich glaub, ich geh erst mal aufs Klo.«

»Ich warte hier auf dich.« Er sieht sich um und deutet vage auf den hinteren Teil des Raums.

»Nein, nicht nötig. Ich finde dich. Eine so große Gruppe von *gajin* ist bestimmt nicht zu übersehen.« *Gajin* sind Ausländer. Ehe er widersprechen kann, bin ich auch schon losgerannt. Es gibt ein Schild für die Toiletten. Zum Glück ist das Toilettenzeichen universell.

Im Vorraum öffne ich die Tür zu einer der Kabinen und erstarre. Vor mir im Boden ist eine Art Keramikmulde zu sehen. An der einen Kabinenseite hängt eine Rolle Toilettenpapier, und auf der anderen Seite ist eine Stange zum Festhalten. Sollte das ein Witz sein? Ich öffne die anderen Kabinentüren. Überall dasselbe.

Das soll doch wohl ein Scherz sein. Ich muss dringend pinkeln – oder mich übergeben –, und mir bleibt nichts anderes übrig, als das in ein Loch im Boden zu tun?

Ich weiß, dass es sich hier um eine traditionelle japanische Toilette handelt. Ich habe die Bilder im Netz gesehen. Mindy und ich haben darüber gelacht. Aber ich hatte nicht geglaubt, dass ich so etwas würde benutzen müssen, denn auf der Website stand, dass westliche Toiletten in Japan immer beliebter würden. Und ich dachte doch tatsächlich, die vielen Knöpfe wären schlimm. Ha.

Ich gehe in die Kabine und verschließe die Tür. Meine Blase erinnert mich daran, dass sie kurz vor dem Platzen ist, also mustere ich das Loch im Boden erneut. Okay, es ist genauso, als würde man sich im Wald hinhocken. Das habe ich schon mal gemacht. Ist zwar einige Zeit her, aber schwierig ist es nicht. Ich hocke mich über das Loch und ziehe mein Bikinihöschen bis zu den Knien, wobei ich es mit dem Daumen festhalte. Aber ich hab nur den oberen Teil erwischt und schaffe es, den unteren Teil vollzupinkeln. Und zwar so gründlich, dass ich das Höschen auf keinen Fall wieder anziehen kann.

Ich weiche von der Toilette zurück, weil ich Angst habe, hineinzutreten, und schlüpfe aus meinem Bikinislip, wobei ich den feuchten Teil von meinem Bein weghalte. Der Slip baumelt zwischen meinen Fingern, dunkelblau auf der einen Seite, heller auf der anderen. So eklig. Ich habe keine andere Wahl, als ihn in den Hygieneabfallbehälter hinten in der Kabine zu werfen, und den Rock so weit wie irgend möglich nach unten zu ziehen. Ich fühle mich nackt, dabei ist mein Kleid mehr als lang genug. Es geht fast bis zu den Knien.

Dennoch, als ich beim Händewaschen einen Blick in den Spiegel werfe, sind meine Wangen gerötet. Ein Mädchen betritt den Waschraum, und ich laufe noch röter an, so als ob sie alles sehen könnte. Ich atme tief durch, schüttele über mich selbst den Kopf und ziehe das Gummi meines Pferdeschwanzes fester. Na schön. Ich werde jetzt die neue Freundin meines Vaters kennenlernen und dabei keine Unterwäsche tragen. Das fühlt sich zwar total falsch an, aber ich kann es nicht ändern.

Ich öffne die Tür und gehe hinaus. Obwohl in dem Restaurant ein ziemliches Gewimmel herrscht, kann ich Dads Gruppe vom Eingang aus sehen. Achtzig Prozent Ausländer und ein paar Japaner. Dad beugt sich zu einer zierlichen dunkelhaarigen Frau hinüber. Eloise? Mein Herz hämmert, dennoch zwinge ich mich zu einem Lächeln, und mache mich auf den Weg quer durch das Restaurant.

Ich bin noch ungefähr sechs Schritte vom Tisch entfernt, als ein Typ neben der Frau auftaucht und ihr den Arm um die Schulter legt. Dad sieht mich und winkt mir im selben Moment zu, als der Typ »Mom« sagt, und dann drehen sich beide zu mir um.

Zwei Schritte von mir entfernt steht Finn O'Leary.

5

»Zosia?« Finn greift nach meinem Arm, als müsste er mich berühren, um zu glauben, dass ich echt bin. Das kann ich ihm nicht verdenken. Seine Berührung ist das Einzige, das mich davon abhält, ohnmächtig in seine Arme zu sinken.

»Hallo.« Meine Stimme klingt seltsam schrill.

Bevor ich noch etwas sagen kann, ergreift Dad das Wort. »Natürlich kennt ihr euch. Ich weiß nicht, warum ich nicht dran gedacht hab, aber ihr beide müsst ja im selben Abschlussjahrgang gewesen sein.« Er sagt das, als wäre er stolz darauf, dass er darauf gekommen ist.

Die Frau, von der ich annehme, dass es sich um Eloise handelt, lächelt. »Zosia, ich freue mich, dich kennenzulernen. Ich hab schon so viel von dir gehört.«

Mir liegt auf der Zunge, zu antworten, dass das nicht auf Gegenseitigkeit beruht, stattdessen sage ich: »Danke.« Finns Hand liegt immer noch auf meinem Arm, aber als ich ihn ansehe, nimmt er sie herunter, als wäre ihm gerade erst aufgefallen, dass sie dort liegt. »Du bist in Tokio.«

Er nickt langsam. »Ja.«

»Wow.« Ich versuche nicht mal, mir was Intelligentes einfallen zu lassen, das ich sagen könnte.

»Finn hat es dieses Jahr auf die Bestenliste des MIT geschafft, und sein Vater dachte, dass ihm nach der ganzen Plackerei ein arbeitsfreier Sommer guttun würde. Das Flugticket nach Tokio war als Belohnung gedacht.« Eloise sagt das mit leicht geschürzten Lippen.

Ich gebe ein weiteres »Wow« von mir. Ich kann einfach nicht anders. Ich wusste zwar, dass er am MIT studiert, aber ich hätte nie gedacht, dass er ein überdurchschnittlicher Student sein könnte. Das überrascht mich fast mehr als die Tatsache, dass er hier in Tokio ist.

Finns Schultern spannen sich. »Nennen wir das Kind doch einfach beim Namen. Mein Vater ist derzeit nicht gerade in einer guten Verhandlungsposition.«

Dann geht er – ohne ein weiteres Wort zu sagen – zum Tisch zurück und schnappt sich ein Glas. Irgendjemand verwickelt ihn in ein Gespräch, und ich starre ihm hinterher, bis Eloise das Wort ergreift. »Tut mir leid. Finn und sein Vater hatten ein paar Probleme miteinander. Sie haben sich nicht besonders viel gesehen, und ich bin mir nicht sicher, ob es das besser oder schlimmer macht.«

»Schon in Ordnung«, sage ich. So gern ich sie über Finn ausfragen würde, mir ist das alles auch so schon zu viel. Nach seiner Reaktion zu urteilen, ist es eine ziemlich lange Geschichte. Ich behalte im Hinterkopf, was Eloise gesagt hat, um später darüber nachzudenken, und schenke ihr dann ein Lächeln, von dem ich hoffe, dass es überzeugend wirkt. »Gefällt es Ihnen in Tokio?«

Eloise sieht erleichtert aus, und wir unterhalten uns über die Hitze und die Züge. Sie empfiehlt mir ein Lebensmittelgeschäft in der Nähe des Bahnhofs, in dem es amerikanische Produkte zu kaufen gibt, und erzählt mir eine lustige Geschichte davon, wie sie versucht hat, sich eine Hose zu kaufen. Während wir uns unterhalten, wickelt sie Strähnen ihres langen schwarzen Haars um ihren Finger, was sie jung wirken lässt, obwohl sie schon über vierzig sein muss. Es endet damit, dass ich ihr beim Essen gegenübersitze, während Dad und Finn am anderen Ende des Tisches Platz gefunden haben. Neben uns sitzen ein paar Praktikanten, und Amelia, eine von ihnen, studiert an der University of Rhode Island, deshalb gibt es eine Menge, worüber ich mit ihr reden kann, und es fühlt sich alles ziemlich normal an.

Abgesehen davon, dass mir die ganze Zeit über bewusst ist, dass sich Finn fast das ganze Abendessen lang mit meinem Vater unterhält. Was zum Henker haben die beiden gemeinsam? Und wie gut kennen sie sich? Von meinem Platz aus sieht es aus, als würden sie sich echt gut verstehen. Entweder ist Finn sehr viel zugänglicher und mitteilsamer, als er zugibt, oder das zwischen Dad und Eloise ist viel ernster, als Dad mich glauben lassen will. Keiner der beiden Gedanken gefällt mir besonders, und ich rutsche unbehaglich auf meinem Stuhl hin und her. Was mich daran erinnert, dass ich kein Höschen anhabe. Der Gedanke macht mich noch zappeliger.

Als wir etwa die Hälfte der riesigen Servierplatte mit dünn geschnittenem Fleisch geleert haben, die wir abwechselnd auf dem kleinen runden Grill in der Mitte des Tisches garen, will ich nach Hause. Ich bin satt, es ist heiß, und der Zigarettenrauch ist überwältigend. Amelia sagt, dass ein paar Restaurants Rauchverbot eingeführt haben, aber generell ist es eher üblich, in den Innenräumen zu rauchen als draußen. Sie sagt, dass man sich daran gewöhnt, aber für meinen ersten Tag und mit dem Jetlag, der mir noch in den Knochen sitzt, ist das einfach zu viel. Ich suche ein paarmal Dads Blick, in der Hoffnung, dass er meine verzweifelter werdenden Signale auffängt, aber er lächelt nur und nickt.

Wir sitzen wirklich lange in dem Restaurant, und als jemand verkündet, dass in zwanzig Minuten der letzte Zug fährt, bin ich die Erste, die vom Tisch aufspringt. Nachdem wir eilig unsere Rechnung bezahlt haben, verlassen wir das Restaurant. Eine große Gruppe geht Richtung Bahnhof, und ich halte mich an Amelia und Akihiro, einen weiteren Praktikanten. Eloise und Dad gehen vor mir, und Finn muss irgendwo hinter mir sein, da ich ihn erst wieder sehe, als wir den Bahnsteig erreichen. Fast alle fahren nach Tokio – fast alle außer Dad, Eloise, Finn, ich und einem Pärchen, das so mit sich selbst beschäftigt ist, dass wir genauso gut unsichtbar sein könnten. Wir fahren nach Yokohama.

Jetzt, da wir nicht mehr mit den anderen zusammen sind, rücken Eloise und Dad näher zusammen und sprechen ein paar Schritte entfernt leise miteinander. Sie berührt ihn am Arm, während er spricht, und er streichelt ihr mit der Hand über den Rücken. Ja, na klar. Neue Freundin, von wegen!

Als Finn neben mir auftaucht, platze ich mit meinen Gedanken raus, als hätten wir uns den ganzen Abend unterhalten. »Glaubst du, dass Eloise und Dad hier richtig zusammengelebt haben? Bevor sie sich für uns einen seriösen Anstrich gegeben haben?«

Finn sieht überrascht aus, und ich weiß nicht, ob das an meinem Ton liegt, der nicht ganz so beiläufig ist, wie ich beabsichtigt habe, oder daran, dass ihm dieser Gedanke nicht gekommen ist. Jedenfalls zuckt er mit den Achseln. »Wahrscheinlich schon.«

»Macht es dir etwas aus? Dass sie zusammen sind?« Mein Tonfall wird immer aufgebrachter, fast schon angriffslustig, aber Finn scheint das nicht wahrzunehmen. Vielleicht kommt es auch mir nur so vor. Mindy sagt immer, das ich mich nicht halb so wütend anhöre, wie ich immer denke.

»Nein. Dein Dad ist cool. Macht es dir was aus?«

»Ich weiß nicht. Ich habe es gerade erst erfahren. Ich meine, irgendwie hab ich es wohl geahnt. Aber eben nicht gewusst.« Man könnte auch sagen, dass ich es mir nicht eingestehen wollte. Mir fällt die Nacht wieder ein, als ich den Telefonhörer abhob und hörte, wie Eloise »Liebling« zu Dad gesagt hat. Es klang, als hätte sie es schon hundertmal gesagt, und in meinem Magen bildete sich ein Eisklumpen. Ich hatte den Hörer so schnell aufgelegt, wie ich konnte, war aber nicht schnell genug. »Sie scheint nett zu sein.«

Finn sieht aus, als würde er gleich lächeln, aber er tut es nicht. »Sie ist in Ordnung.«

»Sie freut sich bestimmt darüber, dass du den Sommer hier verbringst.«

Er zuckt mit den Achseln. »Wahrscheinlich.«

»Ob es hier wohl Orangenlimonade gibt?« Ich weiß nicht, warum ich das sage – vielleicht will ich ihn daran erinnern, dass wir uns schon mal unterhalten haben. Jedes Wort fühlt sich an, als müsste ich es ihm aus der Nase ziehen.

»Ja. Man muss danach suchen, aber ja, auf jeden Fall.« Sein Gesicht entspannt sich zu einem Beinahe-Lächeln – das ich sofort wieder zum Verschwinden bringe, indem ich frage: »Was ist das für ein Problem mit deinem Dad?«

Er verzieht den Mund. »Er vögelt meine Freundin. Du weißt schon – weil er es kann.«

»Wow. Ich hoffe, sie ist inzwischen deine Exfreundin.« Eloise hat gesagt, dass Finn ziemlich empfindlich ist, was seinen Vater angeht. Kein Wunder. Ich wüsste gern, ob es um Lexy Newton geht. Ihre Nachricht auf seiner Pinnwand ist erst fünf Tage alt.

»Guter Hinweis.« Seine Lippen kräuseln sich. »Mein Dad vögelt meine Exfreundin.«

Der Zug kommt, und wir steigen ein, wobei wir im Abteil ziemlich weit von unseren Eltern entfernt stehen. Ich schaffe es nicht, gleichzeitig über sie und Finn O'Leary nachzudenken, deshalb nehme ich den Gesprächsfaden wieder auf. »War das was Ernstes zwischen euch?«

Als Finn nach der Haltestange über seinem Kopf greift, treten seine Oberarmmuskeln leicht hervor. »Nein, es war nicht diese Art von Beziehung.«

Er wollte garantiert gerade sagen, dass es nur was Körperliches war, und ich bin versucht, es an seiner Stelle auszusprechen, tue es aber nicht. »Warum bist du dann sauer?«

»Es geht ums Prinzip. Stell dir vor, deine Mom bandelt mit einem deiner Exfreunde an.«

»Meine Mom ist tot.« Meine Stimme klingt flach und hart. Ich höre mich wütend an, aber wenigstens habe ich jetzt einen Grund.

Er hebt ruckartig den Kopf. »Wow. Das tut mir leid. Was ist passiert?«

»Bauchspeicheldrüsenkrebs. Sie ist gestorben, als ich in der elften Klasse war.«

»Das tut mir wirklich leid.« Es klingt aufrichtig. Als würde es ihm wirklich leidtun.

Ich will nicht über meine Mutter sprechen, selbst wenn das bedeutet, dass er mich zum ersten Mal an diesem Abend richtig ansieht. »Wo lebt er? Dein Dad?«

»In der Nähe von Baltimore.«

Richtig. Die Facebook-Freunde. Das wusste ich schon. Die Türen öffnen sich und schließen sich wieder. Erste Haltestelle. »Es ergibt wahrscheinlich keinen Sinn, ihn wegen dieser Sache zu hassen.«

»Nein?« Finn greift wieder nach der Stange, und sein T-Shirt-Ärmel rutscht nach unten, sodass sein Tattoo zu sehen ist. Es ist ziemlich groß, und ich schließe eine spontane Wette mit mir selbst ab, wie groß die Wahrscheinlichkeit ist, dass ich es jemals komplett zu sehen bekomme. Hundertzwanzig zu eins?

»Er verhält sich unreif, und sie ist es nicht wert.« Ich kann nur wild spekulieren, aber wenn man sich Lexy Newton so ansieht …

»So kann man das wohl ausdrücken«, sagt er.

»Die Zeit heilt alle Wunden, sagt man das nicht so?«

Ein Lächeln zupft an seinen Mundwinkeln. Ein echtes erreicht seine Augen. Es ist wie ein Sieg. »Stimmt, so sagt man.«

»Und eines Tages ist er weg, und man ärgert sich über alles, was man anders gemacht hätte, wenn man vorher gewusst hätte, was das bedeutet.«

»Vielleicht.« Er schweigt kurz. »Was hättest du anders gemacht?«

Ich zucke mit den Achseln. »Das hängt vom Tag ab.«

»Was ist mit heute?« Jetzt, da er mich ansieht, fällt mir wieder ein, dass uns beim letzten Mal Dunkelheit umgeben hat, als wir uns unterhalten haben. Hier, im fluoreszierenden Licht des Zugs, kann ich die dunklen Bartstoppeln auf seinem Kinn sehen. Die kantigen Wangenknochen. Die dunklen Augen, die so unergründlich sind, dass man hineinfallen und sich tagelang darin verlieren könnte. Sein Blick ist unbeirrt auf mein Gesicht gerichtet, ohne zu zucken oder zur Seite zu sehen, so wie es Menschen tun, die hoffen, dass man ihnen keine ehrliche Antwort gibt.

Also bekommt er die ehrliche Antwort. »Ich wünschte einfach nur, dass meine Mutter hier sein könnte. Sie wäre begeistert gewesen.«

Noch ein halbes Lächeln. »Ja? Warum?«

»Die Leute, das Essen, sie hat es geliebt, Neues auszuprobieren ...« Mir fällt auf, dass er durch das Abteil zu Dad und Eloise hinüberschaut. »Das ist nicht böse gemeint. Wegen deiner Mutter, meine ich. Ich bin mir sicher, ob sie ...«

»Du musst sie nicht mögen. Ich verrat's keinem.« Der Zug kommt zitternd zum Stehen, und Finn geht zur Tür, bevor ich etwas erwidern kann. »Das ist unsere.«

Alle Gedanken, die ich zum Thema Eloise habe oder nicht

habe, verpuffen, als ich aus dem Zug steige und mich der Menge anschließe, die den Bahnsteig verlässt. Es ist nicht ganz so schlimm wie vorher, aber es sind immer noch ziemlich viele Leute unterwegs, die meisten betrunken, mit gelockerten Krawatten und roten Gesichtern. Finn, der am Treppenabsatz steht, ist gut zu sehen. Er überragt alle anderen Passanten, als er neben mir die Treppe hinuntergeht.

»Wohnst du hier in der Nähe?«, frage ich.

»Wir wohnen nur ein paar Häuserblöcke von euch entfernt.«

Im Ernst? Finn weiß, wo ich wohne? »Gibt es irgendwas hier in der Nähe, das man sich ansehen sollte?«

»Doch, ja, es gibt ein paar Orte. Bist du müde?«

Ich schüttle schon den Kopf, ehe mir klar wird, was er will. »Eigentlich nicht.«

»Hast du Lust, dich etwas in der Nachbarschaft umzusehen?« So, wie er das fragt, bin ich mir sicher, dass er mit einem Nein rechnet. Oder er will mir ein Hintertürchen offenlassen. Hat Finn O'Leary mich gerade tatsächlich gefragt, ob … nein, kein Date, aber irgendwas, und ich gehe etwas schneller, um Dad und Eloise einzuholen, bevor ich den Mut verliere.

»Hey Dad.« Er bleibt stehen, als wäre ihm gerade erst eingefallen, dass er mit mir zusammen unterwegs ist, und ich glaube, dieser Umstand erhöht meine Chancen, dass er zustimmt. »Finn und ich machen noch ein bisschen die Stadt unsicher, in Ordnung?

»Ihr wollt ausgehen? Wohin?« Seit ich die Highschool abgeschlossen habe, darf ich nach Hause kommen, wann ich will. Dad bittet mich nur darum, dass ich ihm sage, ob ich vorhabe, sehr spät heimzukommen oder die ganze Nacht wegzubleiben. Aber wenn ich in Westfield abends richtig spät nach Hause gekommen oder die ganze Nacht unterwegs war, dann war ich immer mit Mindy unterwegs. Jetzt ist das anders.

»Es gibt eine Bar, in der sie abends lange Live-Musik spielen. Ich dachte, Zosia und ich können es uns mal anschauen.« Finn sieht Eloise nicht mal an.

»Zo, du bist doch gerade erst angekommen.« Dads Augen wandern von mir zu Finn und wieder zurück. Er holt tief Luft, und ich kann förmlich sehen, wie er sich ins Gedächtnis ruft, dass ich kein kleines Mädchen mehr bin. Genau das hat er sich für mich gewünscht. Mehr Unabhängigkeit. Erfahrungen. Die besonders. »Na schön. Aber ich würde mich wohler fühlen, wenn Finn dich hinterher nach Hause bringt. Hier kann man sich leicht verirren.«

»Mach dir keine Sorgen, Greg. Ich passe auf sie auf.« Finn klingt sehr selbstbewusst. Und er nennt meinen Vater Greg?

Dad sieht mich immer noch an. »Na dann, viel Spaß. Ich bin wahrscheinlich nicht mehr wach, wenn du nach Hause kommst.«

»Das ist völlig okay.« Ich stammele leicht, weil mir klar wird, wie sich das anhört. »Ich meine, das war ein langer Tag für dich, mit der Arbeit und allem.«

Noch ein paar Abschiedsworte von Eloise, und Finn und ich schlendern eine Gasse hinunter. Sie ist schummrig, voller Plastikkisten und leerer Fässer. Es riecht nach abgestandenem Bier und Urin. Ich will Finn gerade fragen, wo er mich hinführt, als wir plötzlich auf eine hell erleuchtete Straße stoßen, voller Leute und Geschäfte und Restaurants. Ich sehe mindestens vier *pachinko*-Läden, die japanische Version einer Spielhalle, und die Luft um uns herum ist erfüllt von blecherner, zirkusähnlich klingender Musik und dem Klacken von Metallkugeln. Ich weiß nicht viel über *pachinko,* außer dass es so aussieht, als würde es mit aufgerüsteten Flippern gespielt. Offensichtlich handelt es sich um eine Art Glücksspiel, und den Männern nach zu urteilen, die durch die Rauchschleier im Inneren zu sehen sind, ist das Spiel sehr beliebt bei japanischen Senioren.

Ich folge Finn durch die Menge zu einer Tür mit einer roten Laterne, ein Zeichen, von dem ich gelesen habe, dass es bedeutet, dass es sich um eine *izakaya*, eine Kneipe handelt. Drinnen ist es voller Menschen, und überall stehen kleine Holztische. Die Bar nimmt fast die ganze hintere Wand ein, und abgesehen von ein paar Geschäftsmännern in dunklen Anzügen, die auf Barhockern sitzen, sehen die übrigen Gäste aus, als wären sie in unserem Alter. Finn bahnt sich einen Weg zu einem Tisch an der Wand. Zwei Sekunden später legt eine Frau eine Getränkekarte vor uns hin und sagt etwas auf Japanisch, das ich nicht verstehe.

»Sie hat gefragt, ob du etwas trinken möchtest«, sagt Finn. In der Bar ist es sehr laut, und er beugt sich weit genug vor, dass ich jede Wimper sehen kann.

»Ähem, Wasser?« Ich sehe die Frau an. *»Mizu, kudasai.«*

Sie nickt, Finn sagt etwas auf Japanisch, und sie verschwindet. »Hast du Hunger?«, fragt er.

»Nein, wir haben doch gerade erst gegessen. Sprichst du Japanisch?« MIT, Bestenliste und jetzt auch noch Japanisch. Finn steckt voller Überraschungen.

»Ich kann ein Getränk bestellen. Das war's aber auch. Und du?«

»Nicht richtig. Vor zwei Wochen bin ich in Panik geraten und hab mich noch mal ernsthaft mit Dads *Rosetta-Stone*-Japanischkurs beschäftigt. Deshalb kann ich jetzt Wasser bestellen und mit dem angemessenen Grad an Höflichkeit ›Es freut mich, Sie oder dich kennenzulernen‹ sowohl zu einem japanischen Würdenträger als auch zu einem siebenjährigen Kind sagen. Das ist bestimmt sehr nützlich, insbesondere, falls ich jemals einem japanischen Würdenträger begegne.«

»Sehr nützlich.« Er lacht, und die Anspannung in meinen Schultern lässt etwas nach.

Die Kellnerin kommt und stellt Gläser vor uns auf den Tisch. Bier für Finn, Wasser für mich, und noch was. Als ich den Mund aufmache, um zu protestieren, sagt er: »Den habe ich für dich bestellt. Das ist *umeshu*. Pflaumenwein mit Sprudel oder so. Probier's mal.«

»Darf man in Japan nicht erst ab zwanzig Alkohol trinken?« Schon während ich das sage, komme ich mir blöd vor. Ich könnte durchaus als zwanzig durchgehen, und die Kellnerin macht sich keine Gedanken um mein Alter. »Es ist nur, ich trinke nicht so gern Wein.«

»Warum nicht?«, fragt er und nippt an seinem Bier.

Es klingt seltsam, aber ich bin noch nie mit einem Jungen ausgegangen und habe Alkohol getrunken – nicht so wie jetzt. Und für Finn scheint es selbstverständlich zu sein. Er trinkt definitiv nicht, um mutiger zu werden oder mich zu beeindrucken.

»Ich weiß nicht.« Aber dann halte ich inne und beschließe, ihm die Wahrheit zu sagen. »Diese ganze Sache mit dem Sichbetrinken und die Kontrolle verlieren macht mir Angst. Insbesondere dann, wenn ich mit Leuten zusammen bin, die ich nicht kenne.«

»Und mich kennst du nicht.«

Ich rechne mit Spott, aber seine Stimme klingt vollkommen ernst.

»Nein. Ich meine, nun ja, nein.« Ich komme mir komisch vor, so als hätte ich vielleicht etwas anderes antworten sollen. Kokett sein sollen. Ich grinse und hoffe, dass es natürlicher wirkt, als es sich anfühlt. »Ich behalte gern die Kontrolle. Es gibt einen Grund, warum ich mich in der Highschool gegen Mannschaftssportarten entschieden habe.«

Darüber lacht Finn so laut, dass sich die Leute am Nebentisch umdrehen und uns ansehen. »Geht mir genauso.« Er trinkt einen Schluck von seinem Bier. »In Baltimore bin ich regelmäßig gelaufen.«

»Warst du gut?«

Er beißt sich auf die Unterlippe und erwidert mein Lächeln. »Was glaubst du?«

Okay, er flirtet mit mir. Das tut er wirklich. »Und warum hast du in Westfield keinen Sport gemacht?«

Er nippt wieder an seinem Bier. »Hab ich einfach nicht.«

Mir fällt absolut nichts Witziges ein, das ich sagen könnte, deshalb trinke ich einen Schluck von dem *umeshu*. Finn hat recht. Der Pflaumenwein schmeckt wirklich gut. Wie Fruchtlimonade. »Vermisst du Baltimore?«

»Eigentlich schon. Aber vor ein paar Wochen war ich dort, und es war nicht mehr dasselbe. Es ist nicht mehr mein Zuhause.«

Ich erinnere mich an das Gespräch, das ich mit Mindy an dem Abend hatte, als ich das mit Tokio erfuhr. »Heimat ist der Ort, an dem das Herz zu Hause ist, stimmt's?«

»Ich dachte, Heimat wäre der Ort, an dem man seinen Hut aufhängt?«

»Den Spruch kenne ich auch, aber das ist nicht das, was ich meine.«

Finn sieht aus, als würde er nachhaken wollen, aber in diesem Augenblick erklingt eine laute Mikrofonstimme, und alle drehen sich um, um zu sehen, was los ist. Ein zierliches Mädchen sitzt mit einem Mikro und einer Gitarre auf einem Barhocker. Ich verstehe ungefähr drei Worte von dem, was sie sagt, bevor sie die Gitarre hochnimmt und zu spielen anfängt. Von dem Text verstehe ich ebenfalls fast nichts, aber ihr Gesang ist melancholisch und wunderschön, und ich verschränke die

Arme vor der Brust, weil ich befürchte, gleich weinen zu müssen. Dass ich den *umeshu* wie Limonade runterkippe, macht die Sache wahrscheinlich nicht besser.

Das Mädchen singt eine ganze Reihe von Songs, darunter sind auch ein paar englische, bevor sie das Publikum dazu auffordert, ihrem Beispiel zu folgen. Wenigstens glaube ich, dass sie das tut, denn nach ihrem Auftritt greift eine ganze Reihe von Leuten nacheinander nach dem Mikrofon, um zu singen. Mitten in einer ziemlich miesen Darbietung von »Lucy in the Sky with Diamonds« drehe ich mich zu Finn um.

»Spielst du uns heute Abend einen deiner Songs vor?«

Finn spuckt beinahe das Bier wieder aus, das er gerade getrunken hat. »Ich?«

»Du hast mir doch erzählt, dass du an dem einen Abend Gitarre gespielt hast?« Ich zeige auf den Jungen auf der Bühne, dessen Stimme gerade am Refrain scheitert. »Das Publikum macht einen ziemlich toleranten Eindruck.«

»Stimmt. An dem Abend, als ich dich auf dem Spielplatz gesehen habe.« Es scheint ihn zu überraschen, dass ich mich an die Gitarre erinnere, aber dann schüttelt er den Kopf. »Die sind betrunken.«

»Das ist kein Nein«, ziehe ich ihn auf. Zweifellos das Ergebnis des zweiten *umeshu*.

»Kommst du mit auf die Bühne?«

»Nein. Aber ich verspreche, am lautesten zu klatschen.«

»Nicht gut genug.« Er schüttelt den Kopf. »Du musst schon etwas mehr bieten, wenn ich mich zum Idioten machen soll.«

Ich seufze dramatisch. »Na schön. Was willst du?«

Er mustert mich über den Rand seines Bierglases hinweg. »Wenn du mich bei einem Song begleitest, spiele ich zusätzlich einen allein.«

»Falls es ein selbst geschriebener ist, bin ich dabei.«

»Ein selbst geschriebener?«

»Genau. Ein eigener Song.«

»Ich singe meine eigenen Sachen nicht vor anderen.«

»Und ich singe überhaupt nicht, also sind wir quitt«, erwidere ich und klinge cool und beiläufig. Als würde ich täglich mit Jungs wie Finn flirten. Als würde mir die Aussicht darauf, zu nachtschlafender Zeit in einer Tokioter Bar zu singen, kein bisschen Angst einjagen.

Obwohl ich nicht damit rechne, dass er darauf eingeht, tut er es. Zögernd, als könnte er es selbst nicht glauben. »Na schön. Abgemacht.« Ein weiterer Schluck Bier. »Was singen wir?«

Mein Herz hämmert. Ich bin alles andere als gelassen. Tatsächlich bin ich starr vor Schreck, und das trotz der beiden *umeshus*. Aber der Umstand, dass er zugestimmt hat, bringt mich dazu, zu sagen: »Ich weiß nicht. Was kannst du denn spielen?«

»Wie wäre es mit ›Bridge Over Troubled Water‹?«

»Nein.« Ich schreie fast. Das war das Lied, das meine Mutter mir immer zum Einschlafen vorgesungen hat, als ich klein war. Sie hat auf meiner Bettkante gesessen, mit sanfter Stimme gesungen und mir durch den dünnen Baumwollstoff meines Nachthemds den Rücken gekrault. Ich stürme immer noch aus dem Zimmer, wenn der schmalzige Kuschelrock-Radiosender, den Babci am liebsten hört, dieses Lied spielt. »Den Song kann ich nicht singen.«

Mal abgesehen davon, dass ich überhaupt nicht singen kann. Finn nickt und fragt: »Wie wäre es dann mit ›The Sound of Silence‹, oder magst du Simon & Garfunkel generell nicht?«

»Nein, schon in Ordnung.« Ich lächle und kann es mir nicht verkneifen zu fragen: »Warum kannst du so viel von Simon & Garfunkel spielen? Wie wäre es mit Dave Matthews oder so?«

Er zuckt mit den Achseln. »Dave Matthews kann jeder spielen.«

Nun, ich nicht.

Wie auch immer, es ist zu spät. Finn steht auf, um dem Mädchen in der Ecke zu sagen, dass wir gern was vortragen würden. Und nur zehn Minuten später stehen wir auf der provisorischen kleinen Bühne. Irgendjemand hatte Finn eine Gitarre gegeben, und vor uns sind zwei Mikrofone, wobei meins mindestens sechzig Zentimeter entfernt steht. Die Panik droht mir die Luft abzuschnüren, und die vielen auf uns gerichteten Augenpaare bringen mich fast dazu, meine Meinung zu ändern, aber dann spielt Finn auch schon den ersten Akkord und beugt sich zu mir herunter. »Komm schon. Mal sehen, wie's läuft.«

Zuerst singt er nur mit leiser Stimme und sieht mich so lange an, bis ich einstimme. Meine Knie sind weich, und ich bohre die Fingernägel in die Handflächen, damit meine Hände nicht zittern, aber solange ich Finns Fingern dabei zusehe, wie sie über die Gitarrensaiten gleiten, ist alles in Ordnung. Einmal höre ich einen Stuhl über den Boden kratzen und drehe mich nach dem Geräusch um. Sofort steigt Panik in mir auf – ich schaffe das nur, wenn ich das Publikum ausblende. Und wenn ich ehrlich sein soll – die Tatsache, dass ich zusammen mit Finn O'Leary in einer Bar in Tokio singe, ist schon seltsam genug.

Meine Stimme bricht, als ich mich frage, wie blöd ich mir hinterher wohl vorkommen werde, aber dann fällt mir wieder ein, dass Finn mir dafür einen seiner selbst geschriebenen Songs versprochen hat. Wenn ich das hier hinkriege, bekomme ich auch etwas dafür.

Als wir verstummen, werden wir mit lautem Beifall belohnt. Ein paar Leute rufen sogar etwas. Ich habe keine Ahnung, ob wir gut waren, und meine Knie bestehen aus Wackelpudding, aber es macht mir nichts aus.

Als der Applaus leiser wird, sagt Finn etwas ins Mikrofon. »Ich habe Zosia versprochen, dass ich einen eigenen Song spiele, wenn sie mit mir zusammen auf der Bühne singt. Aus diesem Grund müsst ihr mich noch etwas ertragen.«

Während ich zu unserem Tisch zurückgehe, kann ich hören, wie er tief durchatmet, das Geräusch wird durch das Mikrofon verstärkt.

»She looks like she's flying on gossamer wings
The night is so black, you can't see the strings
She's soaring, she's floating, she's touching the sky
She's an angel, a vision, a trick of my mind.«

Wie gelähmt bleibe ich mitten in dem Meer aus Stühlen stehen und drehe mich zu ihm um. Seine Stimme ist leise, aber selbstsicher. Er macht das nicht zum ersten Mal. Sein Blick ist unbeirrt auf mich gerichtet. Er sieht nicht mal weg. Selbst als ich mich auf meinen Stuhl sinken lasse, wendet er den Blick nicht ab.

Meine Hände fangen an zu zittern, deshalb schiebe ich sie zwischen die Knie; in meinem Nacken sammeln sich Schweißtropfen. Ich schaffe es nicht, die Luft wieder aus meinen Lungen ausströmen zu lassen, als bräuchte mein Herz mehr Sauerstoff. Ich weiß nicht, ob ich jemals aufrechter irgendwo gesessen habe.

»I can't help it, I watch her, frozen in place
Afraid if I blink, she'll go away
I need her, I want her, an unbearable ache
To touch her, to feel her is all it would take
For my heart to break open, for my soul to heal
She's not even there, yet somehow she's real.«

Mein Herz wird so groß, dass es alle Luft aus meiner Lunge drückt. Mein Gott. Er singt doch nicht etwa über jenen Abend auf dem Spielplatz? Über mich? Mein Gott, so wie sein Blick durch mich hindurchgeht, scheint es möglich zu sein. Zum Teufel, dieser Blick gibt mir das Gefühl, dass alles möglich ist. Ich bin wie gelähmt, klebe an seinen Lippen, an jedem Akkord.

»My heart will break open, my soul will heal
Maybe she's there; God, let her be real.«

Dann ist es vorbei.

Alle klatschen. Ziemlich laut.

Alle außer mir.

Ich starre ihn an, und er erwidert meinen Blick. Die Luft zwischen uns knistert vor Spannung. Seine dunklen Augen saugen mich auf; seine Lippen teilen sich, und ich spüre, wie meine dasselbe tun. Wenn er nicht sechs Meter entfernt stünde, würde ich ihn küssen. Das würde ich wirklich. Wenn er es nicht zuerst tun würde. Ich glaube, in diesem Augenblick könnte beides passieren.

Wenigstens bis zu dem Moment, in dem er den Blick abwendet. Er dreht sich um und verbeugt sich kurz vor dem Mädchen, das die Auftritte koordiniert, und als er sich wieder zu mir umdreht, ist in seinem Gesicht fast nichts von der Weichheit übrig geblieben, die dort noch vor wenigen Sekunden zu sehen war. Und als er an unserem Tisch ankommt, ist sie vollständig verschwunden. Sein Ton ist beiläufig, so als hätte es die letzten drei Minuten nie gegeben.

»Du hast gar nicht geklatscht. Zum Glück habe ich dich dazu gezwungen, zuerst zu singen.«

Das habe ich vollkommen vergessen. »Es tut mir leid. Es war

nur, das Lied war sehr schön.« Ich klinge genauso durcheinander, wie ich mich fühle.

Aber Finn zuckt nur mit den Achseln, und schon bevor er den Mund aufmacht, weiß ich, dass er nun alles kaputt machen wird. »Ich hab nur ein bisschen herumexperimentiert.«

Natürlich. Mein Gesicht glüht, und ich bin froh, dass es in der Bar dunkel ist. Meine Maske aus scheinbarer Coolness und koketter Lässigkeit weicht unbehaglichem Schweigen und Gestammel. »Das war wirklich ein toller Song.« Beim letzten Wort bricht meine Stimme. Ich drehe mein leeres Glas zwischen den Händen und warte darauf, dass er etwas sagt, aber das tut er nicht. Er ist nicht der Typ, unbehagliche Stille mit Worten zu füllen, und ich weiß nicht weiter. »Hör mal, Finn, ich bin müde. Es tut mir leid, ich –«

»Nein, schon gut. Es ist spät.« Er hat noch nicht mal zu Ende gesprochen, da ist er bereits aufgestanden, und ich folge ihm aus der Bar. In den letzten Stunden ist es deutlich leerer geworden, und die wenigen, die noch übrig sind, machen einen ziemlich lädierten Eindruck. Zwei Anzugträger übergeben sich vor einer der Spielhallen, und auf dem Bürgersteig wird sich viel verbeugt und hin- und hergeschwankt, als sich die Leute, die zusammen unterwegs waren, voneinander verabschieden.

Unser Heimweg verläuft schweigsam. Es sind nicht mehr als zehn Minuten, fühlt sich aber an wie eine Stunde. Im Kopf probiere ich eine Million Fragen durch, aber es kommt mir alles künstlich vor. Weil ich mir wie eine Idiotin vorkomme. Als hätte ich mich von Finns Song aufs Glatteis führen lassen und etwas daraus gemacht, das er nicht ist und nie sein wird. Zugegebenermaßen erklärt das nicht die Art, wie er mich angesehen hat, aber das habe ich vielleicht auch nur in den falschen Hals bekommen.

Wir stehen schon vor meinem Haus, bevor einer von uns was sagt, allerdings wird mir erst klar, dass es mein Haus ist, als er sagt: »Da sind wir.«

»Oh. Wow. Okay, danke.« Ich schaue über seine Schulter und tue so, als würde ich die Straße im Auge behalten wollen, nur um ihn nicht ansehen zu müssen. »Danke für den Ausflug ins Nachtleben.«

»Danke fürs Mitkommen.«

Er wiederholt diese Sache mit dem unbehaglichen Füßescharren, die ich schon aus dem Zug kenne, deshalb drehe ich mich zur Tür um. Ich fummle mit meinem Schlüsselring herum und muss zwei Schlüssel ausprobieren, bevor ich den richtigen erwische. Ich drehe den Schlüssel herum und lasse ihn just in dem Moment fallen, als ich nach der Türklinke greife.

Finn und ich beugen uns im selben Moment vor, um ihn aufzuheben. Meine Handtasche fliegt dabei nach vorn über meine Schulter, und als ich nach ihr greife, damit nicht der ganze Inhalt auf dem Bürgersteig landet, bleibe ich mit dem Rock an der Türklinke hängen. Ich beuge mich noch weiter vor, um nach meiner Tasche zu greifen, und mein Rock schiebt sich über meinen Hintern nach oben. Der nackt ist, weil ich meinen Slip in der Damentoilette eines Restaurants in den Mülleimer geschmissen habe. Das Ganze scheint eine Ewigkeit her zu sein.

Und es fällt mir auch erst wieder ein, als ich Finns Gesichtsausdruck sehe. »Ähem, dein Kleid …«

Ich sehe nach unten. »Oh. Mein. Gott.«

Sosehr ich mich auch bemühe, den Rock nach unten zu ziehen, er hängt fest, deshalb ziehe ich meinen Fuß aus dem Türspalt, woraufhin sie zufällt.

Mitsamt meinem Kleid.

Das einzig Gute an der Situation ist, dass Finn meinen Schlüssel in der Hand hat.

»Kannst du bitte die Tür aufschließen?« Ich versuche so würdevoll wie möglich zu klingen, schaffe es aber nicht, ihn anzusehen.

Zu meiner Überraschung fängt er an zu lachen. »Na schön. Warum trägst du keine Unterwäsche?

Wenn ich mich in Luft auflösen könnte, würde ich das jetzt auf der Stelle tun. »Die hab ich verloren. Schließ die Tür auf.«

Er grinst. »Du hast sie verloren? Du lügst.«

Mein Gott. Ich werde sterben. »Okay, ich lüge. Mach die Tür auf.«

»Warum erzählst du's mir nicht?« Immer noch breit grinsend lehnt er sich gegen den Türrahmen.

»Weil das, was du dir jetzt vorstellst, viel interessanter ist als die Wahrheit.« Alles ist interessanter als die Wahrheit. »Schließ die Tür auf.«

Finn streckt die Hand nach dem Schloss aus, nimmt sich dabei aber ziemlich viel Zeit. Ich könnte ihm den Schlüssel einfach aus der Hand nehmen und will das auch gerade tun, als er sagt: »Und ich dachte, dass du mir wenigstens ein kleines bisschen vertraust.«

Ich zwinge mich, seinen Blick zu erwidern. »Ich hab draufgepinkelt, als ich am Restaurant versucht habe, mit dem Loch im Boden klarzukommen, das hier als Toilette durchgeht. Deshalb habe ich meinen Slip weggeworfen.«

Er prustet los. »Das ist unschlagbar.«

Ich verkneife mir ein Lächeln. »Es ist echt unhöflich von dir, darüber zu lachen. Und jetzt schließ endlich diese verdammte Tür auf.«

Finn schließt mir auf und lässt den Schlüssel in meine Hand fallen. Ich verrenke mich, um mein Kleid zu befreien, aber der Winkel ist falsch, und je mehr ich an dem Stoff zerre, desto höher schiebt er sich über meine Hüfte.

Ich bin mir nicht sicher, was für ein Gesicht ich mache, aber als ich zu Finn hochschaue, sehe ich offenbar entsetzt genug aus, dass er die Hand ausstreckt und mein Kleid mit zwei schnellen Bewegungen befreit. Der Stoff reißt zwar, aber wenigstens bedeckt das Kleid nun wieder die Hälfte meines Hintern. Nachdem ich den Fuß wieder in den Türspalt geschoben habe, verschränke ich die Arme vor der Brust. »Danke.«

»Jederzeit gern.« Er lächelt immer noch, und es ist ein richtig nettes Lächeln. Weder amüsiert noch spöttisch. Einfach nett.

»Ich glaube, du musst mir noch eine peinliche Geschichte erzählen, damit ich mir weniger blöd vorkomme.« Das ist keine Herausforderung, sondern eine Tatsache.

Ein Lächeln zupft an seinen Mundwinkeln. »Ich glaub nicht, dass ich das toppen kann.«

»Oh, und ich dachte, dass du mir wenigstens ein kleines bisschen vertraust.« Bei diesen Worten lege ich dramatisch die Hand aufs Herz, aber mein Ton passt weder zu den Worten noch zu der Geste. Ich klinge fast traurig, was vielleicht an dem *umeshu* liegt – oder an der emotionalen Achterbahnfahrt, in die sich der Abend verwandelt hat.

Finn hört es ebenfalls und beißt sich auf die Unterlippe. »Okay, na gut. In dem Sommer, als ich zwölf war, habe ich mir das Bein gebrochen, an drei verschiedenen Stellen. Das war richtig scheiße. Alle meine Freunde waren draußen und haben Basketball oder Straßenhockey gespielt, nur ich konnte mich kaum bewegen. Manchmal habe ich ihnen von der Vorderveranda aus zugesehen, aber es war total heiß, und mein Gips hat gejuckt wie verrückt, also bin ich wieder reingegangen. Eines Tages hat der Nachbar von gegenüber eine Gitarre vorbeigebracht. Er meinte, dass sie seiner Tochter gehören und dass sie nicht mehr darauf spielen würde. Er hat mich gefragt, ob ich vielleicht Lust dazu hätte. Da ich ohnehin nichts anderes zu tun hatte, habe ich darauf herumgeklimpert. Der erste Song, den ich gelernt habe, war ›Stairway to Heaven‹. Ein paar Jahre später fing ich an, eigene Stücke zu schreiben. Ich hatte begriffen, dass Songschreiben ein Weg ist, Dinge zu verstehen, die sonst keinen Sinn ergeben.«

Das ist keine peinliche Geschichte. Das ist eine Einladung, über das Lied in der Bar zu sprechen. Ich möchte ihn nicht sagen hören, dass er mich für jemanden oder etwas anderes gehalten hat, muss aber irgendwie darauf eingehen. »Das Lied vorhin – wie heißt es?«

»Ich weiß nicht. Es ist noch nicht fertig.« Was darauf folgt, ist eine Stille, in der wir uns berühren könnten. Das glaube ich zumindest, aber keiner von uns macht den ersten Schritt. Als er wieder das Wort ergreift, ist seine Stimme leise. »Du weißt schon, es ist wie mit Leuten, denen man ihm Flugzeug begegnet. Man kann ihnen alles sagen, weil man weiß, dass man sie nie wieder trifft.«

»Das lässt sich sicher arrangieren.« Ich versuche lässig zu klingen, aber es gelingt mir nicht.

Er spricht weiter, als hätte ich nichts gesagt. »Dieses Spiel könnte ein bisschen heftig werden.«

»Spiel?«

»Vertrauen. Ehrlichkeit. Was immer es ist.«

Ich mustere ihn mit gerunzelter Stirn. »Das ist kein Spiel. Es ist, was es ist.«

»Ist es das?« Er schnaubt dabei auf eine Weise, die deutlich macht, dass er vollkommen anderer Meinung ist.

»Man traut jemandem oder nicht. Man sagt die Wahrheit oder lügt.« Als wäre es eine nachträgliche Idee, füge ich hinzu: »Oder nicht?«

»Es gibt Abstufungen, und das weißt du. Deinem Vater erzählst du eine Version der Geschichte und Mindy eine andere. Das tut jeder.«

»Worauf willst du hinaus?«

»Ich werde an meiner Ehrlichkeit arbeiten müssen, wenn wir so weitermachen, und ich muss wissen, wie weit du gehen willst.«

»Hmmm …« Ich schinde Zeit. Ganz plötzlich bin ich mir nicht mehr sicher, wie ehrlich ich sein will. »Na ja, du hattest recht, was jenen Abend auf dem Spielplatz angeht. Außer Mindy habe ich niemandem von meinem Mitternachtsspaziergang erzählt.« Und auch Mindy habe ich nicht alles erzählt. Ich habe ihr von Finn erzählt, aber nicht alles. Dass ich kurz dachte, dass er mich küssen würde, habe ich verschwiegen.

»Das zählt nicht, und das weißt du auch. Auf einer Skala von eins bis zehn? Wie ehrlich bist du?«, fragt er.

»Wahrscheinlich sechs. Vielleicht sieben«, antworte ich. »Was ist mit dir?«

»Ich fühle mich bei der Vier am wohlsten. Allerhöchstens eine Fünf.« Ich fange gerade an, mich schlecht zu fühlen, da fügt er hinzu: »Außer heute Abend. Das war eine Zehn.«

Ich bin froh, dass ich die Arme vor der Brust verschränke, denn mein Herz schlägt so heftig, dass es mir sonst aus der Brust hüpfen würde. Heftig und unerwartet. Ich rechne damit, dass er noch etwas sagt oder tut. Und als das nicht passiert, drehe ich mich zur Eingangshalle um. »Ich, ähm, sollte jetzt gehen. Danke für den Abend. Für alles.« Ich zeige auf mein Kleid, auch wenn es nicht das ist, was ich meine.

»Jederzeit gern.« Er sieht mich durchdringend an, dann wandert sein Blick zu meinem Mundwinkel, meinem Kinn und nach oben zu meinem Haar. Ich folge seinem Blick und stelle mir vor, wie er genau diese Stellen küsst. Sein Blick verharrt in der kleinen Kuhle an meinem Schlüsselbein, neben meinem Ohr. Obwohl er eine ganze Armlänge weg ist, kann ich seinen heißen Atem auf meinem Gesicht spüren. In meinem Magen kribbelt es vor Aufregung, als Finn die Hand hebt und mit dem Finger leicht über meinen nackten Arm fährt. Die Berührung ist federleicht, dennoch brennt sie, als würde er eine kleine Flamme gegen meine Haut pressen.

Nur ganz kurz berührt er mein Handgelenk, bevor er die Hand zurück in die Hosentasche schiebt und bedächtig einen Schritt nach hinten macht.

»Ich, ähm, muss jetzt los«, sagt er.

»Warum?«, platze ich heraus, bevor ich mich bremsen kann. Wenigstens verkneife ich es mir, *nein, musst du nicht* zu sagen, obwohl es mir auf der Zunge liegt.

»Es ist spät. Ich muss jetzt einfach los.« Er sagt das so schnell, dass die einzelnen Worte kaum zu verstehen sind. Als würde es wahrer werden, je schneller er es sagt.

»Ja, okay.« Ich nicke und schlucke schwer. »Ja. Ich auch.«

Ich lasse die Tür los und marschiere über den glänzenden Fliesenboden. Abgesehen vom Klatschen der Sandalen gegen meine Füße ist es in der Eingangshalle still. Halb hoffe ich, Finns Stimme zu hören, die mich zurückruft. Am Fuß der Treppe bleibe ich stehen. Ich könnte auf den Aufzug warten, bin aber nicht sicher, ob ich es aushalte, reglos hier unten zu warten, während ich mich frage, ob er immer noch da draußen steht. Und wenn er tatsächlich noch da ist, weiß ich nicht, ob ich mich davon abhalten kann, zurück zur Tür zu laufen.

Aber als ich schon auf der ersten Treppenstufe ins Stolpern gerate, bringt mich das zurück auf den Boden der Tatsachen. Ich habe Finn heute Abend bereits meinen nackten Hintern gezeigt – das Letzte, was ich jetzt gebrauchen kann, ist ein

Sturz auf der Treppe. Mein Fuß berührt die dritte Stufe, als ich die Tür hinter mir klicken höre. Ich drehe mich gerade so weit um, um zu sehen, dass er tatsächlich noch draußen steht und mich beobachtet.

6

Als ich Finn das nächste Mal sehe, ist es zwar ein komisches Gefühl, aber nur etwa eine halbe Stunde lang. Das klingt jetzt nicht so prickelnd, ist es aber. Insbesondere, wenn man bedenkt, dass er an einem Sonntag um halb zwei Uhr nachmittags bei mir auftaucht, während ich gerade in meinem Pyjama dasitze und Kaffee trinke.

»Hey. Ich hätte angerufen, aber ich hab deine Nummer nicht«, sagt er, als ich die Tür öffne.

»Ich hab ohnehin noch kein Handy. Wie sieht's aus?« Ich bleibe wie angewurzelt in der Tür stehen, mein Herz hämmert wie verrückt. Hat er mir am Freitagabend irgendwas gegeben, woran ich mich festhalten kann? Jedes Mal, wenn ich abends mit Mindy unterwegs bin, schleppe ich am Ende ihren Lippenstift und ihr Handy mit mir herum, aber Finn ist nicht der Typ für Lippenstift, und die Umrisse seines Handys sind deutlich in der Vordertasche seiner dunkelblauen Shorts zu erkennen.

»Ich war in der Nachbarschaft unterwegs und dachte, ich schau mal vorbei, wie gute Nachbarn das tun«, sagt er und schenkt mir ein umwerfendes Grinsen, das ein tiefes Grübchen in seine linke Wange gräbt. Das Grübchen ist mir vorher nie aufgefallen.

»Oh. Na ja, dann …« Ich trete beiseite, damit er reinkommen kann und richte mich unwillkürlich auf, als sein Blick über meinen Körper huscht. Mein Herz macht wieder einen Sprung, und ich schlucke schwer. Vor weniger als zwei Tagen haben wir mehrere Stunden miteinander verbracht. Er hat für mich *gesungen*, um Gottes willen. Oder falls es nicht für mich war, dann wenigstens über mich. Möglicherweise. Wie auch immer, ich muss mich jetzt zusammenreißen.

»Bist du gerade beschäftigt?« Er wirft einen Blick auf den Laptop, der auf der Sofalehne steht, und auf die Kaffeetasse auf dem Tisch.

»Nein. Ich surfe nur ein bisschen im Internet, lese quatschiges Zeug und trinke Kaffee. Möchtest du welchen? Ist zwar nur Pulverkaffee, aber man kann ihn trinken.« Ich streiche mir eine Haarsträhne hinter das Ohr, zwinge mich aber dann dazu, innezuhalten. Finn steht in meinem Wohnzimmer. Ich trage Boxershorts und ein Tank-Top. Das scheint ihn nicht im Geringsten zu stören. Ich kriege das hin. Und fange genau jetzt damit an.

»Sicher.« Er sieht mir dabei zu, wie ich den Wasserkessel fülle. »Was hast du dir im Internet angesehen?«

»Facebook, einen Japan-Reiseführer, einen Blog über Horrorfilme. Frag nicht.« Ich lehne mich gegen die Frühstückstheke, während ich darauf warte, dass der Kessel pfeift, und verschränke die Arme vor der Brust. Mein pinkfarbenes Tank-Top ist ziemlich dünn, und ich habe die Klimaanlage aufgedreht. Und auch wenn die eine Hälfte von mir gern seine Reaktion sehen würde – die andere Hälfte gewinnt. »Und was hast du heute so gemacht?«

»Ich? Bis vor einer Stunde so ziemlich dasselbe, der Horrorfilm-Blog ist mir allerdings entgangen.«

»Sehr witzig.« Der Kessel pfeift, und ich gieße das Wasser in die Tassen. »Was hast du gestern gemacht?«

»Meine Mom und ich sind am Yokohama-Landungssteg spazieren gegangen. Und du?«

Ich reiche ihm den Kaffeebecher. »Wir waren im Yoyogi Park. Dort gab es ein Konzert, von dem Dad glaubte, dass es mir gefallen könnte – eine Band namens Orange Range oder so. Er hat ein schlechtes Gewissen, weil er schon drei Tage nach meiner Ankunft wieder arbeiten muss.«

Und wegen Eloise. Er hat sie gestern zwischen den einzelnen Songs bestimmt zwanzigmal erwähnt. Wie nett sie ist. Wie sehr sie sich darüber gefreut hat, mich kennenzulernen. Dass dieser Sommer eine großartige Gelegenheit bietet, sich gegenseitig besser kennenzulernen. Ich sage dazu nur wenig, auch wenn ich beim letzten Punkt seiner Meinung bin. Eine großartige Gelegenheit ist es auf jeden Fall, fragt sich nur, wofür.

»Dieser Kaffee ist scheußlich.« Finn stellt den Becher zwar nicht wieder hin, verzieht aber das Gesicht.

Lachend verschränke ich die Arme vor der Brust. »Da wir nichts anderes dahaben, hab ich meine Ansprüche runtergeschraubt.«

Das bringt ihn zum Lachen. »Gut zu wissen. Lust, loszuziehen und irgendwo einen anständigen Kaffee zu trinken?«

»Auf jeden Fall. Ich muss mich bloß erst umziehen.«

Er grinst schon wieder. »Meinetwegen kannst du auch so bleiben.«

Also ist es ihm aufgefallen. Wenn ich Mindy wäre, hätte ich jetzt eine schlagfertige Antwort parat. Andererseits – wenn ich Mindy wäre, dann säße ich jetzt nicht hier, sondern wäre draußen, um die coolsten Ecken Tokios zu erkunden. Ich verdrehe halbherzig die Augen und sage: »Nein, auf keinen Fall.« Ich zeige auf meinen Laptop. »Ich brauche etwa zehn Minuten. Du kannst ein bisschen surfen, wenn du willst.«

»Okay, danke.« Finn geht zum Sofa rüber. »Werde ich da auf was Verfängliches stoßen?«

Ich beiße mir auf die Innenseite der Wange. Ich war gerade dabei, eine E-Mail an Mindy zu schreiben. Die Registerkarte ist noch geöffnet, direkt neben meinem Facebookaccount und Google Maps. »Lies nicht meine E-Mail.«

Er hat den Laptop zwar schon in der Hand, sieht aber mich an. »Ich dachte, deine Ehrlichkeitsskala läge bei sieben?«

»Eher eine Sechs. Und meine E-Mail ist eine Zehn.« Vielleicht mehr.

»Warum? Für wen ist die E-Mail?«

Die Frage ist einfach. »Für Mindy.«

»Und worum geht's?«

Um *dich*. Das Wort liegt mir auf der Zungenspitze, und ich habe so ein Gefühl, dass er das weiß. »Geht dich nichts an. Versprich's mir.«

Er nickt langsam. »Na gut, okay.«

Ich muss mich schwer zusammenreißen, nicht zu ihm zu gehen und die Registerkarte zu schließen. Stattdessen gehe ich in mein Zimmer und mache die Tür hinter mir zu. Ich war gerade dabei, Mindy von Freitagabend zu erzählen. Ohne was auszulassen und mit Kommentaren zu Finn. Um ehrlich zu sein, besteht die E-Mail zum größten Teil aus Kommentaren zu Finn, angefangen mit dem Schock darüber, dass er in Tokio ist. Dann berichte ich, was im Zug, in der Bar und danach geschah. Ich nehme ein T-Shirt-Kleid vom Kleiderbügel und ziehe es über den Kopf. Er hat's versprochen. Hoffentlich ist sein Wort etwas wert.

Die ganze Zeit, während ich mir das Haar zu einem Zopf flechte, muss ich mich davon abhalten, nicht zurück ins Wohnzimmer zu rennen. Trotz meiner Ängste nutze ich die zehn Minuten voll aus, nehme mir sogar noch etwas mehr Zeit. Als ich ins Wohnzimmer zurückkehre, hebt Finn den Blick. Er sitzt auf der Couch und sein Gesichtsausdruck ist weder entsetzt noch amüsiert. »Hey. Hast du Lust, nach Ueno zu fahren? Wenn man der Japan-Rail-Internetseite glauben darf, ist es nur dreißig Minuten entfernt.«

»Sicher, klingt gut. Ich habe einen *Lonely Planet,* den ich mitnehmen kann.« Mein Laptop liegt wieder auf dem Tisch, und auf seinem Schoß liegt ein aufgeschlagenes Notizbuch.

»Du nimmst einen richtigen Reiseführer mit? Ist das heutzutage noch üblich?«

Ich strecke ihm die Zunge raus, was sich bereits unglaublich unreif anfühlt, als ich noch dabei bin. »Ich schon, also sei still. Außerdem hab ich noch kein Handy, weißt du noch?«

Er klappt sein Notizbuch zu und steckt es zurück in seine Tasche. »Ich frag ja nur. Übrigens hast du wirklich unglaublich viele Facebookfreunde.«

Meine Wangen werden heiß. »Hey. Du hast es versprochen.«

»Du hast gesagt, dass ich deine E-Mails nicht lesen darf, von Facebook war nicht die Rede. Ich habe mich gefragt, ob wir vielleicht gemeinsame Freunde haben.«

»Und?« Ich kenne die Antwort bereits.

»Nö, allerdings war ich überrascht, als ich gesehen habe, dass du mit Kathy Johnson befreundet bist.«

»Ach, komm schon, bist du wirklich mit jedem deiner Facebookfreunde befreundet?« Ich folge ihm die Treppe hinunter und beobachte seine Wadenmuskeln dabei, wie sie sich spannen und wieder lockern. Selbst wenn er es mir am Freitagabend nicht erzählt hätte – beim Anblick dieser Wadenmuskeln hätte ich erraten, dass er Läufer ist.

»Natürlich nicht. Aber das heißt nicht, dass ich es nicht heuchlerisch finde.«

Als wir aus der Haustür treten, hüllt mich die Hitze ein wie eine Decke. Laut Dad soll es regnen und danach abkühlen, aber im Moment fühlt es sich eher so an, als würde man in einer Sauna festsitzen. Wer hätte gedacht, dass es in Japan so heiß sein kann?

»Mit wie vielen deiner sogenannten Freunde bist du denn wirklich befreundet?«, frage ich.

»Vielleicht fünf?«

»Von dreihundert Leuten bist du mit fünf befreundet?« Meine Hand fliegt zu meinem Mund. O mein Gott. Gerade habe ich zugegeben, dass ich ihm auf Facebook hinterherschnüffle.

Sein plötzliches Grinsen verrät mir, dass ihm das nicht entgangen ist, und ich wappne mich für die Stichelei, die jetzt kommen muss. Stattdessen sagt er: »Das kommt schon hin. Wenn ich dich dazuzähle, sind es immerhin sechs.«

Ich fahre mir mit der Hand durch das Haar. Keine besonders geschmeidige Bewegung, schließlich ist es zu einem festen Zopf geflochten, aber ich bin mir ziemlich sicher, dass er nichts dazu sagen wird. »Sicher, aber woher weiß ich, dass ich nicht eine von vielen bin?«

»Wenn du eine von vielen wärst, hätte ich deine E-Mail gelesen.«

Ich lache. »Ich bin immer noch nicht davon überzeugt, dass du es nicht getan hast.«

Daraufhin bleibt er am Fuß der Bahnhofstreppe stehen und dreht sich abrupt zu mir um. »Wirklich? Bist du nicht?«

Kälte steigt in mir auf und breitet sich in meinem Magen aus. Es liegt an seinem Gesichtsausdruck. Ein Mischung aus Schmerz und Wut und, bei Gott, ist das möglich – Sehnsucht? Ich habe das Gefühl, dass seine Augen tief in mich hineinsehen. Durch meine Haut und meine Augen dorthin schauen, wo ich meine Wahrheiten verberge. Plural. »Nein, ich meine, ja. Ich meine, es tut mir leid.«

»Ich würde dich nicht anlügen. Nicht bei so was.«

Ich greife nach dem Trageriemen meiner Tasche. »Bei was für Sachen würdest du mich denn anlügen?«

»Ich weiß nicht.« Er hält einen Moment lang inne. »Bis jetzt noch bei nichts.«

Ich zwinge mich zu einem Grinsen, um die Stimmung aufzulockern. »Na ja, du bist derjenige, der sich auf der Ehrlichkeitsskala bei vier oder fünf eingeordnet hat. Vielleicht verkaufst du dich unter Wert?«

Es funktioniert. Er lächelt ein wenig. Was sich wie das Auftauchen und Luftholen anfühlt, nachdem man durch einen See mit tiefem, schwarzem Wasser geschwommen ist. »Na ja. Wir werden sehen. Möchtest du los, oder willst du hier einen Kaffee trinken?«

»Lass uns fahren und einen Kaffee trinken, wenn wir da sind. Außerdem schulde ich dir noch fünf Dollar, also lade ich dich ein.«

»Sechzehntausend Kilometer, und sie bezahlt endlich ihre Schulden.« In seine Stimme hat sich ein neckender Unterton geschlichen.

»Besser spät als nie. Ich hab eben auf den richtigen Moment gewartet.«

»Ich auch. Und jetzt ist er da?«

»Anscheinend.«

»Gut zu wissen.« Er schenkt mir ein Lächeln, und zuerst glaube ich, dass er mit mir flirtet, aber dann verwandelt es sich einfach in ein richtig nettes Lächeln.

Und genauso verhält er sich auch, während wir durch den Ueno-Park spazieren, an den Museen vorbeischlendern und uns den Toshogu-Schrein ansehen, wobei wir uns abwechselnd den Text auf den verschiedenen Schildern laut vorlesen, denn dort gibt es auch eine Version in englischer Sprache. Es fühlt sich beeindruckend an, unter den *torii*, den hölzernen Torbogen, hindurchzugehen, die in den Tempel führen. Die Laterne am ersten Torbogen ist die größte, die ich je gesehen habe. Zwischen unseren Ausrufen der Begeisterung unterhalten wir uns über unsere jeweiligen Flüge nach Tokio, über das College und über Westfield. Als wir schließlich das Kabaya Coffee betreten, weiß ich, dass er zwei Tage vor mir hergeflogen ist und dass er Westfield sogar noch mehr gehasst hat, als ich bisher geglaubt habe.

»Aber wenn du's so gehasst hast, warum bist du dann zurückgekommen?«, frage ich.

»Ich hatte keine Wahl.«

Wenn ich nicht nachfrage, wird er nichts weiter dazu sagen, aber die Art, wie sich seine Miene verhärtet, schreckt mich ab. Ich kenne Finn zwar noch nicht gut genug, um seinen Gesichtsausdruck wirklich zu lesen, aber sein »Ich-will-nicht-drüber reden«-Signal ist deutlicher als bei jedem anderen, den ich jemals kennengelernt habe. Also lasse ich es lieber auf sich beruhen.

»Es gibt schlimmere Orte. Wenigstens ist es nicht weit nach New York.«

»Stimmt. Ich bin häufig in die Stadt gefahren und dort herumgelaufen. Einmal bin ich den ganzen Tag mit der Staten-Island-Fähre hin- und hergefahren. Ich glaube, dass sie mich für einen Obdachlosen gehalten haben, aber sie haben mich trotzdem in Ruhe gelassen und mir erlaubt, immer weiter hin- und herzupendeln.« Er sieht hinunter auf den Tisch, die Erinnerung entlockt ihm ein kleines Lächeln.

»Ich hab das früher auch häufig gemacht. Ich bin auf das Oberdeck gegangen und habe draußen gestanden. Einmal bin ich so lange hin- und hergeschippert, dass einer der Mitarbeiter mir einen Stuhl gebracht hat.«

»Warum?«

»Warum er mir einen Stuhl gebracht hat?«

»Nein, warum bist du hin- und hergefahren?«

»Meine Mom wollte nicht begraben werden, deshalb haben wir ihre Asche im Hudson und im Vistula in Krakau verstreut, dort ist sie geboren. Ich habe mir immer vorgestellt, dass sie irgendwo da draußen ist. Sie mochte alles, was mit Wasser zu tun hat.« Jetzt ist es offiziell – ich habe mit Finn mehr über meine Mutter gesprochen, als mit jedem anderen. Mindy, Dad und Babci natürlich ausgenommen.

»Schwimmst du deshalb?«

Ich richte mich in meinem Stuhl auf. »Woher weißt du, dass ich schwimme?«

»Ich habe nicht auf dem Mond gelebt, als ich auf die Westfield gegangen bin. Warst du nicht der Co-Captain des Schwimmteams?«, fragt Finn.

»Ja.« Eine Million »Aber« schwirren mir im Kopf herum, gleichzeitig wird mir klar, dass Finn in der Highschool zwar unter dem Radar geblieben ist, aber offenbar mehr mitbekommen hat, als er zugeben wollte. Und offensichtlich hat er auch von mir mehr mitbekommen, als ich je für möglich gehalten hätte.

Hu.

»Also? Schwimmst du wegen deiner Mutter?«, fragt er.

Ich nicke. »Ich war gerade mal sechs Monate alt, als sie zum ersten Mal versucht hat, mir Schwimmen beizubringen. Wir waren in einem dieser Mommy-and-me-Schwimmkurse am YMCA. Ich kann mich nicht daran erinnern, jemals nicht geschwommen zu sein.«

»Wie war sie?« Finn beugt sich vor, und da ist sie wieder, diese Intensität, die ihm eine Zehn einbringt.

Ich lächle leicht. »Wunderschön. Witzig. Aufrichtig.«

»Wie war sie genau?«

»Ich weiß nicht. Ich meine, sie war hübsch, aber es war mehr als das.« Die Kellnerin stellt die Kaffeetassen auf den Tisch, und ich rede weiter, während ich Milch und Zucker in meinen Kaffee gebe. Ich konzentriere mich dabei auf die Tasse und auf Finns Hände, die auf dem Tisch liegen. »Einmal, als ich klein war, bin ich nach Hause gekommen und war traurig, weil jemand fies zu mir war. Meine Mutter hat mir ein Erdnussbutter-Sandwich gemacht, und wir saßen in der Fensternische in meinem Zimmer. Wir kuschelten uns unter einer Decke zusammen, und sie hat mir mindestens zehn Geschichten vorgelesen. Sie hat nicht gesagt, dass alles in Ordnung wäre oder dass die anderen Mädchen gemein wären. Sie hat mich einfach im Arm gehalten, bis es mir besser ging.«

Als ich aufschaue, hat Finn einen merkwürdigen Gesichtsausdruck. »Du bist wie sie.«

Ich weiß nicht, ob es eine Frage oder ein Kommentar ist, aber ich schüttle den Kopf. »Nein, das bin ich nicht.«

»Es muss hart sein, ein Mädchen zu sein und die Mutter zu verlieren. Ich meine, dieser Frauenkram ist ein absolutes Mysterium für uns Männer.« Finn klingt hundertzehnprozentig überzeugt.

Ich muss mir auf die Lippe beißen, um nicht zu lachen. »Frauenkram? Im Ernst?«

Er lacht ein bisschen, hat aber den Anstand, mich leicht beschämt anzusehen. »Ach, komm schon. Du weißt, was ich meine. Würdest du ernsthaft mit deinem Dad über Make-up und Klamotten sprechen?«

»Im Ernst jetzt?« Meine Augen werden groß. Ich habe nur ein bisschen Wimperntusche aufgetragen und mein Kleid, ein pinkfarbenes T-Shirt-Kleid von GAP, ist nicht gerade ein Fashion-Statement. Es ist ein komisches Gefühl, vor Finn selbstkritische Bemerkungen zu machen, aber für eine Minute ist er nicht der heiße Typ, in den ich verschossen bin. »Wirklich?«

Er lacht wieder, lauter diesmal. »Gib mir 'ne Sekunde Zeit. Du weißt, was ich meine. Ich kann mir einfach vorstellen, dass es schlimm für ein Mädchen sein muss, die Mutter zu verlieren. Das glaube ich wirklich.«

Mir bleibt nichts anderes übrig, als zu nicken. »Stimmt. Vor allem letztes Jahr, als es diesen ganzen organisatorischen Kram wegen des Abschlussjahrs zu tun gab. Die Ankündigungen und Einladungen für die Abschlussfeier, der Abschlussball. Meine Mutter wäre in diesen Dingen großartig gewesen.«

»Siehst du. Das ist es, was ich meine. Definitiv Mütterkram. Meine Mutter hätte das ebenfalls super hingekriegt«, sagt Finn.

»Bei der Abschlussfeier bist du auch nicht gewesen?«

Er schüttelt reumütig den Kopf. »Nee. Ich hab mich geweigert.«

»Wow. Heftig.« Ich bin froh, dass wir nicht mehr über mich sprechen, und stürze mich auf das Thema. »Ich meine, wie häufig macht man schon seinen Highschool-Abschluss?«

»Ich war ein Idiot. Aber ich schwöre bei Gott, alles, was ich von April bis Juni gehört habe, war Abschlussball, Zeugnisvergabe, Abschlussball, Zeugnisvergabe. Ich glaube am Ende war es reiner Trotz, dass ich nicht hingegangen bin.«

»Nun ja, du hättest jedenfalls kein Problem damit gehabt, eine Begleiterin zu finden.« Ich zucke mit den Achseln. »Nicht dass du viel verpasst hast. Aber zur Zeugnisvergabe hättest du gehen sollen.«

»Das hab ich schon häufiger gehört.« Er lehnt sich zurück und nippt an seinem Kaffee. »Ich würde dich gern was fragen. Wärst du mit mir zum Abschlussball gegangen, wenn ich dich gefragt hätte?«

Mein Puls geht schneller. Es fällt mir leichter, über meine Mutter zu sprechen als über dieses Thema. Ich bin daran gewöhnt, meine Mom zu vermissen, aber nicht daran, über sie zu reden. Das sind ganz neue Erfahrungen. Ich zwinge mich dazu, seinen Blick zu erwidern.

»Jep.« Ich trinke einen Schluck von meinem Kaffee. »Ich hab dir schon mal gesagt, dass du wahrscheinlich mit jeder hättest gehen können, die du gefragt hättest.«

»Aber ich frage dich.« Er sieht mich wieder auf eine Weise an, dass ich am liebsten auf meinem Stuhl herumzappeln und seinem Blick ausweichen würde, aber ich zwinge mich dazu, still dazusitzen.

Dennoch gebe ich meinem Impuls nach, seiner Frage auszuweichen. »Ich sag's dir ja nicht gern, aber du bist ein bisschen spät dran.«

»Das war eine Drei.« Er verdreht die Augen. »Wem willst du was vormachen? Du bist weit entfernt von einer Sieben.«

»Sechs«, sage ich. »Und es ist ein berechtigter Einwand.«

»Blödsinn.« Ich will schon widersprechen, als er sagt: »Ich dachte ohnehin die ganze Zeit, dass du einen Freund hättest. Mädchen wie du haben immer einen Freund.«

»Mädchen wie ich?« Jetzt weiß ich, worum es hier geht – Linien in den Sand ziehen, Grenzen abstecken. Es schmerzt trotzdem. »Was soll das heißen?«

»Ach, komm schon. Du bist hübsch. Die meisten mochten dich. Jede Menge Jungs waren an dir interessiert.« Er sagt das, als wäre es total logisch. Als müsste ich das wissen. Und als hätte er mir nicht gerade ins Gesicht gesagt, dass ich seiner Meinung nach hübsch bin.

»Was auch immer du gehört hast, man kann nicht gerade behaupten, dass die Jungs bei mir Schlange standen.«

»Was nebenbei bemerkt schon wieder eine Drei ist.«

Ich spüre, wie mir die Hitze in die Wangen steigt. »Was für eine Antwort erwartest du denn?«

Aber er zuckt nur mit den Achseln. »Ich weiß nicht. Wie wär's mit einer Zehn?«

Ich sehe mich im Café um. Es wimmelt nur so von Pärchen. Ich habe gelesen, dass der Sonntag in Tokio der beliebteste Tag für Dates ist, und ich frage mich, ob die übrigen Besucher uns wohl für ein Liebespaar halten. Obwohl Finn mich mit seinem

Blick durchbohrt, starre ich weiter ein Pärchen an der Theke an.

»Es ist wegen dem, was du damals auf dem Spielplatz gesagt hast, darüber, wie viele einen wirklich kennen. Mich kennen.« Ich lächle schwach. »Ich hatte einen Freund, aber wir haben uns getrennt, als meine Mutter krank wurde. Er meinte, dass er damit nicht klarkommen würde. Ich meine, ich bin damit auch nicht fertiggeworden, also …«

»Das ist Schwachsinn.« Anteilnahme lässt ihn ein böses Gesicht ziehen, und obwohl ich das zu schätzen weiß, möchte ich lieber nicht darüber reden. Kevin ist nur ein Echoimpuls auf dem Radar meiner Vergangenheit, völlig unbedeutend neben Moms Krebs.

Ich zucke mit den Achseln. »Es ist, wie es ist. Mindy sagt immer, dass ich mir einfach einen neuen Freund suchen soll. Dass das keine große Sache ist. Aber allein dieser Blick reicht aus, um mich abzuschrecken.«

»Dieser Blick?«

»Du weißt schon. Die Art, wie die Leute einen ansehen, wenn man ihnen vom Schlimmsten erzählt, das einem je passiert ist. Diese Kombination aus Mitleid und Angst. Als würden sie sich schlecht fühlen, während sie gleichzeitig hoffen, dass du ihnen nicht zu viel erzählst.«

»Ich kenne diesen Blick.«

Ich nicke und sehe ihm in die Augen. »Dachte ich mir.«

Finn mustert mich mit hochgezogenen Augenbrauen. »Woher weißt du das?«

»Weil du mich nicht so angesehen hast. Als ich dir neulich im Zug von meiner Mutter erzählt habe, da hast du mich nicht so angesehen.« Ich kippe den Rest von meinem Kaffee runter. »Wir sollten gehen. Die Schlange ist schon so lang, dass sie bis nach draußen geht.«

Finn macht dem Kellner ein Zeichen, dass wir zahlen wollen. Während wir warten, hat er einen Ausdruck im Gesicht, den ich nicht deuten kann. Ich will schon mit einem »Was?« herausplatzen, als er sagt: »Die meisten können das nicht.«

»Was können sie nicht?«

»Dinge auf sich beruhen lassen. Sie wollen wissen, was passiert ist.«

»Nein, das wollen sie nicht. Nicht wirklich.« Meine Stimme klingt flach. Wenn ich mir bei einer Sache sicher bin, dann ist es das.

Ich nehme ein paar Yen aus meiner Brieftasche. Finn greift nach seiner, und ich lege die Hand auf den Tisch. »Diesmal bin ich dran, weißt du noch? Ich schulde dir was.«

Seine Hand schwebt über meiner. »Ich glaube, mir gefällt der Gedanke, dass du mir was schuldest.«

»Und warum?« Ich lege das Geld auf das Tablett, und die Bedienung nimmt es mit, um zu wechseln.

»Das wird ein langer heißer Sommer. Wie soll ich dich sonst dazu bringen, mit mir die Gegend zu erkunden?«

Ich lache, aber nicht, weil ich das witzig finde, sondern weil ich überrascht bin. »Ich bin mir sicher, dass dir was einfällt.«

»Aber das war definitiv mein bestes Argument.« Er lacht nicht. Er lächelt ganz schwach, lacht aber nicht.

»Nein, das glaub ich nicht. Versprich mir, dass du's mir eines Tages erzählst. Was passiert ist.« Es klingt wie ein Scherz. Erst als ich es gesagt habe, wird mir klar, dass ich es ernst meine. Dass ich es wirklich wissen möchte.

Der Lärm im Café übertönt die Stille zwischen uns. Als Finn etwas sagt, wählt er seine Worte sorgfältig. »Das ist ein ziemlich großes Versprechen.«

Ich habe das Wort benutzt, ohne nachzudenken. Ich bin mir ziemlich sicher, dass er keine Versprechungen macht, und ich bin total durchgeknallt, wenn ich wirklich glaube, dass er das tun wird.

Seine Kiefermuskeln entspannen sich leicht. »Da werden wir aber eine Menge Sightseeing absolvieren müssen. Eine ganze Menge.«

Ich kreuze und öffne die Finger unter dem Tisch. »Ich liebe Sightseeing.«

»Draußen ist es heißer als in der Hölle.«

»Ich bin nicht aus Zucker«, sage ich.

Der Anflug eines Lächelns ist auf seinem Gesicht zu sehen. »Außerdem ist gerade Monsun.«

»Ich bin eine hervorragende Schwimmerin.«

»Na schön.« Zur Sicherheit wiederholt er es noch einmal. »Na schön. Ich versprech's.«

Ich kann nicht glauben, dass er zugestimmt hat. »Einfach so?«

Er nickt und schürzt leicht die Lippen. »Einfach so.«

Aber an der Art, wie er mich ansieht und meinen Blick festhält, kann ich sehen, dass daran nichts »einfach« ist. Ganz im Gegenteil.

7

Dad geht um zehn nach sieben zur Arbeit. Später als in Westfield, aber immer noch viel zu früh, um sich morgens ernsthaft zu unterhalten. Ich schlafe normalerweise so lange, bis Takahashi-san von nebenan anfängt zu staubsaugen. An manchen Tagen geht es sehr früh los, aber heute fängt sie erst um zehn an. Ich frage mich, was bei ihr in der Wohnung los ist, dass sie jeden Tag staubsaugen muss – andererseits habe ich vor ein paar Tagen gesehen, wie sie mit drei Kindern nach Hause kam, die sie anscheinend von der Schule abgeholt hatte. Das wird wohl die Erklärung sein.

Während ich darauf warte, dass das Wasser im Kessel kocht, überfliege ich Dads *Japan Times*, die auf der Frühstückstheke liegt. Neuigkeiten über den Arbeitsmarkt, die Wirtschaft, die Stärke des Yen. Dinge, die mich wahrscheinlich interessieren sollten, es aber nicht tun. Als ich die Zeitung gerade wieder zuschlagen will, erregt eine kleine Anzeige meine Aufmerksamkeit. Sie wirbt für einen Laden namens Nadia, der sich in Harajuku befindet und einzigartige und bezahlbare Klamotten anbietet. Dort ist auch eine winzige Karte abgebildet, die den Harajuku-Bahnhof zeigt, mit einem Stern an der Stelle, wo sich der Laden befindet. Er ist nicht weit von der Harajuku-Polizeiwache entfernt. Es sieht tatsächlich so aus, als wäre der Laden leicht zu finden, was entweder für die Karte spricht oder dafür, dass sich meine Navigationsfertigkeiten verbessert haben. Nicht dass sie vorher schlecht gewesen wären, aber da die meisten japanischen Straßen keinen Namen haben, bin ich viel besser darin geworden, alternative Orientierungspunkte zu finden und im Gedächtnis zu behalten.

Harajuku wollte ich mir ohnehin ansehen. Das ist angeblich der hippste Bezirk Tokios und zweifellos der beste Ort, um Leute zu beobachten und shoppen zu gehen. Eine Minute lang denke ich darüber nach, Finn eine SMS zu schreiben und ihn zu fragen, ob er mitkommen will. Aber er kommt mir nicht wie der Typ vor, der gern Klamotten shoppen geht, ganz gleich, wie einzigartig sie sind. Und obwohl wir in den letzten Wochen Zeit miteinander verbracht haben, habe ich ihn erst gestern per SMS gefragt, ob er Lust hat, mit mir ins Tokyo National Museum zu gehen, und ich will nicht zu aufdringlich sein.

Also springe ich schnell unter die Dusche und ziehe dann mein hippstes Outfit an, eins, mit dem man sich auch in New York nicht schämen müsste: einen klassischen schwarzen A-Linien-Rock, ein Andy-Warhol-T-Shirt und meine knallgelben Converse. Ich schiebe mir noch eine Handvoll Gummi-Armbänder über das Handgelenk und binde mir das Haar mit einem fuchsienroten Haargummi zurück, dann betrachte ich mich in dem großen Kleiderschrankspiegel und nicke zufrieden. So gestylt würde Mindy mich ins East Village mitnehmen – dann bin ich bestimmt auch cool genug für Harajuku.

Draußen nieselt es leicht – nicht stark genug für einen Regenschirm, aber als ich den Bahnhof erreiche, muss ich mir das Gesicht mit dem Taschentuch, das ich immer dabeihabe, trocken tupfen. Wenn mir vor einem Monat jemand erzählt hätte, dass ich eines Tages ständig ein geblümtes Stofftaschentuch mit mir herumtragen würde, hätte ich ihn für verrückt erklärt. Andererseits hätte ich auch jeden für verrückt erklärt, der mir gesagt hätte, dass ich das Haus nicht ohne Moms alte Schultasche verlassen würde. Der dunkelgrüne Rucksack ist ausgebeult und an den Ecken ausgefranst, dennoch ist er zu meiner Allzweck-Handtasche geworden. Die niedliche kleine Handtasche, die ich in Westfield benutzt habe, ist nicht groß genug für einen Tag, der das Mitführen von Brieftasche, Fotoapparat, Handy und Dauerkarte für den Zug erfordert – und das ist nur das Notwendigste.

Sobald ich in den klimatisierten Zug steige, hole ich ein Packung Mikado-Sticks heraus. Da Mittagszeit ist, sind nur *obasans,* Seniorinnen und Hausfrauen unterwegs, und denen macht es nichts aus, dass ich im Zug esse – auch wenn ein Kind im Kinderwagen so aussieht, als würde es sich sofort auf mein mit Schokolade überzogenes Gebäck stürzen, wenn es nicht in seinem Buggy festgeschnallt wäre. Ich weiß, dass die Japaner es nicht gern sehen, wenn man im Zug isst, aber wenn der Zug nicht überfüllt ist, scheint es okay zu sein. Dennoch passe ich beim Essen auf, damit ich keine Krümel oder Zellophanpapier auf dem Sitz zurücklasse.

Obwohl ich die Einzige aus meinem Wagen bin, die in Harajuku aussteigt, ist der Bahnsteig voller Fahrgäste, und ich schließe mich dem Menschenstrom an, der sich Richtung Ausgang wälzt. Ein schneller Blick nach rechts und links bestätigt mir, dass ich mit meiner Klamottenwahl richtig lag. Zu meiner Linken geht ein Typ mit pink gefärbtem Haar, Ledershorts und einer glänzenden schwarzen Weste. Nicht weit vor mir entdecke ich eine hochgewachsene Blondine und ein Mädchen mit rotem Haar. Die beiden sind garantiert *gajin,* wenigstens die Rothaarige, wenn mich die sommersprossige Haut nicht täuscht, die unter den Ärmeln hervorblitzt.

Zuerst frage ich mich, ob ich versuchen soll, sie einzuholen, aber dann bleibe ich oben am Treppenabsatz stehen, bis sie außer Sichtweite sind. Auch wenn ich mir gern von ihnen bestätigen lassen würde, dass ich in die richtige Richtung unterwegs bin, wäre es mir unangenehm, wenn sie mir ihre Begleitung anböten. Dann müssten wir den Small Talk führen, der automatisch erwartet wird, wenn man im Ausland jemanden trifft, der ebenfalls Englisch spricht. Wie Mindy – und vor Kurzem auch Finn – bemerkt haben, gehört das dazu, wenn man Freunde finden will, und es gibt viele, die solche Unterhaltungen gern führen. Ich habe beiden gegenüber behauptet, das ebenfalls zu tun, aber ich bin nicht bereit, jemanden als meinen Freund zu bezeichnen, bloß weil wir aus demselben Land kommen.

Außer Finn. Zumindest am Anfang. Er war beleidigt, als ich beiläufig zu ihm sagte, dass wir ja nur miteinander abhängen würden, weil wir uns vorher gekannt hätten. Wir waren auf dem Tokyo Skytree, dem Tokioter Fernsehturm, und fuhren mit der Rolltreppe nach oben, deshalb konnte ich die meiste Zeit über sein Gesicht nicht sehen. Was im Nachhinein betrachtet vielleicht auch das Beste war.

»Willst du damit sagen, dass wir nur befreundet sind, weil wir beide zurzeit in Tokio sind?«, fragte er.

»Ähm … man kann nicht direkt behaupten, dass wir in Westfield Freunde gewesen wären – vielleicht erinnerst du dich?«, antwortete ich.

»Ich hab's dir doch schon erklärt.« Es klang so genervt, als würde er sich mit einem kleinen Kind unterhalten.

»Ich war auch dabei, danke. Das bestätigt nur meine Theorie.«

»Dann beruht unsere Freundschaft nur darauf, dass wir uns zur gleichen Zeit am gleichen Ort aufhalten?« Sein Ton war neutral, aber wohlüberlegt, als hätte er eine eigene Meinung zu dem Thema und wollte erst mal abwarten, was ich dazu sage.

»Ich weiß es nicht. Das wird sich zeigen, stimmt's?«

Wir verließen die Rolltreppe. Ab dem fünften Stock gibt es einen Aufzug, der die restlichen dreihundertvierzig Etagen nach oben zur Aussichtsplattform fährt, also stellten wir uns in die Schlange der Touristen, die darauf warteten, nach oben zu sausen. Finn sah mich nicht an, als er sagte: »Das wird es wohl.«

Ich fühlte mich schlecht, aber als wir endlich im Aufzug waren und nach oben flitzten, sprachen wir nur noch über die Aussicht und darüber, dass uns beiden von der schnellen Fahrt flau im Magen war. Ich überlegte, ob ich es noch mal ansprechen soll, aber ich sah keinen Weg, das Gesagte zurückzunehmen. Jedenfalls nicht, ohne zuzugeben, dass sich meine Fantasien nie um eine Freundschaft drehten, sondern darum, ihn zu küssen. Ich hatte mir nie ausgemalt, wie es wäre, ihn tatsächlich kennenzulernen.

Mit einem leisen Seufzer verlasse ich den Bahnhof von Harajuku. Das ist jetzt eine Woche her, und ich habe Finn seitdem viermal gesehen. Je mehr Zeit wir miteinander verbringen, desto mehr habe ich das Gefühl, einen echten Freund gefunden zu haben. So wie Mindy, nur zwanzigmal so sexy. Ich geb's zu, er ist ein Freund, den ich gern küssen würde, aber trotzdem.

Ich bin so sehr mit meinen Gedanken beschäftigt – und den Körperreaktionen, die diese in mir hervorrufen –, dass ich versehentlich gegen ein Mädchen laufe, das riesige Micky-Maus-Ohren trägt.

»Oh, *sumimasen*!«, entschuldige ich mich schnell.

»*Mondainai*.« Kein Problem. Das Mädchen mustert mich und spricht dann langsam weiter. »Sprichst du Englisch?«

Ich nicke, sie lächelt und legt die Hand aufs Herz, als wollte sie den Fahneneid ablegen. »Ich mein Englisch mit dir üben?«

»Ähm, okay?« Ich weiß nicht genau, was ich sagen soll. Das Mädchen ist winzig und sieht aus, als wäre es nicht älter als zwölf. Andererseits baumelt eine Zigarette von seinen Fingerspitzen.

Die Japanerin bemerkt meinen Blick, lässt die Zigarette fallen und zertritt sie mit dem Absatz ihrer schwarzen Sandale. »Kommst du aus Amerika? Amerikaner nicht rauchen, nein?«

»Ähm, manche schon. Ich nicht. Aber es ist okay, wenn du es tust. Ich meine …« Ich halte inne.

Sie runzelt so heftig die Augenbrauen, dass ihre Nase ganz kraus geworden ist, deshalb sieht sie jetzt aus wie ein Streifenhörnchen.

»Mein Englisch schlecht. Bitte langsam sprechen?« Sie sagt das bedächtig, aber mit einem Selbstvertrauen, dem man anmerkt, dass sie es schon häufiger gesagt hat.

Richtig. Mein Rumgestammel ist sicher nicht hilfreich. »Ich bin auf dem Weg ins Nadia. Kennst du den Laden?« Ich achte darauf, langsam und deutlich zu sprechen.

Sie nickt eifrig. »Ja. Der Laden gehört Freundin. Ich dich bringen?«

»Uh …« Ich halte inne. Was ich wirklich sagen möchte, ist: *Eigentlich wollte ich versuchen, die Boutique allein zu finden. Wenn du mir zeigen könntest, in welche Richtung ich gehen muss, schaffe ich es bestimmt allein.* Stattdessen sage ich: »Sicher. Dankeschön.«

Sie strahlt und verbeugt sich leicht in meine Richtung, bevor sie sich nach rechts wendet. Vielleicht ist es ja doch ganz gut, wenn sie mich hinbringt. Ich wäre todsicher nach links gegangen.

»Lebst du in Japan?«, fragt sie. Ich sehe sie plötzlich vor mir, wie sie im Sprachunterricht mit anderen Sprachschülern Konversationsübungen macht.

»*Hai*. Ja. Ich verbringe den Sommer in Tokio.« Ich sollte sie dasselbe fragen, bin aber abgelenkt. Die Straßen sind voller junger Menschen. Niemand sieht älter aus als ich, wobei man zugeben muss, dass ich ziemlich schlecht darin bin, das Alter anderer zu schätzen. Es gibt jede Menge normal gekleideter Leute, es sind sogar ein paar dabei, die die typischen dunklen Anzüge der japanischen Büroangestellten tragen. Aber der Rest der Passanten sieht aus, als wäre er zu einer freizügigen Kostümparty unterwegs.

Miss Micky-Maus-Ohren zupft vorsichtig an meiner Tasche und deutet auf eine kleine Straße. »Wir da langgehen.«

»Ist Harajuku immer so?«, frage ich sie, nachdem wir an einem Mädchen und einem Jungen vorbeigekommen sind, die beide dieselben kniehohen weißen Stiefel tragen.

»Viele Leute?«

Nein. Das ist es nicht, was ich meine. Ich meine, so viele Leute an einem Ort, die auffallen und ein Statement abgeben wollen. Aber das kann ich weder auf Englisch noch auf Japanisch ausdrücken, deshalb zucke ich nur mit den Achseln. »Sozusagen.«

Sie nickt auf eine Weise, als wäre ich in der Lage gewesen, zu sagen, was ich eigentlich meinte. »Japaner. Oft in Gruppe. Harajuku ist mehr eins?«

»Mehr Individuen? Individueller?«, schlage ich vor. Sie nickt, aber es ist klar, dass sie die Worte nicht kennt. »Einer: Individuum. Viele: Gruppe.«

»Ah, oh, ach so. Arigato.« Sie schlägt die Hand vors Gesicht. »Tut mir leid. Englisch.«

Ich lächle, und wir gehen weiter die Straße hinunter und biegen mindestens dreimal scharf ab, während sie etwas beschreibt und ich ihr das englische Wort dafür nenne. Als wir das Nadia schließlich erreichen, haben wir die Wörter Stereo, Mafia und Sugardaddy durchgenommen. Außerdem weiß ich jetzt, dass sie Meriko heißt und an der »Universität« Englisch studiert, obwohl sie ihren Masterabschluss in einem anderen Fach macht, in welchem genau, habe ich nicht verstanden. Ich glaube, dass es sich um Medizin oder Ingenieurswissenschaften handelt, was ich aber angesichts der Micky-Maus-Ohren nicht so recht glauben kann.

Meriko öffnet die Tür eines kleinen Geschäfts und ruft dem Mädchen hinter der Theke in schnellem Japanisch etwas zu. Dabei spricht sie so schnell, dass ich nichts verstehe außer »Amerikanerin«. Die Angesprochene kommt hinter der Ladentheke hervorgesaust und verbeugt sich leicht vor mir. Sie trägt einen bodenlangen grünen Maxirock und ein weißes Neckholder-Bustier, das einen schmalen Streifen ihres Bauchs freilässt.

Meriko deutet auf sie. »Das ist Akiko. Ihr gehört der Laden.«

Akiko sieht kaum älter aus als Meriko, was mich daran zweifeln lässt, dass sie wirklich die Eigentümerin ist, aber man weiß ja nie.

»Wie kann ich dir helfen?«, fragt Akiko in perfektem Englisch. Wenn ich raten sollte, würde ich sagen, dass es ein australischer Akzent ist.

»Ich will mich eigentlich nur ein bisschen umschauen. Ich habe deine Anzeige in der *Japan Times* gesehen. Sie hat mir einen guten Vorwand geliefert, mir Harajuku anzusehen«, erwidere ich.

Akiko lacht. Ihre Zähne sind dunkel, fast grau. Das habe ich schon bei vielen Japanern gesehen, weiß aber nicht, was es bedeutet. Zu viele Zigaretten? Schlechte Zahnärzte? Was immer der Grund ist, Akiko sieht trotzdem hübscher aus, wenn sie lächelt. »Man braucht keinen Vorwand, um nach Harajuku zu kommen. Hier ist immer was los, hab ich recht?«

Sie schaut zu Meriko, die auf einem kleinen Barhocker sitzt und unser Gespräch verfolgt wie ein Tennismatch. Sie hat garantiert keinen Schimmer, worüber wir gerade reden, aber bevor ich es ihr erklären kann, feuert Akiko eine Salve japanischer Sätze auf sie ab, die sie dazu bringen, mit dem Kopf zu nicken.

»Hast du einen Freund?«, fragt mich Meriko, als Akiko aufgehört hat zu reden.

Mein Blick wandert zwischen den beiden hin und her. Was zum Henker hat Akiko gesagt? »Ähm, nein. Definitiv nicht.«

»Aber es gibt da jemanden, der dich interessiert, hab ich recht?« Akiko sagt das, als wäre es eine Tatsache, und fängt an, Klamotten aus einem Regal in der Nähe zu ziehen. »Es gibt immer einen Typen, ob man sich dessen bewusst ist oder nicht. Suchst du nach Klamotten für ein Date oder nach Sachen für jeden Tag?«

Ich will ihr gerade widersprechen, muss aber an Finn denken. Es gibt da wirklich jemanden.

»Ich weiß nicht. Für beides? Ich habe keine Dates, aber …«

»Ein Mädchen muss vorbereitet sein. Du siehst süß aus.« Akiko betrachtet meine Beine, meine Brüste und meine Haare, in genau dieser Reihenfolge, bevor sie eine grüne Bluse aus dem Regal holt. »Mal sehen, ob wir ein sexy Styling hinbekommen.«

Sie hält die Bluse vor meinen Oberkörper, nickt und drückt es mir in die Hand. Eine blaue Seidenbluse und ein weißer Rock folgen, außerdem ein figurbetontes pinkfarbenes Kleid und ein schwarzer Rock. Akiki deutet auf einen Vorhang im hinteren Teil des Ladens. »Da hinten kannst du die Sachen anprobieren. Komm raus und führ sie uns vor, okay?«

Ich greife mir den Stapel und gehe zu den Umkleidekabinen. Als Erstes probiere ich die grüne Bluse an. Sie ist weich und seidig und an den richtigen Stellen eng anliegend. Mit dem richtigen BH erzeugt sie wenigstens die Illusion von Oberweite, und zusammen mit dem weißen Rock ist sie auf jeden Fall gutes Dating-Material. Und selbst wenn ich schon ewig nicht mehr mit einem Jungen ausgegangen bin – man weiß ja nie. Wie Akiko ganz richtig sagt, ein Mädchen muss vorbereitet sein.

Als ich die Kabine mit den Klamotten auf dem Arm verlasse, habe ich beschlossen, die grüne Bluse, den weißen Rock und das pinkfarbene Kleid zu kaufen. Bei Letzterem glaube ich, dass es heruntergesetzt ist. Akiko mustert den Stapel, als ich ihn auf die Ladentheke lege. »Ich dachte, du führst uns die Klamotten vor?«

»Ich bin nicht so der Model-Typ, der gern Klamotten vorführt«, erwidere ich. »Aber die Sachen hier gefallen mir sehr gut.«

Meriko zeigt auf die grüne Bluse. »Hübsch. Zu Augen und Haar. Sehr hübsch.«

»Er wird dir nicht widerstehen können«, sagt Akiko.

Ich lache. »Ich bin mir ziemlich sicher, dass er das kann.«

Sie schlägt mit der Hand auf die Ladentheke und lacht wieder. »Also gibt es jemanden. Ich wusste es.«

»Es ist kompliziert«, sage ich. Mehr wird sie nicht aus mir herausbekommen.

»Die Dinge sind so kompliziert, wie man sie macht«, bemerkt Akiko, die bereits dabei ist, meine Einkäufe in die Kasse einzugeben. Dad hat mir zwar für den Sommer eine Kreditkarte gegeben, da ich meinen Kellnerinnen-Job geschmissen habe, um herzukommen, aber ich glaube nicht, dass er damit rechnet, dass ich achtzehntausend Yen für drei Kleidungsstücke ausgebe. Ich habe damit ebenso wenig gerechnet, kann mich aber nicht überwinden, eins der Kleidungsstücke zurückzugeben.

Akiko reicht mir die Klamotten, die sie in pinkfarbenes Seidenpapier eingeschlagen und vorsichtig in eine hellorangefarbene Papiertüte gelegt hat. »Hier sind deine Sachen. Jetzt bist du auf alles vorbereitet.«

Ich lache. »Und ich werde top gestylt sein. Danke schön.«

Akiko verbeugt sich vor mir, und Meriko, die neben der Ladentheke steht, schließt sich an. »Wie die Amerikaner sagen: Einen schönen Tag noch«, sagt Akiko. Während ich zur Tür gehe, ruft sie mir hinterher: »Komm wieder und erzähl uns von deinem Date!«

»Ich bin mir nicht sicher, ob es eins geben wird.« In diesem Augenblick klingelt mein Handy, und es ertönt eine Instrumentalversion von *Summer Nights* aus meiner Tasche. Das ist Finns Klingelton, und ich weiß nicht recht, ob ich seinetwegen lächle oder wegen der Ironie des Ganzen. Der Song, das Gespräch, das ich gerade geführt habe und dann – wie aufs Stichwort – sein Anruf.

»Hey.« Ich bleibe an der Tür stehen, sodass Akiko und Meriko mithören können.

»Hey. Wo bist du gerade?«, fragt er.

»In einem Laden in Harajuku. Und du?«

»Kinokuniya. In dem englischen Buchladen in Shinjuku. Hast du Lust, dich später zum Mittagessen zu treffen? Ich hab ein Buch für dich.«

»Ein was?« Ich hab Finn erzählt, dass ich nicht gern lese, ganz im Gegensatz zu ihm.

»Ein Buch, schon mal davon gehört? Seiten mit Wörtern darauf? Ein hübscher Umschlag? Nicht alle Buchcover sind hübsch, aber das hier schon. Es ist eine Art Lilaton.« In seiner Stimme schwingt ein Lächeln mit.

»Danke.« Ich lächle ebenfalls. »Warum hast du mir ein Buch gekauft?«

»Weil ich es gern wollte. Und mach dir keine Sorgen, ich habe nicht vor, dir Fangfragen über Symbolik und Bildsprache zu stellen.«

»Gut. Was für ein Buch ist es?«, frage ich.

»Mh-mh. Iss mit mir zu Mittag, und du wirst es herausfinden.«

Ich lache. »Ich weiß nicht, ob du mich dazu bringen willst, dich zum Mittagessen zu treffen oder dieses geheimnisvolle Buch zu mögen.«

»Egal, was immer funktioniert.« Finns Stimme, die durch das Telefon zu mir dringt, klingt beiläufig. Er meint es nicht so, wie ich es verstehe.

»Es funktioniert beides.« In meinen Worten schwingt so viel Wahrheit mit, dass ich mich zu einem unbeschwerteren Tonfall zwinge, bevor ich weiterspreche. »Wo willst du dich denn treffen? Wo genau befindet sich Kinokuniya?«

Finn und ich diskutieren, wo wir uns treffen wollen, und entscheiden uns schließlich für das Odykyu-Kaufhaus, wobei etwas Extrazeit mit eingerechnet ist, falls einer von uns nicht rechtzeitig hinfindet. Als ich auflege, mustern mich Akiko und Meriko erwartungsvoll.

»War das der Junge? Triffst du dich jetzt mit ihm?«, fragt Akiko. Ich nicke, und sie spricht weiter, bevor ich etwas einwerfen kann. »Er mag dich.«

Obwohl es keine Frage ist, zucke ich mit den Achseln. »Ich weiß nicht. Ich meine, ja, aber wir sind Freunde.«

»Freundschaft ist ein Anfang«, sagt Meriko.

Wenn man bedenkt, wie es mit Finn und mir angefangen hat, hätte ich das nie erwartet. Also nicke ich zögernd. Freundschaft ist definitiv ein Anfang.

»Vielleicht musst du ihm nur sagen, dass er zur Vernunft kommen soll?«, fragt Akiko.

»Vielleicht.« Wenn es doch nur so einfach wäre.

Als ich die Tür öffne, begleitet mich eine Flut von *arigatos* und *mata dōzos* nach draußen. Kurz bevor die Tür mit einem Klicken zufällt, kommt Akiko eilig zu mir gehastet und hält mir eine silberne Halskette hin, an der ein Anhänger baumelt.

»Hier. Für dich.«

Auf dem Anhänger steht etwas in *kanji*, den chinesischen Schriftzeichen, die in der japanischen Schrift verwendet werden. Aber abgesehen von einigen Zeichen für Essbares kann ich sie nicht lesen. »Ich, ähm … vielen Dank. Das ist wirklich nicht nötig …«

»Das ist das Symbol für Glück. Ich möchte es dir schenken.« Sie drapiert die Halskette vorsichtig über meinen Fingern.

»Vielen Dank. Aber im Ernst …«

Aber Akiko schüttelt energisch den Kopf. »Nein. Es gibt ein japanisches Sprichwort: *Ningen banji saiou ga uma*. Das Glück ist wankelmütig. Vielleicht bringt es dir ja Glück …«

Ich lächle und verbeuge mich, wahrscheinlich tiefer, als ich sollte, aber nicht tief genug, um zu zeigen, wie gerührt ich bin. »Vielleicht wird es das. »*Arigatō gozaimasu.*« Tausend Dank.

Ich verbeuge mich noch einmal und gehe die Straße hinunter, wobei ich den Anhänger fest in der Hand halte.

8

Nachdem ich mich aus dem Schwimmbecken gehievt habe, sitze ich nach Luft schnappend am Beckenrand und wringe mir das Haar aus.

»Du bist schnell«, sagt Amelia, die am Beckenrand gesessen und gewartet hat, bis ich mit dem Training fertig bin. »Bist du sicher, dass du dich nicht für das Rhody Schwimmteam bewerben willst? Ich könnte dich da reinbringen. Eine aus meiner Studentenverbindung geht mit dem Typen aus, dessen …«

»… Vater der Coach ist. Ich weiß.« Amelia hat dieses Angebot schon mal gemacht, als wir zusammen ins Fitnessstudio gegangen sind. Allerdings glaube ich, dass es damals als Wiedergutmachung gedacht war, weil sie sich über meinen Vater beklagt hatte. Anscheinend hat er ihr aufgetragen, die Finanzberichte der letzten zwei Jahre zu archivieren, worüber sie ziemlich geschimpft hat: Bloß weil sie Praktikantin sei, sei sie noch lange keine Büroangestellte, und verdammt soll sie sein, wenn sie den weiten Weg nach Japan gekommen ist, um von ihrem Chef zu einer gemacht zu werden. Es war eine ziemliche Tirade, bis ihr wieder eingefallen ist, dass besagter Chef mein Vater ist.

Amelia zieht eine Grimasse. »Na schön, wenn du's trotzdem versuchen willst – Mare ist mir noch was schuldig. Willst du an den Gewichten trainieren, bevor wir gehen?«

Nun bin ich diejenige, die eine Grimasse zieht. »Nein, dafür müsstest du schon Gewalt anwenden.«

»Nicht mein Ding. Dann können wir uns ja fertig machen.«

Ich folge ihr in Richtung Umkleideraum. Als sie gerade die Tür öffnen will, ist hinter uns eine Stimme zu hören: »Hey, Am.« Akihiro, der andere Praktikant, steht am hinteren Ende des Beckens. »Wie lange braucht ihr zum Umziehen?«

Amelia sieht mich an, und ich zucke mit den Schultern. »Fünfzehn Minuten?«

»Dreißig Minuten«, ruft sie ihm zu. »Wir sehen uns in der Eingangshalle.«

Er verschwindet, und wir gehen zu unseren Schließfächern. Ich habe gerade erst mein Duschzeug rausgeholt, als mir auffällt, dass meine Schwimmbrille noch am Beckenrand liegt. »Geh ruhig vor. Ich hab meine Schwimmbrille vergessen und komm gleich nach.«

Ich bin auf halbem Weg zum Becken, als ich Akihiro und Finn sehe, die aus dem Kraftraum rechts neben dem Schwimmbecken kommen. Ich habe gute sieben Sekunden Zeit, um sie ungestört dabei zu beobachten, wie sie ihre Shirts ausziehen. Beide sind durchtrainiert und muskulös, aber ich habe nur Augen für Finn. Was das Tattoo angeht, hatte ich recht. Es zieht sich nicht nur über seinen Arm, sondern auch über seine Schulter. Es ist riesig. Auch bei seinen Muskeln lag ich richtig. Obwohl die Bizepse nichts im Vergleich zu seinen Bauchmuskeln sind. Mein Gott. Ich wusste nicht mal, dass echte Menschen solche Bauchmuskeln *haben* können. Sie sehen aus, als kämen sie aus einem Bildbearbeitungsprogramm.

»Hey, ich dachte, ihr wärt schon duschen gegangen«, ruft Akihiro.

Sein perfektes Englisch erstaunt mich immer noch. Er ist zwar in Hiroshima geboren, aber seine Eltern gingen nach London, als er fünf Jahre alt war, und als er elf wurde, zogen sie nach Chicago. Er hat nicht mal mehr einen Akzent, spricht aber zum Glück zusätzlich flüssig Japanisch.

»Ich bin unterwegs.« Ich hebe die Schwimmbrille auf und lasse sie an meinem Finger kreisen. »Die hier hab ich vergessen.«

Die beiden sind jetzt so nah, dass ich den Schweiß auf ihren Körpern glänzen sehen kann.

»Wie war das Schwimmen?«, fragt Finn. Seine Augen gleiten kurz über meinen Badeanzug, bevor sie in meinem Gesicht landen, und ich bin froh, dass ich meinen schwarzen Speedo angezogen habe und nicht den blauen, der schon ziemlich ausgefranst ist.

»Anstrengend.« Ich verdrehe die Augen. »Erstaunlich, wie schnell sich mehr als drei Wochen Trainingsausfall bemerkbar machen.«

»Dann könnte ich bei einem Wettschwimmen gewinnen?«, fragt er und lächelt, und ich versuche mich auf seine Zähne und nicht auf die viele nackte Haut zu konzentrieren. Das Tattoo zu ignorieren. Eine Schlange? Ein langer zackiger Schwanz schlängelt sich über seinen Bizeps und endet knapp oberhalb seines Ellbogens. Der Anblick fasziniert mich, und ich würde am liebsten mit dem Fingernagel darüberfahren, den Umriss der leicht erhabenen Hautpartie nachziehen, die wie die Wirbelsäule der Kreatur aussieht.

Was natürlich völlig unpassend wäre.

»Eher ertrinke ich, als dass du mich bei einem Wettschwimmen schlägst.«

»Nichts als Worte.« Er wirft sein Shirt auf eine Bank. »Wenn ich gewinne, dann isst du eine Portion *uni*.«

Ich verziehe das Gesicht. Ich mag Sushi, aber so ein Seeigel sieht aus wie Kinderkacke, und ich kann mir nicht vorstellen, dass er besser schmeckt. Letzte Woche habe ich aus Versehen *uni* bestellt, als ich in Yokohama zu Mittag gegessen habe, trotz eines längeren Gesprächs mit der Kellnerin. Ich bin sogar mit ihr zusammen zum Schaufenster gegangen, um auf die Plastiknachbildungen von Speisen deuten zu können, aber offensichtlich hat mein Deuten nicht dem entsprochen, was ich gesagt habe. Auf meinem Sushi-Teller lag nicht nur *uni*, sondern auch geräucherter *unagi*, Aal. Da ich nichts davon essen wollte, musste ich mich mit dem Reis begnügen.

»Na schön. Wenn ich gewinne, dann gehst du morgen früh mit mir zum Tsukiji-Markt.« Was harmlos ist, bis ich hinzufüge: »Um acht.«

Finn ist kein Frühaufsteher. Ganz und gar nicht. Das eine Mal, als wir uns vor zwölf Uhr mittags getroffen haben, war er total mürrisch, und bis zwei Uhr änderte sich daran auch nichts. Aber auf den Fischmarkt geht man am besten zwischen acht und zehn, denn um ein Uhr macht er schon wieder zu. Dad hat gesagt, dass er mit mir hingehen würde, auch wenn ein Fischmarktbesuch nicht unbedingt seiner Vorstellung von einem perfekten Sonntagmorgen entspricht.

Finn setzt sich in Startposition auf den Beckenrand. »Okay, wir haben einen Deal. Du hast keine Chance.«

Ich setze meine Schwimmbrille auf und schiebe die Zehen über den Beckenrand der Bahn direkt neben ihm. »Wart's ab.«

»Kumpel, du wirst verlieren«, sagt Akihiro zu Finn.

»Sei still und zähl bis drei«, erwidert Finn. Zu mir sagt er: »Bis zum anderen Ende und wieder zurück. Wer zuerst auf dieser Seite am Beckenrand anstößt, hat gewonnen.«

Akihiro zählt, und wir lassen uns ins Wasser gleiten. Ohne auf Finn zu achten, kraule ich zum gegenüberliegenden Beckenrand. Wenn ich im Schwimmteam etwas gelernt habe, dann ist das, meine Konkurrenten zu ignorieren. Manche spornen sich auf diese Weise an, aber mich schüchtert es nur ein. Ich bin viel besser, wenn ich mich auf mich selbst konzentriere, und dieser Wettstreit ist keine Ausnahme. Meine Lunge brennt schon, bevor ich die andere Seite erreiche, trotzdem stoße ich mich mit aller Kraft ab, um mehr Schwung für den Rückweg zu haben. Auf halbem Wege werde ich langsamer und hoffe, dass Finn tatsächlich so ungern schwimmt, wie er behauptet. Die Bahnen, die ich vorhin beim Training absolviert habe, haben mich erschöpft. Meine Arme fühlen sich an, als würde ich sie in Zeitlupe über meinen Kopf ziehen, und meine Füße wühlen das Wasser kaum auf. Als ich endlich den Beckenrand erreiche, habe ich das Gefühl, dass meine Brust explodiert, und ich schnappe nach Luft.

Nachdem ich meine Schwimmbrille nach oben geschoben und mir das Wasser aus dem Gesicht gewischt habe, sehe ich mich im Becken um. Akihiro schwingt die Faust in Siegerpose. Ein Klatschen, und Finn berührt keuchend den Beckenrand neben mir. »Guter Gott.«

Mein Atem hat sich so weit beruhigt, dass ich imstande bin, »Hab ich's nicht gesagt« zu keuchen.

»Total aussichtslos.«

»Du hast dich für den falschen Schwimmstil entschieden. Brustschwimmen ist nichts für einen Wettkampf. Es verbraucht zu viel Energie.« Ich hänge mich mit dem Oberkörper über das Abtrennseil. »Ich hab gewonnen. Wir sehen uns um Viertel nach sieben.«

»Miststück.« Er grinst dabei. »Ich werde pünktlich sein.«

»Und bring Kaffee mit.« Ich strecke die Hand nach Akihiro aus, damit er mir aus dem Becken hilft. »In fünfzehn Minuten draußen?«

Ich beeile mich mit dem Duschen und geselle mich zu Amelia, die vor dem Spiegel steht und sich das Haar in einzelne Partien abteilt und dann trocken föhnt. »Was ist denn mit dir passiert?«

Ich tupfe Abdeckstift auf meine Nase und unter meine Augen und tusche mir die Wimpern. »Finn und ich haben noch ein kleines Wettschwimmen absolviert.«

»Ein Wettschwimmen?« Sie zieht die Nase kraus. »Warum?«

»Wir haben nur ein bisschen herumgealbert.« Es fällt mir schwer, ein Lächeln zu unterdrücken. »Ich hab gewonnen.«

»Er hat dich gewinnen lassen?«

»Nein. Und er begleitet mich morgen früh auf den Fischmarkt. Wenn er gewonnen hätte, hätte ich *uni* essen müssen.«

»Ich würde lieber *uni* essen, als morgens in aller Herrgottsfrühe auf diesen verdammten Fischmarkt zu gehen.« Amelia verzieht das Gesicht und fragt dann: »Was läuft da eigentlich zwischen euch?«

»Nichts Besonderes. Wir sind Freunde.« Irgendwie schaffe ich es nicht, ein »nur« dazwischenzuschieben. »Warum?«

»Naoko hat gefragt.« Naoko ist Dads Assistentin. Sie ist jung, süß und der einzige Grund, warum ich nun endlich ein Telefon besitze, nachdem mein Vater und ich am vierten Tag nach meiner Ankunft daran gescheitert sind, ein Prepaid-Handy zu kaufen. Weiß der Himmel, was wir am Ende erstanden hätten, wenn sie nicht ihre Mittagspause geopfert hätte.

»Ja, er ist … ich weiß es nicht. Soweit ich weiß, ist er Single.« Mein Magen verkrampft sich, während ich diese Worte ausspreche. Es ist die Wahrheit. Absolut. Abgesehen von einem gelegentlichen Knistern ist alles rein platonisch zwischen uns. Ganz gleich, wie viel ich darüber nachdenke, wie es wäre, ihn zu küssen.

»Ihr beide verbringt ziemlich viel Zeit miteinander. Ich wollte nur sichergehen.« Amelia schaltet den Föhn aus. Ihr blondes Haar ist glatt und glänzt, was total unfair ist. Die unteren Haarschichten können nicht mal trocken sein, um Himmels willen. Ich für meinen Teil knete einen Conditioner in mein Haar, den man nicht rauswaschen muss, und binde es zu einem lockeren Knoten auf dem Kopf zusammen. Mit ein bisschen Glück zieht es sich beim Trocknen zu Locken statt zu einer Krause zusammen, dann kann ich's nachher auch offen tragen.

»Wir sind Freunde.« Unsere Blicke treffen sich im Spiegel. »Was ist mit dir und Akihiro?«, frage ich, obwohl ich glaube, dass sie sich zu sehr fürs Feiern interessiert, während er zu intelligent ist für ihren Geschmack.

»Ähm, nö. Ich meine, ich würde vielleicht eine Nacht mit ihm verbringen, aber das war's auch schon.«

Amelia sagt das so beiläufig, als würde sie so was dauernd tun. Und vielleicht ist es ja auch so. Ich kenne sie nicht besonders gut, obwohl wir Zeit miteinander verbringen, seit wir uns zufällig in dem Fitnessstudio getroffen haben, dessen Nutzung die Citibank ihren Angestellten und deren Familien kostenlos ermöglicht. Sie hat einen ziemlich sarkastischen Humor. Und ist viel unbeschwerter als Finn. Bisher drehten sich unsere Gespräche um nichts Tiefgründigeres als die besten Angebote bei Shiseido, und welche englischen Fernsehserien gerade hip sind und welche nicht.

»Auf wen stehst du denn?«, frage ich. Denn es gibt jemanden, für den sie sich interessiert. Für eine Nacht mit Freunden trägt man seinen Eyeliner nicht dermaßen sorgfältig auf.

»Ich steh auf Yudai.«

»Yudai?« Ich sage das so laut, dass ein anderes Mädchen im Umkleideraum sich zu uns umdreht und uns mustert. »Ich meine, er sieht gut aus, und er spricht fantastisch Englisch, aber ich hätte nie gedacht, dass er dein Typ ist.« Eigentlich weiß ich gar nicht, wer ihr Typ ist, aber auf Yudai wäre ich nicht gekommen. Er wirkt zu sanft. Zu nett.

Aber offenbar liege ich falsch, denn genau das sagt sie als Erstes. »Er ist total nett.«

Da kann ich nur aus vollstem Herzen zustimmen. »Das ist er auf jeden Fall. Ich bin nur überrascht.«

Sie sucht meinen Blick im Spiegel. »Du stehst vielleicht auf diese Bad-Boy-Nummer, aber da bin ich drüber weg. Glaub mir. Das hab ich alles schon durch.«

Ich werfe ihr einen bösen Blick zu. »Wovon redest du?«

»Dieser Typ in dieser Fernsehserie, den du so toll findest? Er ist ein Arsch.«

»Aber er sieht klasse aus. Es ist ein großer Unterschied, ob man jemanden sexy findet, oder ob man auch mit ihm ausgehen würde.«

Amelia stemmt die Hände in die Hüften und sieht mir direkt in die Augen. »Und wenn Finn den ersten Schritt machen würde, würdest du nicht darauf eingehen?«

Meine Wangen verfärben sich rosig. »Wir sind Freunde. Das hab ich dir schon gesagt.«

»Das hab ich aber nicht gefragt. Was würdest du tun, wenn er mit dir zusammen sein wollte?«

Ich denke über ihre Frage nach, bevor ich sie beantworte. Nicht dass ich nicht schon hundertmal darüber nachgedacht hätte, aber ich hab das noch niemandem außer Mindy gesagt, und es kommt mir wie ein großer Schritt vor, es ihr zu erzählen. Ich hab keine Ahnung, ob ich ihr wirklich vertrauen kann.

»Ich weiß es nicht. Ich meine, ja, wahrscheinlich würde ich mich darauf einlassen, aber wir sind Freunde. Und ich kann mir vorstellen, dass man besser mit ihm zurechtkommt, wenn man mit ihm befreundet ist, als wenn man mit ihm zusammen ist.«

»Glaubst du wirklich?« Amelia schüttelt den Kopf, sie wirkt nicht überzeugt.

Was der Grund war, warum ich die Frage nicht beantworten wollte. Wer sich aufs Glatteis führen lässt … »Wie dem auch sei, es spielt ohnehin keine Rolle.«

»Es ist diese traumatische Kindheitsnummer, stimmt's?« Amelia sieht mich an. »Glaub mir, am Anfang ist es sexy, aber irgendwann wird's langweilig.«

»So ist das gar nicht.« Ich will noch mehr sagen, halte dann aber inne. Weil Amelia recht hat, auch wenn ich das nie so ausgedrückt hätte. Aber es schwingt in den Themen mit, über die er nicht reden will, und spiegelt sich in seinem Gesicht, wenn er über seine Familie spricht. Wenn er überhaupt über sie spricht, was praktisch nie der Fall ist. Und da ist nicht nur diese Sache mit seinem Vater und seiner Exfreundin. Als ich einmal auf das Thema zu sprechen kam, machte er komplett dicht, und ich habe meine Lektion gelernt. Das Thema ist tabu.

Genauso, wie Moms Krebs tabu ist. Es macht mir nichts aus, über meine Mutter zu sprechen, aber der Krebs ist was anderes. Er hat mich einmal gefragt, wie es für mich war, zu wissen, dass sie stirbt. Die Frage war nicht böse gemeint, aber ich konnte nicht damit umgehen und ließ ihn mitten im Bahnhof von Shinawaga stehen. Er hat das Thema nie wieder angeschnitten.

Amelia trägt ihren pinkfarbenen Lippenstift auf und lächelt sich im Spiegel an, um sicherzugehen, dass sie keinen Lippenstift an den Zähnen hat. »Na schön, wie auch immer. Wir sind in einer halben Stunde mit den anderen am Landungssteg verabredet, also lass uns gehen.«

Ich werfe ebenfalls einen letzten Blick in den Spiegel. Meine Augen sind immer noch rot unterlaufen vom Schwimmen, deshalb sehe ich ein bisschen aus, als hätte ich geweint. In meinem grünen T-Shirt-Kleid komme ich mir neben Amelia ziemlich langweilig vor, aber daran kann ich jetzt nichts mehr ändern. Dennoch fällt mir auf, wie Finn und Akihiro sie mustern, als wir in der Eingangshalle zu ihnen stoßen. Amelia hat nicht nur tolles Haar, sondern trägt auch noch ein tief ausgeschnittenes schwarzes Tank-Top und einen Jerseyrock, der sich an den richtigen Stellen an ihren erstklassigen Hintern schmiegt. Amelia ist perfekt gestylt für eine Partynacht, während ich aussehe, als hätte ich vor, den Tag auf dem Spielplatz zu verbringen. Zum zehnten Mal schimpfe ich mit mir selbst, dass ich nie mit dem Waschen hinterherkomme. Mein pinkfarbenes Kleid von Nadia wäre perfekt gewesen für diesen Abend, aber leider ist es in der Wäsche.

Als wir den Laden am Landungssteg betreten, der gleichzeitig Bar und Restaurant ist, sinkt mein Selbstvertrauen noch weiter. Es ist Freitagabend, und es ist nicht einfach nur voll. Männergrüppchen stehen lachend und Bier und Sake trinkend an der Bar. Die meisten haben ihre Krawatten gelockert, tragen aber noch ihre Jacketts. So wirken sie immer noch einigermaßen seriös, obwohl ihre Gesichter immer röter werden. Selbst die Frauen im Business Look mit ihrem perfekten Make-up und ihren gestärkten weißen Blusen sehen gut aus. Wir gesellen uns zu der Gruppe, mit der wir dank Amelia und Akihiro verabredet sind – es sind andere junge Erwachsene von der Bank, darunter Naoko und Yudai. Die anderen haben ihre Taschen bereits verstaut, vor ihnen stehen Drinks, und alle lachen.

Alle außer mir. Ich versuche fröhlich zu sein, schaffe es aber nicht. Mein Gespräch mit Amelia bewirkt, dass es in meinem Magen rumort, als hätte ich auf dem Jahrmarkt fettige Pommes gegessen. Ich will nicht in Finn verliebt sein, und ich will auch nicht, dass mehr daraus wird. Wir sind Freunde, und das muss reichen.

Wenigstens kann ich mich dazu überwinden, an einem Asahi-Bier zu nippen, während ich im Kopf eine Liste erstelle, warum er nicht der Richtige für mich ist. Beschädigte Ware steht an erster Stelle, weil ich nicht aufhören kann, daran zu denken. Auf seinem Kleiderschrank sitzt eine Reihe von Skeletten, und zwar solche, die ihn kalt und hart erscheinen lassen. Bis jetzt hat sich seine ablehnende Haltung immer nur angedeutet, wenn seine Kiefermuskeln zuckten und er die Hände zu Fäusten geballt hat. Könnte ich damit umgehen, mit ihm zusammen zu sein und auf diese Weise ausgeschlossen zu werden? Oder Schlimmeres?

Nein. Schlicht und ergreifend. Nein. Finn hat selbst gesagt, dass er nur eine Vier auf der Ehrlichkeitsskala ist, und die Leiche im Keller preiszugeben, die er vor mir geheim hält, würde eine Zehn erfordern. Mindestens.

Als etwa eine Stunde vergangen ist, kommt er zu mir rüber und lehnt sich neben mir gegen die Bar.

»Wenn man vom Teufel spricht«, brumme ich leise vor mich hin.

Er beugt sich vor, damit ich ihn besser verstehen kann. »Alles in Ordnung?«

»Klar. Und mit dir?« Sein Ellbogen streift meinen Arm, und er zieht ihn weg.

»Du wirkst … gelangweilt.«

Ich kann kaum glauben, dass er es bemerkt hat, obwohl er die ganze Zeit mit den anderen gelacht und geredet hat. Finn trifft sich gern mit einer Gruppe von Leuten zum Abendessen oder geht was trinken, was mir seltsam vorkommt. Aber Tokio ist ohnehin wie eine riesige Ausweitung der *Fremden-die-man-im-Flugzeug-trifft*-Metapher. Nach zehn Wochen haben wir uns in alle Richtungen zerstreut. Keine Verpflichtungen, keine Versprechen. Tatsächlich hat Finn auch was in dieser Richtung gesagt, nicht genau mit diesen Worten, aber beinahe.

Nach drei Wochen habe ich es immer noch nicht fertiggebracht, mich zu fragen, ob das eigentlich auch für mich gilt. Wahrscheinlich ist es so. Ich schiebe den Gedanken beiseite, aber er ist der Auslöser für das, was als Nächstes aus meinem Mund kommt.

»Amelia sagt, dass Naoko Interesse an dir hat.«

Finns Augen wandern zu Naoko und dann zurück zu mir. »Tatsächlich?«

Ich hab keine Ahnung, ob es ein interessiertes oder ein ungläubiges »Tatsächlich« ist, deshalb zucke ich nur mit den Achseln. »Angeblich.«

»Gut zu wissen.« Seine Aufmerksamkeit richtet sich wieder auf mich. »Also, was stimmt nicht?«

Eine Sekunde lang glaube ich, dass er wegen Naoko fragt, dass er weiß, wie sehr mir das Ganze gegen den Strich geht. Aber dann rufe ich mir in Erinnerung, dass er keine Ahnung hat, und seufze tief. »Ich weiß nicht.«

»Ganz sicher?« Finn ist nicht der Typ, eine unbehagliche Situation mit lockeren Sprüchen zu überspielen. Im Gegenteil, er setzt sich ihnen voll aus, was ich irgendwie bewundere.

Ich hingegen habe jahrelange Übung darin, meine Gefühle zu verstecken, und strahle ihn mit einem falschen Lächeln an. »Wahrscheinlich bin ich einfach immer noch erschöpft von meinem Wahnsinnssieg vorhin im Schwimmbad.«

»Ja, na klar.« Er schüttelt den Kopf. »Ich habe einen Vorschlag. Was hältst du davon, wenn wir morgen nach Kamakura fahren, statt auf den Markt zu gehen?«

»Warum?« Kamakura ist die alte japanische Hauptstadt. Sie liegt zwar nur vierzig Minuten entfernt, aber es gibt eine Menge zu sehen und wäre mit Sicherheit ein Tagesausflug. Finn und ich haben zwar schon ziemlich viel Zeit miteinander verbracht, aber noch keinen ganzen Tag. Mittagessen. Kaffee. Einen Ausflug, um sich verschiedene Sehenswürdigkeiten anzusehen. Das dauert mit Sicherheit mehrere Stunden. »Versuchst du, aus unserer frühmorgendlichen Marktverabredung rauszukommen?«

»Vielleicht tut es dir mal ganz gut, hier herauszukommen, das ist alles. Ein bisschen Natur zu sehen, ein paar Tempel …«

»Vor dem Bahnhof gibt es einen Baum«, fange ich an und halte dann inne, weil es sich anhört, als würde ich seinen Vorschlag ablehnen. Dabei stimmt das gar nicht. Selbst wenn mein gesunder Menschenverstand mir sagt, dass ich genau das tun sollte. »Aber Kamakura klingt großartig.«

Finn lächelt, als hätte er nicht mit meiner Zustimmung gerechnet. »In Ordnung. Ist acht Uhr früh genug für dich? Soll ich dich abholen?«

Ich nicke, als Akihiro zur Theke kommt, um sich noch einen Drink zu holen, und es dauert nicht lange, und die ganze Gruppe hat sich an einem dieser großen Gemeinschaftstische niedergelassen. Das Essen kommt und geht, und ich fange an, mich besser zu fühlen und amüsiere mich mit Yudai und Amelia. Bis ich aus dem Augenwinkel einen Blick auf Finn werfe.

Das Mädchen neben ihm sitzt mehr oder weniger auf seinem Schoß, und sein Arm liegt auf ihrem unteren Rücken. Sie hat sich zu ihm runtergebeugt, und ein Vorhang schwarzer Haare verbirgt ihre Gesichter. Von meiner Position sieht es aus, als würden sie sich entweder schon küssen oder als wäre es bald so weit. Mein Blick wandert um den Tisch. Es ist nicht Naoko, allerdings hat sie es auch bemerkt. Ich frage mich, wie sehr sich unsere Gesichtsausdrücke in diesem Augenblick wohl ähneln, denn sie sieht aus, als müsste sie sich gleich übergeben oder anfangen zu weinen. Und obwohl ich mir sage, dass mich das nichts angeht, erfinde ich hastig etwas, um gehen zu können. Amelia lässt sich zwar nicht täuschen, sagt aber nichts, als ich behaupte, dass ich meinem Vater versprochen hätte, früh zu Hause zu sein. Dann verlasse ich eilig das Restaurant.

Sobald ich draußen bin, renne ich praktisch den Landungssteg hinunter. Als ich mein Handy einschalte, um zu sehen, wie spät es ist, kann ich kaum fassen, dass es erst halb neun ist. Der Abend hat gerade erst angefangen. Ich beiße mir auf die

Innenseite meiner Wange, um den nächsten Gedanken wegzuschieben. Es geht mich nichts an. Finn und ich sind Freunde, und ich rufe mir ständig in Erinnerung, dass es besser ist, wenn es so bleibt. Nur Freunde. Aber verdammt, es ist ein Gefühl, als hätte mir jemand in den Magen getreten. Ich schaffe es jetzt einfach nicht, darüber nachzudenken, was da passiert ist und wie es sich anfühlt.

Deshalb tue ich es nicht. Wenn es etwas gibt, das ich kann, dann ist das, Gefühle abzuschalten. Trotz der Krankheit meiner Mutter habe ich keinen einzigen Schultag gefehlt, bis zu ihrem Ende. Und selbst dann bin ich schon drei Tage nach der Beerdigung wieder hingegangen. Babci und Dad meinten, dass ich mir mehr Zeit nehmen sollte, aber die Schule schenkte mir jeden Tag sechs Stunden, in denen ich alles vergessen konnte. Tage, an denen ich so tun konnte, als würde meine Mutter zu Hause auf mich warten, um mir einen Imbiss zuzubereiten und mich zu fragen, wie mein Tag war. Ich wollte damals nicht darüber nachdenken und will es jetzt auch nicht, also stöpsele ich meine Kopfhörer in mein Handy, schalte die Musik ein und laufe.

Ich brauche eine ganze Weile, bis ich zu Hause bin. Da ich mich am Landungssteg nicht auskenne, verlaufe ich mich ein paarmal und muss wieder zurückgehen. In einem Laden neben dem Bahnhof kaufe ich mir eine Tüte Doritos. Obwohl ich keinen Hunger habe, reiße ich die Tüte beim Laufen auf und esse ein paar Chips, nur weil es so schön kracht. Sie schmecken nach Heimat, unkompliziert und vertraut. Alles, was Finn nicht ist.

Als ich schließlich den Schlüssel im Schloss herumdrehe, habe ich ein Viertel der Tüte aufgegessen. Im Wohnzimmer überrasche ich Dad und Eloise, die vor dem *kotatsu* auf dem Boden sitzen und Sushi essen. So wie Eloise ihre Beine um die meines Vaters geschlungen hat, ist klar, dass sie keine Gesellschaft erwartet haben.

»Hallo Süße«, sagt Dad, während Eloise hastig die Beine wegzieht.

»Hey. Tut mir leid. Ich wusste nicht, dass ihr –«

»Nein, ist schon in Ordnung. Hast du Hunger?« Dad rückt ein wenig von Eloise ab und wirft einen Blick auf die immer noch offen stehende Wohnungstür. »Ist Finn bei dir?«

»Nein. Er, ähm, ist noch unterwegs.«

Eloise hebt die Augenbrauen. »Alles in Ordnung mit ihm?«

O ja. Ich bin mir sicher, dass es ihm wunderbar geht. Zu ihr sage ich: »Ja, ich war nur müde.«

Die beiden wechseln einen Blick, aber dann ist es Eloise, die mich fragt: »Bist du sicher?«

»Ja. Hört mal, lasst euch von mir nicht stören. Ich versuche, Mindy per Skype zu erreichen, in den USA ist es noch früh. Vielleicht ist sie ja noch nicht mit ihren Zöglingen unterwegs.«

Mit einem mechanischen Lächeln gehe ich in mein Zimmer und mache die Tür zu. Als ich gerade meinen Laptop hochfahre, klopft es an der Tür. Zu meiner Überraschung steht dort Eloise, nicht Dad.

»Ähm, hallo.« Falls Dad sie als eine Art Mutterersatz in mein Zimmer geschickt hat, um ein Frauengespräch zu führen, bringe ich ihn um.

»Du bedeutest Finn eine ganze Menge.« Das Licht in ihrem Rücken lässt ihr schwarzes Haar bläulich schimmern.

Daran zweifle ich gar nicht. »Ja, hör mal, es ist nur …«

Sie spricht weiter, als hätte ich nichts gesagt. »Er hat eine schwierige Zeit hinter sich. Du bist die erste gute Sache, dem ihm seit Langem passiert ist.«

Wortlos starre ich sie an. Ich habe keine Lust, Finns Mutter zu erklären, dass ich Finn nicht »passiert« bin. Tatsächlich ist zwischen uns überhaupt nichts passiert.

Aber Eloise deutet mein Schweigen offenbar als Zustimmung, denn sie lächelt. »Trotzdem ist das kein Grund, sich wie ein Arsch zu verhalten.«

Ich zucke mit den Achseln. »Finn ist immer nett zu mir. Eloise, wirklich …« Ich halte inne, um die richtigen Worte zu finden, mit denen ich mich nicht selbst in Schwierigkeiten bringe. Es ist Finns Mutter, die da vor mir steht. Nicht meine. »Das ist nicht das Problem.«

»Zosia.« Die Art, wie sie das sagt, stellt klar, dass genau das das Problem ist. Wenigstens für mich.

»Wir sind Freunde«, sage ich, aber es klingt schon weniger überzeugt.

Eloise hört das fehlende Wort klar und deutlich. »Wenn ihr nur Freunde wärt, dann würdet ihr das sagen. Ihr beide.«

Mit diesen Worten wirft sie mir noch einen letzten Blick zu und schließt vorsichtig die Tür hinter sich. Danach höre ich sie und Dad leise miteinander reden, ehe die Wohnungstür mit einem Klicken zufällt und Dad an meine Zimmertür klopft.

»Hey.« Er steckt den Kopf ins Zimmer, ohne eine Antwort abzuwarten. »Eloise meinte, dass es zwischen dir und Finn Probleme gab.«

Mein Ärger flammt erneut auf. »Nein. Gab es nicht.«

»Sie hat nur gesagt, dass du offenbar wütend auf ihn bist.« Dad schweigt, aber nicht lang genug, dass ich etwas sagen könnte. »Hör mal, Zo, ich bin froh, dass ihr beide euch gut versteht, aber vielleicht solltest du deinen Freundeskreis etwas erweitern. Ich meine, Finn ist ein guter Junge, aber er ist einfach … er hat eine schwierige Zeit hinter sich …«

»Ich hab davon gehört.«

Dad ignoriert meinen sarkastischen Unterton. »Ich möchte nicht, dass du verletzt wirst.«

»Warum sollte ich verletzt werden?«

»Zo, du hast so einen speziellen Unterton, wenn du jemanden magst …«

Er schlägt mich mit meinen eigenen Worten. Genau das, was ich jetzt brauche. »Ich hab es Eloise gesagt und sage es auch dir: Es ist nicht so, wie du denkst. Wir sind Freunde. Freunde und sonst nichts.«

»Gut. Nun ja, ich möchte gern, dass es so bleibt. Ich will nicht, dass du was mit ihm anfängst, Zo. Oder auch nur darüber nachdenkst.« Dads Stimme klingt gerade streng genug, dass ich mich in die Enge getrieben fühle.

»Und warum nicht?« Dad ist nie derjenige gewesen, der mir viele Vorschriften gemacht hätte. Nicht dass ich ihm je einen Grund dafür gegeben hätte.

»Er hat eine schwierige Vergangenheit, und ich möchte nicht, das du da reingezogen wirst.« Dad funkelt mich an, seine Augen sind so hart und glänzend wie nagelneue Zehncentstücke.

»Dasselbe könnte man von mir behaupten – dass ich eine schwierige Vergangenheit habe«, sage ich.

»Das ist nicht dasselbe. Du bist nicht in einer Jugendstrafanstalt gelandet. Und na schön, er hat zwar behauptet, dass das Messer …« In diesem Augenblick registriert er meinen Gesichtsausdruck. Meine Augen sind ungläubig aufgerissen. Ihm wird klar, dass ich nichts davon wusste, dass Finn mir nichts erzählt hat. Er hält verdutzt inne. »Es spielt keine Rolle. Ich will nicht, dass ihr beide etwas miteinander anfangt.«

Der Widerspruch liegt mir auf der Zunge. Das *Was wäre dann?*, das ihn dazu bringen würde, seiner Position zusätzliches Gewicht zu verleihen. Aber ich schrecke davor zurück. »Wir haben keine Dates, Dad. Das habe ich dir schon gesagt. Wir sind Freunde. Es ist alles in Ordnung.«

»Gut.« Er nickt, als wäre damit alles klar, und holt tief Luft. »Was hast du morgen vor?«

Dad, der meistens von seiner Arbeit so in Anspruch genommen ist, dass er nicht weiß, wie ich meine Zeit verbringe, will das ausgerechnet jetzt so genau wissen? Ich hab das Gefühl, dass es ihm nicht gefallen würde, wenn ich ihm sage, dass ich morgen mit Finn verabredet bin. Ganz egal, ob Freunde oder nicht. Die Halbwahrheit geht mir leicht von der Zunge. »Ähm, ich wollte nach Kamakura. Soll ziemlich spektakulär sein.«

»Oh, schön. Kommt Amelia mit? Sie hat erst neulich von Kamakura gesprochen.«

»Ja. Tatsächlich war es ihre Idee.« Das hingegen ist eine dicke fette Lüge. Ich greife nach meinem *Lonely Planet*, der neben meinem Futon im Regal steht, um ihm nicht in die Augen sehen zu müssen. »Ich hab ihr gesagt, dass ich mich vorher über die wichtigsten Sehenswürdigkeiten informieren würde, damit wir nichts verpassen.«

»Prima Idee.« Falls Dad glaubt, dass ich lüge, zeigt er es nicht. »Ich muss ohnehin noch ein paar Unterlagen für die Arbeit durchgehen. Ich wünsche dir viel Spaß.«

»Danke. Wir fahren morgen ganz früh los. Falls ich schon weg bin, sehen wir uns, wenn ich zurückkomme.«

Zu meinem Glück ist mein Vater genauso ein Morgenmuffel wie Finn.

Dad sagt noch irgendwas, und ich nicke und lächle genug, um ihn zu beruhigen, und eine Minute später starre ich meine Zimmertür von innen an, während ich Dad im Wohnzimmer pfeifen höre. Meine Gesichtszüge fallen in sich zusammen, während ich mich auf dem Futon nach hinten sinken lasse.

Finn bedeutet nichts Gutes. Er war in einer Jugendstrafanstalt. Und macht gerade mit diesem Mädchen in der Bar rum.

Und obwohl Dad mit Finns Mutter zusammen ist, ist er gegen ihn.

»Verdammt.« Ich fluche lautlos und schlage mit der Faust in mein Kissen.

Eigentlich wollte ich heute Abend nicht mehr darüber nachgrübeln. Aber jetzt kann ich an nichts anderes mehr denken, und es sind böse Gedanken.

Verdammt, Finn.

Zum Teufel mit dir.

9

»Wirst du ihn darauf ansprechen?«, fragt Mindy am nächsten Morgen leise, als wir miteinander skypen. Als ich sie am vergangenen Abend nicht erreichen konnte, bin ich irgendwann frustriert eingeschlafen, bevor ich es noch einmal versuchen konnte.

»Super Idee. Und was genau soll ich sagen? ›Mein Dad meint, dass du im Jugendgefängnis warst. Willst du mir davon erzählen?‹ Eher nicht.«

Mindys Augen werden groß. »Willst du es denn nicht wissen?«

»Natürlich will ich es wissen«, zische ich. »Ich wüsste auch gern, ob er gestern Abend mit diesem Mädchen rumgemacht hat. Fragen werde ich ihn deswegen noch lange nicht.«

»Was hast du vor?«

»Ich weiß es nicht. Wahrscheinlich kreuzt er nicht mal hier auf.«

»Meinst du wirklich?«

»Nun ja, falls doch, gebe ich ihm genau bis eine Minute nach acht Zeit.« Das sind noch zehn Minuten.

»Zeig mir, was du angezogen hast«, befiehlt Mindy.

Ich gehorche, und sie verdreht die Augen.

»Verdammt, Zo, das kannst du besser.«

Ich betrachte die ausgefransten Shorts und das mit bunten Farbspritzern bekleckste weiße Tank-Top. »Will ich aber nicht. Für dich würde ich mich auch nicht in Schale werfen.«

»Ich weiß, aber willst du es nicht wenigstens versuchen?«

»Nein. Er hat die Nacht mit einer superhübschen Japanerin verbracht. Ich hab keine Lust, mit ihr zu konkurrieren. Punkt.« Tatsächlich schlage ich eher ins andere Extrem um. Ich werfe einen Blick auf die kleine Uhr oben am Computerbildschirm. »Ich muss los. Ich meld mich später noch mal und gucke, ob du gerade online bist.«

Bevor Mindy etwas erwidern kann, schließe ich das Fenster und klappe den Laptop zu. Das mit der einen Minute ist mein Ernst. Ich werde auf keinen Fall hier rumsitzen und auf ihn warten.

Nachdem ich mir Pulli und Handy geschnappt habe, überprüfe ich noch mal meine Brieftasche im Wohnzimmer, als es an die Wohnungstür klopft. Drei Minuten vor acht. Wenn ich es einfach ignorieren würde, würde Finn nur lauter klopfen, und Dad schläft noch. Nach dem gestrigen Abend will ich auf keinen Fall, dass Dad aufwacht, bevor ich die Wohnung verlasse.

Als ich die Tür öffne, steht Finn gegen den Türrahmen gelehnt da, in den Händen hält er zwei Starbucks-Kaffeebecher. Er trägt grüne knielange Shorts und ein New-York-Mets-T-Shirt und sieht aus, als hätte er entweder geschlafen oder die ganze Nacht … nun ja, das getan, was Menschen so tun. Leider habe ich mir eine Menge Gedanken darüber gemacht, was genau das gewesen sein könnte. Wenn ich nicht gerade über das andere Problem nachgedacht habe.

Er hält mir den Kaffee hin, und ich nehme einen Schluck, bevor ich etwas sage. Milch, Zucker und Zimt. Genau, wie ich ihn mag. »Danke.«

»Bist du fertig?«, fragt er.

Ich nicke, und wir gehen die Treppe hinunter.

»Ich hätte nicht gedacht, dass du aufkreuzt.« Es soll beiläufig klingen, aber der anklagende Unterton ist nicht zu überhören.

»Ach was.« Sein Ton ist hart und unerbittlich, und ich weiß nicht, was ich sagen soll, also schweigen wir, bis wir den Bahnsteig erreichen. Obwohl es Samstagmorgen ist, sind bereits jede Menge Leute unterwegs.

Nachdem wir den Bahnsteig so weit hinuntergegangen sind, wie es geht, fragt Finn: »Wohin bist du letzte Nacht verschwunden?«

»Nach Hause.«

Er presst die Lippen zusammen. »Warum?«

»Warum nicht? Warum bist du sauer auf mich?«

Finn macht einen Schritt auf mich zu. Das ist mir eigentlich zu nah, aber ich weiche trotzdem nicht zurück. Seit jener ersten Nacht haben wir uns nicht mehr berührt, nicht mal aus Versehen. Aber jetzt würden sich unsere Oberkörper streifen, wenn einer von uns tief Luft holen würde. »Ist dir der Gedanke gekommen, dass ich mir Sorgen machen könnte?«

»Sorgen?«, erwidere ich mit einem höhnischen Schnauben und verdrehe die Augen. »Nein. Ich war müde, und du warst beschäftigt.«

»Richtig.« Seine Antwort ist knapp und wegwerfend, als hätte er das bereits vergessen.

Ich hab's nicht vergessen. »Hattest du Spaß?«

»Allgemein? Oder redest du von etwas Bestimmtem? Wenn es etwas gibt, das du wissen möchtest, dann frag mich doch.«

In diesem Moment wird mir klar, dass es hier um Eifersucht und Erwartungen geht. Und nicht nur um meine. »Warst du mit ihr im Bett?«

»Nein.« Himmel, sein Ton ist eiskalt.

»Wolltest du mit ihr schlafen?«, frage ich und umklammere den Kaffeebecher fester.

»Nein.« Er durchbohrt mich mit seinem Bick, aber ich schaue nicht weg.

»Warum nicht?«

Finn reißt die Augen auf. »Warum nicht?«

Als ich antworte, kneife ich die Augen zu Schlitzen zusammen und betone jedes Wort. »Genau das habe ich gefragt. Warum nicht?«

»Nicht mein Typ. Warum interessiert dich das?«

So, wie er es sagt, ist klar, dass er ziemlich genau weiß, warum, aber sauer ist und will, dass ich es ausspreche. Deshalb sage ich das Unverfänglichste, was mir einfällt. »Reine Neugier.«

»Wenn du so neugierig warst, hättest du bleiben können«, sagt Finn.

»Nein danke, wirklich nicht.« Allein der Gedanke daran, wie er ihr die Hand auf den Rücken gelegt hat, dreht mir den Magen um. »Das geht mich wirklich nichts an.«

»Das hat dich aber nicht davon abgehalten zu fragen, wie?« Seine Stimme klingt jetzt noch angespannter.

Obwohl sein Kommentar schmerzt, zucke ich mit den Achseln. »Ja, nun ja, ich denke einfach, dass du mehr draufhast.«

Das bringt ihn kurz zum Lächeln, aber er weicht immer noch nicht zurück. »Meinst du?«

»O ja.« Und so, wie ich das sage, ist vollkommen klar, wie ich das meine. Absolut klar. Und ich kann nicht glauben, dass ich es wirklich in diesem Ton raushaue, denn ich habe gestern höllisch viel Zeit damit verbracht, mir und jedem anderen einzureden, dass Finn und ich Freunde sind. Nichts weiter. Mein Ton macht deutlich, dass ich nicht überzeugt bin. Ganz und gar nicht.

Tatsächlich wird mir flau im Magen, als Finns Blick über meinen Körper wandert, auf meinen Armen und meiner Kehle verweilt, bevor er mir in die Augen schaut. »Gut zu wissen.« Als er sich dem einfahrenden Zug zuwendet, steigt mir der Duft seines Aftershaves in die Nase. Obsession for Men. Auch das noch. »Das ist unser Zug. Willst du immer noch nach Kamakura?«

Jedenfalls lieber als vorher. Aber das kann ich nicht laut sagen. Nicht nur das – ich scheine unfähig zu sein, überhaupt ein Wort über die Lippen zu bringen. Als der Zug einfährt, steige ich ein und hoffe, dass er mir folgt. Er steigt ebenfalls ein und setzt sich neben mich auf die harte Plastikbank. Ich konzentriere mich auf meinen Kaffee, da ich gerade ohnehin nicht in der Lage bin, einen klaren Gedanken zu fassen.

Ihm geht es offenbar genauso. Wir schweigen so lange, bis die Luft zwischen uns nicht mehr ganz so knistert, was mindestens sieben Minuten dauert. Und als er dann etwas sagt, muss er sich erst mal räuspern und spricht dann mit leiser Stimme. »Hast du schon eine Idee, was du dir gern anschauen würdest?«

Ich ziehe mein Handy aus der Tasche. Ich habe ein paar Sehenswürdigkeiten markiert und scrolle zur ersten. »Ich hab gestern Abend noch ein bisschen recherchiert und ein paar Sachen gefunden.« Ich halte das Handy so, dass wir den Bildschirm beide sehen können, und er rückt nah genug an mich heran, dass ich die Härchen an seinem Bein an meinem spüren kann. Als der Zug drei Sekunden später mit einem kleinen Ruck zum Stehen kommt, presst sich Haut an Haut, als sein Bein gegen meins geschleudert wird. Keiner von uns beiden zieht das Bein weg. Als ich etwas sage, versuche ich beiläufig zu klingen, stattdessen klingt meine Stimme quietschig. »Der große Tempel sieht interessant aus, und der Daibutsu, der große Buddha.«

»Außerdem wäre da noch der Shakado Pass. So ein schluchtenartiger Durchgang. Keine Ahnung, ob er wirklich so toll ist, aber er ist in vielen Filmen zu sehen.« Finn deutet auf den Bildschirm, und ich tue so, als würde ich lesen, was da steht.

Ich wünschte, ich könnte mein wie verrückt klopfendes Herz ignorieren, während ich darauf warte, dass er das Bein wegzieht – und gleichzeitig hoffe, dass er es nicht tut.

Er tut es nicht.

Ich meine, er bewegt es ein bisschen, aber unsere Hüften und Knie berühren sich den ganzen Weg bis nach Kamakura. Da es nicht weit ist, habe ich mich immer noch nicht dran gewöhnt, als wir ankommen. Aber wenigstens kann ich wieder normal atmen, auch wenn unser Gespräch den angespannten Unterton immer noch nicht ganz verloren hat.

Für Touristenstandards ist es früh, deshalb haben wir die ersten Tempel praktisch für uns allein. Engaku-ji ist der bekannteste Tempel in Kamakura, und er verschlägt mir den Atem, was schon auf der Treppe zum inneren Tor losgeht. Alles, von der großen Glocke bis zu den Baumriesen, die den Garten überschatten, ist zehnmal einschüchternder als der Schrein im Ueno Park, den wir an unserem ersten Wochenende gesehen haben.

Vielleicht hat es auch einfach was mit diesem Tag zu tun.

Wir lassen uns Zeit, erkunden jede Ecke und jeden Winkel, wobei wir abwechselnd online aus dem *Lonely Planet* vorlesen und die englischen Informationstafeln betrachten. Wir unterhalten uns nicht besonders viel, aber unsere Finger berühren sich, wenn mein Handy zwischen uns hin- und herwandert, und wir stehen eng beisammen, während wir die Texte lesen. Wir sind dabei nicht mehr so vorsichtig wie beim ersten Mal, aber selbstverständlich ist es auch nicht. Und es ist immer noch ziemlich aufregend. Wenigstens für mich.

Der Garten, der der Garden of Zen genannt wird, ist der reine Wahnsinn, und Finns Hand streift meinen Rücken und – ist das wirklich möglich? – verweilt kurz. Ich konzentriere mich auf die Bäume und lese etwas über die Kirschblütensaison, statt mich zu fragen, warum wir plötzlich unsere unausgesprochene Regel brechen, uns nicht zu berühren.

Was auch der Grund ist, ich genieße die unerwarteten Schauer, die mir über den Rücken laufen.

Als wir zum nächsten Schrein kommen, lasse ich mich auf einer verlassenen Aussichtsplattform im hinteren Bereich auf eine Bank fallen. Ich habe in der letzten Nacht wenig geschlafen, und selbst wenn es anders wäre, wäre ich erschöpft, weil ich den ganzen Morgen die Muskeln angespannt habe. Als hätte ich eine wirklich lange Yogastunde hinter mir. Die dunkle Holzbank ist warm, und obwohl es ein heißer Tag ist, fühlt sich die Hitze gut auf meiner Haut an. Ich schließe die Augen. »Die reine Glückseligkeit. Du solltest es mal probieren.«

Finn antwortet nicht, und zuerst lasse ich die Augen geschlossen und sehe nicht, was er tut. Als ich den Kopf wieder hebe, kritzelt er abwechselnd etwas in sein Notizbuch und kaut auf seinem Stift herum.

»Was machst du da?«

»Ich hatte eine Idee und will sie aufschreiben, bevor ich sie wieder vergesse.«

Ich lehne mich zurück. So was hat er auch früher schon gemacht. »Ein Song?« Sein Schatten nickt. »Worüber?«

»Frieden.«

»So kann man das wirklich beschreiben, oder?«

Als er wieder etwas sagt, ist seine Stimme weich. »Wann warst du zum letzten Mal mit dir und der Welt im Reinen?«

»Als ich vierzehn war.« Ich zögere keinen Moment mit meiner Antwort. Vor dem Krebs. »Und du?«

»Ich kann mich nicht erinnern.«

»Wie ging es dir, als du vierzehn warst?« Ich bin mir ziemlich sicher, dass unser unbeschwertes Gespräch mit dieser Frage ein Ende hat, trotzdem rühre ich mich nicht von der Stelle, als würde meine entspannte Körperhaltung unserem Gespräch die Spitze nehmen.

»Nein.« Als er lacht, klingt es freudlos. »Meine Probleme gingen schon viel früher los.«

»Hast du die jetzt auch noch?« Die Warnung meines Vaters geht mir durch den Kopf.

»Mit Sicherheit.«

Als ich mich aufsetze, berühren sich unsere Beine. Ich lege die Hand auf den grünen Saum seiner Shorts, ein paar Zentimeter über seinem Knie. Durch den dünnen Stoff kann ich die Wärme seiner Haut spüren, und ich kann nicht glauben, wie nervös mich eine so einfache Geste macht. Dennoch verstärke ich den Druck etwas, bevor ich die Hand wieder wegziehe.

»Mein Vater hat mich regelmäßig verprügelt. Das ging los, als ich acht war. Ich habe geglaubt, dass er mich umbringen wollte. Beim letzten Mal war es auch so.« Bei diesen Worten sieht er mir direkt in die Augen, und ich zucke unwillkürlich zusammen. Ich kann nicht anders. Mit so was habe ich nicht gerechnet.

»Wow.« Mir fällt absolut nichts ein, was ich dazu sagen könnte. In meinem Kopf hat nichts anderes Platz als die Vision eines achtjährigen Finn, der am Boden kauert und weint.

»So kann man das auch sagen.«

»Es tut mir so leid.« Er glaubt, dass ich mich für meine erste Reaktion entschuldige, und seine Stimme ist genauso angespannt wie seine Hand, die er zwischen uns auf der Bank zur Faust ballt. »Aber wenigstens hattest du nicht ›den Blick‹. Zwei Punkte.«

»Ich meinte eigentlich, dass es mir leidtut, dass du das durchmachen musstest.« Ich lege meine Hand auf seine. Meine jetzige Nervosität ist nichts gegen die von vorhin; ich spüre, wie er die Muskeln anspannt und mich mit seinem Blick durchbohrt. Und bin mir ziemlich sicher, dass er meine Hand abschütteln wird. Oder Schlimmeres. Zwei Sekunden lang stelle ich mir einen Comicengel mit Dads Kopf vor, der sich über meine Schulter beugt, um mir zuzuflüstern: *Auch wenn er behauptet hat, dass das Messer* … was?

Schweißperlen laufen mir über den Nacken. Mein Instinkt rät mir, von ihm abzurücken, aber ich tue es nicht. Ich kann einfach nicht. Also lasse ich die Hand liegen und betrachte meine Beine, bis ich höre, wie er tief Luft holt. Und noch einmal.

Es dauert eine weitere Minute, bis ich mich wieder traue zu atmen. Dennoch bleiben wir reglos sitzen, bis eine Gruppe Schülerinnen die Aussichtsplattform betritt. Die Mädchen unterhalten sich laut lachend und werfen uns hin und wieder verstohlene Blicke zu. Ich schnappe ein paar Wortfetzen auf. Niedlich. Freund. Haar.

Finn hört sie ebenfalls. »Sie sprechen über uns.«

Ich lasse seine Hand los und greife nach Moms Halskette, zum einen, um die Mädchen vom Spekulieren abzuhalten, aber auch, um mir eine Unterhaltung zu ersparen, in der Finn das Wort »Freund« benutzt. Wir sehen aus, als würden wir Händchen halten; es ist eine logische Schlussfolgerung. Aber ich käme mir wie eine komplette Idiotin vor, wenn er sich über das Thema lustig machen würde. Da ich Angst habe, dass man mir das ansieht, beuge ich mich vor, um meine Tasche vom Boden aufzuheben, und spüre in diesem Augenblick eine federleichte Berührung im Nacken.

»Ich mag deine Halskette«, sagt er.

»Sie hat meiner Mom gehört. Mein Vater hat sie ihr geschenkt, als ich geboren wurde.« Ich richte mich auf und schlucke schwer, als er mit dem Finger den Kreis aus Diamanten nachzieht, der in der kleinen Kuhle zwischen meinen Schlüsselbeinen liegt. »Nachdem sie sechsunddreißig Stunden in den Wehen lag und am Ende einen Kaiserschnitt hatte.«

»Autsch. Ich hoffe, du wusstest es zu schätzen.« Seine Berührung ist ganz sanft, während seine Finger meinen Hals streifen. Bedächtig. Vorsichtig. Eine Entschuldigung für seine Reaktion. Vielsagender als Worte.

»Natürlich nicht«, antworte ich und greife nach meiner Tasche, um mein Handy rauszuholen. Mit dem Daumen gehe ich die Lesezeichen durch, mit denen ich den Tagesausflüge-Abschnitt des Reiseführers markiert habe. Ich würde eine Menge Geld darauf verwetten, dass er das mit seinem Vater noch niemandem erzählt hat. Jedenfalls nicht so, direkt und ehrlich. Ich weiß noch, wie es war, als ich es zum ersten Mal jemandem erzählte, der nicht Bescheid wusste. Die Hitze und die Kälte, die meinem Körper durchzuckte, als ich die Worte aussprach.

Meine Mom ist tot.

Als wäre es das Ende einer Geschichte statt der Anfang.

Aber das bedeutet nicht, dass ich wirklich verstehen könnte, was ihm passiert ist, selbst wenn ich zu wissen glaube, wie er sich fühlt.

»Was machen wir als Nächstes?«, fragt Finn.

Ich scrolle hinunter zu dem Abschnitt über Kamakura, und Finn kommt mir ganz nah, als er sich vorbeugt, damit wir gemeinsam die Optionen durchgehen können. Er sagt etwas, aber sein Aftershave vernebelt mir die Sinne. Und zwar sämtliche. Irgendwann rücke ich ein Stück zur Seite und sage: »Weißt du was? Irgendwas, das interessant klingt.«

Er zieht die Augenbrauen zusammen. »Bist du sicher?«

Ich platze einfach mit dem raus, was ich denke. »Einmal, als Mindy und ich in New York unterwegs waren, bin ich einem Typen die Sixth Avenue hinuntergefolgt, weil er nach Obsession for Men roch und ich unbedingt wissen wollte, wie er aussieht.«

Finn mustert mich verständnislos.

»Dein Aftershave?«

»Bringt dich dazu, Unbekannte auf der Straße zu verfolgen?«

»Sozusagen.« Ich verdrehe die Augen nach dem Motto: »Und? Was jetzt?«

»Gut zu wissen«, sagt er und rückt noch etwas weiter ab, sodass eine Armlänge Platz zwischen uns ist. »Besser?«

»Nein.« Ich meine das nicht so, wie es sich anhört, wehleidig und ein bisschen beleidigt. Oder vielleicht doch. Aber ich wollte nicht, dass es so rauskommt, und springe von der Bank auf. »Komm schon. Lass uns hier verschwinden.«

Sobald mir klar wird, das er nichts dazu sagen wird, umklammere ich den Trageriemen meiner Tasche nicht mehr ganz so fest. Er fängt an, darüber zu reden, wohin wir als Nächstes gehen könnten – entweder hat er meinen wehleidigen Ton nicht mitbekommen, oder er ignoriert ihn. Auf jeden Fall bin ich dankbar. Der Tag bringt noch ein paar weitere aufwühlende Momente, und wir wechseln uns dabei ab, die jeweilige Situation zu entschärfen. Allmählich gewöhne ich mich sogar an die gelegentlichen Berührungen – wenn sich unsere Schultern oder Hüften streifen oder er in der Menge die Hand auf meinen Ellbogen legt.

Aber als wir uns in einem Restaurant in der Nähe des Großen Buddha auf zwei Stühle fallen lassen, stoßen unsere Knie unter dem Tisch zusammen, was sich zwar nicht normal, aber immerhin vertraut anfühlt. Der Daibutsu ragt riesig hinter Finn auf, obwohl er nach städtearchitektonischen Maßstäben betrachtet mindestens drei Straßen entfernt liegt. Mit seinen halb geschlossenen Augen und dem gelassenen Gesichtsausdruck wirkt er so, als würde er über uns wachen. Aus der Nähe sieht er nicht mehr ganz so gelassen aus, aber das liegt wohl eher an der Menschenansammlung zu seinen Füßen als am Buddha selbst. Finn bestellt mir ohne zu fragen ein Asahi-Bier, und der Kellner bringt die Vorspeisen in kleinen Schalen an unseren Tisch. Ich stochere noch mit meinen Essstäbchen darin herum, während Finn von dem Essen kostet. »Was ist das?«

Er schüttelt den Kopf. »Keine Ahnung. Aber es schmeckt ganz normal.«

Also probiere ich ebenfalls ein kleines Stück. Karotten. Etwas Knuspriges. Eine leichte Sauce. »Das schmeckt gut.«

»Auf mich kann man sich verlassen.« Er betrachtet die Speisekarte, eine Ansammlung japanischer Schriftzeichen. »Möchtest du etwas bestellen?«

Wir haben oft genug zusammen gegessen, sodass ich weiß, das Finn praktisch alles isst, was man ihm vor die Nase stellt. Was eine gute Sache ist, weil er häufig etwas anderes bekommt, als er bestellt zu haben glaubte. Ich hingegen möchte ganz genau wissen, was mich erwartet, und habe viel Zeit in den Abschnitt des *Rosetta Stone* investiert, in dem es um Essen geht. Solange sich eine japanische Unterhaltung um die Speisekarte dreht, bin ich ganz selbstbewusst. Finn behauptet, dass das an meinen Kontrollfreak-Tendenzen liegt, aber das ist mir egal. Manchmal ist es einfach gut, wenn man weiß, was auf einen zukommt.

Als wir mit dem Essen fertig sind, werfe ich einen Blick auf meine Uhr. Es ist fast sechs. Ich kann nicht fassen, dass wir den ganzen Tag unterwegs waren. Und noch weniger kann ich fassen, dass wir den ganzen Tag zusammen gewesen sind und ich immer noch nicht genug habe. Eigentlich wäre es logisch, jetzt zum Bahnhof zurückzugehen. Wir haben alles gesehen, sind unzählige Kilometer gelaufen. Im Kopf habe ich schon die E-Mail vorformuliert, die ich Mindy schreiben werde, um ihr von unserem Ausflug zu berichten, als Finn fragt: »Hast du Lust, noch zum Strand zu gehen? Es ist nicht weit. Oder bist du schon müde?«

»Nein, mir geht's gut. Den Strand habe ich ganz vergessen. Es wird schon dunkel.«

Finn grinst mich an. »Hast du plötzlich Angst vor der Dunkelheit?«

»Natürlich nicht.« Aber ich habe Angst davor, meinen Dad anzurufen und ihm zu sagen, dass ich immer noch in Kamakura bin. Er erwartet mich zwar nicht zu Hause, aber für gewöhnlich lasse ich von mir hören, damit er sich keine Sorgen macht. Ich weiß, dass er es erwartet. Normalerweise würde ich mir deswegen keine Gedanken machen, aber wenn er anfängt, Fragen zu stellen, kommt mir einer von beiden auf die Schliche, und ich kann mich nicht entscheiden, bei wem es schlimmer wäre, bei Dad oder Finn.

Als ich ihn dann doch anrufe, ist er zum Glück abgelenkt. Er und Eloise stehen gerade an der Kinokasse und können sich nicht zwischen einem Kunstfilm und dem neuesten Bruce Willis entscheiden. Er sagt das Übliche. Viel Spaß. Pass auf dich auf. Wir sehen uns später. Als würde er glauben, dass ich mit einer ganzen Gruppe unterwegs wäre.

Nachdem ich aufgelegt habe, frage ich Finn, ob er Eloise anrufen oder ihr eine SMS schreiben will, aber er zuckt nur mit den Schultern. Wie auch immer die Abmachungen aussehen, die er mit seiner Mutter hat, sie beinhalten ganz offensichtlich nicht, sie über seine Pläne auf dem Laufenden zu halten. Amen.

Fünf Minuten später stehen wir am Rand eines breiten Sandstreifens, der Sand ist grau und riecht streng nach Fisch und Seetang. Wir gehen trotzdem Richtung Wasser, wobei wir unsere Taschen und Schuhe bei einer Rettungsschwimmerstation stehen lassen, an die die Wellen nicht herankommen. Dann tauchen wir die Füße ins Wasser. Zuerst ist es kalt, dann nicht mehr, und ich gehe weiter hinein, bis die Hälfte meiner

Wade von Wasser bedeckt ist. Als das Wasser um meine Beine wogt, kann ich dem Drang, mich in die Wellen zu stürzen, kaum widerstehen. In Jersey sind wir regelmäßig ans Meer gefahren, und ich liebe es, im Ozean zu schwimmen.

Finn bleibt einen halben Meter entfernt stehen. Ich betrachte immer noch meine Füße in dem aufgewühlten Wasser, als ich sage: »Ich wünschte, ich hätte meinen Badeanzug mitgebracht.«

»Du brauchst keinen Badeanzug.«

Mein Kopf fliegt mit einem Ruck nach oben, und was immer mir auf der Zunge lag, habe ich vergessen. Finn hat sein T-Shirt ausgezogen und mein Blick wird sofort magisch von dem Tattoo angezogen. Der gezackte Schwanz, den ich schon vorher gesehen habe, zieht sich über seinen Arm. Krallen bohren sich in seine Schulter. Ich trete einen Schritt näher, um den Rest der Tätowierung sehen zu können, die sich um seine Schulter schlängelt. Ein großer spitzer Kopf mit roten Augen, die Zunge reicht bis zu Finns Wirbelsäule. Rot ist die einzige Farbe in dem Tattoo. Selbst der Rumpf ist schwarz, auch wenn dort ein paar Grautöne zu sehen sind.

»Ist das ein Drache?«, frage ich.

Er nickt.

»Warum?«

»Warum nicht?«

»Darf ich es anfassen?« Ich verschränke die Finger hinter dem Rücken, um mich davon abzuhalten, einfach die Hand auszustrecken.

»Warum?«

»Weil ich es gern möchte.« Eine Sekunde lang frage ich mich, ob ich eine bessere Antwort parat haben müsste, aber dann nickt er, und ich strecke die Hand aus, um mit der Fingerspitze über die leicht hervortretende Linie auf seinem Arm zu streichen. Sie sieht aus wie die Wirbelsäule des Drachen. Es ist eine Narbe. Das wird mir sofort klar, als ich sie unter den Fingern spüre. Finn rührt sich nicht von der Stelle, während mein Finger über seinen Bizeps und seine Schulter fährt, wobei er dem Verlauf des Tattoos folgt. Seine Haut fühlt sich heiß an, obwohl sein Rücken von Gänsehaut bedeckt ist. »Wann hast du dir das machen lassen?«

Finn streckt den Arm aus und deutet auf eine Boje in der Ferne. »Wir machen ein Wettschwimmen. Wenn du gewinnst, erzähle ich es dir.«

»Und wenn du gewinnst?«

»Dann sagst du mir, warum du gestern Abend wirklich nach Hause gegangen bist.«

Au weia. Ein verdammt hoher Wetteinsatz. Ich versuche mich herauszureden. »Ich hab kein Schwimmzeug dabei.«

»Was ist mit den Sachen, die du anhast?«

Ich schaue an mir hinunter. Top gestylt bin ich nicht gerade, so viel ist sicher. »Ich hab nichts zum Wechseln dabei.«

»Ich hab noch ein zusätzliches T-Shirt.« Er hält inne. »Du könntest deine Klamotten auch einfach ausziehen.«

Ich sehe mich um. Es sind immer noch ziemlich viele Leute unterwegs, obwohl es schon spät ist.

»Ich glaub kaum, dass einer von uns beiden gut genug Japanisch spricht, um mich rauszuhauen, wenn sie mich wegen Erregung öffentlichen Ärgernisses ins Gefängnis stecken.«

»Gutes Argument.« Ein Lächeln zupft an seinen Mundwinkeln. »Wie sieht's aus?«

»Warum erzählst du's mir nicht einfach?«

Jetzt lächelt er wirklich. Eins dieser seltenen echten Lächeln, in die ich hineinfallen könnte, um tagelang dort zu bleiben. »Warum erzählst du's *mir* nicht einfach?«

Ich beiße mir auf die Unterlippe. Schon verstanden. »Na

schön. Hat der gewonnen, der als Erster bei der Boje ankommt, oder der, der als Erster wieder am Strand ist?«

Eine Minute lang diskutieren wir über die Regeln und einigen uns darauf, dass derjenige gewonnen hat, der zuerst wieder aus dem Wasser raus ist. Wie schon gestern Abend sehe ich nicht zu ihm hinüber, während wir schwimmen, aber die Strömung ist stärker, als ich dachte, und dagegen anzukämpfen, ist gar nicht so einfach. Als ich bei der Boje ankomme, stelle ich fest, dass Finn gerade wendet. Seine Schwimmzüge sind kräftig und gleichmäßig, und ich gebe noch mal alles. Egal, was für seltsame Situationen wir heute schon überstanden haben – ich weiß nicht, wie ich ihm sagen soll, das es mich körperlich krank gemacht hat, mit anzusehen, wie er eine andere küsst.

Der Rückweg ist weniger mühsam, und ich rufe mir in Erinnerung, dass es ihm ebenso geht. Ich habe den Strand fast erreicht, als ich einen Mundvoll Salzwasser verschlucke. Schnell taste ich mit den Füßen nach dem Grund und spucke das Wasser aus, ich muss dabei würgen. Finn zieht an mir vorbei, und ich schwimme schnell weiter, habe aber deutlich an Schwung verloren und richte mich hastig auf, als das Wasser nur noch meine halbe Wade bedeckt, und laufe den Rest der Strecke. Er ist schon mindestens zwei Minuten am Strand, als ich aus dem Wasser komme. Ich beuge mich vor und stütze mich mit den Händen auf den Knien ab.

Finn gibt mir eine Wasserflasche, und ich nehme einen Schluck, spucke das Wasser aus und trinke noch mal davon, bevor ich sie zurückgebe. »Was ist passiert?«, fragt er. »Du warst dabei zu gewinnen.«

Ich wische mir das Wasser aus den Augen und wringe mein Haar aus. »Ich hab Salzwasser geschluckt. Ich hätte auf jeden Fall gewonnen.«

»Pech für dich.« Als er grinst, sehen seine Zähne in dem

nachlassenden Licht weißer aus. Das Salz auf meinem Gesicht fühlt sich klebrig an, und ich werfe einen Blick auf meine Kleider. Die sehen nicht schlimmer aus als vorher, wenn man mal davon absieht, dass meine BH-Träger durch das nasse Tank-Top sichtbar sind. Finn ist das offenbar auch aufgefallen, denn sein Blick verweilt eine Sekunde zu lang auf meinem Oberkörper, bevor er hochschaut und sagt: »Also wie war das gestern Abend?«

Ich gehe meine Möglichkeiten durch. Ihn anzulügen, kommt nicht infrage, Finn würde es sofort merken. Also geht es eher darum, ob ich es kurz und schmerzlos oder langsam und scheinbar gelassen hinter mich bringen will. Stattdessen sprudeln die Worte aus mir heraus. »Ich war gestern nicht richtig bei der Sache. Ich hatte nicht die richtigen Klamotten an und kein Make-up. Du und dieses Mädchen … es war einfach … ich kam mir blöd vor. Hab mich schlecht gefühlt. Also bin ich gegangen.«

»Warum hast du dich schlecht gefühlt?« Zwischen seinen Augenbrauen hat sich ein großes V gebildet, als hätte er wirklich keine Ahnung.

Mein Blick wandert zu einem Punkt über seinen Kopf, denn ich kann ihn unmöglich ansehen, wenn ich das sage. »Weil ich weiß, dass wir Freunde sind und dass zwischen uns nichts läuft, es ist nur, ich wollte es einfach nicht mit ansehen, das war alles.«

»Also bist du gegangen, weil du gedacht hast, dass ich was mit ihr anfange?« Er fragt das ganz langsam, als wollte er sichergehen, dass er mich auch richtig versteht.

»Wolltest du das denn nicht?« Ich verschränke die Arme über dem Bauch und zucke leicht zusammen, als das kalte nasse Shirt meine Haut berührt.

»Vielleicht. Am Anfang.« Er reicht mir das T-Shirt aus seinem Rucksack, und als ich es über den Kopf ziehe, wird mir klar, dass er es schon mal getragen hat. Es riecht nach ihm, und ich atme tief ein, während ich herumzappele, um das nasse Tank-Top darunter auszuziehen. Er wartet, bis ich fertig bin, bevor er weiterredet. »Ich bin kurz nach dir gegangen. Allein.«

»Warum?«

»Weil ich dich suchen wollte.«

Mein Herz hämmert so heftig, als würde ich wieder gegen die Strömung anschwimmen. »Warum?«

»Zuerst war ich sauer auf dich. Weil du einfach gegangen ist, ohne Bescheid zu sagen.«

»Mir war nicht klar, dass ich mich bei dir abmelden muss. Aber ich merk's mir fürs nächste Mal.« Sarkasmus ist jetzt nicht besonders angebracht, aber ich kann nicht anders.

»Das musst du auch nicht. Ich meine, du hast recht.« Finn schiebt die Hände in die Hosentaschen und betrachtet den Sand zu seinen Füßen. »Amelia hat gesagt, dass du gerade erst gegangen wärst, aber ich konnte dich nicht finden.«

Meine Finger knüllen den T-Shirt-Stoff zu einem Ball zusammen, und ich presse meine Arme fester gegen meinen Magen. »Du hast meine Handynummer.«

»Ich dachte mir, dass es einen Grund geben muss für dein frühes Verschwinden.«

»Ja. Weil ich nicht dabei zusehen wollte, wie du einer anderen die Zunge in den Hals steckst, während ich mir wünsche, dass …« Ich kann mich gerade noch bremsen »dass du mich küsst« zu sagen, und meine Hand fliegt zu meinem Mund, als könnte ich die Worte einfangen. Was ich natürlich nicht kann. Das sieht man seinem Gesicht an.

»Die Sache ist die: Das Mädchen letzte Nacht – Noriko –, das warst nicht du. Ich wollte aber, dass du es bist. Deswegen bin ich gegangen und habe mit mir selbst einen Deal gemacht.

Und zwar, dass ich dich frage, ob du mit mir ausgehst. Richtig, meine ich.«

Nun bin ich diejenige, die ihn mit großen Augen anstarrt. »Du wolltest mich fragen, ob ich mit dir ausgehe?«

»Ich wollte dich nach einem Date fragen. Nach einem richtigen Date.«

Wow. »Warum?«

»Es gibt einen Grund, warum ich nie gesagt habe, dass wir nur Freunde sind, Zosia. Es sei denn, du sagst mir jetzt, dass diese Gefühle einseitig sind.« Sein Blick ist so durchdringend, dass ich ihn sogar in der Dämmerung auf mir spüre. So durchdringend, dass ich das Gefühl habe, gleich in Flammen aufzugehen.

»Nein, das sind sie nicht.« Ich stottere. »Also bittest du mich um ein Date?«

»Nein, aber jetzt tue ich es.« Er schiebt die Hände in die Hosentaschen, zieht sie dann wieder raus und räuspert sich. »Darf ich dich morgen Abend zum Abendessen ausführen?«

Ist er etwa nervös? Ist Finn O'Leary tatsächlich nervös, weil er mich um ein Date bittet? Ich bin so verdutzt, dass ich herausplatze: »Aber du hast mich doch gerade erst zum Abendessen ausgeführt. Gerade eben.« Sein Gesichtsausdruck bringt mich dazu, die Augen zu schließen und den Kopf zu schütteln. »Entschuldigung. Ja. Auf jeden Fall.«

»Bist du sicher?«

»Meinst du das ernst?« Ich kann nicht glauben, dass er mich das wirklich fragt, und das hört man mir auch an. »Ich frage mich nur, was an einem richtigen Date mit dir anders wäre? Wie würde es sich von heute unterscheiden?«

»Ich weiß nicht. Ein Date beinhaltet die Möglichkeit von …« Er zögert.

Also schließe ich die Lücke. »Sex.«

Meine Entdeckung Lexy Newtons liegt noch nicht so lang zurück, und Finn war ziemlich deutlich, was die Natur ihrer Beziehung anging.

Er lächelt und schüttelt den Kopf. »Wenn du darauf bestehst. Eigentlich wollte ich sagen, dass ein Date die Möglichkeit eines Anfangs beinhaltet, dass etwas Neues beginnt.«

Richtig. Ich bücke mich nach seinem T-Shirt und gebe es ihm. Inzwischen ist es dunkel geworden, und die nasse Shorts fühlt sich klamm an auf meiner Haut. Ich schnappe mir meine Schuhe und meine Tasche und gehe vor über den Sand, weil ich seinen Gesichtsausdruck nicht sehen will, besonders dann nicht, wenn er über mich lacht.

Aber er holt mich schon nach fünf Schritten ein und legt die Hand auf meinen Arm, damit ich stehen bleibe. Als ich ihn ansehe, ist klar, dass er nicht lacht und es auch nicht getan hat. »Es tut mir leid. Ich sollte mit den Sticheleien aufhören.«

»Ich hab dir schon mal gesagt, dass ich nicht gut in diesen Dingen bin.« Ich bremse mich, bevor ich anfange, meine Vergangenheit der nichtexistenten Dates vor ihm auszubreiten.

»Du kannst das besser, als du denkst.« Seine Hand gleitet an meinem Arm hinunter, und er zieht mich an sich. Uns trennen gerade mal fünf Zentimeter.

Diese Berührung ist nicht wie die am Tempel. Seine Finger halten mein Handgelenk fest umschlossen. Die Berührung seines Daumens auf meinem Handrücken ist sanft, aber als er die Finger mit meinen verschränkt, ist es eine entschlossene Bewegung. Hitze durchströmt meinen Magen.

»Okay, gut«, ist alles, was ich rauskriege.

Eine Minute lang stehen wir nur da, bevor wir Hand in Hand bis zum Ende des Strandstreifens schlendern. Dann lassen wir uns los, um hintereinander die Schnellstraße entlangzugehen, die zum Bahnhof führt, und als wir dort ankommen, müssen wir losrennen, um den Zug zu erwischen. Er ist überfüllt, voller Touristen, die nach Hause unterwegs sind, und mit Leuten, die nach Tokio fahren, um dort den Abend zu verbringen.

Es endet damit, dass wir aneinandergepresst und in eine Ecke gequetscht dastehen, zwischen uns sind keine zehn Zentimeter Platz. Finn spricht über irgendwas, und ich nicke und lächle, aber das Einzige, woran ich denken kann, ist, dass ich ihn gern berühren würde. Kann ich seine Hand nehmen? Meine Hand auf seinen Arm legen? Vielleicht lautet die Frage vielmehr, was mich daran hindert? Warum ich mich wie eine Dreizehnjährige verhalte, die noch nie mit einem Jungen Händchen gehalten hat?

Japan Rail nimmt mir die Entscheidung ab. Der Zug macht einen Satz, Finn legt den Arm um mich und drückt mich an sich, zum Teil, um zu verhindern, dass ich hinfalle, denn die Haltestange ist für mich nicht erreichbar. Aber das ist nicht der einzige Grund. Er küsst mich auf den Scheitel und malt Kreise auf meinen Rücken, während er darauf achtet, dass wir nicht das Gleichgewicht verlieren.

Als wir vor meinem Haus stehen, bin ich mir ziemlich sicher, dass wir uns küssen werden. Finns Arm liegt immer noch um meine Schulter, obwohl wir schon längst nicht mehr im Zug sind, und seit wir in Ofuna umgestiegen sind, flirten wir schamlos miteinander. Ich krame in meiner Tasche nach meinem Schlüssel und überlege, wann Dad wohl nach Hause kommt. Kinofilm plus Fahrzeit. Mindestens eine Stunde. Länger, wenn sie sich für den Kunstfilm entschieden haben.

»Willst du noch mit hochkommen?«

Für sich genommen ist das keine ungewöhnliche Frage. Er war schon ein paarmal in unserer Wohnung. Aber er schüttelt den Kopf. »Das ist keine gute Idee.«

Ich hebe die Augenbrauen. »Warum nicht?«

Er legt beide Arme um meine Taille. »Weil ich dich unbedingt küssen möchte.«

»Na und?« Ich lege die Arme um seinen Hals und frage mich, ob er spüren kann, wie heftig mein Herz unter dem dünnen T-Shirt klopft.

»Einmal im Leben möchte ich das hier richtig machen.« Er wirkt so aufrichtig bei diesen Worten, dass ich herunterschlucke, was mir auf der Zunge liegt, obwohl es mir wirklich schwerfällt. Es fällt mir so schwer, dass ich spüre, wie das Blut durch meine Adern rauscht. Er lächelt ein bisschen. »Und sagt man nicht, dass die Vorfreude ohnehin das Schönste daran ist?«

»So sagt man.« Ich bin nicht dieser Meinung. Absolut nicht.

Er beugt sich vor, um mich auf die Wange zu küssen, bevor er sich wieder zurücklehnt. Ohne seine wärmende Nähe wird mir in meiner feuchten Shorts kalt. »Ich glaub nicht dran.«

Eine lange Minute stehen wir nur reglos da, und bei den dreißig Zentimetern, die uns trennen, könnte es sich genauso gut um den Hudson River handeln. Am Ende sehe ich hinunter auf meinen Schlüssel und will gerade die Tür aufschließen, als mir eine Frage in den Sinn kommt: »Was wäre gewesen, wenn ich gewonnen hätte? Bei dem Wettschwimmen?«

»Ich hätte dich auf keinen Fall gewinnen lassen.« Das Lächeln beginnt in seinen Augen und wandert dann weiter zu seinem Mund. »Zur Not hätte ich dich einfach untergetaucht, bevor du aus dem Wasser gekommen wärst.«

Ich versuche nicht mal, darauf zu antworten. Ich sehe ihm einfach nur zu, wie er sich umdreht und die Straße hinuntergeht.

10

Ich hab mich zwanzigmal umgezogen. Über meinem Futon und auch auf dem Fußboden liegen überall Klamotten verstreut. Auf dem Weg ins Wohnzimmer stolpere ich über einen Rock, und mein Kaffee, der auf dem Boden steht, ist inzwischen kalt geworden. Ich nehme einen Schluck, verziehe das Gesicht und öffne wieder das Skype-Fenster. Immer noch keine Mindy. Nicht dass es einen Grund gäbe, warum sie an einem Samstagabend um zehn vor dem Computer rumhängen sollte. Leider habe ich noch eine Stunde Zeit, bevor Finn mich abholt, und ich bin so nervös, dass ich das keine fünf Minuten mehr aushalte, geschweige denn sechzig.

Zum Glück ist Dad nicht da. Es war schlimm genug, gestern Abend locker und unbeschwert zu klingen. Ja, Kamakura war großartig. Wir hatten eine schöne Zeit. Viel interessanter, als ich erwartet hatte. Nichts davon war eine Lüge. Falls das, was man verschweigt, nicht als Lüge zählt.

Ich berühre das Icon auf meinem Handy, um mir meine Textnachrichten anzusehen. Nachdem wir gestern zwölf Stunden zusammen unterwegs waren, haben Finn und ich eine weitere Stunde damit verbracht, uns Nachrichten zu schreiben. Ich hatte kaum meine nasse Shorts ausgezogen, als mein Handy summte: *Wann treffen wir uns morgen?* Irgendwie haben wir uns dann auf die Mittagszeit geeinigt, also Mittagessen statt Abendessen. Vielleicht beides. Nein, er sagt mir nicht, wohin wir gehen. Und ja, bis zum Abend zu warten, ist viel zu lange für unseren ersten Kuss. Mein Herz macht einen kleinen Sprung.

Ich werfe noch einen Blick auf mein Skype-Konto. Ich habe noch vier Dollar zweiundachtzig, um richtige Telefonnummern anzurufen. Himmel, wie ich Mom vermisse. Ich weiß nicht mal, ob wir uns gerade nah wären und ich ihr von Finn erzählen würde, aber ich stelle mir gern vor, das ich es tun würde. Ich wähle Babcis Nummer und lausche auf den Klingelton am anderen Ende. Ein Telefonat in die Vereinigten Staaten kostet zwei Cents pro Minute. Ich brauche maximal vierzig Cents von Babcis Zeit. Auch wenn sie nicht Mom ist, ist sie gut darin, mich wieder auf den Boden der Tatsachen herunterzuholen.

»Hallo?«

»Babci. Ich bin's. *Jak się masz?*«

Babci hebt sofort die Stimme und reiht mindestens zehn Sätze aneinander. Es geht ihr gut. Sie vermisst mich. Wie geht es Dad? Wie gefällt es mir in Tokio? Was mache ich gerade? Welche Sehenswürdigkeiten hab ich mir in letzter Zeit angesehen? Ich habe sie schon ein paarmal angerufen, und die ersten fünf Minuten laufen immer gleich ab. Als müsste sie alles so schnell und laut wie möglich in Erfahrung bringen. Ich habe versucht, ihr zu erklären, dass es billiger wäre, über Skype miteinander zu sprechen, aber es bringt nichts. Deshalb beantworte ich schnell ihre Fragen, bevor wir zu einem normalen Gespräch übergehen.

Nachdem sie mir von ihrem letzten Arzttermin erzählt hat, fragt sie mich, was ich heute noch vorhabe. »Dad hat einen Anruf bekommen und musste ganz früh zur Arbeit. Ich glaube, ein Server ist zusammengebrochen.«

»Aber du hast in Tokio Freunde gefunden, oder?«

»Tatsächlich hab ich ein Date.« Ich hole tief Luft und bringe sie auf den neuesten Stand. »Ein Junge, den ich noch von der Highschool kenne. Nun ja, ich hab ihn damals nicht besonders gut gekannt. Es ist auch hier. Seine Mutter und wir haben viel zusammen unternommen. Und heute haben wir ein Date.«

»Was habt ihr geplant?«

»Ich weiß es nicht. Er will es mir nicht verraten.« Ich atme langsam ein.

Babci hört es sogar aus zehntausend Kilometern Entfernung. »Was ist los, Zosia?«

»Ich mag ihn. Und er mag mich. Aber ihm ist was Schlimmes passiert. Ich kenne nicht die ganze Geschichte, aber … es war ziemlich schlimm, Babci.«

Babci schweigt eine Minute, dann fragt sie: »Ist er in Schwierigkeiten?«

»Nein. So ist das nicht …«

Sie lässt es mich nicht zu Ende erklären. »Wo liegt das Problem? Ihr mögt euch. Er hat was Schlimmes erlebt. So wie du. So wie alle Menschen.«

»Ich weiß.«

»Wovor hast du Angst?«

»Ich habe Angst, dass ich die Wahrheit nicht verkrafte.« Lächerlicherweise muss ich sofort an diesen Tom-Cruise-Film *Eine Frage der Ehre* denken, während ich das sage.

»Kannst du nicht oder willst du nicht?« Babci holt tief Luft. »Deine Mutter, Zosia. Sie wollte mir nicht von ihrem Krebs erzählen. Sie hatte Angst, dass es mich umbringt. Trotzdem wusste ich genau, dass etwas nicht stimmte. Sie konnte nicht essen. Sie war viel zu dünn. Müde. Ich habe mir trotzdem vorgemacht, dass es ihr gut geht. Dass sie nur müde ist. Einfach nur zu dünn. Weil ich Angst hatte vor der Wahrheit. So viel Angst. Ich hätte sie dazu zwingen müssen, es mir zu erzählen.«

Ich beiße mir auf die Unterlippe. »Ich kann ihn nicht dazu zwingen, es mir zu erzählen.«

»Aber du kannst es ihm leichter machen, falls er den Wunsch hat.« Ihre Stimme wird weich. »Deiner Mutter habe ich es sehr schwer gemacht. Ich habe so getan, als wäre alles in Ordnung, und sie glaubte, so tun zu müssen, als wäre es so.«

»Aber er muss mir nichts vorspielen.« Ich denke an die Situation vor dem Schrein und dämpfe unwillkürlich die Stimme, als mir der Blick einfällt, mit dem er mich angesehen hat, als er mir von seinem Vater erzählte. »Das muss er nicht.«

»Was hält dein Vater von der Sache?«, fragt Babci.

»Er weiß nichts davon.« Ich lasse die Worte zwischen uns in der Leitung hängen und halte die Luft an.

»Warum nicht?«

»Er glaubt, dass er mir wehtun könnte.«

»Und, könnte er das?« Babcis Ton ist resolut.

Ich brauche fünfzehn Sekunden, um ihr zu antworten. Ich weiß das so genau, weil ich den Zähler am Bildschirm im Auge behalte. »Es ist auf jeden Fall möglich.«

Babci antwortet nicht sofort. »Du hast dir über die Risiken Gedanken gemacht?«

»Ihn zu mögen, oder Dad nichts davon zu erzählen?«

Babci lacht. »Beides. Und dein Vater … es könnte sein, dass er dich überrascht.«

»Wenn wir nicht in Tokio wären, wüsste er nicht mal davon.« In Westfield haben Dad und ich uns unter der Woche kaum gesehen, und selbst wenn wir beide zu Hause waren, haben wir nicht viel Zeit miteinander verbracht. Hier ist das nicht viel anders, allerdings wirkt es in dem winzigen Apartment so, als hätten wir viel mehr mit dem Leben des anderen zu tun – was aber nur daran liegt, dass wir uns auf so engem Raum miteinander arrangieren müssen.

»Und deshalb ist es in Ordnung?« Babcis Ton macht deutlich, dass es das absolut nicht ist.

»Es ist nur …« Ich suche nach den richtigen Worten. »Ich wünschte, ich könnte erst herausfinden, was zwischen uns möglich ist, bevor Dad mir auseinandersetzt, aus welchen Gründen er nicht der Richtige für mich ist.«

Babci lacht. »Nun ja, es hat ziemlich lang gedauert, bis ich mich für deinen Vater erwärmen konnte. Du kannst ihn ja mal daran erinnern.«

»Das könnte klappen.« Ich sehe Dads Gesichtsausdruck förmlich vor mir, wenn ich das auf eine Weise erwähnen würde, als wäre es ein ganz normales Thema, über das bereits geredet wurde.

»Vielleicht. Zosia, gib deinem Vater lieber einen Grund, dir zu vertrauen.«

»Ich habe ihm nie einen Grund gegeben, mir nicht zu vertrauen.« Meine Stimme wird lauter.

»Nun ja, wenn du diesen Jungen magst, dann sorg dafür, dass er nicht der erste Grund wird.« Sie sagt das auf eine Weise, als gäbe es nichts hinzuzufügen. Und vielleicht ist es auch so.

Ein paar Minuten sprechen wir auf Polnisch über ihre Nachbarn in Queens und meine letzten Reinfälle dabei, mich mithilfe von Japanisch in der Stadt zu orientieren, aber dann werfe ich einen Blick auf die Uhr, und mir wird klar, dass ich immer noch nicht angezogen bin. Es wird Zeit.

Letztendlich entscheide ich mich für den weißen Rock und die ärmellose grüne Bluse, die ich in Harajuku gekauft habe. Mit ein bisschen Make-up bringt sie meine Augen zum Strahlen. Fürs Erste lasse ich meine Haare offen über die Schultern fallen, auch wenn ich mir sicher bin, dass sie sich spätestens in einer Stunde zu Löckchen zusammengezogen haben werden. Dann werfe ich einen letzten Blick in den Spiegel, um mich zu vergewissern, dass die BH-Träger nicht zu sehen sind, und fange an, die auf dem Boden verstreuten Klamotten aufzusammeln. Ich gebe mir alle Mühe, sie auf Kleiderbügel zu hängen und so zusammenzulegen, dass sie in die winzigen Schubladen passen.

Als es an der Tür klopft, bin ich noch nicht ganz fertig und klemme mir den Finger ein, weil ich zusammenzucke und dabei versehentlich die Schublade zuknalle. Aus diesem Grund habe ich auch meinen geröteten Zeigefinger im Mund, als ich Finn die Tür öffne.

Er mustert mich mit hochgezogenen Augenbrauen, als er hereinkommt. »Was ist los?«

»Ich hab mir den Finger in der Schublade eingeklemmt. Tut höllisch weh.« Wenigstens lenkt der Schmerz mich etwas von meiner Nervosität ab, sodass ich mich auf was anderes konzentrieren kann als auf die Tatsache, dass das schwarze T-Shirt, das er trägt, seinen durchtrainierten Oberkörper super zur Geltung bringt.

»Lass mich mal sehen.« Er greift nach meiner Hand und sieht sich meinen Finger an. »Du solltest ihn kühlen.«

»Wir haben keinen Gefrierschrank.«

Daraufhin drückt er meinen Finger gegen seine Lippen. Meine Fingerspitze pocht immer noch, und jetzt schließen sich andere Körperteile an. Finn küsste sie ganz zart, bevor er sie wieder von den Lippen nimmt, meine Hand lässt er jedoch nicht los. »Tut mir leid. Ist wahrscheinlich keine große Hilfe.«

»Doch, ich glaub schon.«

In der nächsten Sekunde küssen wir uns.

Seine Hand fährt sanft über meinen Nacken und mein Gesicht, dann vergräbt er sie in meinem Haar. Zwanzig Sekunden lang treffen unsere Lippen weich und vorsichtig aufeinander, aber dann zieht er mich fester an sich, und seine Zungenspitze beginnt damit, meinen Mund zu erforschen. Wohin seine Hände auch wandern, sie lösen überall kleine sensorische Explosionen aus. Auf meinem Rücken. Meinen Armen. Meinem Oberkörper. Am Anfang sind seine Berührungen sanft, aber je leidenschaftlicher wir uns küssen, desto fordernder werden sie. Mit den Fingernägeln fahre ich über seinen Rücken, und sein Mund wandert zu meiner Kehle. Unwillkürlich presse ich mich fester an ihn, und seine Lippen bahnen sich ihren Weg zum Ausschnitt meiner Bluse. Als er die Knopfleiste erreicht, schnappe ich nach Luft, und er küsst mich erneut, fordernd und voller Ungeduld. Mit dem Körper drückt er mich gegen die Tür, sodass kein Blatt mehr zwischen uns passt, dennoch ist er mir immer noch nicht nah genug.

Ich weiß nicht, wie lange das so weitergeht, aber ich weiß genau, dass Finn derjenige ist, der den Kuss unterbricht. »Himmel, Zosia.«

Ich befeuchte meine Lippen. Sie sind geschwollen und pochen. Wie der Rest von mir.

»Ja. Wow.«

»Wir, ähm, sollten wahrscheinlich besser losziehen.«

Statt hierzubleiben und … Das leuchtet sogar mir ein. »Ich hol nur meine Sachen.«

Mit diesen Worten dränge ich mich an ihm vorbei und laufe zurück ins Schlafzimmer. Ich bin in meinem Leben schon häufig genug geküsst worden, und bei Finn ist das bestimmt nicht anders, dennoch bin ich mir sicher, dass er genauso aufgewühlt ist wie ich. Nicht nur, weil es so gut war, sondern weil wir innerhalb weniger Sekunden von null auf hundert beschleunigt haben. Vielleicht waren es auch nur Sekundenbruchteile.

Ich bin mir nicht sicher, ob ich den Kuss ansprechen soll, und ich weiß auch nicht, wie. Deshalb lasse ich es sein. Was aber nicht heißt, dass Finn ebenfalls davor zurückschreckt. Als wir im Zug sind, fragt er: »Was ist da vorhin passiert?«

Ich sehe mich um. Wie immer ist der Zug rappelvoll, trotzdem fühlt es sich wie ein Privatgespräch an, wenn man in einem Meer von Japanern Englisch redet. Selbst wenn man sich in der Öffentlichkeit befindet.

»Ich weiß nicht«, erwidere ich und zucke mit den Achseln. »Ich habe nicht besonders viel Erfahrung in diesen Dingen.«

»Willst du damit sagen, dass du nicht diese Art von Mädchen bist?«

»Nun ja, offensichtlich ja doch.« Ich zögere eine Sekunde, denn wenn wir jetzt anfangen, über das Thema zu reden, werden wir das die ganze Fahrt lang tun. »Und du? Bist du der Typ für so was?«

Er nickt. »Kann man so sagen.«

Eifersucht bringt mich dazu, die Haltestange fester zu umgreifen, aber meine Stimme bleibt neutral. »Warum?«

Diese Frage hat er nicht erwartet. »Wie meinst du das, warum?«

»Warum Lexy Newton und nicht, sagen wir, Mindy?« Mir ist klar, dass ich damit zugebe, dass ich sein Facebookprofil genau studiert habe, andererseits sind wir inzwischen auch Facebookfreunde. Er muss nicht wissen, *wann* ich mir seine Seite so genau angesehen habe.

»Lexy Newton.« Als er ihren Namen sagt, verzieht er den Mund, und ich frage mich, ob sie vielleicht mehr als nur eins von diesen Mädchen ist. »Das ist diejenige, die was mit meinem Vater angefangen hat.«

Oh. Wow.

»Tut mir leid. Das wusste ich nicht.«

Seine Hand liegt jetzt nicht mehr neben meiner auf der Haltestange, und ich bin mir sicher, dass das kein Zufall ist.

»Wir waren zusammen, bevor ich nach Westfield gezogen bin. Zwischendurch hatten wir uns getrennt, aber in den letzten Frühlingsferien sind wir wieder zusammengekommen. Sie ist ein paarmal in Boston gewesen, und ich habe mich mit ihr getroffen. Ich wusste, dass sie was mit einem anderen hat, aber sie war mir so vertraut. Es war unkompliziert.« Ein trockenes Lächeln. »Bevor ich hergekommen bin, bin ich nach Boston geflogen, um endgültig Schluss zu machen. Ich hatte nicht das Gefühl, dass sie sich nach mir verzehrt, aber ich bin davon ausgegangen, dass wir uns nie wiedersehen, und na ja, du weißt schon, dass es nicht weiter schaden kann, noch mal …«

»Miteinander ins Bett zu gehen?« Es auszusprechen, ist ein komisches Gefühl.

»Ja. Ich schätze schon«, antwortet er und wendet den Blick ab. »Es kommt mir seltsam vor, dir das erzählen.«

»Wirklich?« Das überrascht mich. Was mich angeht, haben wir schon über weit Schlimmeres gesprochen.

»Es wäre mir lieber, wenn du mich für einen besseren Menschen hieltest.« Er hat den Blick immer noch abgewandt, als er das sagt.

»Leg mir nichts in den Mund, das ich nie gesagt habe.« Ich lege meine Hand auf seine. »Was ist passiert?«

Als er schluckt, wandert sein Kehlkopf hoch und runter, aber er spricht trotzdem weiter: »Wir haben miteinander geredet, und alles war prima. Nichts hatte sich geändert. Wir haben immer noch zusammen abgehangen. Und dann habe ich ein paar Tage bei Jamal gewohnt. Als ich zurückgeflogen bin, bin ich bei meinem Vater vorbeigefahren. Er hatte mir das Flugticket geschickt, und ich wollte es nicht annehmen. Auf keinen Fall. Aber meine Mutter hat die ganze Zeit auf mich eingeredet, und schließlich hab ich Ja gesagt. Ich wollte nur kurz bei ihm vorbeischauen und ich weiß nicht. Ich hatte ihn nicht mehr gesehen seit …« Er schluckt schwer. »Als ich ins Haus kam, traf ich auf Lexy, und es war ziemlich klar, dass sie nicht dabei war, Pfadfinderkekse zu verkaufen.«

»Wow.« An dieser Stelle versagt meine Vorstellungskraft.

»Ich hätte es wissen müssen. Was man sieht, bekommt man auch.« Finn verschränkt seine Finger mit meinen auf der Stange und hebt die Augenbrauen. »Du hingegen wirkst süß und unschuldig wie ein junger Morgen.«

Ich schenke ihm meinen betörendsten Augenaufschlag. »Das bin ich auch. Hab ich dir doch gesagt.«

»Blödsinn. Du bist genauso süß und unschuldig wie ich.« Sein Gesicht ist jetzt ganz nah vor meinem, ich fühle seinen heißen Atem auf der Wange. Es ist schwer, nicht den Kopf wegzuziehen.

»Du hast wohl vergessen, dass du mich geküsst hast. Ich folge nur deinem Beispiel.«

»Keine gute Idee.« Dieses Mal wendet er nicht den Blick ab, und er schließt auch nicht die Augen, als er sich vorbeugt und mich küsst. Es ist ein gänzlich anderer Kuss als der in unserer Wohnung. Weich, zart, federleicht. Aber er wühlt mich genauso auf wie der andere.

Vielleicht sogar noch mehr.

Finn lehnt sich zurück und legt wieder den Arm um mich, wie gestern Abend. Aber diesmal wandert seine Hand von meiner Schulter zu meiner Taille und wieder zurück. Und obwohl ich dachte, dass ich mich schon gestern daran gewöhnt hätte, bin ich mir seiner Berührungen sehr bewusst.

Die Art, wie seine Finger meinen Hals liebkosen. Seine Hand, die warm auf meinem unteren Rücken liegt. Sein Daumen, der über den Bund meines Rocks fährt. Zum Glück steigen wir in Odaiba aus, sodass er vermutlich nicht mitbekommt, wie ich zusammenzucke, als er Haut berührt, die er vorher noch nicht berührt hat. Odaiba ist diese verrückte, künstlich erschaffene Insel auf der anderen Seite Tokios. Dort gibt es ungefähr vier größere Einkaufszentren, eine Strandpromenade, Museen, sogar ein Kolosseum. Vom Nachbau der Freiheitsstatue bis zum gigantischen Riesenrad ist es eine andere Welt, alles ziemlich überzogen, selbst für Tokioter Verhältnisse. Die ersten Stunden verbringen wir damit, herumzulaufen und alles zu begaffen. Anders kann man das nicht ausdrücken.

»Haben sie hier *Transformers* gedreht, oder was?«, frage ich und deute auf eine riesige roboterartige Statue direkt vor uns.

»Nicht dass ich wüsste.« Finn mustert die Plakette, auf der etwas auf Englisch und Japanisch steht. »Hier steht, dass dieser Knabe Gundam heißt und eine Figur aus einer Anime-Serie ist. Offenbar gibt es da drin ein ganzes Museum, falls du es dir ansehen willst?«

»Ich und eine Anime-Serie? Eher nicht.« Lachend hebe ich die Hand. »Und bevor du mir jetzt die Hölle heiß machst, denk dran, dass ich dein verdammtes Buch gelesen habe.«

»Mein verdammtes Buch? Spricht man so über ein liebevoll ausgesuchtes Geschenk?«, fragt Finn, dessen Gesicht sich scheinbar entsetzt verzieht.

Das Buch, das er in Kinokuniya gekauft hat – *Kafka am Strand* von Haruki Murakami –, war wirklich ein liebevoll ausgesuchtes Geschenk. Allein schon deswegen, weil Finn gesagt hat, dass es schon ewig zu seinen absoluten Lieblingsbüchern zählt. Wenn ich leidenschaftlich gern lesen würde – oder auch nur einigermaßen gern –, hätte ich es sicherlich großartig gefunden. Aber so fand ich es eher langatmig und verwirrend, und ich bin mir nicht ganz sicher, dass ich es wirklich verstanden habe. Finn sagt, dass das dazu gehört, wenn man Murakami liest, dennoch bin ich nicht gerade scharf darauf, diese Erfahrung zu wiederholen.

»Tut mir leid. Du hast recht.« Ich verbeuge mich vor ihm, und wir müssen beide lachen.

»Ich hab meine Lektion gelernt. Keine Bücher mehr für

dich. Wir wäre es stattdessen mit was zu essen?« Bei diesen Worten legt er den Arm um meine Taille und führt mich zu einem *izakaya*, einem Restaurant. Obwohl es eigentlich noch zu früh ist für Mittagessen, komme ich fast um vor Hunger, was daran liegt, dass ich nicht gefrühstückt habe. Die nächsten Stunden genieße ich es, Finn im Restaurant gegenüberzusitzen. Wir lachen und unterhalten uns, und gelegentlich berühren sich unsere nackten Beine. Wir bleiben viel zu lang, aber solange wir hin und wieder an unserem Bier nippen, fordert uns niemand zum Gehen auf.

Als wir das Restaurant schließlich verlassen, ist es schon dunkel, und wir überlegen, mit dem Riesenrad zu fahren, als mein Handy summt. Zuerst ignoriere ich es, aber zwei Sekunden später summt es erneut. Ich durchwühle meine Tasche. Zwei unbeantwortete Anrufe von Dad. Ich habe ihm heute Morgen eine SMS geschrieben, dass ich mit Finn unterwegs bin. Ein bisschen Wahrheit kann nicht schaden. Schließlich hat er mir ja nicht generell verboten, etwas mit ihm zu unternehmen. Dennoch schlägt mein Herz schneller. Wenn das der Grund für seinen Anruf ist, dann habe ich keinen Schimmer, was ich sagen soll.

Während ich seine Nummer wähle, summt es wieder, und ich hebe ab. Ich habe gerade mal Hallo gesagt, als er mir ins Wort fällt.

»Zo, es tut mir leid. Hier brennt die Luft. Ich muss noch heute Abend nach Kitakyushu fahren. Es gibt ein Problem im Rechenzentrum, und wenn wir das System nicht wieder zum Laufen bringen können, bevor morgen die Börse öffnet, bricht die Hölle los.«

»Ist alles in Ordnung, Dad?« Er klingt verzweifelt. »Kann ich dir irgendwie helfen?«

Ich sehe förmlich vor mir, wie er den Kopf schüttelt. »Nein. Ich bin auf dem Weg zum Bahnhof. Aber ich möchte, dass du heute Nacht bei Eloise schläfst. Morgen müsste ich eigentlich wieder zurück sein, dennoch würde ich mich besser fühlen, wenn du heute Nacht nicht allein bist.«

Wow. Okay, er hat wirklich nicht den geringsten Schimmer. Wenn es so wäre, dann würde er das hier nicht vorschlagen. »Mir geht's gut. Um Himmels willen, ich kann auch eine Nacht allein in unserem Apartment verbringen.«

»Zosia, bitte. Ich habe jetzt keine Zeit, mit dir zu diskutieren. Wenn du es einfach tun würdest, hätte ich eine Sorge weniger. Eloise rechnet damit, dass du mit Finn zusammen bei ihr erscheinst. Kann ich mal mit ihm sprechen?«

Statt einer Antwort reiche ich das Telefon an Finn weiter. Der sagt nicht viel, nur einmal sieht er mich mit hochgezogenen Augenbrauen an, was bedeutet, dass Dad ihm erklärt hat, dass ich heute Nacht bei ihm und Eloise schlafen soll. Finn gibt mir mein Handy zurück, und Dad und ich sprechen noch mal kurz miteinander. Als ich aufgelegt habe, stehen Finn und ich uns mitten auf dem Bürgersteig gegenüber, während er mich mit unergründlicher Miene mustert.

»So so«, sagt er schließlich. »Ich schätze mal, wir haben heute einen Übernachtungsgast.«

Sein Ton klingt spöttisch, und meine Erwartungen verflüchtigen sich im selben Tempo, in dem Luft aus einem Reifen entweicht, in den sich ein Nagel gebohrt hat.

»Ja. Hör mal, ich fühle mich wohl in unserer Wohnung. Mein Dad ist einfach paranoid.«

»Er hat mir ein Versprechen abgenommen.«

Ich scharre mit den Füßen und fummle am Trageriemen meiner Tasche herum. »Ich weiß. Es tut mir leid. Ich weiß, dass es seltsam ist.«

»Ich hätte nur nicht gedacht, dass du diese Art von Mädchen bist. Du weißt schon, gleich beim ersten Date mit zu mir nach Hause zu kommen.« So wie er dabei lacht, fühle ich mich gleich noch schlechter.

Entsprechend abwehrend verhalte ich mich. »Sehr witzig. Wirklich, ich bin mir ziemlich sicher, dass es das Letzte wäre, was mein Dad vorschlagen würde, wenn …«

Mist.

»Wenn was?« Er hebt fragend die Augenbrauen.

In den nächsten fünf Sekunden rasen mindestens zehn Gedanken durch mein Hirn, aber am Ende entscheide ich mich für die Wahrheit. Weil ich nicht klar denken kann, wenn Finn mich so ansieht.

»Wenn er wüsste, dass wir beide gerade ein Date haben.«

Sein Gesichtsausdruck macht deutlich, dass Finn sich seinen eigenen Teil dabei denkt, dennoch verzieht er keine Miene, als er fragt: »Und woran liegt das?«

»Er sagt, dass du eine schwierige Vergangenheit hast. Und einige Zeit im Jugendgefängnis verbracht hättest.« Wenn Finn unser erstes Date ruinieren will, indem er sich über mich lustig macht, bis ich wütend werde, dann übernehme ich das eben. Und zwar genau jetzt.

»Es ist beides wahr.« Mit der Schuhspitze tritt er gegen den Bürgersteig und weicht meinem Blick aus.

Die Tatsache, dass wir uns nicht in die Augen sehen, macht es einfacher zu fragen: »Weshalb warst du ihm Jugendgefängnis?«

»Ich bin in eine Prügelei geraten.« Er sieht mich immer noch nicht an.

»Wegen einer Prügelei kommt man nicht ins Gefängnis.« Ich sage das, als wüsste ich Bescheid.

»Wenn ein Messer im Spiel ist, schon.« Dieses Mal bohren sich seine Augen in meine, und ich gebe mir alle Mühe, nicht zu blinzeln. »Hast du sonst noch Fragen?«

»Abgesehen von den Hunderten, die mir spontan in den Sinn kommen? Nein, gar nicht.« Ich klinge cool, fast verärgert.

Eine Hundertachtzig-Grad-Wendung zu vorhin. Und eine Hundertneunzig-Grad-Abweichung zu dem, was ich wirklich empfinde. Mein Inneres macht Sprünge wie Wassertröpfchen in einer heißen Pfanne.

»Gut. Möchtest du dir das *onsen* anschauen?« Seine Augen sind hart wie Kiesel, und in diesem Moment ist er der Typ, vor dem mein Vater mich gewarnt hat. Also nicke ich nur und halte den Mund.

Wir berühren uns nicht, während wir durch Odaiba zu dem japanischen Bad gehen, dabei ist es ein zwanzigminütiger Spaziergang, auf dem wir uns den Weg durch die Menge bahnen müssen und kurz bei einer Gruppe von Jungs stehen bleiben, die ihre Street-Dance-Künste vorführen. Da wir die ganze Zeit kaum ein Wort miteinander wechseln, habe ich beim Erreichen des *onsen* das Gefühl, auf keinen Fall einen Rückzieher machen zu können.

Während ich beobachte, wie die Leute aus dem Bad hinein- und hinausströmen, wird mein Herz immer schwerer.

»Willst du da rein?«, fragt Finn.

»Ähm, ja. Vielleicht. Ich weiß nicht.«

»Worüber machst du dir Sorgen?«

Wir reden über das *onsen* und nicht über die angespannte Atmosphäre zwischen uns, oder?

»Ich weiß nicht. Ist einfach seltsam.«

»Was soll schon schiefgehen? Man badet.« Nun ja, er redet von einem japanischen Thermalbad.

»Ach ja? Splitterfasernackt inmitten unzähliger Japanerinnen, die mein Haar anstarren und auf meine Bräunungsstreifen zeigen? Du hast recht. Wo ist das Problem?« Ich habe keine Ahnung, wie ich die Spannung zwischen uns zur Sprache bringen soll. Und ganz sicher will ich nicht über ihre Ursache sprechen.

Ich deute auf das Zeichen und dann auf mich und Finn. Die Frau nickt zuerst, aber als Finn sich umdreht, ändert sich ihr Gesichtsausdruck, und sie macht eine Bewegung mit den Händen, die universell ist: nein. Dabei deutet sie auf Finn und schüttelt den Kopf, und ich muss Sie dreimal bitten, langsamer zu sprechen, bevor ich sie verstehen kann.

»Du darfst das Bad wegen deines Tattoos nicht betreten«, erkläre ich.

Er sieht aus, als wolle er widersprechen, aber die Miene der Frau bleibt eisern. Nein bedeutet nein.

»Du kannst ruhig reingehen, wenn du möchtest«, sagt er.

Ich mache mir nicht mal die Mühe, zu antworten, verbeuge mich nur vor der Frau am Tresen und gehe wieder nach draußen. Jetzt, wo's dunkel ist, herrscht auf den Bürgersteigen tatsächlich noch mehr Gewimmel als nachmittags, und plötzlich will ich nur noch weg.

»Können wir gehen?«

»Sicher.« Sein Blick ist weicher geworden, aber man sieht ihm immer noch an, wie aufgewühlt er von unserem Gespräch ist. »Willst du immer noch mit zu mir kommen?«

»Bin ich denn noch willkommen?«

»Was glaubst du?«

»Ich weiß es nicht.« Mein Ton ist skeptisch, aber aus einem anderen Grund, als er glaubt.

Finn beißt sich auf die Unterlippe, sein Blick ist auf meine Kehle gerichtet. »Würde es eine Rolle spielen, wenn ich sage, dass ich es nicht war?«

Jugendgefängnis. Was immer es war, was ihm das eingebrockt hat. »Es würde auch keine Rolle spielen, wenn du sagen würdest, dass du es warst.«

Er reißt den Kopf mit einem Ruck nach oben, um mir in die Augen zu sehen, und kneift sie dann ungläubig zusammen. »Warum nicht?«

»Was geschehen ist, ist geschehen. Ich meine, ja, ich möchte natürlich gern wissen, was los war, aber …«

»Warum fragst du dann nicht?« Sein Ton hat deutlich an Schärfe verloren.

»Wenn du wolltest, dass ich Bescheid weiß, Finn, dann würdest du es mir erzählen, statt solchen Mist zu reden.« Ich mache die Augen zu und hole tief Luft, dann öffne ich sie wieder und suche seinen Blick. »Deine Fehler sind nicht das, was dich ausmacht. Nicht für mich.«

Gute siebenunddreißig Sekunden lang gibt er sich alle Mühe, mich niederzustarren. Vermutlich erwartet er, dass ich den Blick abwende, aber ich tue es nicht. Und bin mir ziemlich sicher, dass das der Grund ist, warum er es mir erzählt.

»Ich war sechzehn und bin in Baltimore in einer Spielhalle in eine blöde Situation geraten. Es war in einem der miesesten Viertel der Stadt. Es gab eine Prügelei, die aus dem Ruder lief, und jemand hat ein Messer gezogen. Dreißig Sekunden später sind die Cops aufgekreuzt und haben alle festgenommen. Auf der Polizeiwache durfte ich meinen Anruf machen, wie es das Gesetz verlangt, aber mein Vater wollte nicht kommen. Meine Mutter genauso wenig. Ihm war es egal, und meine Mom war sauer, weil ich mich schon wieder in Schwierigkeiten gebracht hatte. Ich war oft genug zum Schuldirektor zitiert worden und hatte genug Zusammenstöße mit dem Wachpersonal des Einkaufszentrums, damit sie glaubte, dass ein kurzer Gefängnisaufenthalt hilfreich sein könnte. Deshalb blieb ich ein paar Wochen im Jugendgefängnis, um meine Lektion zu lernen. Danach hat sie mich rausgeholt, und wir sind zusammen nach Westfield gegangen.«

»Wie hat sie dich rausbekommen?« Meine Erfahrungen in diesem Bereich beschränken sich auf *Law&Order*.

»Auf dem üblichen Weg. Ich musste vor Gericht erscheinen, und der Richter hat mir gesagt, dass ich endlich meine Probleme in den Griff kriegen sollte – am besten, bevor ich achtzehn werde und wirklich ins Gefängnis komme.«

»Worum ging es bei dem Streit?«

Finn lacht halb und schüttelt den Kopf. »Niemand außer dir würde auf die Idee kommen, mich das zu fragen.«

»Was ist daran so lustig? Ich will es gern wissen.«

»Geld.« Sein Gesicht ist ernster geworden, aber auch weicher. »Beantwortet das deine Frage?«

»Eine von vielen.«

»Gut.« Er macht einen Schritt auf mich zu. »Jetzt bin ich an der Reihe.«

»Was willst du wissen?«

»Dein Dad …«

Ich lasse ihn nicht ausreden. »… hält mich für naiv, und hat Angst, dass ich verletzt werden könnte.«

»Er hat recht. Du bist naiv.« Als Finn die Hand ausstreckt und mir eine Strähne hinter das Ohr streicht, macht mein Herz einen Sprung. Das liegt zum Teil an seiner Berührung und zum Teil daran, dass ich hoffe, dass er meinem Vater nicht bei beidem recht gibt.

Das tut er nicht. Wenigstens sagt er es nicht. Genau genommen sagt er überhaupt nichts, legt einfach nur die Hand um meinen Hinterkopf und zieht mich an sich. Und küsst mich. Und wie er mich küsst – der reine Wahnsinn. Er drückt mich so fest an sich, dass ich seinen Herzschlag spüren kann. Als seine Zunge zwischen meine Lippen gleitet, ist von Unsicherheit nichts mehr zu spüren. Genauso wenig wie in der Art, wie er aufstöhnt, als ich meine Hände um sein Gesicht lege. Ich kann ebenso wenig ein Stöhnen unterdrücken, und wir küssen uns viel zu leidenschaftlich dafür, dass wir in Odaiba mitten auf dem Bürgersteig stehen. Selbst wenn die Japaner öffentliche Liebesbekundungen gutheißen würden, statt sie mit einem Stirnrunzeln zu quittieren.

Ich bin diejenige, die sich zuerst zurückzieht und den Kopf auf seine Schulter legt. »Ich glaube, wir sollten nicht …« Meine Stimme ist atemlos und gedämpft.

Er fällt mir ins Wort. »Ich will nicht, dass du für mich lügst.«

»Ich lüge nicht für dich. Sondern für mich.«

Finn schließt ganz kurz die Augen und nickt. »Gut zu wissen, aber viel schlimmer.«

Ich zucke mit den Achseln. »Es ist, was es ist.«

»Nein, ist es nicht. Du musst es ihm sagen.«

»Ich bin fast neunzehn.« Egal, was Babci sagt, es wird nichts Gutes dabei herauskommen, wenn ich meinem Vater von mir und Finn erzähle.

»Noch ein Argument dafür«, sagt Finn sanft. Sein Finger zieht meine Kinnlinie nach und wandert dann zu meinen Lippen, wo er liegen bleibt, als er schließlich weiterspricht: »Ich traue niemandem, Zosia, aber dir will ich vertrauen.«

»Das kannst du.«

»Nicht, wenn du lügen musst«, sagt Finn. »Ich will nicht der Kerl sein, für den du deinen Vater belügst.«

Wer willst du dann für mich sein?

Fast spreche ich die Frage aus. Ich öffne den Mund, schließe ihn wieder und mache ihn dann wieder auf. Die Frage liegt mir auf der Zunge, halb formuliert.

Und bleibt dort. Stattdessen stimme ich ihm zu. Ich verspreche, es meinem Vater zu sagen. Ganz genau weiß ich nicht mehr, was ich sage, aber es muss überzeugend klingen, denn Finn nickt und nimmt meine Hand.

Die ganze Zeit sehe ich ihn an, als würde er es mir dann sagen. Als könnte er meine Gedanken lesen.

Was natürlich nicht der Fall ist. Während wir uns unseren Weg durch die Menge bahnen, verschwindet die Gelegenheit, aber nicht die Frage. Sie hallt im Klacken meiner Schuhe auf dem Beton wider.

Wie ein Gedicht.

Ein Lied.

Eine Bitte.

Wer willst du sein, Finn? Wer willst du für mich sein?

11

Als wir aus dem Zug steigen, sind wir wieder zum Normalzustand zurückgekehrt. Was immer das bedeuten mag. Es ist nicht derselbe Normalzustand wie gestern. Nicht mal derselbe wie vor drei Stunden.

Es regnet so stark, dass das Wasser einen dichten Vorhang bildet, und wir suchen einen Block vom Bahnhof entfernt in einem dunklen Hauseingang Schutz. Es ist ein sehr schmaler Hauseingang, und da der Regen schräg herunterkommt, bietet er nicht besonders viel Schutz. Mein Rock klebt an meinen Beinen, und das Wasser läuft aus meinen Haaren und an meinen Armen herunter.

»Wir sollten einfach weiterrennen«, sage ich. »Wir sind ohnehin schon klatschnass.«

»Ich weiß. Es gefällt mir irgendwie«, erwidert er und drückt mich grinsend fester an sich.

»Keine Sauereien bitte.« Ich fahre ihm mit den Fingern über seinen Oberkörper. »Was wird deine Mutter sagen, wenn wir wie begossene Pudel bei euch auftauchen?«

»Dass wir einen Regenschirm hätten mitnehmen sollen.« Bei diesen Worten presst er meinen Körper gegen seine Hüften. »Wir können bei dir vorbeigehen, dann kannst du dir was Trockenes zum Anziehen holen.«

»Ähm, nein.« Daran hatte ich auch schon gedacht, den Gedanken aber wieder verworfen.

»Du traust mir wohl nicht, wie?«

»Es liegt nicht an dir.« Sondern an mir. So wie mein Körper

auf seinen reagiert, bin ich überzeugt, dass ich mich in unserer Wohnung nicht allein ausziehen würde. Es kostet mich alle Kraft, mich nicht an ihm zu reiben, und ich will es definitiv nicht so weit kommen lassen.

Dummerweise tue ich genau das, als er mich noch enger an sich drückt.

Als er dann die Hände auf meine Pobacken legt und ich mein Bein um seins schlinge, spüre ich die Ausbuchtung in seiner Shorts an meinem Becken. Zu wissen, dass er so auf mich reagiert, gibt mir ein Gefühl von Macht. Außerdem fühle ich mich sexy. Unglaublich sexy. Und begehrenswert.

Aber auch besorgt.

Dennoch schmiege ich mich fester an ihn, und seine Hüften pressen sich rhythmisch gegen meinen Unterleib, während er mich gleichzeitig voller Verlangen küsst. Seine Hände gleiten unter mein Shirt, öffnen den Verschluss von meinem BH, fahren über meine nasse Haut. Ich hebe sein T-Shirt und ziehe ihn an den Gürtelschlaufen noch näher an mich heran. Er ist gerade dabei, die obersten Knöpfe meiner Bluse zu öffnen, als hinten in der Gesäßtasche seiner Shorts sein Handy klingelt.

Es klingt wie ein Alarmsignal. Wir erstarren beide, und Finn greift nach seinem Telefon. Es beeindruckt mich, wie normal seine Stimme klingt, als er sich meldet, insbesondere, weil er den Blick keine Sekunde von mir wendet und nicht aufhört, mich zu streicheln. Und obwohl er nur mit dem Finger mein Schlüsselbein nachzieht, spüre ich die Berührung an einer viel intimeren Stelle.

Finn beendet das Gespräch und lässt das Telefon in die Gesäßtasche gleiten, sein Blick ist immer noch unverwandt auf mich gerichtet. »Wir, ähm, sollen Milch mitbringen.«

»Okay.« Ich sehe hinaus in den Regen. Es schüttet immer noch wie aus Kübeln. »Müssen wir jetzt los?«

»Wahrscheinlich.« Sein Finger liegt auf dem Ausschnitt meiner Bluse, und mit der anderen Hand presste er mein Becken gegen seine Hüften. »Aber wir müssen unbedingt einen Deal abschließen.«

»Was für einen Deal?«

Seine Hände halten still. »Wir treffen eine Abmachung, dass wir rechtzeitig aufhören. Dass wir nicht miteinander schlafen.«

»Wie meinst du das?« Das Feuer in meinen Adern verwandelt sich in Eis.

Falls ich irgendwelche Zweifel hatte, werden sie von seinem entschlossenen Ton ausgelöscht. »Du verdienst einen Besseren als mich. Keinen Kerl, von dem du dir noch wünschen wirst, dass er ein anderer wäre.«

»Woher weißt du, was ich mir wünschen werde?«

»Ich weiß es nicht. Aber ich weiß, dass ich nicht derjenige sein will.«

»Das sind ziemlich tiefschürfende Überlegungen für ein erstes Date, findest du nicht?« Ich sage das halb abwehrend und halb kokett, was immer noch besser ist als verwirrt, denn das bin ich in Wahrheit.

»Nein, finde ich nicht.« Das Lächeln, das er mir daraufhin schenkt, lässt meine Knie zu Wackelpudding werden. »Sag mir, dass du mich nicht genauso sehr willst wie ich dich.«

Bei diesen Worten beugt er sich vor und küsst mich wieder. Als wollte er es auch gleich beweisen. Der Kuss dauert gerade lang genug, damit wir beide nach Luft schnappen, als wir uns voneinander lösen, und es hat keinen Sinn, es abzustreiten. Ich bin genauso aufgewühlt wie er.

»Und was unternehmen wir in dieser Sache?« Ich kann mir nicht vorstellen, wie wir die Uhr zurückdrehen wollen.

Er grinst. »Weißt du noch, was man über Vorfreude sagt?«

»Sag's mir noch mal.« Dieses Mal bin ich diejenige, die sich vorbeugt und ihn küsst, um dafür zu sorgen, dass das Kräftegleichgewicht gewahrt bleibt. Allerdings hätte ich es besser wissen müssen. Finn ist mehr als bereit für mich. Aber im Gegensatz zu den vergangenen hitzigen zehn Minuten ist dieser Kuss herzzerreißend zart. Mit dem Daumen fährt er meine Wangenknochen nach, während er meine Lippen, mein Kinn und meinen Hals mit sanften Küssen bedeckt. Der letzte landet in der kleinen Kuhle an meinem Halsansatz. Dann lehnt er sich zurück und sucht meinen Blick, während er die Hand ausstreckt und meinen BH zumacht. Dabei streift er meine Brüste. Ein kleiner elektrischer Schlag durchzuckt mich, und als ich leise keuche, beißt er sich auf die Unterlippe. Dennoch wandert seine Hand tiefer und knöpft meine Bluse wieder zu. Danach macht er ganz bewusst einen Schritt nach hinten.

Als er mir den Arm anbietet, nehme ich ihn, und wir treten hinaus in den Regen. Ich rechne damit, mich abgewiesen zu fühlen, aber dann wird mir klar, dass es nicht so ist. Finn weist mich nicht ab. Auf dem Rückweg weichen wir Pfützen aus und machen beim 7-Eleven halt, um Milch zu kaufen. Danach ducken wir uns in den nächsten Hauseingang und knutschen noch mal herum. Dieses Mal ist es die jugendfreie Version und Finn ist ganz sanft und total liebevoll. Als wir in seinem Apartmenthaus im Fahrstuhl stehen, streicht er mir sacht das Wasser von den Schultern.

»Du bist total nass.«

»Ich weiß. Ich hätte mir aus unserer Wohnung was Trockenes zum Anziehen holen sollen, als mir klar wurde, dass du nicht zulässt, dass ich dich verführe.«

»Das war dein Plan? Warum hast du das nicht gesagt?« Er lacht, und seine Augen funkeln noch eine ganze Weile amüsiert. »Mach dir keine Sorgen, du kannst dir was von mir leihen.

Ich werde schon was finden, das dir nur die halbe Zeit runterrutscht.«

Wir betreten die Wohnung Arm in Arm, auch wenn Finn die Hand fallen lässt, als Eloise, die auf der Couch sitzt, mit verdutztem Lächeln zu uns aufschaut. Sie springt auf und nimmt uns die Einkaufstüte ab, während wir die Schuhe ausziehen und Finn sein Shirt über den Kopf zieht. Ihr entgeht nicht, dass Finn kurz mein Becken berührt, bevor sie in der Küchennische verschwindet. Ich frage mich, ob sie etwas von Dads Ultimatum weiß.

Es klingt furchtbar, aber ich habe mir bisher nicht besonders viele Gedanken über Eloise gemacht. Finn spricht nicht über sie, genauso wenig wie Dad. Eigentlich bin ich davon ausgegangen, dass die beiden dafür sehr unterschiedliche Gründe haben, aber wenn ich über die Dinge nachdenke, die ich über sie weiß, bin ich mir nicht mehr so sicher. Sie hatte eine schwere Zeit. Sie und Finn stehen sich nicht besonders nahe. Ihr Ex-Mann war der reinste Horror. Alles wahr. Dennoch fällt es mir schwer zu glauben, dass sie völlig unschuldig an allem ist. Wie soll das möglich sein?

»Ihr beide seid völlig durchweicht«, ruft sie.

»Ach nee. Es regnet in Strömen. Ich hole uns was zum Anziehen«, sagt Finn. Dann lässt er mich tropfend auf der Fußmatte stehen und kommt eine Minute später mit trockenen Klamotten und einem Handtuch zurück. »Wenn du duschen möchtest, das Bad ist an derselben Stelle wie in eurer Wohnung.«

Ich haste durch den Flur, damit ich nicht alles volltropfe, und stelle mich unter die heiße Dusche, lasse den warmen Strahl über mein Haar und meinen Rücken laufen. In dieser Wohnung ist der Duschkopf weiter oben angebracht, und ich kann tatsächlich aufrecht darunter stehen, was großartig ist. Der Wasserdruck ist allerdings auch hier Mist. Obwohl mein

Kopf unter dem Wasserstrahl steckt, kann ich hören, wie Finn und Eloise sich unterhalten.

»Hattet ihr einen schönen Tag?«, fragt sie.

»Ja, es hat Spaß gemacht. Odaiba ist ein ziemlich verrückter Ort.« Ich höre Gläser klirren.

»Ihr beide verbringt ziemlich viel Zeit miteinander.« Eloise versucht, beiläufig zu klingen.

Finn wiederum versucht, nicht verärgert zu klingen. »Und?«

»Ich frage mich, wie du darüber denkst.«

Ich versuche die Luft anzuhalten, um die Antwort zu hören, aber irgendwann muss ich doch Luft holen, so lange braucht er für seine Erwiderung, und dann sagt er nur: »Sicher.«

Damit kann ich nichts anfangen, aber sein Gesichtsausdruck muss ziemlich eindeutig sein, denn Eloise sagt: »Das kommt alles in Ordnung, weißt du. Du kannst das.«

Finn hat die Küche verlassen, deshalb kann ich nicht hören, was er antwortet, aber ich höre Eloises protestierende Stimme, die ihm folgt. Worum es auch geht, sie sind außer Hörweite, also dusche ich zu Ende und ziehe mir die geliehenen Klamotten an. Ein Lakers-T-Shirt und eine Shorts, die nur dann oben bleibt, wenn ich sie zusammenfalte und den Hosenbund oben zu einem Knoten verdrehe. Als Nächstes hänge ich meine nassen Sachen über die Duschkabinenwand und gehe in das leere Wohnzimmer.

Finns und Eloises Wohnung unterscheidet sich kaum von unserer, aber während unsere mehr oder weniger standardmäßig eingerichtet ist, hat Eloise die Wände blaugrau gestrichen und sie mit Fächern und japanischen Drucken dekoriert, dazwischen hängen einzelne Fotos. Eloise und Finn. Eine ältere Frau, wahrscheinlich eine Oma. Ein ungefähr zehnjähriger Finn. Auf dem Foto hat er dasselbe Lächeln und denselben Bürstenschnitt wie jetzt.

Ich klopfe an die halb offene Tür zu Finns Zimmer – dass es seins ist, nehme ich an, weil er vorhin darin verschwunden ist. »Darf ich reinkommen?«

Finn, der auf dem Fußboden sitzt und in einem Buch blättert, nickt, und deutet auf das Futon. »Fühlst du dich besser?« Er trägt ein ähnliches T-Shirt und ähnliche Shorts wie die Klamotten, die er mir geliehen hat.

»Ja, alles in Ordnung.« Meine ganze Aufmerksamkeit wird davon in Anspruch genommen, die Details des Zimmers in mich aufzunehmen. Die Beleuchtung ist gedämpft, und das Erste, was mir auffällt, sind die vielen Bücher, zumindest an japanischen Standards gemessen. Ich weiß, dass er viel im Kinokuniya-Buchladen rumhängt, aber entweder hat er dort genauso viel gekauft, wie er sich angesehen hat, oder er hat eine Menge Bücher mit nach Japan geschleppt. Seine Gitarre lehnt in einer Ecke, und daneben thront auf einem Stuhl ein Papierstapel. Ganz oben liegt das Notizbuch, das er häufig bei sich trägt. Sein Blick folgt meinem.

»Songs?«

Er nickt.

»Darf ich mal sehen?«

Er wirkt überrascht, nickt aber. Ich greife nach den Zetteln und blättere sie durch. Auf den losen Blättern sind lauter Kompositionen, Akkorde, die die Notenlinien füllen. Dank meines kurzen Flirts mit dem Klavier, als ich neun Jahre alt war, erkenne ich die Noten wieder, aber meine Kenntnisse sind nicht gut genug, um die Musik im Kopf hören zu können. Ich klappe das Notizbuch auf und überfliege die Seiten, schaffe es aber nicht, etwas davon zu lesen, so aufmerksam beobachtet er mich.

»Würdest du was für mich spielen?«, frage ich.

»Was möchtest du denn gern hören?«

»Alles.«

»Vielleicht«, erwidert er mit einem Blick auf die Uhr. »Es ist noch ziemlich früh. Ich glaube, wir haben ein paar DVDs da.«

»Ich höre dir lieber beim Gitarrespielen zu.«

Er sucht meinen Blick. »Man muss etwas geben, um etwas zu bekommen, weißt du.«

»Was willst du?« Ich ziehe anzüglich die Augenbrauen hoch, und er lächelt, schüttelt aber den Kopf.

»Nicht das. Eine Frage.«

»Wie meinst du das?«

»Eine Frage. Ich frage, du antwortest, und dann spiele ich auch bis zum Morgengrauen für dich Gitarre, wenn du das willst.«

»Das würde mir gefallen. Da wir schon davon sprechen, wo werde ich schlafen?« Ich habe Eloise zwar seit unserer Ankunft nicht mehr gesehen, aber ich kann mir nicht vorstellen, dass es ihr egal ist, wo ich schlafe.

»Du kannst mein Bett haben. Ich schlafe auf dem Fußboden oder auf der Couch.« Er weiß, dass ich ihm widersprechen will. »Ich ändere meine Meinung nicht, mach jetzt keine große Sache draus.«

Ich strecke ihm die Zunge raus und lege mich auf das Futon. Das Kissen riecht nach Obsession for Men, und ich atme tief ein. O mein Gott.

»Na schön. Wie lautet die Frage?«

Ich erwarte eine Art Vorrede, sollte es aber wahrscheinlich besser wissen. »Wie hast du's geschafft, weiterzumachen? Als deine Mutter gestorben ist? Wie bist du darüber weggekommen?«

Was für eine Art von Frage soll das sein?

»Bin ich nicht.«

Er verzieht ungeduldig das Gesicht. »Zosia.«

»Es ist die Wahrheit.« Ich richte mich auf. Bei diesem Thema kann ich nicht liegen. »Sie fehlt mir immerzu. An manchen Tagen ist es schlimmer als an anderen, aber selbst an den besten Tagen gibt es immer einen Moment, in dem ich sie so vermisse wie damals. Bevor sie gestorben ist, hat sie mir gesagt, dass es besser werden würde. Ich glaube nicht, dass sie sich vorgestellt hat, dass es so lange dauern würde.«

»Hast du sie heute auch vermisst?«

Ich nicke. »Als ich mich heute Morgen fertig gemacht habe. Ich hab mir gewünscht, dass sie bei mir ist, dass sie mir sagt, was ich anziehen soll. Dass sie mir sagt, dass es keinen Grund gibt, nervös zu sein. Für hysterische Anfälle hatte sie keine Geduld. Sie hätte mir gesagt, dass ich mich am Riemen reißen soll.«

Obwohl er den Blick auf den Boden richtet, kann ich sein Lächeln sehen. Ich will gerade sagen, dass es mich nicht stört, als es wieder verschwindet. »Aber wenn du nicht darüber hinweg bist, wie machst du das dann? Du wirkst immer so gefasst, als hättest du dich damit abgefunden. Als wärst du darüber hinweg.«

Plötzlich verstehe ich. Er fragt mich das, weil er glaubt, dass ich etwas weiß, das er nicht weiß. Ich habe keine Ahnung, was zwischen ihm und seinem Vater genau vorgefallen ist, aber was immer es ist, es ist nicht vorbei.

»Finn. Ich weiß es nicht. Ich weiß es wirklich nicht.« Ich schlucke schwer. Ich würde ihm schrecklich gern etwas sagen, das ihm weiterhilft. »Vielleicht fühlt es sich anders an, wenn man jemanden vermisst, der gestorben ist.«

»Ja. Vielleicht.« Er sagt das ganz ruhig, und ich weiß, dass es ihm kein bisschen hilft.

Ich frage mich, was ich noch sagen könnte, als er nach seiner Gitarre greift. Die Akkorde klingen weich, und mir wird klar, dass er nichts weiter sagen wird. Er hat gefragt. Ich habe geantwortet. Punkt.

Aber ich muss es noch einmal versuchen. »An dem Tag, an dem sie gestorben ist, bin ich zur Schule gegangen. Sie war krank, und es wurde schlimmer. Jeden Tag ging es ihr ein bisschen schlechter. Trotzdem meinte sie, dass ich gehen müsste. Dass Schule wichtig wäre. Ich hatte gerade Kunst, und eine Frau aus dem Schulsekretariat kam herein, um mit Mrs Rubio, unserer Lehrerin, zu sprechen. Ich hörte, wie Mrs Rubio etwas von ›deiner Mutter‹ und ›im Sekretariat‹ sagte, und ich weiß nicht, wie ich darauf kam, aber ich dachte, dass meine Mom dort wäre. Dass sie plötzlich kräftig genug geworden wäre, dass es ihr besser gehen würde und sie im Büro auf mich warten würde. In meinem Malkittel lief ich den Flur hinunter, meine Hände waren mit Farbe beschmiert. Meine Tante Gwen war da, die Schwester meines Vaters. Ich hörte nicht auf, sie zu fragen, wo Mom ist. Sie begriff nicht; sie wusste nicht, was in meinem Kopf vor sich ging. Bis ich sie schließlich anschrie. Daran erinnere ich mich sehr gut. Ich schrie: ›Aber sie haben mir gesagt, dass Mom im Sekretariat auf mich wartet.‹ Und Gwen schüttelte nur den Kopf. Ganz langsam, als könnte sie mir die Nachricht auf diese Weise ersparen.«

Tränen schießen mir in die Augen, und Finn beugt sich über seine Gitarre hinweg zu mir, berührt mich aber nicht.

»Ich ging nach Hause, und sie ließen mich zu ihr. Sie sah so friedlich aus. Letzten Endes. Sie dachten, dass ich jetzt die Fassung verlieren würde, aber weißt du, wann ich wirklich durchgedreht bin? Als ich die grüne Farbe auf meinen Händen gesehen habe. Ich ging mir später die Hände waschen, und da war's vorbei. Völlig. Weil diese Farbe aus den letzten Minuten stammte, in denen ich noch eine Mom hatte.« Ich blinzele, und die Tränen laufen mir über die Wangen.

Er streichelt mir sanft über die Wange, und ich bin dankbar dafür, dass er mich nicht in den Arm nimmt. Es ist lange her, seit ich das letzte Mal um meine Mutter geweint habe, und ich habe es oft genug getan, um zu wissen, dass ich mich zusammenreißen muss, sonst bin ich tagelang zu nichts zu gebrauchen. Zitternd hole ich ein paarmal tief Luft und kneife die Augen zusammen, bis die Tränen nur noch ein Rinnsal sind. Dann hebe ich den Kopf und sehe ihn an.

»Tut mir leid. Ich fühl mich schon wieder besser.«

»Es muss dir nicht leidtun, Zosia. Und es muss dir auch nicht besser gehen.«

Gerade er müsste wissen, dass das nicht stimmt. »Warum nennst du mich so?«, frage ich.

»Wie denn?«

»Zosia.«

Er mustert mich mit hochgezogenen Augenbrauen. »Weil du so heißt. Wie sollte ich dich sonst nennen?«

»Die meisten nennen mich Zo oder Zoe.«

»Für mich bist du Zosia.« Bei diesen Worten küsst er mich auf die Stirn und setzt sich dann neben mich auf das Futon. »Warum hast du mir das erzählt? Über deine Mutter?«

Ich konzentriere mich auf unsere Hände, er hat seine Hand auf meine gelegt. »Der Moment, in dem mir klar wurde, dass ich sie verloren hatte, war nicht derselbe, in dem ich herausfand, dass sie tot war. Es war der Moment, in dem ich begriff, was ich verloren hatte. Denn das ist es, womit man den Rest seines Lebens fertigwerden muss. Wenigstens bei mir ist das so. Als meine Mom uns sagte, dass sie Krebs hatte, wussten wir, dass sie sterben würde. Aber das Schlimmste ist, sie zu vermissen, zu wissen, dass sie nie mehr da sein wird, egal, was passiert …« Finns Hand ist so viel größer als meine. Wir verschränken unsere Finger und lassen sie wieder los. Wieder und wieder. »Es gibt eine polnische Redensart: *Nigdy odszukują wiatr w terenie. To jest bezużytecne próbować odkrycie con już jest nieobecny.* Versuch niemals, den Wind einzufangen. Es ist nutzlos, etwas finden zu wollen, das bereits fort ist.«

»Glaubst du daran?«

»Das tue ich. Danach zu leben, ist trotzdem schwer.«

Finn umgreift meine Hand fester. So sitzen wir da, Hand in Hand und Hüfte an Hüfte, als Eloise an die Tür klopft und sie öffnet. Ich rücke unwillkürlich von Finn ab, während er reglos sitzen bleibt.

»Hey, Zo. Ich wollte nur sichergehen, dass du alles hast, was du brauchst.« Sie mustert uns beide, und obwohl wir nichts tun – wirklich rein gar nichts, denn ich habe seine Hand losgelassen –, fühle ich mich unbehaglich. Ich habe keinen Schimmer, was sie Dad erzählen wird, aber angesichts seiner Haltung zu Finn möchte ich lieber keine unnötige Munition liefern.

»Ja, mir geht's gut. Danke.« Ich zwinge mich zu einem Lächeln. »Danke, dass ich hierbleiben darf. Ich habe Dad gesagt, dass ich auch in unserer Wohnung klarkommen würde, aber er hat Angst, dass etwas passiert und ich mich allein auf Japanisch durchschlagen muss.«

»So eine Situation würdest du bestimmt gut meistern. Er wollte nur nicht, das du dir wegen irgendwas Sorgen machen musst. Und wir freuen uns sehr über deinen Besuch.« Sie lehnt sich gegen den Türrahmen. »Wir haben ein paar DVDs da, falls du an so was Interesse hast. Wir müssen den neuesten Film aus der Bourne-Reihe dahaben.«

»Das habe ich ihr auch schon angeboten, aber sie ist nicht interessiert«, sagt Finn.

Eloise hebt die Augenbrauen, wahrscheinlich fragt sie sich, wofür ich mich interessiere, deshalb füge ich schnell hinzu: »Finn hat gesagt, dass er mir ein paar von seinen selbst geschriebenen Songs vorspielt.«

»Tatsächlich?« Jetzt ist ihr Blick auf Finn statt auf mich gerichtet, und ihre Augenbrauen sind kaum mehr sichtbar.

»Tatsächlich.« Sein Ton macht deutlich, dass es ihm am liebsten wäre, wenn sie das Thema nicht weiter vertieft.

Eloise scheint zu begreifen, auch wenn ihre Augen wieder zu mir wandern. Ich erinnere mich daran, dass Finn gesagt hat, dass er anderen nie was vorspielen würde, und ich frage mich, ob das seine Mutter einschließt. Ich komme nicht dazu, weiter darüber nachzudenken, weil sie sagt: »Na schön. Ich muss morgen früh aufstehen, deshalb gehe ich jetzt lieber ins Bett. Habt ihr schon entschieden, wer wo schläft?«

Ich bin froh, dass Finn das Wort ergreift, denn ich wüsste nicht, was ich darauf antworten soll. »Ja, Mom. Ich habe Zosia mein Bett angeboten.«

»Und wo schläfst du?«

Er zuckt mit den Achseln. »Fußboden. Sofa. Irgendwo.«

»Wir haben noch ein zusätzliches Futon, falls ihr es hier ins Zimmer legen wollt. Dann wecke ich euch morgen früh nicht auf, wenn ich gehe.«

Ich frage mich, ob mein Mund offen steht, weil Eloise tatsächlich vorgeschlagen hast, dass wir zusammen schlafen. Nun ja, okay, das vielleicht nicht. Aber sie hat definitiv vorgeschlagen, dass wir uns ein Zimmer teilen, was Dad niemals zulassen würde. Finn verzieht leicht den Mund, und ich bin mir ziemlich sicher, dass er an unser Kein-Sex-Gespräch denkt. Dann sagt er: »Ja, na klar. Überhaupt kein Problem.«

Eloise scheint mir nicht der Mensch zu sein, dem Sarkasmus entgeht, aber offensichtlich beschließt sie, die Bemerkung zu ignorieren. »In Ordnung. Am besten kommst du mit, um das Futon zu holen, dann könnt ihr es hier reinlegen.« Ihr Blick wandert wieder zu mir. »Gute Nacht, Zo.«

Ich murmele ebenfalls ein »Gute Nacht«, und Finn folgt ihr

nach draußen. Wenn man bedenkt, dass die Wohnung winzig ist und es nicht besonders viel Stauraum gibt, dauert das Ganze eine Ewigkeit. Ich spitze die Ohren, für den Fall, dass sie flüstern, aber das Einzige, was ich höre, sind Schleifgeräusche, dann ein Klacken, und dann wieder Schleifgeräusche. Ich greife nach einem Buch und fange an es durchzublättern, ich betrachte die Zeichnungen und Texte, bevor ich es wieder zuschlage, um mir das Cover anzusehen: Organische Chemie. In dem Buch gibt es ein paar mit Klebezetteln markierte Seiten, und ich schlage die gekennzeichneten Seiten auf und betrachte die Notizen am Rand. Es ist Finns Handschrift, und ich schaffe es, zwei Sätze zu lesen, bevor er wieder ins Zimmer kommt und das aufgerollte Futon auf den Boden fallen lässt.

»Fleißig?«, fragt er.

Ich verziehe das Gesicht. »Ich bin mir nicht mal sicher, dass das hier Englisch ist.« Ich werfe einen letzten Blick auf das Buch, bevor ich es zuschlage. »Du bist wirklich clever, stimmt's?«

»Mein Wissen stammt nur aus Büchern. Warum klingst du so überrascht?« Er setzt sich neben mich.

Ich lache. »Das bin ich nicht. Immerhin studierst du am MIT, um Himmels willen.«

»Man sollte nicht nur nach dem äußeren Schein gehen«, sagt er und mustert mich mit hochgezogener Augenbraue. »Du weißt schon – Jugendgefängnis, Tattoo.«

Sein Ton klingt beiläufig, aber auch etwas gezwungen. Es gibt da eine Frage, die er sich nicht zu stellen traut – was aber nicht heißt, dass ihm die Antwort nicht wichtig ist. »Für mich bist du mehr als das.« Meine Stimme ist sanft, während ich ihn durch ein paar Haarsträhnen beobachte, die mir in die Augen fallen, und er wendet den Blick ab.

Dann räuspert er sich. »Willst du jetzt diesen *Bourne*-Film gucken?«

»Nein.« Ich bin halb enttäuscht, dass er mich nicht fragt. Die andere Hälfte von mir ist erleichtert, weil ich nicht weiß, was ich ihm sagen soll, wenn er mich fragt, wer genau er denn für mich ist. Die einzige Antwort, die mir einfiele, wäre, dass er mir jetzt mehr bedeutet als heute Morgen und weniger, als es in der Zukunft der Fall sein wird – jedenfalls wenn man diesen Tag als Grundlage nehmen kann.

»Was würdest du gern machen?«, fragt er.

»Ich dachte, dass du mir was auf der Gitarre vorspielst.«

»Ich hab's dir schon gesagt. Ich spiele nicht für andere Leute.« Er greift nach der Gitarre, während er das sagt.

»Ich weiß. Aber für mich wirst du spielen.« Ich zwinge mich dazu, seinen Blick zu suchen und festzuhalten.

Er sieht nicht weg. »Aber für dich werde ich spielen.«

Und das tut er. Noch lange, nachdem wir die Lichter ausgemacht haben und ich es mir in seinem Bett bequem gemacht habe, füllen die sanften Akkorde seiner Gitarre das Zimmer. Hin und wieder summt er leise dazu, aber er singt nicht, und ich bitte ihn auch nicht darum. Die Musik wiegt mich in den Schlaf und als ich um Viertel nach drei aufwache, ist es leise und dunkel. Ich höre Finns regelmäßige Atemzüge und strecke die Hand aus. Er liegt näher, als ich gedacht habe, und meine Hand landet auf seinem Brustkorb. Er reißt die Augen auf.

»Tut mir leid«, flüstere ich. »Ich wollte dich nicht aufwecken.«

»Alles in Ordnung?«

Ich nicke, aber dann wird mir klar, dass er das in der Dunkelheit nicht sehen kann. »Ja. Schlaf weiter.«

Er brummt irgendwas, zieht mich zum Rand des Futons und umschlingt meine Beine mit seinen. Das Futon ist nur ein bisschen kleiner als eine Ein-Personen-Matratze, und mein Bein fällt in die Lücke. Ich rühre mich trotzdem nicht. Ich bin mir ziemlich sicher, dass Finn im selben Moment wieder eingeschlafen ist, in dem er sich nicht mehr rührt, dennoch liege ich noch lange da und lausche unserem synchronen Atemrhythmus.

12

Ich habe noch nie so lange mit jemandem zusammen ausgeschlafen. Nicht mal in der Nacht, die ich bei Kevin verbracht habe, als seine Eltern nach Atlantic City gefahren waren – in der Nacht haben wir gar nicht geschlafen. Meine endlosen Nächte bei Mindy zählen genauso wenig, weil sie nie damit geendet haben, dass sie am nächsten Morgen an mich geschmiegt daliegt und mich mit ihrem Atem in meinem Nacken zum Herumzappeln bringt.

Ich wache früh auf und schleiche aus Finns Zimmer zur Toilette. Die Wohnung liegt verlassen und still da, deshalb mache ich mir nicht die Mühe, die Badezimmertür hinter mir zu schließen. Fehler Nummer eins. Fehler Nummer zwei besteht darin, den Spiegelschrank im Bad zu öffnen. Nur ein Blick.

Auf den Regalen steht das übliche Durcheinander aus Deostiften, Zahnseide und Schmerztabletten. Außerdem sind da noch ein paar Fläschchen mit japanischen Schriftzeichen. Unter den Regalbrettern sind zwei kleine Schubladen, genau wie in unserem Schränkchen. Und genau wie in unserer Wohnung könnte ich wetten, dass Finn und Eloise jeweils eine davon benutzen.

Ich öffne die erste Schublade. Es ist die von Finn. Darin liegen Rasierklinge, Rasierschaum, ein Kamm und eine Flasche Obsession for Men. Ich kann mir das Lächeln nicht verkneifen und ziehe die zweite Schublade heraus. Haarklammern, Bürsten, Tampons und ein Streifen Kondome. Sie sind ebenfalls mit japanischen Schriftzeichen versehen, was bedeutet, dass sie hier gekauft worden sind. Heilige Scheiße. Mir war klar, dass mein Vater und Eloise es tun, aber.

»Kann ich dir helfen?«, höre ich plötzlich Eloises weiche Stimme hinter mir.

Ich fahre herum. Mein Gesicht ist genauso knallrot wie die Folie in meiner Hand. »Es tut mir leid. Ich wollte nicht … ich meine, ich habe nur …«

»Wenn du eins brauchst …«, setzt sie an. Zugegebenermaßen ist ihr Gesicht genauso rot wie meins.

»Nein, o mein Gott, nein. Ich war nur neugierig. Ich brauche sie nicht. Ich meine, ich wollte nicht …« Ich stopfe die Kondome zurück in die Schublade und knalle sie zu. »Das hätte ich nicht tun dürfen, es tut mir wirklich leid.«

»Nun ja, jedenfalls liegen sie dort, falls du –«

Bei allem, was mir heilig ist, ich kann sie diesen Satz unmöglich beenden lassen. »Danke. Ich meine, das werde ich nicht, aber danke.«

Die Tür steht weit genug offen, dass ich an ihr vorbeischlüpfen kann, ich halte den Kopf gesenkt und versuche, nicht zu rennen, als ich in Finns Zimmer zurückhaste. Nachdem ich zurück ins Bett geklettert bin, erwarte ich halb, dass Eloise an der Tür klopft. Ich habe keinen Schimmer, was sie sagen könnte, aber alles, was ich mir vorstelle, wird von Sekunde zu Sekunde grausiger. Es dauert zwanzig Minuten, bis mein Puls wieder normal schlägt, und ich wage es nicht, tief durchzuatmen, bis sie das Apartment verlassen hat.

Finn erzähle ich nichts davon. Ich hab so ein Gefühl, dass ihm das mit den Kondomen ziemlich egal wäre, er aber was gegen die Schnüffelei hätte. Ich glaube auch nicht, dass Eloise das Ganze zur Sprache bringen wird, aber für heute würde ich ihr am liebsten aus dem Weg gehen. Am besten für den Rest der Woche.

Nachmittags schickt sie uns eine SMS, dass man sie nach Hokkaido bestellt hat. Dad ruft an, während Finn und ich in Yokohama unterwegs sind, und teilt mir mit, dass er noch einen weiteren Tag wegbleibt, bevor er nach Tokio zurückkommt. Er ist zu abgelenkt, um irgendwelche Fragen zu stellen. Deshalb gehen wir direkt vom Bahnhof zu mir nach Hause, um frische Klamotten für mich zu holen. Als wäre das Ganze schon entschieden. Als wäre es eine gegebene Tatsache, dass ich bei ihm schlafe.

Die Wohnung kommt mir größer vor, wenn nur wir zwei da sind. Finn holt die Kissen von der Couch und macht eine der beiden *Bourne*-DVDs an. Ich weiß nicht, welcher Film es ist, und es ist mir auch egal. Finn war derjenige, der einen Marathon-Filmabend vorgeschlagen hat. Ich bin einfach nur glücklich, in seinem Arm liegen zu können, seine Finger in meinem Haar zu spüren, meine Hand auf seinen Oberkörper zu legen und so zu tun, als wäre das alles total normal. Als würde ich mir nicht die Muskeln unter seinem Shirt vorstellen. Als sähe ich ihn nicht mit nacktem Oberkörper vor mir. Als etwa die Hälfte des Films rum ist, fangen wir an zu knutschen. Als er zu Ende ist, haben wir beide kein T-Shirt mehr an. Im Verlauf des zweiten Films kommen wir immer mehr in Fahrt. Ich kriege kaum mit, wie Matt Damon seinen ersten Schuss abfeuert, ehe ich den Rest meiner Klamotten loswerde, mein Höschen mit eingeschlossen. Finns eine Hand gleitet zwischen meine Beine, mit der anderen schaltet er den Fernseher aus.

»Ich will nichts außer dir hören«, flüstert er.

Ich schnappe nach Luft, als ein Finger halb in mich hineingleitet und dann wieder heraus. »Finn, ich dachte, wir würden nicht …«

»Tun wir auch nicht.« Seine Hand bewegt sich ganz langsam über meine feuchte Mitte. »Es ist einfach schwer, die Hände von dir zu lassen.«

»Niemand hat gesagt, dass du das sollst.« Mein Körper spannt sich ihm wie ein Bogen entgegen, als seine Lippen über meine Brüste wandern.

Er küsst mich. »Du bist sehr feucht.«

Ich drücke mein Becken leicht nach oben. Seine Berührungen sind so bestimmt. »Ich weiß.«

»Was soll ich dagegen machen?«, flüstert er, den Mund gegen meinen Hals gepresst. Seine Finger umkreisen mit unerträglich langsamen Bewegungen meine intimste Stelle.

»Was möchtest du dagegen machen?«, frage ich flüsternd. Herr im Himmel, wenn er die Finger doch nur etwas schneller bewegen würde.

Er lehnt sich nach hinten, sodass ich sein Gesicht sehen kann. Seine Augen glänzen vor Leidenschaft. »Ich möchte, dass du es mir sagst, Zosia. Sag mir, was du willst.«

Ich versuche zu schlucken, aber mein Mund ist ganz trocken. Ich habe das schon mal gemacht, aber ganz bestimmt noch nie ausgesprochen. »Ich will …« Ich schließe die Augen, um Luft zu holen. Finns Hand gleitet an meinem Oberschenkel hoch, zurück zwischen meine Beine. Als er mich wieder berührt, durchzuckt es mich wie ein elektrischer Schlag. Ich atme zischend ein und suche seinen Blick. »Hilf mir dabei zu kommen.«

Er küsst mich wieder, und sein Finger gleitet in mich hinein, zuerst ganz sanft, dann schneller und tiefer. Die Lust jagt Schauder durch meinen Körper, und als seine Finger diese pulsierende feuchte Stelle zwischen meinen Beinen streicheln, dauert es weniger als eine Minute, bis die Anspannung nachlässt und blaue und grüne Blitze vor meinen Augen tanzen.

Sobald mein Körper zu beben aufgehört hat, drückt Finn mich gegen seine Brust. Ich schließe die Augen und lausche seinem Herzschlag. Ich kann seine Erektion immer noch an meinem Bauch spüren und frage mich, was ich jetzt tun soll.

Ich hab keine Ahnung, wie ich das Spiel von Neuem beginnen soll, jetzt, da wir so eindeutig eine Pause eingelegt haben.

Also richte ich mich auf und küsse ihn auf den Mundwinkel, während meine Hand über seinen Brustkorb hinunter zu seinen Boxershorts wandert. Finn erwidert den Kuss zwar, nimmt aber meine Hand und legt sie zwischen unsere Oberkörper. »Mh-mh«, sagt er.

»Warum? Ich würde gern …«

»Dafür bleibt uns noch massenhaft Zeit.« Er küsst mich noch einmal und rollt sich dann auf die Seite, um aufzustehen. Im Stehen ist die Ausbuchtung in seiner Shorts noch deutlicher zu sehen. Finn ignoriert sie und reicht mir die Hand, um mich hochzuziehen. »Komm. Lass uns ins Bett gehen.«

Als ich beim Aufstehen leicht taumele, legt er mir den Arm um die Taille. Es fühlt sich etwas merkwürdig an, dass er nicht beenden will, was er angefangen hat, und ich hoffe, dass er nicht einer von diesen Typen ist, die auf Selbstkasteiung stehen. Mindy ist mal mit so einem ausgegangen, und sie meinte, dass es am Anfang großartig gewesen wäre, dann aber ziemlich schnell seltsam geworden wäre.

Ich lasse mich von Finn in sein Zimmer führen. Die Futons liegen noch da, wo wir sie zurückgelassen haben, Seite an Seite, mit zerknitterten Laken. Finn lässt sich auf eins fallen und zieht mich zu sich herunter, sodass ich auf ihm zu liegen komme. Unsere Körper berühren sich genau an den richtigen Stellen, und ich bewege mich auf ihm. Mein Gott, wenn diese Boxershorts nicht wären, wäre es so einfach.

»Mir war nicht klar, dass das mit dem Ins-Bett-gehen so gemeint war«, sage ich lächelnd.

Als er mich küsst, erwischt er hauptsächlich meine Zähne. »Das war's auch nicht. Ich konnte einfach nicht widerstehen, ich wollte dich so gern nackt auf mir liegen haben.«

Herr im Himmel. Es ist gerade mal zehn Minuten her, seit ich gekommen bin, und mein Unterleib steht schon wieder in Flammen. Millimeter für Millimeter rutsche ich nach oben, und er drückt mich aufstöhnend an sich, bevor er mich von sich herunterschiebt. »Ich bin auch nur ein Mensch.«

»Warum? Ich meine, du willst mich. Ich will dich …«

»Schon wieder?« Er grinst. »Und du behauptest, nicht eins von diesen Mädchen zu sein.«

Ich lache, als er sein Knie zwischen meine Beine schiebt. Seine Finger sind zunächst sanft, als sie in mich hineingleiten, und ich muss mich zusammenreißen, um nicht laut nach Luft zu schnappen. Diesmal zögert er nicht. Seine Lippen sind überall, er küsst mich, knabbert an meiner Haut und saugt an meinem Ohrläppchen. Es fühlt sich an, als wollte er mich mit Haut und Haar verschlingen, und ich folge seinem Beispiel, knabbere an seiner Schulter, liebkose mit der Zunge das Tattoo auf seinem Bizeps und greife schließlich in seine Shorts, um ihn in die Hand zu nehmen.

Als sich meine Finger um sein Glied schließen, sucht sein Mund meinen, während er gleichzeitig meiner Hand entgegenkommt. Ich fahre mit dem Daumen über seine feuchte Penisspitze, aber er unterbricht unseren Kuss und packt mich am Handgelenk.

»Es ist schon ein Weilchen her, Zosia. Ich bin mir nicht sicher, ob du das wirklich willst.« Seine Stimme klingt rau.

»Und ich bin mir sicher«, erwidere ich und lasse die Hand langsam an seinem Penis hinauf- und hinuntergleiten. Er umfasst mein Handgelenk fester, und eine Minute lang glaube ich, dass er mich daran hindern will.

Aber dann lässt er los und schiebt die Hand wieder zwischen meine Beine. Wir bewegen uns überraschend synchron. Je schneller sein Finger meine Klitoris liebkost, desto schneller bewegt sich meine Hand. Inzwischen atmen wir beide in Stößen. Die gemeinsame Erregung fühlt sich noch tausendmal intensiver an, und die ersten Anzeichen meines Höhepunkts kündigen sich schon an, bevor mein Kopf überhaupt realisiert, was da unten vor sich geht. Ich versuche, mich zurückzuhalten, bis er auch so weit ist, schaffe es aber nicht. Als sich mein Körper unter seinen Händen zu einem Bogen spannt, stöhne ich laut auf.

»Gott im Himmel, Zosia.« Seine Stimme geht in die Höhe und wird dann wieder tiefer, ich weiß kaum noch, was ich tue. Ich reite auf der Welle meiner eigenen Lust und bin mir nur am Rande bewusst, wie glitschig sich Finn in meiner Hand anfühlt. Als sich sein Körper spannt, verstärke ich meinen Griff, und schließlich sackt er mit einem Schaudern in sich zusammen. Als er wieder etwas sagt, ist es nicht mehr als ein Flüstern: »Mein Gott.«

Ich lasse die Hand einfach liegen und küsse ihn. Hart auf den Mund. Er wirkt verdutzt. Das merke ich daran, wie er zögert, bevor er den Arm um meine Hüfte legt und mich an sich zieht, um meinen Kuss zu erwidern. Dann unterbricht er unseren Kuss und legt seine Stirn gegen meine.

»Wow. Wofür genau war der?«

Dafür, dass ich nicht wusste, wie großartig sich Nicht-Sex anfühlen kann.

Und weil das eine Zehn war.

Für uns beide.

Stattdessen seufze ich laut und kuschele mich an seine Schulter. »Dafür eben. Einfach so.«

13

Am Dienstag wachen wir erst gegen Mittag auf, unsere Körper sind ineinander verschlungen und verschwitzt. Die Zeitschaltuhr der Klimaanlage hat diese vor ein paar Stunden abgeschaltet, und in der Wohnung ist es glühend heiß. Erst nachdem Finn aufgestanden und ins Wohnzimmer gegangen ist, setzt sich der Ventilator in Bewegung. Ich rechne damit, dass er sofort zurückkommt, aber es dauert fünf Minuten, bis er mit zwei Kaffeetassen zurückkehrt. Er zieht mich auf seinen Schoß, und als er mir die Tasse in die Hand drückt, umfasse ich den Henkel und nehme einen kleinen Schluck.

»An diesen Service könnte ich mich gewöhnen, weißt du.«

»Leider nicht. Meine Mom hat eine SMS geschrieben. Sie kommt nach Hause.«

»Was bedeutet, dass mein Vater ebenfalls nach Hause unterwegs ist.« Mist. Mein Magen zieht sich zusammen.

Finn sieht auch nicht besonders glücklich aus. »Außerdem habe ich eine Nachricht von Akihiro bekommen. Er und Amelia wollen nach Takashimaya, um ein Abschiedsgeschenk für Yudai zu besorgen, und er fragt, ob wir mitkommen wollen.«

»Wir?« Ich bin mir sicher, dass auf meinem Handy eine ähnliche Nachricht zu finden ist, und frage mich, wie Akihiro von mir und Finn wissen kann.

»Nun ja, er meinte, ich sollte dich fragen, falls ich zufällig mit dir sprechen würde. Amelia möchte gern, dass du mitkommst, und du hast ihre SMS nicht beantwortet.« Womit die Frage beantwortet wäre. Ich spüre einen Anflug von schlechtem Gewissen. Denn abgesehen von meinem Dad war ich in den letzten beiden Tagen für niemanden zu sprechen.

»Das stimmt. Außerdem ist sie wahrscheinlich deprimiert.« Es hat sich nämlich herausgestellt, dass Yudai verlobt ist und nach Osaka zieht, um mit seiner Verlobten zusammen zu sein. Die SMS ist vom letzten Freitag und kam nach der SMS, in der Amelia mich fragt, ob bei mir alles in Ordnung ist, aber noch vor der Textnachricht, die ich ihr geschickt hatte, damit sie mich deckt, falls mein Vater sie auf Kamakura anspricht. Mein Gott, es fühlt sich an, als wäre diese Nacht in der Bar hundert Jahre her.

Er grinst. »Ich lass mir was einfallen, damit sie nicht böse auf dich ist.«

»Was willst du ihr erzählen? Dass du mich entführt und gezwungen hast, mit dir zusammen die *Bourne*-Filme anzuschauen?«

»Fürs Protokoll, ich kann mich nicht wirklich daran erinnern, einen dieser Filme gesehen zu haben. Und Klagen hab ich auch keine gehört.« Seine Hand streichelt meinen Rücken, berührt die Wölbung meiner Brüste, und er beugt sich vor, um mich zu küssen. In der vergangenen Nacht sind wir bis zum Sonnenaufgang wach geblieben, haben uns unterhalten und viel gelacht. Und dann natürlich das andere. Zu behaupten, dass wir die vergangene Nacht nicht voll ausgekostet hätten, wäre Tiefstapelei.

Als ich daran denke, rutsche ich auf seinem Schoß weiter nach oben und kuschele mich enger an ihn. Da er nichts weiter als eine Boxershorts trägt, ist seine Erektion durch den dünnen Stoff deutlich spürbar. Zwischen meinen Beinen sammelt sich Feuchtigkeit, ich bin bereit für ihn – oder wenigstens für seine Berührung.

»Ich weiß nicht, ob das eine gute Idee ist«, sagt er, gibt mir einen Kuss und drückt mich sanft bei den Schultern nach hinten. »Wir sollten was essen und uns fertig machen, wenn wir Amelia und Akihiro treffen wollen. Was willst du ihnen erzählen?«

»Die Wahrheit?«

Darauf erwidert er nichts, aber sein Gesichtsausdruck erinnert mich daran, dass er sich auf der Ehrlichkeitsskala bei einer Vier einordnet.

Ich hingegen halte mich für eine Sieben – zumindest so lange, bis ich später mit Amelia durch die Porzellanabteilung von Takashimaya laufe und feststellen muss, dass ich es nicht fertigbringe, darüber zu reden, als sie mich fragt, was zwischen Finn und mir gelaufen ist. »Nichts. Ich meine, ich weiß nicht. Nicht das, was du denkst.«

Sie kräuselt die Augenbrauen. »Was ist dann los? Ich höre tagelang keinen Pieps von dir, weil du mit Mr Ladykiller persönlich in der Versenkung verschwunden bist – und es ist nicht das, was ich denke?«

»So ein Typ ist er nicht, Amelia.« Ich hab ihr nicht viel erzählt, allerdings muss man auch sagen, dass sie mir kaum Gelegenheit dazu gelassen hat. Sobald Akihiro und Finn Richtung Keller und damit Richtung Lebensmittelabteilung verschwunden waren, hat sie mich ins Kreuzverhör genommen. Was wenigstens teilweise daran liegt, dass ich mich nicht bei ihr zurückgemeldet habe. Das ist mir klar. Aber der andere Teil ist Befriedigung darüber, dass sie mit dem recht hatte, was sie letzten Freitag gesagt hat. Und ich bin mir ziemlich sicher, dass Amelia es liebt, recht zu haben.

»Wirklich?« Amelia macht mit der Reisschale in der Hand eine Bewegung in meine Richtung. Der behandschuhte Angestellte, der neben uns in Hab-acht-Stellung steht, sieht aus, als würde er sich darauf vorbereiten, sie jederzeit aufzufangen.

Ich nehme ihr die Reisschale ab und stelle sie zurück in den Schaukasten. »Wirklich.«

»Wo hast du geschlafen?«

»Das ist nicht … bei ihm. Aber nicht mit ihm. Es war nur …«

»Und du willst mir erzählen, dass alles total jugendfrei abgelaufen ist?«, fragt sie und verschränkt ungläubig die Arme vor der Brust.

»Nein, das will ich nicht, aber es ist nicht … es ist nicht so, wie du denkst.«

»Wie ist es dann?« Ihr Ton klingt jetzt nicht mehr vorwurfsvoll, sondern eher neugierig.

Ich denke an vergangene Nacht – oder vielleicht war es eher früh am Morgen –, als wir Reiscracker gegessen haben und uns mit der japanischen Konversations-App auf Finns Handy gegenseitig Vokabeln abgefragt haben. Ich weiß nicht mehr, wann ich das letzte Mal so gelacht habe. Als ich antworte, dämpfe ich unwillkürlich die Stimme.

»Ich weiß nicht. Er ist witzig. Ich kann über alles mit ihm reden. Es macht einfach Spaß, Zeit mit ihm zu verbringen.«

Amelia greift nach einem Teller. »Und er ist gut im Bett, nehme ich an.«

Das ist er. Ich antworte nicht, aber das muss ich auch nicht.

Amelia nickt. »Na schön, also gut. Das gleicht einiges wieder aus, wenigstens am Anfang.«

Und plötzlich möchte ich sie unbedingt überzeugen, ihr den wissenden Ausdruck aus dem Gesicht wischen. Weil Finn nicht der Typ ist, für den Amelia – oder mein Dad – ihn halten. Ganz und gar nicht. »Im Ernst, Am. Ich meine, er hat zwar ein Tattoo und dieses Bad-Boy-Aussehen, aber er ist wirklich klug und total liebevoll …«

»Komm schon, Zo.« Amelias Ton ist eher eindringlich als urteilend. »Du hast ihn an dem Abend am Landungssteg gesehen. Er hat doch wahrscheinlich nicht mal ihren Namen gekannt, oder?«

Tatsächlich tut er das. Genauso wie ich, aber das erzähle ich Amelia nicht. »Ich weiß, was du meinst. Aber bei mir ist er anders. Er ist, ich weiß nicht, echt.«

Sie seufzt. »Wenn du das sagst. Ich kenne ihn nicht. Sei einfach vorsichtig, und was immer du sonst tust – verlieb dich nicht in ihn.«

Statt einer Antwort greife ich nach einer Servierschüssel. Weil ich dasselbe gedacht habe. Heute Morgen, als wir auf dem Futon gelegen und der Sonne dabei zugesehen haben, wie sie über den Hochhäusern auf der gegenüberliegenden Straßenseite aufging, sind mir die Worte durch den Kopf geschossen. Dass ich ihn lieben könnte. Aber man verliebt sich nicht beim ersten Date, selbst wenn es drei Tage dauert.

Oder doch?

»Was hältst du davon?«, ruft Amelia, die schon zwei Gänge weiter ist. Sie hält einen gelben Teller in die Höhe.

Ich ziehe eine Grimasse, und dann verbringen wir – sehr zum Missfallen des Angestellten – die nächsten zwanzig Minuten damit, alles in die Hand zu nehmen. Als Finn und Akihiro sich mit ihren Taschen zu uns gesellen, diskutieren wir darüber, was besser ist – Reisschalen oder Essteller.

Finns Hand streicht über meinen Rücken. »Habt ihr euch entschieden?«

»Wir führen gerade eine Grundsatzdiskussion darüber, was wichtiger ist – Funktion oder Schönheit«, erklärt Amelia. »Was denkst du? Wenn es dein Abschiedsgeschenk wäre, was würdest du wollen?«

»Kein Porzellan, so viel ist sicher«, erwidert Finn.

»Okay, na schön. Sagen wir, du verlässt die Stadt, um zu heiraten«, sagt Amelia.

»Bringt uns nicht weiter.« Finn verdreht die Augen. Ich kann mir denken, warum, sehe ihn aber nicht an, weil ich mir ziemlich sicher bin, dass Amelia etwas beweisen will. Und zwar mir.

»Und warum?«, fragt sie und macht eine herausfordernde Geste mit der Hand.

»Ich weiß, dass Yudai zweiundzwanzig oder so ist, und das ist viel zu jung. Meine Eltern haben auch mit zweiundzwanzig geheiratet, und dabei ist nichts Gutes herausgekommen.« Sein Ton klingt entschieden.

»Ein paar von uns würden das vielleicht anders sehen«, sagt Amelia und sieht demonstrativ in meine Richtung. Ich bin froh darüber, dass Finn hinter uns steht, weil er auf diese Weise nicht sehen kann, wie ich rot werde. »Okay, aber wenn man mal diese Sünden-unserer-Väter-Sache beiseitelässt …«

»Unmöglich. Und Porzellan würde ich trotzdem nicht wollen.«

Akihiro stimmt Finn zu, und die drei fangen an, weitere Geschenkideen zu diskutieren, als mein Telefon summt. Eine SMS von Dad. *Ich bin wieder in Tokio. Lust auf ein Abendessen mit E&F?*

Mein Blick wandert zu Finn. Ich habe ihm gesagt, dass ich es meinem Vater erzählen würde. Er tappt im Dunkeln, und es ist ziemlich wahrscheinlich, dass er ausrasten wird. Mal ganz abgesehen von der peinlichen Situation mit Eloise. O mein Gott, was, wenn sie meinem Vater erzählt, dass ich in ihrem Badezimmerschränkchen herumgeschnüffelt habe? Ich werde keinem von beiden jemals wieder in die Augen sehen können.

Was der Grund ist, warum ich mich in die Geschenkdiskussion einklinke und sage: »Hey, habt ihr nicht Lust, heute Abend zum Abendessen vorbeizukommen? Wir könnten was kochen.«

Akihiro zuckt mit den Achseln. »Klar, hört sich gut an.«

Amelia und Finn nicken, Finn allerdings hat einen etwas

seltsamen Gesichtsausdruck. »Heute Abend? Bist du sicher?«, fragt er.

Amelia lacht. »Du willst den Schlag etwas abmildern, hab ich recht?«

»Welchen Schlag?«, fragt Akihiro.

Ich sehe Amelia an und verdrehe die Augen. »Ich dachte nur, dass ihr vielleicht Lust habt, zum Abendessen vorbeizukommen.«

»Mh-mh. Sehr großzügig von dir. Und was für ein Timing.«

»Du musst ja nicht kommen. Ich dachte nur, dass du mich vielleicht moralisch unterstützen könntest. Ich hatte noch nie einen –« Ich kann mich gerade noch bremsen, denn ich werde Finn nicht als meinen Freund bezeichnen. Ich will nicht die Erste sein, die der Sache einen Namen gibt. Ich stottere ein wenig, als ich weiterspreche. »… einen Jungen zum Abendessen da, den ich gern mag.«

Meine Wangen sind heiß geworden. Das hatte ich eigentlich auch nicht sagen wollen.

Akihiro kriegt das gar nicht mit. »Warte mal, wen magst du denn?«

Ich weiß, dass das für andere keine so große Sache ist wie für mich, aber ich fühle mich bloßgestellt und unbehaglich, besonders nach dem Gespräch mit Amelia. Ich schlucke schwer und deute mit dem Daumen über die Schulter. »Ihn.«

Finn legt den Arm um meine Taille, woraufhin ich mich etwas besser fühle. »Du solltest kommen«, sagt er zu Akihiro.

»Sicher.« Akihiro nickt und runzelt dann die Stirn. »Aber Mr Easton kann dich doch gut leiden.«

»Ich hab so das Gefühl, dass er mich lieber mag, wenn ich nicht mit seiner Tochter ausgehe«, sagt Finn.

»Geht ihr nur miteinander aus, oder seid ihr fest zusammen?«, fragt Amelia.

»Wo liegt der Unterschied?«, fragt Akihiro.

»Wenn man miteinander ausgeht, dann verbringt man zwar Zeit miteinander, aber man trifft sich auch mit anderen. Keine Verpflichtungen. Wenn man eine feste Freundin hat, dann trifft man sich nicht mit anderen und umgekehrt. Man geht Verpflichtungen ein, du weißt schon.« Amelia zeichnet mit dem Finger den Rand der Schüssel nach, und ich kann nicht glauben, dass wir mitten in der Porzellanabteilung von Takashimaya stehen und definieren, was zwischen mir und Finn läuft. »Ihr solltet euch besser vorher überlegen, was da genau zwischen euch ist, bevor sie eigene Schlüsse ziehen.«

Ich habe Finn während des gesamten Gesprächs nicht angesehen, aber an dieser Stelle legt er die andere Hand auf meine Taille und dreht mich zu sich herum. Ein Lächeln zupft an seinen Mundwinkeln, und er gibt sich alle Mühe, es zu unterdrücken. »Na schön, was werden wir ihnen sagen?«

»Das, ähm, hängt nicht nur von mir ab.« Mein Blick bleibt an dem weißen Old-Navy-Logo quer über seiner Brust hängen.

Wer möchtest du für mich sein, Finn? Habe ich diese Frage nicht erst am Sonntag gestellt?

»Du weißt es nicht?« Er klingt so ungläubig, dass ich ihm in die Augen sehe.

Und auf die Frage antworte.

»Na schön, Verpflichtungen, nehme ich an.« So viel dazu, dass ich nicht die Erste sein wollte, die dem Kind einen Namen gibt.

Sein Lächeln allerdings bewirkt, dass es mir nicht mehr viel ausmacht. »Welche Art von Verpflichtungen sind das denn genau?«

Amelia und Akihiro haben sich verdrückt. Die Verkäuferin, die in der Nähe steht, kann zwar wahrscheinlich jedes Wort verstehen, aber trotzdem sage ich: »Ha ha. Du hast deine Position ja schon deutlich gemacht. Hast du deine Meinung geändert?«

»Nein, aber ich bringe dir jederzeit Kaffee ans Bett.«

»Das wäre tatsächlich der Himmel auf Erden.«

»Das würde ich wirklich für dich tun, weißt du. Im echten Leben«, sagt er und wickelt dabei eine meiner Haarsträhnen um seinen Finger.

»Ähm, das hier ist das echte Leben.«

Er schüttelt den Kopf, und ich werde nie erfahren, was er sagen wollte, denn in diesem Augenblick bleibt sein Rucksack an der Vitrine hinter ihm hängen, und ein Stapel Geschirr geht krachend zu Boden. Die Verkäuferin stürzt in unsere Richtung, wedelt mit ihren weiß behandschuhten Händen vor unserer Nase herum, wobei sie sehr schnell in sehr höflichem Japanisch auf uns einredet. Ich kann nicht alles verstehen, was sie sagt, aber so, wie sie ständig »*Okayaku-sama, daijobu desu*« wiederholt, was so viel wie »Kein Problem, Herr Kunde« heißt, kann ich es mir denken.

Finn hingegen hält das sehr wohl für ein Problem. Er entschuldigt sich fünfundachtzigmal und hilft ihr trotz ihres heftigen Protests dabei, die Scherben aufzusammeln. Als sie fertig sind, wendet er sich an Akihiro und sagt zu ihm: »Könntest du ihr sagen, dass ich den Schaden bezahlen möchte?«

Akihiro sagt es ihr, aber sie lässt ihn nicht einmal zu Ende sprechen, bevor sie anfängt, sich zu verbeugen und abwehrend mit der Hand herumzuwedeln. Dieselbe Handbewegung, die die Frau in dem *onsen* gemacht hat. Das begreift auch Finn, der sich seinerseits verbeugt und so lange entschuldigt, bis ich schließlich sage: »Am besten, wir verschwinden jetzt von hier.«

Amelia hatte das Ganze schweigend und in einer Mischung

aus Schreck und Ungläubigkeit vom nächsten Gang aus beobachtet. Zum Glück schweigt sie, bis wir draußen sind. »Du hättest dein Gesicht sehen sollen. Das war der Hammer.«

Finn, der neben mir geht, spannt die Muskeln. »Freut mich, dass du dich gut unterhalten hast.«

»So habe ich es nicht gemeint«, sagt sie. »Es war ja keine Absicht.«

»Ich hätte vorsichtiger sein müssen.« Er dreht sich zu mir herum. »Es tut mir leid.«

Seine Gesichtszüge sind angespannt. Viel angespannter als nötig. Ich lege die Hand auf seinen Arm.

»So schlimm ist das nicht. Amelia hat recht. Es war ein Versehen.«

Er zieht den Arm weg. »Es war dumm.«

Ich bleibe mitten auf dem Bürgersteig stehen. »Finn.« Er bleibt ebenfalls stehen, und ich bin nicht sicher, was ich als Nächstes sagen soll. Das gerade war offensichtlich nicht das Richtige, und ich weiß beim besten Willen nicht, was es sein könnte. »Was ist los?«

»Ich hätte vorsichtiger sein müssen. Ich hätte den Schaden wenigstens bezahlen müssen.« Seine Stimme klingt kontrolliert, aber auch angespannt, und sein Blick jagt in alle Richtungen, wie der von Moms alter Katze, wenn sie mit dem Staubsauger konfrontiert war.

Hier geht es nicht um Porzellan. Es geht um das, was diesen gequälten Blick bei ihm verursacht. Ich weiß zwar nicht, wie ich ihm helfen kann, will es aber wenigstens versuchen. »Na schön. Lass uns zurückgehen.«

»Zurückgehen?«, fragt Akihiro. »Wozu?«

»Wir besorgen im Erdgeschoss einen Blumenstrauß, um uns für die Unannehmlichkeiten zu entschuldigen. Ich werde es ihr erklären.« Akihiro könnte das zwar viel besser, aber ich habe das Gefühl, dass es die Situation nur verschlimmern würde, wenn er und Amelia mitkommen würden.

»Es ist nur … es war mein Fehler, und mein Japanisch ist nicht gut genug.« Finn fährt sich mit der Hand durch die Haare.

»Ich verstehe nicht, warum du dich so aufregst«, sagt Amelia, sie klingt verwirrt, aber nicht gehässig.

Aus diesem Grund sind alle von dem Ausbruch schockiert, der nun folgt: »Nein, ich bin mir sicher, dass du das nicht tust. Es gibt einen Riesenunterschied zwischen einem Fehler und einer Achtlosigkeit. Für Achtlosigkeiten gibt es keine Entschuldigung. Du weißt das. Ich weiß das. Jeder auf diesem Planeten weiß das, und wenn nicht, nun ja, dann muss er es eben auf die harte Tour lernen, hab ich recht?«

Wir bleiben verdutzt stehen. Alles, was den Jungen ausgemacht hat, mit dem ich gerade vier unglaubliche Tage verbracht habe, ist irgendwo unter der eisigen Wut vergraben, die ihn aufwühlt. In diesem Moment kommt er mir wie ein Fremder vor. Ich muss mich zwingen, etwas zu sagen, und meine Stimme klingt unnatürlich.

»Also gut, lass uns gehen. Amelia und Akihiro, warum wartet ihr nicht …« Ich sehe mich um und deute auf ein *izakaya* auf der gegenüberliegenden Straßenseite. »Dort. Wir sind in zehn Minuten wieder da.«

Amelia wirft mir zwar einen skeptischen Blick zu, aber zu meiner Überraschung gehen die beiden dann kommentarlos in das Café, während Finn hinter mir herkommt. Ich gebe mir alle Mühe, mich nicht zu ihm umzudrehen und auch nicht allzu viel nachzudenken, während wir durch die Lebensmittelabteilung zu den Blumen gehen. Als wir dort ankommen, warte ich geduldig ab, während Finn einen Strauß aussucht. Aber schließlich, während wir darauf warten, dass die Verkäuferin die Blumen mit einer Schleife zusammenbindet, sage ich doch etwas: »Was soll ich ihr sagen? Dem Mädchen in der Porzellanabteilung?«

Finn schließt die Augen und atmet zweimal tief durch. »Sag ihr, dass es mir leidtut. Dass ich das nicht absichtlich getan habe. Dass ich nicht genug aufgepasst habe. Und dass es mir leidtut.«

Allmählich habe ich wenigstens den Anflug einer Ahnung, worum es hier geht. Obwohl es nicht mehr als eine Ahnung ist, bringt sie mich dazu, den Mund zu halten, bis ich der Verkäuferin gegenüberstehe, um ihr die Blumen zu überreichen. Die sie nicht will. Ihr Gesicht ist rot angelaufen, und sie wiederholt ihr »Nein« so lange, bis ich es auf Englisch versuche, weil ich den Ernst der Situation unmöglich auf Japanisch ausdrücken kann: »Bitte. Das ist nichts Persönliches. Er möchte es wiedergutmachen, und es würde ihm helfen, wenn sie die Blumen annehmen.«

Ich glaube nicht, dass sie wirklich versteht, worum es geht, aber sie hört meinen flehentlichen Tonfall und nimmt mir die Blumen ab. Nachdem wir uns alle tausendmal voreinander verbeugt haben, schaffe ich es, Finn und mich aus dem Laden zu lotsen. Niemand ist am Ende überraschter als ich, als wir uns schließlich draußen auf dem Bürgersteig wiederfinden. Finn lehnt sich gegen die Betonwand, er atmet schwer, als wäre er mehrere Runden gesprintet.

»Himmel, Zosia. Du musst mich für verrückt halten. Ich danke dir. Ich schulde dir was.«

»Du schuldest mir gar nichts«, erwidere ich und hänge mir meine Tasche über die Schulter. Ich habe hundert Fragen, die ich aber auf keinen Fall stellen werde. »Komm, lass uns Amelia und Akihiro abholen, bevor sie sich betrinken können.«

Finn rührt sich nicht von der Stelle. »Es tut mir leid«, sagt er, und seine Stimme fängt an zu zittern. »Die kleinste Sache brachte ihn dazu, in die Luft zu gehen. Meinen Vater. Ich wusste nie, was es sein würde. Er … überrollte mich dann aus dem Nichts heraus und mit der Gewalt eines Tsunamis. Die Narbe auf meinem Arm – da hatte ich in der Küche ein Glas zerbrochen. Ich hatte nicht richtig aufgepasst und versehentlich ein Glas voller Orangenlimonade gegen die Frühstückstheke geknallt, sodass es kaputtging. Er nahm das Stück, das die Unterseite des Glases gewesen war, und schlitzte mir damit den Arm auf, wobei er gebrüllt hat, dass ich lernen müsste, vorsichtiger zu sein. Er hat mich dazu gezwungen, alles sauber zu machen, bevor ich aus der verdammten Küche durfte. Die ganze Zeit über lief Blut an meinem Arm hinunter, alles war voller Blut und Glassplitter und Orangenlimonade, und er stand einfach nur in der Tür und sah mir zu.« Finn schüttelt den Kopf und blickt zu Boden, und erst in diesem Moment fällt mir auf, dass er mich die ganze Zeit angesehen hat.

Ich strecke den Arm aus und berühre mit den Fingerspitzen die vernarbte Haut unter seinem T-Shirt-Ärmel. Das Rückgrat des Drachentattoos. Aber Finn hält meine Hand fest, bevor ich die Stelle auf seiner Schulter erreiche, an der das Tattoo beginnt. Es ist die schlimmste, dort sitzt ein harter Knoten in der Haut.

Als ich den Mund aufmache, kommt er mir zuvor: »Wir müssen los.«

Das, was damals passiert ist, kann man mit der Situation von heute nicht vergleichen.

Du hast das nicht verdient. Niemand verdient so etwas.

Laut sage ich nur: »Okay.«

»Ich kann verstehen, wenn du nicht … ich meine, es ist in Ordnung, falls du deine Meinung änderst.«

Ich ziehe die Augenbrauen zusammen. »Inwiefern?«

»Heute Abend.« Er deutet auf mich, auf sich und dann wieder auf mich. »Wir. Das zwischen uns.«

Nach seinem Gesichtsausdruck zu schließen, wäre es alles andere als in Ordnung, aber ich frage trotzdem. »Willst du, dass ich meine Meinung ändere?«

»Gott, nein, Zosia. Nein.«

Und dann küssen wir uns mitten auf dem Bürgersteig, als wären wir die einzigen Menschen auf diesem Planeten, und ich bin mir ziemlich sicher, dass der kleine Schluchzer, der sich ihm entringt, der ehrlichste Laut ist, den ich je von ihm gehört habe.

14

Das Abendessen ist eine Katastrophe, und die geht schon in der Sekunde los, in der wir uns hinsetzen. Die Verlegenheit, die mir Eloises Anwesenheit bereitet, ist bei alledem noch das geringste Problem. Sie weiß wenigstens Bescheid.

Dad hingegen ist von Anfang an wütend und wird im Verlauf des Abends immer wütender. Es fängt damit an, dass er nicht mit Amelia und Akihiro gerechnet hat. Und ganz bestimmt hat er nicht damit gerechnet, Finn und mich so zu sehen. Wir haben die letzten drei Tage miteinander verbracht. Konnten selbst im Schlaf die Hände nicht voneinander lassen. Und obwohl wir dem Blick des anderen ausweichen und es vermeiden, direkt miteinander zu sprechen, streichelt er mit der Hand über meinen Rücken, wenn ich an ihm vorbeigehe. Meine Finger greifen unwillkürlich nach dem Saum seines T-Shirts. Und so weiter und so fort.

Eloise registriert es vor Dad. Das merke ich daran, wie sie mich anstarrt, wenn ich ihr Glas auffülle, sodass ich irgendwann hochschauen und ihrem Blick begegnen muss. Und die Art, wie sie Dad eine halbe Sekunde lang mustert, bevor ihr Blick zu mir zurückkehrt. Ich schüttele leicht den Kopf, und sie schließt für zwei Sekunden die Augen, bevor sie sich abwendet. Dann weiß sie also, wie er dazu steht.

Nicht dass ich darauf zähle, dass sie sich mehr für mich einsetzt, als sie es damals für Finn getan hat, als sein Vater ihn gequält hat. In den letzten Tagen hat er mir ein bisschen was darüber erzählt, wie es damals war – wie Eloise seinen Vater verlassen und ihn angefleht hat, mit ihr zu kommen. Sie gab sich die Schuld, als er es nicht tat – aber gekämpft hat sie auch nicht um ihn. Finn sagt, dass sie glaubt, als Mutter versagt zu haben, und dass sie deshalb auch jetzt noch der Ansicht ist, kein Recht dazu zu haben, sich als Mutter aufzuspielen. Ich glaube, dass es darauf hinausläuft, dass ihn nicht nur ein Elternteil, sondern beide im Stich gelassen haben – aber das behalte ich lieber für mich. Finn versucht, eine Beziehung zu ihr aufzubauen. Das ist einer der Gründe, warum er hier in Tokio ist. Er kann es nicht gebrauchen, dass ich an diesem Plan herumkrittle, insbesondere wenn man bedenkt, dass ich gerade auf einem ziemlich guten Weg bin, es mir mit meinem Vater zu verderben.

Denn eins ist klar, als wir uns alle zum Essen um den *kotatsu* gequetscht haben: Dad steht kurz vor der Explosion. Ironischerweise ist es ausgerechnet Amelia, die ihn davon abhält, weil er seiner Praktikantin keine Szene liefern will, die dafür sorgt, dass sein Familienleben morgen zum Bürotratsch wird. Dennoch verläuft das Abendessen überwiegend schweigend und entwickelt sich zum kürzesten und unangenehmsten Abendessen, bei dem ich je dabei war. Und das will was heißen.

Besonders wenn man bedenkt, dass damit das Abendessen nach der Beerdigung meiner Mutter an die zweite Stelle gerutscht ist. Die Beerdigung fand um elf Uhr morgens statt, und um Viertel nach vier waren alle außer den engsten Familienangehörigen nach Hause gegangen – alle außer mir, Dad, Babci, Tante Gwen und Dads Bruder Gordon. Babci bestand darauf, dass sich alle an den Tisch setzten, um etwas zu essen, was schon in der Theorie keine gute Idee war. Der Albtraum fing an, kaum dass die Teller auf dem Tisch standen – Tante Gwen versuchte, Dad zu trösten, während der Onkel Gordon anschnauzte, weil er sich betrank. Am Ende flüchtete Dad in sein Arbeitszimmer, Onkel Gordon und Tante Gwen zogen sich in ihre Zimmer zurück, und ich half Babci dabei, das unberührte Essen wegzuräumen. Wobei ich die ganze Zeit Dad die Schuld an allem gab.

Genauso wie jetzt. Amelia und Akihiro danken ihm für das Abendessen, während Eloise und Finn Teller auf der Arbeitsfläche stapeln und ich vor Wut koche. Ich weiß, dass es zum Teil meine Schuld ist, aber so schlimm hätte es nicht kommen müssen. Bei Weitem nicht.

»Willst du, dass ich bleibe?«, fragt Finn, der sich über mich beugt und mir die Frage ins Ohr flüstert, als ich gerade dabei bin, die Essensreste von einem Teller zu kratzen.

Ich drehe mich zu ihm um. Sein Blick ist besorgt. »Nein, es ist alles …«

»Es ist nicht alles *prima*, Zosia.« Er betont das »prima«, als wäre es ein Schimpfwort.

»Ich weiß. Aber nein, danke.« Ich sage das nicht ohne Hintergedanken. Seine Anwesenheit würde es so viel schlimmer machen. Immerhin, die Tatsache, dass er es anbietet.

Eloise stellt mich zur Rede, als ich gerade den *kotatsu* abwische, während Dad Amelia und Akihiro zum Fahrstuhl begleitet. »Zosia, dein Vater …« Ich sehe auf und frage mich, was für ein Gesicht ich wohl mache, denn sie hält eine Sekunde inne, ehe sie weiterredet. »Er braucht etwas Zeit, um sich für diese Sache zu erwärmen.«

»Was soll das bedeuten?« Ich klinge wütend.

»Das war vielleicht nicht der beste Weg, es ihm beizubringen, aber wenigstens ist es jetzt raus. Es ist nur …« Sie schüttelt langsam den Kopf. »Ich bin auf deiner Seite.«

»Ähm, danke? Ich glaube …« Zweihundertzwölf Gedanken schießen mir durch den Kopf, und mindestens hundertzwölf davon sind schlichtweg gemein. Aber ich bin schlau genug, sie nicht auszusprechen, denn in meiner derzeitigen Verwirrung wäre es dämlich, den einen Elternteil zu verärgern, der tatsächlich auf meiner Seite ist, selbst wenn es nicht *meiner* ist.

»Finn ist nicht …« Sie hält inne, und ich bin mir ziemlich sicher, dass ich mich noch eine ganze Weile fragen werde, was sie sagen wollte. »Er wird sich schon damit arrangieren. Greg. Dein Vater. Das wird er.«

Ich will gerade eine spöttische Bemerkung machen, als Dad zurückkommt und Eloise eilig zurück in die Küche huscht. Sie sagt leise etwas zu Finn, und drei Minuten später beobachte ich sie beim Verlassen der Wohnung, woraufhin Dad und ich uns in dem kleinen Wohnzimmer gegenüberstehen.

Die Wohnungstür ist kaum hinter ihnen zugefallen, als er auch schon loslegt: »Ich dachte, ich hätte mich klar ausgedrückt.«

Ich zucke mit den Achseln, obwohl ich weiß, dass es ziemlich, nun ja, dumm ist, ausgerechnet jetzt die Dumme zu spielen. »In Bezug auf was?«

»Du hast behauptet, dass zwischen euch nichts laufen würde.«

»Als du das letzte Mal gefragt hast, war das auch so.«

»Wirklich?« Offenbar glaubt er, dass ich lüge. »Und wann hat sich das geändert?«

»Sonntag.« Nun ja, technisch gesehen vielleicht schon Samstagnacht. Aber ich glaube nicht, dass ihn solche Details jetzt interessieren.

»Ich habe dir ausdrücklich gesagt, dass ich nicht möchte, dass du etwas mit ihm anfängst.« Seine Stimme geht leicht in die Höhe.

»Ich weiß.«

»Wie ist es dann passiert?«

»Es ist einfach passiert«, erwidere ich und bohre meine Fingernägel durch den leichten Stoff meines Rocks in meine Oberschenkel.

»Wie dem auch sei, ich habe meine Meinung nicht geändert.«

Schon klar. Damit das passiert, müsste schon die Hölle zufrieren. »Das habe ich verstanden.«

Ich sage das nicht so, dass es zustimmend klingt, aber Dad versteht es offensichtlich so. »Gut. Dann wäre das ja geklärt.«

»Ich werde mich auch weiter mit ihm treffen, Dad. Solange das auch geklärt ist – einverstanden«, erwidere ich und presse beide Arme so fest gegen meinen Bauch, dass ich das Gefühl habe, mich jede Sekunde übergeben zu müssen.

Dad sieht aus, als hätte ich ihm einen Schlag versetzt. Und so fühlt es sich auch an. »Ich will dir nicht verbieten müssen, dich mit ihm zu treffen, Zosia.«

»Glaubst du im Ernst, dass du mir verbieten kannst, ihn zu sehen?« Obwohl ich mir alle Mühe gebe, nicht sarkastisch zu klingen, hört mein Vater den Sarkasmus heraus.

»Du lebst unter meinem Dach.« Die Antwort kommt prompt. Was bedeutet, dass er bereits darüber nachgedacht hat. Bevor er mich zur Rede gestellt hat.

»Dein Haus, deine Regeln? Ist das dein Argument?«, frage ich ungläubig. »Ich hätte dich auch anlügen können. Wahrscheinlich hätte ich das auch getan. Aber Finn hat mir das Versprechen abgenommen, dass ich es dir erzähle.«

»Und dieses Versprechen bedeutet dir mehr als deine Zusage an mich, dich nicht mit ihm zu verabreden?«

Sein selbstgefälliger harter Ton bringt mich dazu, die Stimme zu heben. »Das habe ich nie gesagt. Ich weiß, dass er eine verdammt schwierige Vergangenheit hat und dass er einige Fehler gemacht hat. Aber ich mag ihn, Dad. Und zwar sehr.«

»Und ich bin mir sicher, dass du einen anderen Jungen kennenlernen wirst, den du genauso magst.«

»Ach ja? Denkst du das wirklich?«

Er lässt mich nicht zu Ende reden. »Ja, das tue ich.«

»Hattest du deswegen seit Moms Tod so viele Dates? Und was sagt Eloise eigentlich dazu, dass du so über ihren Sohn denkst?«

»Sie hat keine Illusionen, was Finn angeht.«

»Sie weiß es, Dad. Sie weiß, dass wir uns mögen, und es macht ihr nichts aus.« Ganz kurz kommt mir der Gedanke, dass ich Eloise damit in die Pfanne haue und dass es ihr nun durchaus etwas ausmachen könnte.

»Warum sollte es sie auch stören? Du bist ein gutes Kind!«, schreit Dad.

Also schreie ich zurück. »Das ist Finn auch. Das hast du selbst gesagt.«

»Als ich das gesagt habe, dachte ich ja auch, dass ihr nur Freunde wärt.«

»Und jetzt, da wir mehr als nur Freunde sind, ist er kein guter Junge mehr? Jetzt hat er sich in ein Monster verwandelt, weil ich ihn mag?« Tränen brennen hinter meinen Augenlidern, aber ich halte sie zurück. Ich würde nur aus Wut heulen, und das ist der schlechteste Grund.

»Ich versuche, dich zu beschützen. Warum begreifst du das nicht?«

»Wovor denn?«

»Was machst du, wenn er dir das Herz bricht? Willst du das wirklich noch mal durchmachen, Zosia? Willst du das?« Er sagt das so, als wäre es unausweichlich.

Drei Sekunden lang denke ich, dass er von Kevin Morgan aus der Highschool spricht.

Dann wird mir klar, dass es nicht so ist.

»Zo …« Dads Blick wird weicher, und er schüttelt den Kopf.

Den Rest höre ich nicht mehr. Ich schnappe mir meine Tasche, die über dem Stuhl hängt, reiße die Tür auf, schlüpfe in meine Schuhe und renne die Treppe hinunter. Ich weiß, dass ich stehen bleiben und mit meinem Vater reden sollte. Ihn wegen des Tiefschlags zur Rede stellen sollte, den er mir gerade verpasst hat. Aber ich kann nicht. Mein Vater müsste mich nur zwei Minuten mit seinen traurigen grauen Augen ansehen, und ich würde entweder nachgeben oder anfangen, wie ein Baby zu weinen. Da ist Wegrennen immer noch besser. Na ja, nicht wirklich. Aber es fühlt sich besser an.

Ich schließe mich den Menschen auf dem dunklen Bürgersteig an, die Richtung Bahnhof unterwegs sind. Ich habe keine Ahnung, wohin ich will, aber es fühlt sich an, als würde ich mit der Strömung schwimmen. Also lasse ich mich willenlos treiben, bis wir den unteren Treppenabsatz erreichen und nach rechts abbiegen. Dass ich den Weg zum Fitnessstudio eingeschlagen habe, wird mir erst klar, als ich vor den großen Doppelglastüren stehe.

Ich bin das ganze Wochenende nicht geschwommen, und plötzlich will ich nichts anderes, als im Wasser sein. Während ich durch die Eingangshalle marschiere, wühle ich auf der Suche nach meinem Badeanzug in meiner Tasche. Der Vorteil und gleichzeitig der Nachteil daran, immer einen Rucksack dabeizuhaben, ist, dass man mehr Zeug mit sich herumschleppt, als man es normalerweise tun würde. Eine Bürste, Haargummis, einen Regenschirm, eine Packung Wasabinüsse. Als ich auf eine Plastiktüte stoße, ziehe ich sie aus der Tasche. Und tatsächlich sind darin der feuchte Badeanzug und die Badekappe, wahrscheinlich noch von Freitagabend.

Ein bisschen eklig, aber nichts, was heißes Wasser und Chlor nicht wieder in Ordnung bringen könnten. Ich muss mich noch mal überwinden, als ich die Tüte aufreiße und mir der modrige Geruch in die Nase steigt, aber dann werfe ich Badeanzug und Badekappe ins Waschbecken und drehe das heiße Wasser voll auf. Wasser spritzt über die Beckenränder, aber ich ignoriere die Sauerei einfach, was mir ein Stirnrunzeln von der *obasan* einbringt, die vor dem anderen Spiegel steht.

Normalerweise sorge ich dafür, dass mir niemand hinterherputzen muss, aber heute lasse ich sie in dem Glauben, dass ich eine dieser grässlichen Amerikanerinnen bin. Es ist mir egal. Und als ich dann endlich ins Wasser springe, habe ich das Gefühl, meinen Problemen davonschwimmen zu können. Es fühlt sich an, als würde das Wasser, das über meinen Rücken strömt, die Bombe in meinem Inneren zum Verlöschen bringen. Dabei stand sie kurz vor der Explosion.

Ich schwimme zehn schnelle Runden, bevor ich eine Pause einlege und mich in der Schwimmhalle umsehe. Es sind nur wenige andere Leute im Schwimmbecken, und alle halten sich in dem Bereich auf, der in Bahnen unterteilt ist. Das Mädchen, das neben mir ihre Bahnen zieht, ist sehr häufig hier. Manchmal tue ich so, als würde ich mit ihr um die Wette schwimmen, allerdings bin ich mir ziemlich sicher, dass sie nichts davon ahnt. Ich denke darüber nach, sie zu fragen, ob wir wirklich mal ein Wettschwimmen machen wollen, entscheide mich aber dann dagegen. Es wäre nicht besonders fair. Sie hat keine Ahnung, wie motiviert ich heute Abend bin.

Ich wechsele zum Brustschwimmen und stoße mich vom Beckenrand ab. Beim Schwimmen denke ich zum ersten Mal, seit ich vorhin weggerannt bin, über die Auseinandersetzung mit meinem Vater nach. Eigentlich kann man nicht von einer Auseinandersetzung reden. Er ist sich seiner Sache völlig sicher. Dass Finn mich genauso unglücklich machen wird wie Moms Brustkrebs.

Das Problem ist, dass das tatsächlich nicht völlig abwegig ist. Seit heute habe ich eine Ahnung davon, wie tief seine Narben gehen. Sie sind schartig und reichen bis auf die Knochen. Seine schwierige Vergangenheit ist nicht das, worüber Dad sich Sorgen machen sollte. Es ist sein Glaube, dass er die Dinge verdient hat, die ihm passiert sind.

Bei dem Gedanken stockt mir der Atem, und ich drehe mich herum, um langsam im Rückenstil weiterzuschwimmen. Diese Sache kann ich nicht in Ordnung bringen. Oder besser gesagt, ich will es nicht, und das nicht nur, weil ich keinen Schimmer habe, wie. Ich könnte einen Schnitt machen, bevor es zu schmerzhaft wird. Auf einen Schlag die Beziehung zu meinem Vater *und* mein Herz retten.

Aber warum treibt mir dann der Gedanke, Finn nicht mehr zu sehen, die Tränen in die Augen?

Statt eine weitere Bahn zu schwimmen, hieve ich mich auf den Beckenrand und lasse die Füße ins Wasser hängen. Meine Finger schließen sich automatisch um Moms Halskette, als wäre die Antwort dort verborgen.

Wenn du an meiner Stelle wärst, Mom, würdest du das Risiko eingehen?

Aber wen versuche ich zu täuschen? Meine Mutter war der Inbegriff der Unerschrockenheit, selbst im Angesicht des Krebses. Teufel, gerade im Angesicht ihrer Krankheit. Sie würde es tun, sie würde ihr Herz aufs Spiel setzen.

Babci hat Dad früher gehasst. Das hat sie mir selbst erzählt. Aber Mom ließ sich davon nicht abhalten. Sie hat ihn geheiratet.

Ich springe vom Beckenrand auf und haste eilig in die Umkleidekabine. Ich mach mir nicht mal die Mühe, meinen nassen Badeanzug auszuziehen, sondern ziehe mir einfach nur meine Klamotten über, was mir erstaunte Blicke einbringt. Aber das ist mir egal. Dann stopfe ich meinen BH und meinen Slip nach unten in meine Tasche und sprinte aus der Umkleidekabine.

Als ich zehn Minuten später auf unsere Türklingel drücke, habe ich keine Ahnung, was mich erwartet. Dad braucht nur eine Sekunde, um mir zu öffnen, und sagt nichts weiter außer »hallo« durch die Gegensprechanlage. Als ich den oberen Treppenabsatz erreiche, steht unsere Wohnungstür weit offen, und als ich hineingehe, weiß ich nicht, was schlimmer ist – das flaue Gefühl im Magen oder mein wild hämmerndes Herz. Aber dann kriege ich nichts von dem, was ich mir zu sagen vorgenommen habe, über die Lippen.

Dad steht vor den großen Glastüren, die auf den Balkon führen, und sieht hinunter auf die Straße. Er dreht sich nicht um, um mich anzusehen, ergreift aber das Wort, bevor ich loslegen kann.

»Ich weiß, dass ich dir nicht verbieten kann, ihn zu sehen, Zosia.«

Ich versuche zu schlucken, aber es geht nicht. »Dad …«

»Ich hab darüber nachgedacht, dich nach Hause zu schicken, damit du den Rest des Sommers mit Babci verbringst«, sagt er und dreht sich zu mir um. Sein Gesicht sieht abgespannt und müde aus. Sein Tonfall allerdings ist das komplette Gegenteil. »Deine Mutter würde sagen, dass ich dich deine eigenen Fehler machen lassen soll. Ich kann beinahe hören, wie sie es sagt.«

Mein Herzschlag beruhigt sich ein kleines bisschen, als Hoffnung in mir aufkeimt. »Ich …«

»Ich weiß, dass du mich für irrational und unfair hältst.« Er holt tief Luft und strafft die Schultern. »Aber ich habe gute Gründe, mir Sorgen zu machen. Und deine Mutter ist nicht hier, um dich aus dieser Sache herauszureden.«

»Mom würde mir raten, das Risiko einzugehen.« Ich sage das ganz ruhig, damit er es nicht als Provokation auffasst.

»Was?« Seine Stimme klingt scharf.

Ich spreche schnell. Das hier ist meine einzige Chance. »Sie ist das Risiko eingegangen. Mit dir. Obwohl es Babci nicht recht war. Und, nun ja, sie hat die richtige Entscheidung getroffen. Für euch beide. Aber wenn sie auf Babci gehört hätte, dann hättest du ein ganz anderes Leben gehabt. Nichts von dem erlebt, was du erlebt hast. Vielleicht muss ich ebenfalls ein Risiko eingehen. Auch wenn dir nicht gefällt, was ich tue. Ich sage nicht, dass das zwischen Finn und mir auch nur halb so viel Bedeutung haben muss wie eure Beziehung, aber Dad, da ist etwas zwischen uns. Da ist etwas. So ist das nun mal.«

Dads Gesichtsausdruck wird weicher, und die Falten auf seiner Stirn glätten sich, bevor sie eine Minute später zurückkehren. Und tiefer sind als zuvor. »Das ist nicht dasselbe, Zosia. Babci konnte mich nicht leiden, weil ich Amerikaner bin, und weil sie sich Sorgen gemacht hat, dass ich die Traditionen deiner Mutter nicht respektieren würde. Das Problem ist auch nicht, das ich Finn nicht mögen würde. Es ist nur … über seine Kindheit kommt man nicht leicht hinweg, Zo. Auch wenn er vielleicht behauptet, dass bei ihm alles in Ordnung ist.«

»Er behauptet nicht, dass bei ihm alles in Ordnung ist. Er sagt, dass es das nie sein wird.« Tatsächlich hat er immer nur das Gegenteil gesagt. »Und das muss es auch nicht.«

Damit drehe ich mich zur Küche um, bevor Dad noch etwas sagen kann. Die ganze Arbeitsfläche ist mit Töpfen und Geschirr bedeckt, und ich muss die Sachen auf dem Herd aufstapeln, damit ich genug Platz zum Abspülen habe. Ich drehe meinem Vater absichtlich den Rücken zu, wobei ich mir ziemlich sicher bin, dass er immer noch im Wohnzimmer vor dem Fenster steht.

Ich habe drei Teile abgewaschen, als er anfängt, das feuchte Geschirr abzutrocknen. Beim sechsten Geschirrstück holt er tief Luft und sagt: »Ich weiß, dass ich dir nicht verbieten kann, dich mit ihm zu treffen, Zosia. Aber ich wünschte trotzdem, dass ich es könnte.«

Ich reiche ihm einen weiteren feuchten Teller und nicke. Das ist zwar kein Vertrauensbekenntnis, aber ein erster Sieg.

Ganz gleich, ob er es beabsichtigt oder nicht.

15

»Mist, sie sind schon unten. Kannst du deinem Freund nicht beibringen, in Zukunft weniger überpünktlich zu sein?« Amelia ist damit beschäftigt, sich vor dem Spiegel Haarfestiger ins Haar zu sprühen, als es am Empfang klingelt.

Just in dem Moment, als ich das Handy in die Hand nehme, um Finn eine SMS zu schreiben, kommt eine Nachricht von ihm an. *Wir warten. Sag A, dass sie in die Gänge kommen soll.* »Er hätte keinen Grund, sich zu verspäten, wenn du dich nicht dreißigmal umgezogen hättest.«

»Ich konnte mich einfach für kein Outfit entscheiden. Verklag mich doch«, erwidert Amelia lachend.

»Erstens siehst du in allem großartig aus. Und zweitens: Bei diesen Haaren achtet ohnehin niemand darauf, was du anhast. Die Jungs werden sich auf dich stürzen«, sage ich.

Amelia wirft mir einen skeptischen Blick zu. »Vergiss nicht, dass wir ins Roppongi gehen. Ich kann froh sein, wenn mir dort jemand einen Drink ausgibt.«

»Worum wollen wir wetten?«

»Ich will aber keinen betrunkenen Büroangestellten, der mich belagert. Das zählt nicht.« Amelia kehrt dem Spiegel den Rücken zu und zieht ihre Schuhe an. Das Straßenschuh-Verbot in den Innenräumen interessiert sie nicht besonders, sehr zum Missfallen der anderen Mädchen, die in dem Citibank-Wohnheim untergebracht sind.

Ich wedele mit meinen Schuhen, die ich am Riemen festhalte, vor ihrer Nase rum. »Schuhe? Du solltest nicht alle gegen dich aufbringen, wenn du vorhast, heute Abend betrunken hier aufzuschlagen.«

Aber Amelia grinst nur. »Die Sache ist die: Ich habe gar nicht vor, heute Abend nach Hause zu kommen.«

Das wiederum bringt mich zum Lachen. Sie kann zwar ziemlich unsensibel sein, aber sie ist so direkt, dass man ihr unmöglich böse sein kann. Außerdem darf ich heute Abend bei ihr schlafen, egal, ob sie hier ist oder nicht. Was bedeutet, dass ich so lange mit Finn unterwegs sein kann, wie ich möchte, ohne beim Heimkommen meinen Vater aufzuwecken. »Na ja, dann hoffen wir mal, dass es heute Abend klappt.«

»Aber echt. Es ist mittlerweile ewig her. Gibt's eine Chance, dass du mir deinen Freund ausleihst, falls ich kein Glück habe?«

»Das kann ich nicht allein entscheiden.« Das klingt blasiert, aber wir wissen beide, dass es nicht so gemeint ist.

Amelia mustert mich von Kopf bis Fuß. »Das wird nichts. Allein schon diese Mörder-Highheels reichen aus, um ihn um den Finger zu wickeln.«

Ich betrachte die Schuhe in meiner Hand. Schwarzes Lackleder. Spitze Sieben-Zentimeter-Absätze. Meine Abschlussball-Pumps. Das Einzige, was ich anhabe, das tatsächlich mir gehört. Der kurze schwarze Rock und das silberne Neckholder-Top sind von Amelia. Ich habe mindestens ihren halben Kleiderschrank durchprobiert, bevor sie mit meinem Outfit einverstanden war. Da ich noch nie im Roppongi war, verlasse ich mich auf ihre Einschätzung, allerdings habe ich so eine Ahnung, dass ich den ganzen Abend damit beschäftigt sein werde, den Rock nach unten zu ziehen. Der Stofffetzen ist so winzig, dass er eher als Notlösung denn als Rock durchgeht, aber Amelia behauptet, dass er für das Roppongi schon lang ist.

»Finn ist nicht so der Typ, den man leicht um den Finger wickeln kann. Mörder-Highheels oder nicht.«

»Meinst du wirklich?« Amelia trägt ihren Lippenstift auf, was bedeutet, dass sie fast fertig ist. Dem Himmel sei Dank.

»Ähm, nein.«

»Ich wette einen Shot, dass er auf dem Weg zum Klub keine Sekunde die Hände von dir lassen kann.« Ihr Blick sucht meinen im Spiegel, sie wartet auf meine Zustimmung.

»Ich steh nicht auf Shots, also nein. Im Übrigen tickt er ganz einfach nicht so.«

Amelia dreht sich zu mir herum. »Nein. So ist er wirklich nicht. Jedenfalls nicht im echten Leben.«

Ich hasse diese Phrase, ganz besonders im Zusammenhang mit Finn. »Stimmt. Die beschriebenen Ereignisse sind rein fiktional. Alle Ähnlichkeiten mit real existierenden Personen oder Orten sind rein zufällig.«

»Jetzt werd nicht zickig. Du bist einfach nicht sein Typ. Und umgekehrt.«

»Ich hab keinen Typ. Ich hatte vor Finn nur einen einzigen Freund«, sage ich.

»Eben. Und Finn hat keine Dates mit der jungfräulichen Königin. So viel ist sicher.«

Nein, das passt wirklich nicht zu ihm. Aber seit Kamakura sind drei Wochen vergangen, und wir verbringen jeden Tag miteinander. Um die Wahrheit zu sagen, haben wir den größten Teil der sechs Wochen, die ich in Tokio bin, zusammen verbracht, nur dass die ersten drei definitiv weniger intim waren.

Als Finn mich gefragt hat, was an jenem Abend, nachdem Eloise und er weg waren, zwischen mir und meinem Dad vorgefallen ist, habe ich ihm gesagt, dass wir zu einer Art Einigung gelangt wären, was technisch gesehen stimmt. So wie ich Dad verstanden habe, möchte er lieber nicht zur Kenntnis nehmen, dass Finn und ich zusammen sind, deshalb spreche ich das Thema ihm gegenüber nicht an.

»Hey, das ist nicht besonders fair. Und es entspricht auch nicht der Wahrheit.« Ich stecke ihr im Spiegel die Zunge heraus.

»Wortklauberei. Egal, wie es ist, du weißt, dass ich höllisch eifersüchtig bin«, sagt sie mit einem Grinsen und nimmt ihre Tasche. »Erzähl mir bloß nicht, dass du ihn nicht genau dort hast, wo du ihn haben willst.«

»Er ist genau da, wo ich ihn haben will, wenn wir endlich dieses Zimmer verlassen haben«, antworte ich, stehe auf und öffne die Tür. »Im Ernst, du siehst großartig aus. Lass uns gehen.«

Nachdem sich Amelia noch ein letztes Mal die Wimpern getuscht hat, verlassen wir endlich das Zimmer und quetschen uns mit fünf anderen Mädchen aus dem Wohnheim in den Fahrstuhl, die ebenfalls ausgehen wollen. Das Konzept eines Firmenwohnheims ist mir etwas fremd – zusammen arbeiten, zusammen leben und sogar zusammen baden. Das scheint mir etwas zu viel Gemeinschaft zu sein. Und die vielen Regeln. An Werktagen muss man um Mitternacht zu Hause sein. Herrenbesuche sind nicht gestattet. Außerdem muss man sich jedes Mal, wenn man kommt oder geht, an dem hölzernen Empfangstresen an- oder abmelden. Aber wie Dad mir erklärt hat, könnten es sich die jungen Japaner sonst nicht leisten, zum Arbeiten in die Städte zu kommen, da die Mieten so hoch sind. Amelia scheint das nichts auszumachen. Es ist nicht so viel anders als am College, sagt sie, und wie bei allen Regeln ist immer die Frage, inwieweit man sie einhält.

Ein Mädchen im Fahrstuhl fragt uns, wohin wir heute Abend gehen, und als wir ihnen sagen, dass wir ins Roppongi gehen, fangen sie und ihre Freundinnen an zu kichern. Sie wollen ebenfalls dorthin.

»Das ist der beste Ort, um *gajin*-Jungs kennenzulernen, stimmt's?«, fragt das Mädchen.

»Sie hat einen Freund. Ihr ist es egal«, sagt Amelia.

Ein paar von ihnen machen diese seltsamen Gurrgeräusche, die Japanerinnen von sich geben, wenn sie etwas mögen, und ich suche Amelias Blick im Spiegel. Sie hasst es, wenn sie das tun. Es erinnert sie an die vierte Klasse. Aber sie sieht mich gar nicht an, und als sich die Fahrstuhltüren öffnen, verschwinden die Spiegel. Wir verteilen uns in der Eingangshalle, stellen die Hausschuhe in die dazugehörigen Fächer und ziehen unsere Schuhe an. Alle warten, bis sie dran sind, sich abzumelden und der Wohnheim-Mutter *Fujito-san* gute Nacht wünschen können, danach betreten wir endlich die öffentliche Eingangshalle.

Draußen warten schon jede Menge Männer, die Zigaretten rauchen und Zeitung lesen. Finn und Akihiro schauen sich etwas auf einem ihrer Handys an und bemerken uns zuerst nicht. Aber dann weckt das Geschnatter der in die Halle strömenden Mädchen ihre Aufmerksamkeit, und ich bin immer noch sieben Schritte von Finn entfernt, als er den Blick hebt.

Ich wünschte, es wäre möglich, seinen Gesichtsausdruck irgendwie einzufangen. Um mich an den Tagen in der Zukunft an ihn erinnern zu können, an denen ich mich total mies fühle. Denn er sieht niemanden außer mir. Und sein Lächeln ist atemberaubend. Es gibt kein anderes Wort dafür. Er steht auf, legt den Arm um meine Taille und zieht mich gleichzeitig an sich, obwohl uns noch zwei Schritte trennen und ich ins Taumeln gerate.

»Himmel. Sieh dich an«, sagt er.

Ich grinse so breit, dass es mir fast das Gesicht zerreißt. »Das Kompliment kann ich nur zurückgeben.« Finn trägt eine dunkle Jeans und ein lavendelfarbenes Hemd, dessen Ärmel er bis zu den Ellbogen aufgerollt hat. Er sieht aus wie dieser Typ aus der Cool-Water-Werbung, bevor Josh Holloway den Job übernommen hat. Außer mir erinnert sich niemand mehr an ihn, und dass ich es tue, liegt daran, dass meine Mutter und ich ihn so toll fanden. Eine Zeit lang war er auf einer dieser riesigen Anzeigetafeln am Times Square zu sehen. Wann immer wir in der Stadt waren, machte sie auf dem Weg zur Penn Station einen Umweg, um ihn in seiner ganzen zwölf Meter hohen Pracht bewundern zu können.

Finn fährt mit dem Finger über meinen Rücken, wobei er den Finger zwischen den Stoff meines Neckholder-Tops und meine Haut schiebt. »Ist das deins?«

»Amelias. Aber die Mörder-Highheels sind meine.« Ich hebe den einen Fuß, um sie ihm zu zeigen.

»So heißen die heutzutage? Für mich sehen die nach Leg-mich-flach-Stilettos aus.«

»Und, willst du?«, frage ich. »Amelia wollte um einen Shot mit mir wetten, dass du sofort über mich herfällst, wenn du mich in diesen Schuhen siehst.«

Finn hebt die Augenbrauen. »Die Schuhe sind nicht der Grund.«

»Was dann?« Ich versuche, sarkastisch zu klingen, weil ich so etwas sonst nicht fragen würde. Ich weiß, dass er mich mag. Wäre da nur nicht Amelias Stimme in meinem Kopf.

Wenn man vom Teufel spricht. Ehe Finn antworten kann, hat sie den Arm um meine Schulter gelegt. »Siehst du, es geht schon los.«

»Hör auf.« Ich drehe mich zu Finn. »Sie will wissen, ob sie dich ausleihen kann, falls sie heute Abend leer ausgeht.«

»Was ist so verkehrt an mir?«, fragt Akihiro. Obwohl zwischen ihm und Amelia nie etwas gewesen ist, wirkt er verletzt.

»Im Ernst jetzt?«, fragt Amelia, was nicht sehr hilfreich ist, denn er verzieht immer noch das Gesicht.

»Warum nicht?« Jetzt klingt er wirklich verärgert.

Amelia hebt die Augenbrauen. »Okay, na schön. Dann küss mich.«

»Was?«, fragt Akihiro.

Sie wiederholt den Satz, als wäre Englisch eine Fremdsprache für ihn. Er sieht unsicher aus, ob er es tatsächlich tun soll. Direkt hier in der Eingangshalle, inmitten all dieser Leute, die kommen und gehen, küsst er sie. Selbst ich kann sehen, dass es ein guter Kuss ist, denn er dauert mindestens zwanzig Sekunden.

Amelia hat definitiv gerötete Wangen, als Akihiro sie loslässt, aber dann fährt sie sich mit der Zunge über die Lippen und dreht sich zu Finn um. »Okay, jetzt bist du an der Reihe.«

Was?

»An der Reihe?«, fragt er.

»Ja. Ich brauch doch Vergleichsproben.«

Was zum Henker? Ich weiß, dass Amelia denkt, dass sie mir einen Gefallen tut, indem sie beweist, dass sich Finn nur für mich interessiert. Aber es kommt mir trotzdem vor wie ein Test. Für uns beide.

Finn mustert sie. Nicht nur oberflächlich, sondern richtig. Dann schürzt er die Lippen und sagt: »Nein.«

»Nein? Was heißt nein?«, fragt Amelia.

»Einfach nein.« Seine Stimme hat sich nicht verändert, und sein Arm liegt immer noch um meine Taille. Ganz plötzlich muss ich an Kathy Johnson denken. Kathy hat verlegen reagiert. Amelia hingegen lacht.

»Verdammt. Na schön«, sagt sie und hakt sich bei Akihiro unter. »Lass uns gehen.«

Die Mädchen aus dem Fahrstuhl haben uns beobachtet, und ich habe das Gefühl, dass sie ziemlich viel von dem begriffen haben, was da zwischen uns ablief. Ich bin mir nicht ganz sicher, ob ich es selbst verstanden habe, aber so wie sie uns ansehen, macht es den Eindruck, als würden sie eine Zugabe erwarten, und vielleicht tue ich das auch. Aber Amelia und Akihiro verlassen einfach das Gebäude, und Finn folgt ihnen – also wird es keine geben.

Im Zug stehen Finn und ich weit genug von den anderen entfernt, dass ich das Thema zur Sprache bringen kann, ohne dass sie es mitbekommen. »Ich glaube, Amelia war etwas überrascht, dass du sie nicht küssen wolltest.«

»Nein, war sie nicht. Und warum sollte ich? Ich dachte, andere sind für uns tabu. War das nicht so abgemacht?« Er sagt das auf eine Weise, dass ich mich unwillkürlich schlecht fühle, als wäre ich diejenige, die es vorgeschlagen hat.

Also fange ich an zu stammeln. »Ich ja. Das wollte ich auch nicht vorschlagen. Ich dachte nur, dass du sie vielleicht küssen würdest.«

Finn macht einen Schritt nach hinten und mustert mich. »Wenn sich die Regeln geändert haben, dann solltest du mir das sagen.«

Gott sei Dank kann er nicht sehen, wie ich die Zehen in meinen Schuhen zusammenpresse. Als ich den Mund aufmache, klingt meine Stimme gelassen. »Nein. Nicht dass ich wüsste.«

»Warum willst du dann, dass ich deine Freundin küsse?«

»Ich will es gar nicht.«

»Genau«, sagt er, macht einen Schritt auf mich zu, sodass ich die Wärme seines Körpers spüren kann, obwohl er mich nicht berührt. »Beantwortet das deine Frage?«

Als Antwort lege ich einen Arm um seinen Hals und ziehe ihn zu mir herunter. Mit meinen Highheels sind wir fast gleich groß. Ich küsse ihn. Und zwar richtig. Als ich mich schließlich von ihm löse, sage ich: »Beantwortet das deine Frage?«

»Nein.« Aber er sagt es mit einem Lächeln, und Amelia hat recht. Von dieser Minute an liegt seine Hand entweder auf meinem Rücken, meinem Arm oder – wenn der Zug scharf bremst – auf meinem Hintern, und zwar den ganzen Weg bis nach Roppongi.

Als wir zusammen mit den übrigen Gästen aus dem Zug gestiegen sind und endlich Amelia und Akihiro einholen, fällt mir sofort auf, dass sie auffällig nah beieinanderstehen.

»Was meinst du? Fangen die beiden was miteinander an?«, frage ich Finn flüsternd.

Aber er schüttelt den Kopf. »Amelia hat heute Abend outfitmäßig alle Register gezogen, und seien wir ehrlich: Akihiro ist ein magerer Japaner und ein Streber, der seine Nase zu viel in Bücher steckt. Sie ist eine Nummer zu groß für ihn und kann was Besseres haben.«

»Wow. Hartes Urteil. Ich dachte, ihr beiden wärt befreundet.«

»Das sind wir auch, und trotzdem bleibt es dabei – sie hat bessere Möglichkeiten.« Er sagt das so endgültig, dass es mich ärgert.

»Nun ja, die hättest du auch.« Ich bin nicht auf Komplimente aus. Das ist einfach meine Meinung.

»Und du ebenfalls.«

Obwohl ich nicht auf ein Kompliment aus war, ärgert es mich, dass er es nicht abstreitet. Deshalb stelle ich mich neben Amelia. Als der Türsteher uns sieht, winkt er uns sofort durch, während Finn und Akihiro weiter draußen warten müssen. Als wir drinnen sind, steuert Amelia auf die Bar zu, ohne sich groß umzusehen, und bestellt zwei Shots.

»Was machst du da?«, schreie ich ihr ins Ohr. Die Musik ist so laut, dass ich mit ziemlich großer Sicherheit einen Hörschaden davontragen werde. Und das meine ich ernst. Die Lichter pulsieren in Gelb-, Grün- und Rottönen, und hinter uns bildet sich bereits eine Schlange.

»Du schuldest mir einen Drink«, schreit Amelia zurück.

»Wir haben nicht gewettet.«

Die Barkeeperin stellt zwei Schnapsgläser mit einer beigefarbenen Flüssigkeit auf die Theke und trommelt mit den Fingern, während sie darauf wartet, dass wir bezahlen. Obwohl ich den Drink überhaupt nicht will, suche ich in meiner Brieftasche nach Geld, und wir legen beide Geldscheine auf die Theke, die die Frau nimmt. Amelia hebt ihr Glas und sieht mich an.

»Komm schon. Ich hab gewonnen.«

»Ich hab dir gesagt, dass ich die Wette nicht annehme.« Die Wette, in der es darum ging, ob Finn die Hände von mir lassen kann. Obwohl er offenbar auch was Besseres haben könnte.

Bei dem Gedanken werde ich schon wieder wütend. Finn und ich reden nicht besonders viel über seine Exfreundinnen. Ich weiß, dass es sie gibt, aber ich weiß nicht, wie viele es sind und wie ernst es ihm mit ihnen gewesen ist. Mindy findet es seltsam, dass ich es nicht genauer wissen will, aber ich kann mir nicht vorstellen, dass mich das Wissen irgendwie weiterbringen würde. Das ist so ähnlich wie mit Moms Krebs. Als sie von ihrer Krankheit erfuhr, war sie besessen davon, herauszufinden, wie sie es bekommen hatte und warum. Sie verbrachte Stunden mit Internetrecherche, bei Ärzten und sogar bei irgendwelchen Quacksalbern in Chinatown, aber keiner konnte ihr sagen, was den Krebs verursacht hatte, und bei einer Sache waren sich alle einig: Es zu wissen, würde nichts ändern. Es war unmöglich, die Uhr zurückzudrehen und ein anderes Leben zu führen.

»Komm schon. Das wird dir guttun. Dich ein bisschen entspannen.« Amelia wartet immer noch mit dem Glas in der erhobenen Hand.

Also greife ich ebenfalls nach meinem Glas mit dem klebrigen Rand. »Was ist das überhaupt?«

»Ein Screaming Orgasm. Hielt ich für angemessen.« Amelia stößt ihr Glas mit einem leisen Klirren gegen meins. »*Kampai.*«

»*Kampai.*« Trotz meiner Zweifel stoße ich mit ihr an und trinke von dem Cocktail. Er schmeckt gut. Cremig, mit einem Hauch Kaffeegeschmack. Ich stelle das Schnapsglas wieder auf die Theke, als Finn und Akihiro sich zu uns gesellen.

»Was macht ihr da?«, fragt Finn.

»Shots trinken«, erwidere ich, als würde ich das ständig tun.

Aber er weiß es besser und mustert mich mit hochgezogenen Augenbrauen. »Bist du dir sicher, dass das eine gute Idee ist?«

»Ja, danke, Dad. Willst du was Bestimmtes?« Ich weiß, dass ich schnippisch klinge, aber ich kann mich einfach nicht beherrschen.

»Ich hole mir ein Bier.« Er sagt etwas zu Akihiro und steht ungefähr zwei Sekunden an der Bar, als die Barkeeperin zu ihm kommt und seine Bestellung aufnimmt. Während sie mir und Amelia gegenüber kurz angebunden war, ist sie zu Finn superfreundlich. Sie lacht und schleudert ihr langes dunkles Haar durch die Luft. Er lächelt sie an und beugt sich weit genug vor, dass sie ihn verstehen kann. Daran ist nichts Ungewöhnliches, dennoch zieht sich mein Magen zusammen, und ich stelle mich neben ihn und presse meine Lippen gegen sein Ohr.

»Bestellst du mir auch einen Drink?«

Dieses Mal sieht die Barkeeperin mich an, und ihre Augen wandern von mir zu Finn und wieder zurück. Ihr Gesichtsausdruck ist eindeutig. Er kann was Besseres haben, und sie weiß auch schon, wen.

»Cola?«, fragt er.

»Wie wär's mit einer Rum-Cola?«

Er sieht aus, als ob er etwas dazu sagen wollte. Aber dann scheint er es sich anders zu überlegen und dreht sich zu der Barkeeperin um, um zu bestellen. Das Getränk überreicht er mir mit einem skeptischen Blick, der im Verlauf des Abends immer skeptischer wird. Weil ich nicht will, dass er mir Fragen stellt, halte ich mich an Amelia, auch wenn ich mir einrede, dass es nur daran liegt, dass sie tanzt und er nicht.

Wir bahnen uns unseren Weg durch die Tanzenden zur Bar und warten auf das nächste Getränk, als sie sagt: »Ich glaube, ich versuche heute Abend, Akihiro abzuschleppen.«

»Wirklich?« Die beiden haben kaum miteinander gesprochen, seit wir die Bar betreten haben. Er amüsiert sich irgendwo zusammen mit Finn, während wir uns auf der Tanzfläche vergnügen.

Amelia sieht sich in der Bar um. »Alternativen sind nicht in Sicht, und es ist so verdammt lange her.«

»Und was hält er davon?«

»Na ja, ich muss ihn nur ein bisschen bearbeiten, stimmt's? Dann hält er es ohnehin für seine eigene Idee.« Sie grinst mich an.

Ich lache. »Richtig.«

»Du hast nicht zufällig Kondome dabei, oder?«, fragt sie.

»Ähm, nein. Tut mir leid.« Nicht dass ich welche brauchen würde.

»Auf der Damentoilette ist bestimmt ein Automat. Ich geh gleich und hol mir welche.«

»Wohin willst du mit ihm gehen?«, frage ich. Herrenbesuch ist in Amelias Wohnheim nicht erlaubt, und ich bin mir ziemlich sicher, dass Akihiros Großmutter einen Übernachtungsgast übel nehmen würde.

»Herrje, das ist mir egal. Ein Stundenhotel. Eine dunkle Ecke. Spielt es eine Rolle?«

Ich bin nicht prüde. Absolut nicht. Auch wenn wir den letzten Schritt noch nicht getan haben, haben Finn und ich eine Menge Spaß miteinander, und ich würde eine dunkle Ecke definitiv als Möglichkeit ansehen, wenn es sich so ergeben würde. Dennoch kann ich mir nicht vorstellen, dass die Situation umgekehrt wäre und ich Amelia nach einem Kondom fragen würde.

»Wahrscheinlich nicht«, antworte ich.

»Allmählich sollte ich mich mal auf die Suche nach ihm machen. Kommst du mit?«, fragt sie.

Ich nicke, und wir schlängeln uns durch die hin und her wiegenden Körper am Rand der Tanzfläche. Es ist jetzt über eine Stunde her, seit ich Finn das letzte Mal gesehen habe, und als ich ihn nicht finden kann, frage ich mich, ob er möglicherweise schon gegangen ist. Mein Blick ist nach links gewandt, als Amelia mich plötzlich nach rechts zerrt und ich beinahe mit ihm zusammenkrache. Amelia steuert direkt auf Akihiro zu und legt ihm die Hand auf den Arm, mich lässt sie stehen, und ich bin auf Augenhöhe mit seiner Brust.

»Hi«, sage ich.

»Hi.«

»Habt ihr Spaß?«, frage ich.

»Was ist los, Zosia?«

Ich hebe den Blick. Bei der lauten Musik ist es unmöglich zu hören, welchen Ton er anschlägt, aber er sieht nicht sauer aus. Verunsichert, aber nicht sauer. »Nichts.«

»Wirklich?«

»Wirklich.« Ich sehe auf meine Schuhe und versuche auf den Absätzen zu balancieren.

Finn greift nach meinem Handgelenk und führt mich durch ein Labyrinth aus Tischen, das ich bis jetzt nicht mal bemerkt habe, zu einer Wand voller Türen, von denen er eine öffnet und hinter uns schließt. Es ist ein Badezimmer. Eines dieser schwarzen Marmorbadezimmer, die man in protzigen Klubs findet und in denen es so dunkel ist, dass man sich fragt, wie die Gäste die Toilette finden. Die einzige Lichtquelle besteht aus drei weißen Kerzen, die auf einem Mauersims stehen.

Ich ziehe die Hand weg und weiche zum Waschbecken zurück. »Was soll das? Was machen wir hier?«

»Was ist los mit dir?«

»Ich hab's dir schon gesagt. Nichts.«

»Seit wir hier angekommen sind, sprichst du nicht mehr mit mir. Außerdem bist du betrunken.«

Ich würde ja widersprechen, aber meine nächste Äußerung würde mich ohnehin als Lügnerin entlarven. »Normalerweise interessierst du dich nicht für Mädchen wie mich. Auch ohne diesen ganzen Mist mit meinem Dad. Warum bist du mit mir zusammen?«

»Worum geht es hier, Zosia?« Sein Gesicht kann ich bei dem flackernden Kerzenlicht zwar nicht wirklich erkennen, aber sein Ton ist vorsichtig.

»Du hast meine Frage nicht beantwortet, Finn.« Mein Ton hingegen ist ziemlich streitlustig.

»Ich mag dich. Liegt das nicht auf der Hand?« Seine Stimme ist hart geworden.

»Du kannst was Besseres haben. Das hast du selbst gesagt …«

Er schneidet mir das Wort ab. »Wann?«

»Draußen. Auf dem Weg hierher. Als wir über Amelia gesprochen haben. Die mich übrigens nach Kondomen gefragt hat, weil sie Akihiro abschleppen will.«

Meinen Ich-hab's-dir-doch-gesagt-Ton ignoriert er einfach. »Ich bin mir sicher, dass ich nicht gesagt habe, dass ich was Besseres haben könnte.«

»Doch, das hast du, aber darum geht es nicht.« Auch wenn es das war, was meine Wut anfangs ausgelöst hat. »Ich habe dich gefragt, warum du mit mir zusammen bist.«

»Und ich habe es dir gesagt. Weil ich dich mag. Gibt es etwas anderes, das du hören möchtest?«

»Nicht, wenn das wirklich alles ist.«

»Natürlich ist das nicht alles.« Er spuckt die Worte förmlich aus. »Ich habe eine lange Geschichte mieser Entscheidungen hinter mir.«

»Toll, vielen Dank.«

»Aber du gehörst nicht zu ihnen.« Er macht einen halben Schritt auf mich zu. »Sind wir jetzt fertig?«

»Sicher.« Ich meine es nicht so. Stattdessen verschränke ich die Arme vor der Brust und weigere mich, ihn anzusehen, was ziemlich dämlich ist, weil ich glaube, dass er mich küssen wollte. Was sicherlich hilfreich gewesen wäre.

Stattdessen reagiert er frustriert. »Herrgott noch mal, Zosia.«

»Ich bin nicht dein Typ, Finn. Ich weiß, dass es so ist. Das merkt sogar die Barkeeperin.« Meine Stimme wird immer schriller.

Er hingegen wirkt vergleichsweise kalt und gelassen. »Na schön. Du bist nicht mein Typ. Ist es das, was du hören willst?«

Nein. Nein!

Er spricht weiter: »Mein Typ sind die Mädels, die nichts von mir wollen. Und du willst alles.«

Wenn er das in einem anderen Ton gesagt hätte, hätte ich es vielleicht als Kompliment aufgefasst. Aber so habe ich das Gefühl, schroff und fordernd zu sein. »Tut mir leid. Mein Fehler.«

Als ich die Hand nach dem Türknauf ausstrecke, greift er nach meiner Hand. »Was machst du?«

»Ich will dich nicht unter Druck setzen.«

Finn lässt meine Hand fallen und schlägt mit seiner flach gegen die Tür. »Herrgott noch mal. Ich führe dieses Gespräch nicht mit dir, wenn du betrunken bist. Das tue ich nicht.«

»Dann lass mich gehen.« Dieses Mal weiche ich seinem Blick

nicht aus. Wie ich es schaffe, nicht in Tränen auszubrechen, ist mir ein Rätsel; jedenfalls glaube ich, dass das der Grund ist, warum er mich nicht aufhält, als ich die Tür öffne. Auch wenn es mir lieber gewesen wäre, wenn er es getan hätte.

Ich marschiere direkt zur Bar. Amelia und Akihiro stehen dort eng beieinander, und ich quetsche mich zwischen sie. »Ich gehe jetzt, okay? Wir sehen uns dann bei dir zu Hause«, sage ich zu Amelia.

»Warte. Wie war das? Du gehst schon?«, fragt sie und stellt ihr Glas auf der Theke ab.

»Nein, im Ernst. Bleib ruhig hier. Amüsier dich.« Mein Blick wandert zu Akihiro, der uns wegen der lauten Musik ohnehin nicht verstehen kann. »Ich muss unbedingt was essen.«

»Ich kann dich doch nicht allein gehen lassen«, sagt Amelia. »Wir könnten alle zusammen was essen gehen. Im Hard Rock Café einen richtigen Hamburger essen. Es ist nur ein paar Häuser weiter.«

Das klingt tatsächlich großartig, und eine Minute lang bin ich versucht, das Angebot anzunehmen.

Bis ich Finn ansehe.

Sein Blick ist finster und seine Lippen eine schmale Linie. Obwohl er in meiner Nähe steht, hält er mit Bedacht Abstand. »Willst du gehen?«, fragt er mich.

»Wir haben gerade darüber geredet, vielleicht ins Hard Rock Café zu gehen«, sagt Amelia. »Wir könnten alle zusammen …«

Sie verstummt. Finn würdigt sie keines Blickes.

»Ich verschwinde jetzt«, sage ich und gehe Richtung Tür, ohne mich noch einmal umzudrehen. Für mein Verhalten schulde ich Amelia eine Erklärung und eine Entschuldigung, die sie morgen auch bekommen wird, aber ich bin mir ziemlich sicher, dass sie es versteht. Sie war schon in meiner Situation, hat dasselbe erlebt. Vielleicht sogar ganz genau dasselbe.

Aber für mich ist es unbekanntes Terrain. Ich verlasse den Klub, so schnell ich kann, auf meinen Sieben-Zentimeter-Absätzen, aber Finn holt mich problemlos ein. Ohne ein Wort zu sagen, passt er sich meinem Schritttempo an. Wir berühren uns immer noch nicht. Und miteinander sprechen tun wir auch nicht.

Tatsächlich sagt er den ganzen Weg zum Zug und zurück nach Kannai kein Wort. Der Zug ist leer, und er lässt zwischen uns einen Sitz frei, was mich zuerst wütend und dann traurig macht. Als wir schließlich den Bahnhof verlassen, bin ich kurz davor, in Tränen auszubrechen. Es ist jetzt eine Stunde her, seit wir uns im Waschraum des Klubs gestritten haben, und Finns Schweigen ist viel schlimmer als alles, was er an diesem Abend gesagt hat.

Aber schließlich macht er doch den Mund auf, nämlich als wir in die Straße einbiegen, ich der ich wohne. »Ich glaube, meine Mom übernachtet heute Abend bei euch.«

Ich bleibe stehen. Tut sie das? Ich versuche mich daran zu erinnern, ob mein Dad mir was davon gesagt hat, kann mich aber an nichts erinnern. Warum sollte er auch, wenn er denkt, dass ich heute bei Amelia schlafe? Aber egal, was sonst passiert, ich kann jetzt auf keinen Fall da reinmarschieren. Selbst wenn die Schlafzimmertür geschlossen ist – die Wohnung ist einfach zu winzig. Ich bin einmal nach Hause gekommen, als sie dort zusammen waren, Eloise hat gelacht und mein Vater hat mit leiser Stimme etwas zu ihr gesagt. Ihr Rock lag neben seiner Krawatte auf der Couch, und ich habe meinem Glücksstern gedankt, dass ich die Klamotten rechtzeitig gesehen hatte, ehe ich das Apartment ganz betreten hatte. Also drehte ich mich auf dem Absatz um und schloss die Tür wieder.

Finn spricht weiter: »Wenn du mit zu mir kommen willst …«

»Ich bin sauer auf dich«, sage ich. Ich höre mich an wie ein trotziges Kind.

»Nun ja, ich bin nicht sauer auf dich.« Seine Stimme ist weich, und ich stehe kurz davor, ihn zu fragen, was dann mit ihm los ist.

Stattdessen nicke ich nur und folge ihm. Wir berühren uns immer noch nicht, und ich fühle mich mehr als Gast als in der ersten Nacht, als ich bei ihm geschlafen habe. Mit dem Unterschied, dass ich nicht frage, als ich mir seine Zahnbürste ausleihe. Selbst als wir beide im Bett liegen und nichts außer T-Shirts und Unterwäsche anhaben, gibt es da eine Kluft zwischen uns, von der ich nicht weiß, wie ich sie schließen soll.

Es kommt mir vor wie Verschwendung. Wir haben nicht oft die Gelegenheit, eine Nacht miteinander zu verbringen. Seit jener ersten Nacht haben wir nur einige Male an faulen Nachmittagen nebeneinander im Bett gelegen, wenn unsere Eltern gearbeitet haben. Nächte sind irgendwie intimer. Voller Möglichkeiten.

Wenn wir uns doch nur berühren würden.

Oder miteinander sprechen könnten.

Es ist vierzig Minuten nach vier in der Nacht, als wir schließlich doch noch darüber reden. Ich wache auf und gehe ins Bad, und obwohl ich versuche, leise zu sein, stoße ich versehentlich die Zahnpasta vom Waschbeckenrand, sodass sie laut klappernd auf dem Fliesenboden aufkommt. Als ich mich auf Zehenspitzen zurück ins Bett schleiche, legt Finn den Arm um meine Taille.

»Tut mir leid, dass ich dich geweckt habe«, flüstere ich.

Er drückt mich enger an sich. »Ist mit dir alles in Ordnung?«

»Ja, ich bin nur …«

»Nach allem, was heute gewesen ist, unserem Gespräch in der Bar?«

Ich drehe mich um, um ihm ins Gesicht sehen zu können. Das Knie schiebe ich zwischen seine Beine. Witzig, wie automatisch das geschieht. »Ich habe das ernst gemeint, was ich gesagt habe. Normalerweise interessierst du dich nicht für Mädchen wie mich.«

Finn streichelt meine nackte Haut unter dem T-Shirt. »Ich habe es ebenfalls ernst gemeint. Dass ich mich nicht mit dir über so etwas unterhalte, wenn du betrunken bist.«

Ich schmiege mich enger an ihn, während meine Hand an seinem Oberschenkel nach oben wandert. »Jetzt bin ich nicht betrunken.«

Finn legt die Hand um meinen Busen und fährt sanft mit dem Daumen über meine Brustspitze. »Normalerweise gehe ich nicht mit Mädchen wie dir aus. Du hast recht.«

»Ich weiß. Das hast du ja schon klargestellt.« Ich befreie mich aus seiner Umarmung und beiße mir auf die Innenseite der Wange. Verdammt.

Er spricht weiter, als hätte ich gar nichts gesagt. »Normalerweise habe ich aber auch keine Beziehungen, und ganz bestimmt verliebe ich mich nicht.« Er zieht mich enger an sich, sein Mund streift mein Ohr. Sein Atem ist warm auf meiner Haut. »Ich bin dabei, mich in dich zu verlieben.«

Verliebt.

Liebe.

O mein Gott.

Mein Herz wird ganz weit, es fühlt sich an wie ein mit Licht und Luft gefüllter Ballon. Es würde mich nicht überraschen, wenn ich bei einem Blick an mir herunter sehen könnte, wie mein Inneres die Umgebung erleuchtet.

Ich küsse ihn auf den Mundwinkel. »Mir geht es ganz genauso.«

Ich bin dabei, mich zu verlieben.

Eigentlich ist es schon passiert.

Ich brenne lichterloh.

16

Ich bin gerade dabei, den Wäschehaufen auf dem Boden nach meinem Badeanzug zu durchsuchen, als mein Vater in der Tür auftaucht.

»Was machst du gerade?«, fragt er.

»Ich bin um zwölf mit Amelia im Fitnessstudio verabredet und kann mein Zeug nicht finden.« Ich fange an, die Klamotten zusammenzufalten, während ich sie sortiere. Viellicht hilft das ja.

»Ich dachte, du wärst mit Finn verabredet?«

Ich nicke. Es ist seltsam, mit meinem Vater über Finn zu sprechen, allerdings muss man zu seinen Gunsten sagen, dass er sich seit der Nacht unseres großen Streits zurückgehalten hat.

»Was habt ihr beiden vor?«

»Das sagt er mir nicht. Das ist so ein Tick von ihm.« Ein Date bedeutet, dass er die Planung übernimmt, bezahlt und mir vor allem nicht erzählt, was wir machen werden. Die ersten Male habe ich widersprochen, aber inzwischen mag ich das – die Vorfreude und das Nichtwissen.

Dad macht ein paar Schritte in mein Zimmer und räuspert sich. »Ich bin, ähm, froh zu sehen, dass es gut läuft zwischen euch.«

Ich lege eine kleine Pause ein beim Klamotten zusammenlegen. »Ja, es läuft gut. Er ist ein prima Kerl.«

»Ich weiß, dass ihr beide viel Zeit miteinander verbringt, und ich hoffe, dass ich weiß, dass du ein vernünftiges Mädchen bist, aber manchmal lässt man sich zu etwas hinreißen …«

O mein Gott. Nach allem, was er über Finn gesagt hat, will er jetzt ernsthaft ein Aufklärungsgespräch mit mir führen? Wir hatten solche Gespräche bereits in verschiedenen Varianten, als ich ein Teenie war, aber damals waren sie theoretischer Natur, und es ist offensichtlich, dass er die Situation jetzt völlig anders einschätzt. »Dad!«

Aber er ignoriert meinen Protest einfach. »Ich könnte einen Arzttermin für dich vereinbaren, falls du dir Verhütungsmittel verschreiben lassen willst. Ich weiß, dass man Kondome überall kaufen kann, aber es passiert nur allzu leicht, dass man denkt, einmal ist keinmal, und nun ja … das eine Mal reicht aus, um schwanger zu werden.«

An dieser Stelle holt er tief Luft, um weiterzusprechen, aber ich falle ihm ins Wort. »Dad, Finn und ich schlafen nicht miteinander.«

»Tut ihr nicht?« Diese Information scheint ihn umzuhauen.

»Nein, tun wir nicht. Er will es nicht.« Das klingt nicht gut, und ich beeile mich, es ihm zu erklären. »Er denkt, dass ich nicht mit ihm zusammen wäre, wenn wir nicht beide hier in Tokio wären. Er will nicht, dass sich unsere Beziehung im Nachhinein als die größte Enttäuschung meines Lebens herausstellt.«

»Aber ihr seid verliebt.« Dad sagt das mit solcher Gewissheit, dass ich einen Moment brauche, um zu begreifen, dass ich es ihm nie gesagt habe.

»Dad, ich …« Ich halte inne. Eigentlich wollte ich mich entschuldigen, aber dann lasse ich es. »Ja. Das sind wir. Aber wir tun es nicht. Miteinander schlafen, meine ich.«

»Okay, ach so, das ist gut. Sehr schön.« Er sieht so erleichtert aus, dass ich fast lachen muss. Aber dann vertiefen sich die Falten auf seiner Stirn wieder. »Du weißt, dass Eloise und ich heute Abend zu dieser Tanzveranstaltung gehen?«

»Ja, ihr werdet bestimmt viel Spaß haben.« Wirklich sicher bin ich mir da nicht, der Ball ist der Auftakt für die *obon*, die Saison der Sommerfeierlichkeiten, und es *könnte* Spaß machen. Die Sache ist nur, dass viele Gäste aus der Führungsebene der Bank dabei sein werden. Weshalb Dad ununterbrochen sein höfliches Japanisch übt. Ich hab ihn im Badezimmer die Beugung von *hajimemashite* üben hören, die höflichste Form von »Ich freue mich, Sie kennenzulernen«.

»Wir übernachten in Ginza, im Hotel«, fährt er fort.

Ich nicke, das hat er mir alles schon gesagt.

»Ich weiß, dass du heute mit Finn unterwegs bist, aber ich möchte trotzdem, dass du heute Nacht zu Hause schläfst.«

»Dad …« Vierundsiebzig Gedanken schießen mir durch den Kopf. Wir sind verliebt. Er weiß es. Wir schlafen nicht miteinander. Er weiß es. Ich würde meinen linken Arm hergeben, um neben Finn aufwachen zu können, auch wenn ich in der Nacht bei ihm geschlafen habe, in der wir im Roppongi waren. Aber das ist inzwischen eine Woche her. Eine Woche, die mir vorkommt wie zehn. Dad weiß nicht, dass ich in jener Nacht bei Finn geschlafen habe. Er denkt, dass ich bei Amelia im Wohnheim war. Ich frage mich kurz, ob ich es ihm jetzt erzählen soll, und ob ich ihm außerdem sagen soll, dass ich sowieso vorhabe, die Nacht mit Finn zu verbringen. Technisch gesehen werde ich allerdings erst noch nach Hause kommen, um mich umzuziehen, also könnte ich beides tun, ohne lügen zu müssen – selbst wenn das bedeutet, den Wahrheitsbegriff ziemlich großzügig auszulegen. »Ja, sicher, Dad. Alles klar.«

Dad nickt, und ich beschäftige mich weiter mit meiner Wäsche. Gespräch vorbei. Außer dass er immer noch in der Tür steht und mit weicher Stimme sagt: »Brauchst du noch eine Gelegenheit, um mir die Wahrheit zu sagen?«

Meine Stimme wird lauter, als ich den Kopf herumreiße, um

ihm ins Gesicht zu sehen. »Ich habe dir die Wahrheit gesagt, Dad.«

»Wirst du die Nacht mit ihm verbringen?«

Ich denke gute fünfdreißig Sekunden über meine Antwort nach, bevor ich nicke. »Wahrscheinlich.«

»Eloise meint, dass ich mich entspannen soll. Sie sagt, dass es besser ist, direkt zu sein, als dir das Gefühl zu geben, dass du das hinter meinem Rücken tun musst.«

Ich schlucke schwer. »Und was denkst du?«

»In der Theorie stimme ich ihr zu, aber in der Praxis fällt es mir verdammt schwer.« Als er weiterspricht, beiße ich mir auf die Zunge. »Ich kann dich verstehen, glaub mir. Er ist deine erste große Liebe. Man bekommt einfach nicht genug vom anderen.«

»Stimmt.« Er hat recht.

»Was hast du heute Abend wirklich vor?«

Ich hole tief Luft, und als ich den Mund aufmache, purzeln die Worte förmlich übereinander. »Wir gehen aus, und danach wollte ich bei ihm übernachten. Nicht, um es zu tun. Das ist die Wahrheit. Es ist nur, ich möchte neben ihm aufwachen. Dad, ich habe noch nie so empfunden. Für nichts. Und vor allem nicht für jemanden. Und er macht mich glücklich. Wenn ich bei ihm bin, dann spüre ich mich selbst erst so richtig.«

Je mehr ich rede, desto gummiartiger scheinen meine Mundbewegungen zu werden. Dad hat mich nach der Wahrheit gefragt, und die hat er bekommen, aber jetzt fühle ich mich bloßgestellt und unbehaglich. Vor meinem Vater zuzugeben, dass ich gern bei meinem Freund schlafen würde, selbst wenn es nicht um Sex geht, ist viel ehrlicher, als ich ihm gegenüber normalerweise bin.

Als er das hört, schüttelt er ganz langsam den Kopf und setzt sein Schlechte-Nachrichten-Gesicht auf. »Oh, Zo …«

»Bitte, Dad. Finn ist vielleicht nicht der Junge, den du für mich ausgesucht hättest, aber …«

»Ich kann nicht stillschweigend gutheißen, dass du die Nacht bei ihm verbringst.« Er sieht mich an, als erwarte er, dass ich ihm zustimme, aber ich sage kein Wort. »Selbst wenn ihr nicht …«

»Ganz bestimmt nicht.« Wir tasten uns allmählich heran, aber nicht zu nah.

Dads Gesicht fällt in sich zusammen, und er schüttelt den Kopf. »Eloise glaubt, dass ihr gut füreinander seid. Vielleicht stimmt das ja. Ich weiß es nicht.«

Ich widerstehe dem Drang, ihn mit Worten zu überzeugen. Das wirkt zu defensiv. Und vielleicht auch ein bisschen verzweifelt.

Aber ich muss dabei eine bestimmte Miene ziehen, denn mein Dad schüttelt den Kopf, und seine Augen funkeln. »Ich will nicht, dass du bei ihm schläfst. Es bleibt dabei. Ich will es nicht.«

Das ist nicht völlig irrational. Das weiß ich. Ich kenne kein Mädchen, dessen Vater damit einverstanden wäre, dass sie die Nacht bei seinem Freund verbringt. Wenn wir in New Jersey wären, käme so etwas überhaupt nicht infrage. Aber zu wissen, dass ich nach mehreren Tagen des Wartens neben Finn aufwachen könnte, führt dazu, dass ich es mehr will, als ich jemals zuvor etwas wollte. Egal, was.

Deshalb lächle ich. Zuerst ist es nur ein schwacher Versuch, aber ich zwinge mich dazu, breiter zu lächeln, bis es überzeugend wirkt. »Ja. Ich verstehe. Das tue ich wirklich.« Ich sehe hinunter auf das Tank-Top in meinen Händen, das ich erst halb zusammengefaltet habe. Dads Blick folgt meinem, und ich lockere meinen Griff etwas. »Ich werd's ihm sagen.«

Seine Gesichtszüge entspannen sich ein wenig. »Ich weiß,

dass ich wahrscheinlich altmodisch bin, aber ich fühle mich einfach nicht wohl damit. Es tut mir leid.«

»Ja. Ich weiß. Ich hab schon verstanden.« Noch ein Lächeln. Gezwungen und rissig an den Rändern, aber das scheint Dad nicht zu bemerken.

Ich sollte mich schlecht fühlen, weil ich vorhabe, das bei meinem Gespräch mit Finn etwas anders auszulegen, als es gemeint ist. Aber ich tue es nicht.

»Dann lädst du mich also ein, die Nacht bei dir zu verbringen?«, fragt Finn.

»Genau. Ich meine, mein Dad hat mir verboten, bei dir zu übernachten, aber er hat nichts davon gesagt, dass du nicht bei mir schlafen dürftest. Außerdem kommt er heute Abend nicht nach Hause.« Ich halte praktisch den Atem an, während ich das sage, weil ich streng genommen lüge und Finn das weiß.

»Wie sehr soll mich dein Vater eigentlich hassen?«

Ich lasse etwas Luft aus meiner Lunge entweichen. Das ist kein direktes Nein. »Er wird es nie erfahren. Außerdem habe ich ihm gesagt, dass wir nicht miteinander schlafen.«

»Im Ernst?« Finn schiebt einen Finger durch eine der Gürtelschlaufen meiner Shorts. »Hast du ihm auch gesagt, warum?«

»Ich habe ihm gesagt, dass du irrigerweise annimmst, dass ich das hinterher als den schlimmsten Fehler meines Lebens betrachten könnte.«

»Du verkaufst es ihm so, wie es dir am besten passt, ich verstehe.« Er grinst und zieht mich zu sich heran. »Und was hat er gesagt?«

»Er, ähm, wusste nicht wirklich, was er dazu sagen sollte.« Ich beiße mir auf die Unterlippe. Ich bin versucht, es ihm zu erzählen, was Dad gesagt hat. Das mit dem Verliebtsein. Seit jener Nacht im Roppongi sind die Grenzen zwar etwas aufgeweicht, aber sie sind immer noch da.

»Nun ja, wenn es dazu führt, dass ich neben dir aufwachen kann, ist es eine gute Sache.« Seine Gesicht verzieht sich ein wenig. »Aber ich glaube nicht –«

Ich strecke die Hand aus und küsse ihn auf den Hals. »Komm schon. Du weißt, dass du es willst.«

»Und du weißt, dass es so ist.« Er drückt mich noch enger an sich, bis ich spüre, wie sich die Knöpfe seiner Shorts gegen meine Rippen pressen.

»Dann ist es also beschlossen.«

Als er nichts dazu sagt, hoffe ich, dass es so ist. Ich warte weitere zwölf Sekunden, für den Fall, dass er doch noch protestieren will, und als er es nicht tut, frage ich: »Was haben wir heute eigentlich vor?«

»Mh-mh. Du weißt, wie das läuft. Aber mach dir keine Sorgen, es wird ein interessanter Ausflug.«

Ich schneide eine Grimasse. Das letzte Mal, als Finn mir einen interessanten Abend versprochen hat, führte er mich in ein Restaurant, in dem der Sushi-Koch die Fische aus einem Tank holte und dann vor unseren Augen zerlegte. Ich aß einen Bissen, bekam aber nicht mehr von dem Fisch herunter, und sogar Finn gab später zu, dass er ein bisschen zu frisch war. »Kein Fisch?«

»Ich glaub nicht. Oder vielleicht schon. Du wirst es abwarten müssen.«

Auch als wir in Shibuya aussteigen und uns dem Menschenstrom anschließen, der sich drängelnd seinen Weg über die Kreuzung bahnt, rückt er nicht mit der Sprache raus. Genauso wenig wie beim Mittagessen, Nudelsuppe im 109, einem supertrendigen Einkaufszentrum voller Klamotten- und Schnick-Schnack-Läden. An uns gehen mehr Mädchen in Miniröcken und Stilettoabsätzen und Jungs mit orangefarbenem Haar vorbei, als ich zählen kann. Die Jungs machen missmutige Gesichter und schleppen Einkaufstaschen.

Nach dem Mittagessen lassen wir uns treiben, beobachten Leute und betrachten die Auslagen in den Schaufenstern, und als wir den Hügel hinter dem 109 hinaufsteigen, beginnt es bereits zu dämmern. Ich achte nicht darauf, wohin wir gehen, und als Finn vor einem der Neonschilder stehen bleibt, nehme ich an, dass er herausfinden will, wo wir gerade sind. Aber dann sagt er: »Und? Was meinst du? Das hier?«

Ich sehe mir das Schild und das Gebäude dahinter an. Zweiundzwanzigtausend Yen. Das ist leicht. Und auch der englische Text ist nicht misszuverstehen. Love Hotel. Aber Love Hotels sind nur für eine einzige Sache gut – und die tun wir nicht.

Ich starre ihn mit offenem Mund an. »Was machen wir in einem Love Hotel?«

»Du hast gesagt, dass du gern mal in eins gehen würdest.«

Das stimmt. Das würde ich tatsächlich gern. Ich habe es einmal erwähnt, als wir von einer Karaoke-Bar nach Hause unterwegs waren. Eigentlich war das nur für Finns Ohren bestimmt, und ich habe es ganz bestimmt nicht so gemeint, wie Akihiro es verstanden hat, aber als Finn mich später gefragt hat, ob es mir ernst damit war, habe ich darauf bestanden. Und nun stehen wir vor einem.

Ich schaue wieder auf das Schild. »Na schön. Was machen wir jetzt?«

»Ich würde vorschlagen, dass wir uns die Angebote der Hotels ansehen und das nehmen, in dem das coolste Zimmer frei ist. Die Zimmer, die noch frei sind, sind auf der Karte beleuchtet, die dunklen sind belegt.«

Wir schlendern durch die Gruppe von Gebäuden, aus denen Love Hotel Hill besteht. Viele Zimmer sind nicht mehr als das

– ein Zimmer. Aber dann sind da noch die anderen. Da ist zum Beispiel das Hello-Kitty-Themenzimmer. Das Amerikanischer-Westen-Zimmer. Ein englisches Schloss. Ein rundes Bett, auf dem eine schwarze Pelztagesdecke liegt. Wir sind inzwischen beim letzten Hotel angelangt, dort gibt es ein Zimmer mit einem herzförmigen Bett und einem Ding in der Ecke, das wie ein Trampolin aussieht. Worum es sich genau handelt, ist bei dem winzigen Foto schwer zu sagen.

»Ich glaube, das hier ist das Richtige«, sage ich.

Finn drückt auf den Knopf, und aus dem unteren Teil des Schilds mit der Nummer siebzehn kommt ein Schlüssel. Wir gehen durch die Tür, die als Eingang markiert ist, und finden das Zimmer am oberen Ende der Treppe. Dabei begegnen wir keiner Menschenseele und hören auch niemanden, aber als wir das Zimmer betreten, dringt aus einem CD-Player auf einem der Tische sanfte Musik. Beim Hereinkommen lasse ich meine Tasche an der Tür stehen, gehe durch das Zimmer und fasse alles an. Das Bett ist mit Abstand der größte Gegenstand im Zimmer, und die Laken glänzen stark genug, um Satin zu sein. Das Ding in der Ecke, das ich für ein Trampolin gehalten habe, ist anscheinend eine Art Stuhl ohne Sitzfläche. Wofür er genau gut ist, weiß ich zwar nicht, aber es hat garantiert mit den Gegenständen zu tun, die auf einem Tisch liegen. Handschellen, Peitschen, Halsbänder mit Metallspitzen und eine Menge anderes Zeug, das ich bis jetzt nur in Lady-Gaga-Videos gesehen habe.

»Offenbar sind wir im Sado-Maso-Zimmer gelandet«, sagt Finn.

Ich lasse ein Paar Handschellen um meinen Finger kreisen. »Was willst du als Erstes ausprobieren?«

»Pass auf, was du sagst – ich würde die nur zu gern mal an dir ausprobieren.«

Mein Magen macht einen kleinen Hüpfer, auch wenn es nicht so sehr das ist, was er sagt, sondern vielmehr sein Gesichtsausdruck dabei. »Nichts als leere Versprechungen.«

Finn öffnet eine Schublade und zieht einen Streifen Kondome und eine Tube heraus. »Das Zimmer ist offenbar mit allem ausgestattet.«

»Wenigstens unterstützen sie Safer Sex.« Ich schlendere ins Badezimmer, in dem es einen riesigen Whirlpool und eine Duschkabine für zwei gibt, außerdem sind darin noch mehr Tuben, dieses Mal allerdings Duschgel und Badeschaum. Finn folgt mir, und ich fange im Spiegel seinen Blick auf.

»Fühlst du dich schmutzig?«

»Vielleicht.« Er hält meinen Blick fest, bis ich mich zu ihm umdrehe.

»In diesem Fall … Whirlpool oder Dusche?« Ich beuge mich vor und streife ganz kurz seine Lippen mit meinen.

»Dusche.« Nur für eine Sekunde lang fängt er meine Unterlippe mit den Zähnen ein.

Ich nicke, wobei ich mir nicht sicher bin, ob die Aussicht auf die gemeinsame Dusche oder die Art, wie er mich küsst, dafür verantwortlich ist, dass mein Magen vor Hitze kribbelt. Seine Lippen wandern immer weiter nach unten, als er mich auf den Hals küsst und schließlich einen Schritt nach hinten macht, um die Knöpfe meines Sommerkleids zu öffnen. Seine Finger huschen mit federleichten Bewegungen über meine Haut und verharren auf der Knopfleiste. Dabei küsst er mich nicht, und als ich versuche, ihn zu küssen, lehnt er sich gerade weit genug zurück, um es zu verhindern. Ich spüre seine Berührungen durch den seidigen Stoff meines Kleids, wie er mit dem Finger den Umriss meines BHs nachzieht, mit dem Finger über meine Rippen fährt und über das Gummiband meines Höschens. Es scheint Ewigkeiten zu dauern, bis mein Kleid endlich vorn offen herunterhängt und seine Finger über mein Schlüsselbein fahren, um den Stoff von meinen Schultern schieben.

Indem ich nach seinem T-Shirt greife, ziehe ich ihn an mich und küsse ihn, während ich die Hände unter den Stoff schiebe, um es ihm auszuziehen. Während ich ihm das Shirt über den Kopf ziehe, öffnet er den Verschluss meines BHs, und als endlich nackte Haut auf nackte Haut trifft, können wir beide ein Stöhnen nicht unterdrücken. Ich fummele an den Knöpfen seiner Shorts herum und ziehe sie zusammen mit seinen Boxershorts mit einer geschmeidigen Bewegung nach unten. Mein Slip kommt als Nächstes, und wir betreten die Dusche.

Finn dreht das Wasser auf, das aber zuerst eiskalt ist. Ich stoße einen kleinen Schrei aus und drücke mich flach gegen die Wand, während er die Temperatur einstellt. Obwohl er seine Position verändert hat, verharre ich an Ort und Stelle, denn er steht direkt vor mir und folgt mit dem Finger den Bahnen, die die Wassertropfen über meinen Oberkörper genommen haben.

»Das mit dem Wasser tut mir leid«, sagt er.

Meine Hände fahren über die glatten Muskeln seines Bauchs und dann über seinen Oberkörper. »Kein Problem.«

»Wusstest du, dass ich da diese Fantasie von uns beiden unter der Dusche habe?« Seine Stimme ist gedämpft, und er schließt die kleine Lücke zwischen uns. Wir stehen nun Brust an Brust, und ich spüre, wie sich seine Erektion gegen meinen Magen presst.

»Hast du die?« Die Frage ist eine Mischung aus Keuchen und Flüstern. Ich habe ebenfalls eine Fantasie von Finn und mir unter der Dusche, allerdings bin ich nie viel weiter als bis zu diesem Punkt gekommen, und es sieht so aus, als würde die echte Erfahrung meine Vorstellungskraft bei Weitem übertreffen.

Finn greift nach der Duschgel-Tube und drückt etwas davon

in seine Hand, dann gleiten seine Hände über meine nackte Haut. Durch die Seife sind seine Bewegungen geschmeidiger, und mein Puls schlägt schneller, als seine Finger anfangen, mit meinen Nippeln zu spielen, und zwischen meine Schenkel gleiten. Meine Hände fahren durch sein Haar, wandern an seiner Wirbelsäule hinunter, bis ich schließlich die Hand zwischen seine Beine lege und seinen Penis umfasse.

Er greift nach meinem Handgelenk. »Mh-mh. Das hier ist meine Fantasie, weißt du noch?«

Ich hebe den Blick und sehe ihm in die Augen, bereit, ihm zu widersprechen, aber da legt er auch schon den Arm um meine Taille und dreht mich herum, sodass ich mit dem Gesicht zur Wand stehe. Seine Lippen auf meinem Hals, meine gegen die kalten Fliesen gepressten Brüste und die Erektion an meinem Rücken haben mich schon halb um den Verstand gebracht, als er mich schließlich berührt. Ich schreie auf, als sein Finger in mich hineingleitet, und noch einmal, als ich zwei Minuten später so heftig komme, dass meine Knie unter mir nachgeben.

Als wir zehn Minuten später auf Handtüchern auf dem Bett liegen, laufe ich mit zwei Fingern über die feine Haarlinie auf seinem Oberkörper, die zu seinem Magen führt. Ich küsse seine Schulter und sage: »Und wann wird *meine* Love-Hotel-Fantasie wahr?«

Er grinst. »Wann immer du willst.«

Erst mustere ich ihn nur mit hochgezogenen Augenbrauen, aber dann setze ich mich rittlings auf seine Beine, wobei ich millimeterweise weiter nach oben rutsche. Als ich mich vorbeuge, um ihn zu küssen, vergräbt er die Hand in meinem Haar. Mein Becken setzt seinen Weg nach oben fort, bis er mich entschlossen an den Oberschenkeln festhält.

»Du weißt, dass ich dich will, Zosia.«

»Dann schlaf mit mir.« Es soll sich nicht nach einer Herausforderung anhören, aber das tut es. Fünfundneunzig Prozent der Zeit ist Finns Keine-Sex-Regel kein Problem. Aber während der restlichen fünf Prozent, wenn die Frustration ihr hässliches Haupt hebt.

Finn richtet sich auf und lehnt sich gegen die Kopfstütze, gleichzeitig schiebt er mich auf seinen Oberschenkeln nach unten. »Ich hab dir schon mal gesagt, dass ich nicht der Kerl sein möchte, von dem du dir hinterher wünschst, ihm nie begegnet zu sein. Daran hat sich nichts geändert.«

»Stattdessen willst du der Typ sein, auf den ich immer scharf sein werde?« Ich hieve mich von ihm herunter und lege mich neben ihn auf das Bett.

»Ich mache das nicht, um dich zu frustrieren, Zosia«, sagt Finn, streckt sich neben mir aus und legt dann die Hand auf meinen Bauch.

»Ich weiß.« Wir sprechen nicht zum ersten Mal über dieses Thema. Und niemand kann behaupten, dass einer von uns beiden sexuell frustriert durch die Gegend laufen müsste. Die Sache mit der Dusche ist ein typisches Beispiel. Aber es gibt etwas, über das ich schon hundertmal nachgedacht habe, und ich kann es mir nicht verkneifen, es auszusprechen. »Das macht es nicht leichter.«

»Was macht es nicht leichter?«

»Den Abschied.«

Die Worte hängen zwischen uns. Der Abschied ist das, worüber wir nicht reden. Das, was als Nächstes kommt.

Finn ergreift als Erster das Wort. »Wir haben noch dreizehn Tage.«

Bis ich nach New York zurückfliege. Am zehnten August. Finn ist noch eine Woche länger in Tokio, weil er direkt nach Boston fliegt.

»Du könntest mit nach Westfield kommen«, schlage ich vor.

»Du könntest bleiben.«

»Das kann ich nicht. Ich muss nach Babci sehen und mich davon überzeugen, dass im Haus alles in Ordnung ist …« Ich versuche trotz des Kloßes in meinem Hals zu schlucken. Wie ist das nur passiert? Vor zwanzig Minuten hätten wir fast unter der Dusche Sex gehabt.

Nur dass es nicht dazu kam.

Deshalb jetzt auch diese Diskussion.

Ich hebe den Blick zur Decke, denn was mir auf der Zunge liegt, wird die Stimmung endgültig ruinieren. Nicht dass es noch viel zu ruinieren gäbe. »Als meine Mutter krank war, habe ich ihre Krankheit gehasst, weil ich wusste, dass sie sie umbringen würde. Aber dann bin ich zu dieser Trauer-Selbsthilfegruppe gegangen. Mein Vater hat mich dazu überredet. Dort waren lauter Jugendliche, die jemanden verloren hatten. Ich saß dort und sagte kein Wort, weil meine Geschichte nicht schlimmer war als die der anderen. Genau genommen hatte ich ja auch noch niemanden verloren. Es gab dort ein Mädchen, dessen Bruder gestorben war. Er war ertrunken. Das Schlimmste daran war für sie, dass sie sich nicht von ihm verabschieden konnte. Wenn Sie es gewusst hätte, hätte sie sich von ihm verabschieden können.«

Ich halte kurz inne, um zu schlucken. Ich kann sie immer noch vor mir sehen. Ihr honigblondes Haar und ihre blauen Augen. Sie war älter als ich, vielleicht achtzehn, und die Art, wie sie über Matty, ihren Bruder, sprach, ließ mich ihren Schmerz mitempfinden. »Danach hatte ich das Gefühl, Glück gehabt zu haben. Wenigstens wusste ich, was auf mich zukommt. Ich konnte ihr alles sagen, was ich hier noch hatte sagen wollen. Ich konnte mich von ihr verabschieden.«

Finns Finger streicheln sanft meinen Oberkörper. »Ist es das, was du gerade tust?«

»Was?«

»Dich verabschieden?« Seine Hände halten in der Bewegung inne, und seine Stimme klingt sanft.

»Ist es das, was ich tun sollte?« Direkter zu werden, traue ich mich nicht.

»Ich liebe dich.« Er beißt sich auf die Unterlippe. »Dieser Sommer ist so viel mehr gewesen, als ich jemals für möglich gehalten hätte. Jemand wie du hätte niemals hier sein dürfen. In jener Nacht bei den Schaukeln … ich kann mich daran erinnern, dass ich mir gewünscht habe, dich zu kennen. Du warst so wunderschön. So echt. Und dann warst du auf einmal hier. Und alles, was ich noch wollte, war mehr von dir, immer mehr.«

»Und was ist daran falsch?« Ich balle die Hände, die ich unter meine Beine geschoben habe, zu Fäusten.

Er schüttelt den Kopf. »Alles.«

»Warum? Ich meine …«

Er fällt mir ins Wort. »Ich bin nicht ich, ich bin der Sohn meines Vaters, Zosia.«

»Was? Wovon redest du?« Ich strecke die Hand nach ihm aus, aber er weicht mir aus.

Dabei spannt er die Muskeln, als hätte er damit gerechnet, dass ich ihm widerspreche. »Ich habe es dir schon in der ersten Nacht gesagt. Ich bin eine Vier, vielleicht eine Fünf auf der Ehrlichkeitsskala, und die Fünf ist ziemlich großzügig bemessen. Willst du die Wahrheit hören? Denn das hier ist nicht die Wahrheit.«

»Jetzt erzähl mir nicht, dass du mich den ganzen Sommer über belogen hast. Das ist Blödsinn.« Finn ist die authentischste und ehrlichste Person, die ich je kennengelernt habe.

»Weißt du, was er arbeitet? Mein Vater? Er arbeitet als Wissenschaftler an der John Hopkins University. Wenn man ihn kennenlernt, würde man nie für möglich halten, dass er so ein Arsch ist. Meine Mutter war schwanger, als er anfing, sie zu schlagen. Er warf ihr vor, dass sie sich gehen lassen würde. Sie ging mit einem blauen Auge zur Arbeit und erzählte allen, dass sie gegen eine Tür gelaufen wäre. Alle glaubten ihr, denn niemand konnte sich etwas anderes vorstellen. John war Medizinstudent, er arbeitete ehrenamtlich in einem Krankenhaus – und einmal im Monat prügelte er meiner Mutter die Seele aus dem Leib. Bei mir hat er damit angefangen, als sie ihn verlassen hat. Wenn meine Noten schlechter wurden, bekam ich den Gürtel zu spüren. Wenn mein Sportteam verlor, trat er mir gegen die Schienbeine. So hat er mir beigebracht, fleißig zu sein und zu rennen, aber es gab immer irgendetwas, irgendeine Sache, in der ich nicht gut genug war. Meine Mutter wusste davon. Jedenfalls irgendwie. Sie wusste nicht, wie sie mich danach fragen sollte, und ich wusste nicht, wie ich es ihr erzählen sollte, also machten wir weiter, als wäre das alles ganz normal. Was es zu diesem Zeitpunkt ja auch irgendwie war.«

Finn nimmt die Handschellen von der Kommode und dreht den Schlüssel herum. Auf, zu. Auf, zu.

»Er hatte eine ganze Reihe von Freundinnen, die meisten Studentinnen. Er kam dann nach Hause und sagte mir, dass ich für eine Nacht oder ein Wochenende verschwinden sollte. Das tat ich und übernachtete bei Jamal, manchmal auch bei meiner Mutter. Eins dieser Mädchen kam vorbei, als ich fünfzehn war. Sie kann nicht viel älter als zwanzig gewesen sein. Eigentlich war sie auf der Suche nach meinem Dad, aber der war unterwegs. Sie sagte, dass sie sich amüsieren wollte und ob ich ihr dabei vielleicht helfen könnte? Ich hatte damals absolut keine Ahnung von diesen Dingen, aber sie verführte mich an jenem Tag, und danach ging das eine ganze Woche lang so weiter. Sie war die Erste, mit der ich im Bett war, deshalb hielt ich sie für meine erste große Liebe. Als ich ihr das sagte, hat sie gelacht. Sie meinte zu mir, dass das ja wirklich niedlich wäre, aber dass Sex nun mal keine Liebe sei und dass John sich etwas mehr Mühe dabei hätte geben können, mir das beizubringen. Das Witzige daran war, dass ich das durchaus verstand, aber dachte, dass ich anders wäre.«

»Aber das bist du nicht?« Mir schießen so viele Gedanken durch den Kopf, dass mir ganz schwindlig ist.

»Nein.«

»Wie viele Frauen hast du geschlagen?«, frage ich, dabei halte ich unwillkürlich den Atem an und schlinge beide Arme um meinen Bauch.

Finns Augen sind ganz dunkel. »Wie meinst du das?«

»So, wie ich es gesagt habe. Wie viele Frauen hast du geschlagen? Eine? Drei? Mehr?« *O Gott, bitte lass mich falschliegen. Bitte.*

Seine Stimme wird lauter. »Für wen hältst du dich? Hältst du das alles für einen Witz?«

Meine Fingernägel bohren sich in meine Rippen, aber ich werde jetzt nicht einlenken. Ich muss es wissen. »Sehe ich aus, als ob ich Witze machen würde? Du hast gesagt, dass du genauso wärst wie dein Vater, Finn. Also, wie viele? Wir können auch mit einer leichteren Frage anfangen – mit wie vielen Frauen hast du geschlafen? Hat dir eine von ihnen etwas bedeutet? Nach dem Fehler, den du bei der ersten gemacht hast?«

»Nein.« Ich hätte es niemals für möglich gehalten, dass ein einziges Wort so kalt klingen kann.

»Wie viele?« Ich versuche ebenfalls, kühl zu klingen, auch wenn mir das Herz praktisch aus der Brust springt.

Er zuckt mit den Achseln, aber die Bewegung ist alles andere als beiläufig. »Zehn. Fünfzehn.«

Obwohl ich das Gefühl habe, mich jede Sekunde übergeben

zu müssen, frage ich: »Was nun? Ich weiß, dass du es genauer weißt.«

»Zwölf.«

Ich hasse es, das zu wissen.

Der Schmerz ist scharf und heiß, als sich die Zahl in mein Gehirn brennt.

»Und wie viele von ihnen hast du geschlagen?« Meine Stimme ist bedächtig, obwohl ich ihn verletzen, es ihm zurückzahlen will. Aber etwas Schlimmeres als das, was er in all diesen Jahren erlitten hat, kann ich ihm ohnehin nicht antun.

Er antwortet nicht sofort. Stattdessen greift er nach der Peitsche, die auf der Kommode liegt. Was ein Zufall sein kann oder auch nicht. Wie auch immer, mein Mund wird trocken. Weil ich mir nicht sicher bin, ob ich nicht mit dem Feuer spiele.

»Eine.«

Dieses Mal bin ich auf die Hitze und die Kälte vorbereitet, die mich durchströmen, als er es ausspricht. Auch wenn es das nicht besser macht. »Warum?«

»Weil ich dachte, dass man das so macht.«

»Man macht das nicht so.«

»Ach was.« Er spuckt die Worte förmlich aus. »Aber das ist der Beweis, hab ich nicht recht?«

»Es beweist, dass du früher ein Arsch warst, wenn es das ist, was du meinst.«

»Nein. Der Apfel fällt nicht weit vom Stamm. Und das ist der Beweis.«

»Du hast einen Fehler gemacht, Finn. Genauso gut könnte man sagen: Bloß weil ich gesund bin, heißt das nicht, dass ich keinen Krebs habe.«

»Das ist verdammt noch mal nicht dasselbe, Zosia«, ruft er.

Endlich werde ich auch laut. »Dann soll das also heißen, dass du nicht mit mir schläfst, weil du mich liebst? Dass du solche

Angst davor hast, mich zu lieben, weil du glaubst, wie dein Vater zu sein? Als wärst du gar nicht der Mensch, der du bist, wenn wir beide zusammen sind? Himmel, du bist die realste Person, die ich jemals getroffen habe.« Meine Stimme bricht, und ich lasse es zu. »Und das hat nichts mit Tokio oder mit mir zu tun. Das bist du. Du bist freundlich und klug und großzügig und witzig und gut aussehend. Das alles bist du, und das ist absolut real.«

»Nein, Zosia. Das ist es nicht. Warum kannst du das nicht sehen?« Finn sieht aus, als würde er gleich anfangen zu weinen. »Das bin ich nicht.«

Mit diesen Worten geht er ins Badezimmer und knallt die Tür hinter sich zu. Das Wasser läuft etwa eine Minute lang, und dann reißt er die Tür wieder auf. Sein Gesicht ist rot. Sein T-Shirt ist auf links gedreht. Er sieht immer noch aus, als würde er gleich anfangen zu weinen.

Als er an mir vorbeiläuft und rausrennt, bleibe ich einfach mitten im Zimmer stehen und rühre mich so lange nicht von der Stelle, bis seine Schritte auf der Treppe verklungen sind. Dann sinke ich zurück auf das herzförmige Bett und vergrabe das Gesicht in den Händen.

17

Als ich mir die Schuhe ausziehe und mich in dem schwachen Licht, das durch die Apartmentfenster hereinfällt, zum Sofa taste, ist es nach elf. Eine Stunde zusammen mit Finn im Hotel, eine Stunde zielloses Herumgewandere in Shibuya, eine weitere Stunde, um nach Hause zu kommen – und die ganze Zeit kein Wort von Finn. Er hat weder angerufen noch eine SMS geschickt. Ich hatte halb gehofft, dass er vor dem Hotel oder am Bahnhof auf mich warten würde, aber keine Spur von ihm. Ich ziehe mein Handy aus der Gesäßtasche, bevor ich mich hinlege, und fahre mit den Fingern über die glatte Oberfläche. Immer noch nichts.

Als ich Mindy über Skype anrufe, habe ich immer noch kein Licht eingeschaltet; den Laptop habe ich auf meinen Bauch gestellt. »Hey. Was machst du? Ich kann ja gar nichts sehen.«

Aber ich schüttle den Kopf, auch wenn sie es nicht sehen kann. »Noch nicht. Ich will nur reden.«

Ihre Stimme verändert sich, klingt alarmiert. »O Gott. Was ist los? Was ist passiert?«

»Finn und ich hatten einen Streit. Er hat mich einfach stehen lassen. Ich habe nicht geweint. Keine einzige Träne vergossen. Ich habe auf dem Bett gesessen und darauf gewartet, aber nichts.«

»Worüber habt ihr euch gestritten?« Mindy hat erst die eine Seite ihres Gesichts geschminkt, deshalb sieht ihr eines Auge viel größer aus als das andere.

Ich antworte ihr nicht. »Glaubst du, dass Menschen dazu bestimmt sind, auf eine bestimmte Weise zu sein?«

»Wie meinst du das?«

»Wenn zum Beispiel deine Mutter jähzornig ist, glaubst du, dass du es dann automatisch auch bist?« Dieses Beispiel kommt dem eigentlichen Problem ein bisschen näher, als ich vorhatte, aber Mindy versteht schon, was ich meine.

»Diese Anlage-oder-Umwelt-Diskussion? Meinst du das? Meiner Meinung nach kommt das ganz darauf an«, erwidert sie und kaut auf dem Ende ihres Eyeliner-Stifts herum. »Ich meine, Liz ist wirklich wahnsinnig neurotisch … ich glaube aber, dass das an dem liegt, was passiert ist. Sie war nicht immer so.«

»Und du bist nicht so neurotisch wie sie, obwohl dir genau dasselbe passiert ist.«

»Ich glaube, dass ich das einfach nicht in mir habe. Nicht, dass mir das Ganze nichts ausmachen würde. Bei mir ist es einfach nur anders.« Mindy zeichnet eine Linie auf ihr unteres Augenlid. »Habt ihr euch deswegen gestritten?«

»Mehr oder weniger.« Ich schüttle den Kopf. »Mein Vater weiß, dass wir verliebt sind.«

»O verdammt. Hast du es ihm erzählt?« Mindy hört auf, sich zu schminken. »Und mach endlich das Licht an, damit ich dich sehen kann.«

Dieses Mal gehorche ich und muss heftig gegen die Helligkeit anblinzeln. »Nein. Er ist einfach davon ausgegangen.«

»Nun ja, du behandelst die Sache ja auch nicht gerade diskret. Ich wusste es, bevor du es mir erzählt hast.«

Was stimmt. Sie versuchte mich dazu zu bringen, es zuzugeben, aber das wollte ich nicht, nicht mal Mindy gegenüber.

»Was hast du jetzt vor?«

»Was ich vorhabe?«

Mindy verdreht die Augen. »Ihr habt gestritten. Er hat dich stehen lassen. Was wirst du jetzt tun?«

»Er glaubt, dass er nicht gut genug ist für mich.«

»Und, stimmt das?« Einer der Gründe, warum ich Mindy mag, ist, dass sie nicht immer automatisch davon ausgeht, dass ich recht habe.

»Er ist einfach großartig.« Tränen brennen unter meinen Augenlidern.

»Kannst du ihm nicht eine SMS schreiben und einlenken?«

»Er hat *mich* stehen lassen, Min.«

»Weil er glaubt, dass er nicht gut genug ist für dich. Willst du ihn in diesem Glauben bestätigen?«

»Ich könnte ihn wahrscheinlich nicht mal dann vom Gegenteil überzeugen, wenn ich es von der Spitze des Tokio Towers herunterrufen würde.«

»Darfst du mir sagen, warum er das glaubt?«, fragt sie. Noch ein Grund, warum ich sie so mag. Sie würde nie etwas weitersagen, das man ihr im Vertrauen gesagt hat.

»Nein. Ich bin mir selbst nicht ganz sicher, ob ich die ganze Geschichte kenne.«

»Das ist nicht viel, um damit zu arbeiten.«

»Er glaubt, dass er schlecht ist. Ein schlechter Mensch. Schlecht für mich. Such dir was aus.«

»Aber das ist er nicht.« Das ist eine Feststellung. Als würde sie das wissen. Und vielleicht tut sie das. Finn und Mindy sind sich in vielem ähnlich. Was du siehst, ist definitiv nicht das, was du bekommst.

»Nein, das ist er nicht.« Meine Stimme wird lauter. »Ich meine, er ist kein Engel, aber ich wünschte, dass er sich selbst so sehen könnte, wie ich ihn sehe.«

»Dann zeig es ihm.« Im Vergleich zu meiner ist Mindys Stimme sanft.

»Wie?«

»Ich weiß nicht.« Der Eyeliner wandert zurück zu ihrem Mund. »Erinnerst du dich daran, wie ich damals Schwierigkeiten wegen Ladendiebstahl hatte? Wie alt waren wir da? Vierzehn? Meine Eltern schickten uns in mein Zimmer, während sie mit der Polizei sprachen, und wir blätterten in der *Seventeen* – wie an jedem anderen Tag. Sie riefen mich nach unten, und als ich mit ihnen gesprochen hatte, kam ich wieder nach oben, und wir haben zusammen die Jungs angegafft, die in der Seventeen in der Sparte ›Die heißesten Jungs unter zwanzig‹ abgebildet waren. Du hast mich erst sehr viel später gefragt, wie es mir ging und was sie eigentlich gesagt hätten. Du hast mich einfach so akzeptiert, wie ich war. Ich glaube, in jenem Jahr waren die einzigen Stunden, in denen ich mich wie ein normales Mädchen gefühlt habe, die Stunden, die ich mit dir verbracht habe. Deinen Jungsgeschmack lasse ich jetzt mal beiseite.« Mindy lächelt, und ich muss lachen. Wir waren uns bei jedem Typen uneinig. Ich habe das Gefühl, dass das wirklich lange her ist.

»Mein Geschmack hat sich seither deutlich gebessert … aber was genau hat das mit Finn zu tun?«

»An jenem Tag habe ich beschlossen, dass du für immer meine beste Freundin sein wirst.«

»Aber ich habe doch gar nichts getan.« Ich erinnere mich ebenfalls an diesen Tag. Ich hatte nicht gewusst, was ich tun sollte. Genauso wie jetzt.

»Aber es war genau das, was ich damals gebraucht habe. Und als Todd Sullivan mich verarscht hat, da hast du mir *Er steht einfach nicht auf dich* geschenkt und mich gezwungen, es zu lesen. Du kennst ihn, Zo. Du weißt, was zu tun ist.«

Bei diesen Worten macht sie eine Handbewegung und legt auf diese Weise entweder versehentlich auf, oder die Götter des Cyberspace haben entschieden, dass ich mir allein etwas einfallen lassen muss. Wie auch immer, keine von uns ruft die andere zurück, also lege ich mich auf die Couch, das Handy auf der Brust. Für den Fall, dass sich Finn meldet. Mein Gespräch mit Mindy hat geholfen, auch wenn ich immer noch keine Lösung für mein Problem habe. Bilder treiben durch meine Gedanken, Gesprächsfetzen, Momente. Finn. Als ich schließlich das Handy nehme und ihm eine Nachricht schreibe, lösche ich den Text fünfmal, bevor ich auf *Senden* drücke.

Ich vermisse dich.

Ich weiß nicht, ob das die richtige Botschaft ist, aber das Mindeste, was ich nun von ihm erwarte, ist eine Antwort. Einen Anruf oder eine SMS. Stattdessen bekomme ich gar nichts.

Schließlich lasse ich mir morgens um halb zwei eine Badewanne einlaufen, weil ich nicht schlafen kann. Um der Wahrheit die Ehre zu geben, schlafe ich auch sonst noch nicht um diese Zeit, aber ich will diesen Tag endlich hinter mir lassen. Ich lasse meine Klamotten in einem Stapel im Wohnzimmer liegen und sinke in das dampfende Bad. Die Dusche ist zwar ein Reinfall, aber die Badewanne ist der Hammer. Das Becken ist tief und das Wasser heiß, und ich kann mich darin ausstrecken, sodass nur noch mein Kopf herausschaut. Ich tauche mit dem Kopf unter und schließe die Augen.

Das Wasser kühlt sich bereits ab, als jemand an die Wohnungstür klopft. Zuerst bin ich mir nicht sicher, aber dann höre ich das Klopfen wieder. Ich stehe zu schnell auf und muss mich an der Wand abstützen, weil mir durch das lange heiße Bad schwindlig geworden ist. Aber das ist nicht der Grund, warum ich mir kein Handtuch schnappe. Und auch keinen Bademantel. Und auch nicht den Kimono, den ich mir am vergangenen Wochenende gekauft habe und der an einem Haken hängt. Stattdessen mache ich mich auf den Weg über den Flur und tropfe alles voll. Nackt.

Ich besitze gerade noch genug Verstand, einen Blick durch den Spion zu werfen, um sicherzugehen, dass dort wirklich Finn steht. Als ich ihm die Tür geöffnet habe, marschiert er mit unergründlichem und finsterem Blick ins Wohnzimmer. Irgendwo ganz weit hinten in meinem Kopf ist mir klar, dass ich ein ziemliches Klischee abgebe, wie ich hier so nackt vor ihm stehe, aber ich rühre mich trotzdem nicht von der Stelle. Er betrachtet mich eingehend, Millimeter für Millimeter. Im wahrsten Sinne des Wortes. Bis er schließlich wegsieht und ich zurück ins Badezimmer gehe und den Kimono vom Haken nehme. Da ich immer noch nass bin, klebt der dünne Baumwollstoff an meiner Haut, und ich lasse das Kleidungsstück vorn auseinanderfallen.

Als ich zurück ins Wohnzimmer gehe, hat Finn die großen Schiebeglastüren geöffnet; er steht auf dem Balkon und lehnt sich gegen das Geländer. Die Brise bauscht die Seiten meines Kimonos auf wie Flügel, und der Stoff berührt flatternd seinen Arm, als ich neben ihn trete.

Ich starre hinüber zu dem Apartmentgebäude auf der gegenüberliegenden Straßenseite. Dort brennen nur noch wenige Lichter, aber die Bewohner haben die Vorhänge nicht zugezogen, und ich beobachte eine Frau dabei, wie sie ein kleines Baby in den Armen wiegt, während ihr Mann ihre Schulter streichelt und ihr Haar küsst. Sie läuft auf und ab, wiegt das Kind und streichelt seinen Rücken, während der Mann an der Frühstückstheke steht. Sein Mund bewegt sich gelegentlich, dann lächelt sie ihm ein- oder zweimal zu, bevor sie sich wieder dem Baby zuwendet.

Finn beobachtet die beiden ebenfalls, und wir sehen im selben Moment, wie sie sich zu uns herumdrehen. Der Wind verfängt sich in meinem Kimono, sodass er mich abwechselnd wie ein Leichentuch umhüllt und sich dann wieder wie ein Cape hinter mir bauscht. Ich versuche, den herumflatternden Stoff einzufangen, schaffe es aber nicht.

Finn schon. Er schnappt sich die eine Seite des Kimonos, hält sie fest und greift nach der anderen. Das Ergebnis sind mehrere Fäuste zusammengeknüllten weißen Stoffs in seinen Händen. Er schließt die Lücke zwischen uns und wickelt die Kimonoenden um meinen Körper, wobei er gleichzeitig die Hand auf meinen unteren Rücken legt.

Das japanische Paar beobachtet uns immer noch. Sie sieht verwirrt aus, als wüsste sie einfach nicht, was wir da tun. Ich stelle mir vor, dass sie trotz der Distanz, dem Fenster, der Straße und der Sprachbarriere wahrnehmen kann, dass ich nicht weiß, was ich als Nächstes tun soll.

Also presse ich die Hände rechts und links an meinen Körper und sage leise: »Ich bin froh, dass du hier bist.«

Ich sehe, wie er schluckt. »Das solltest du nicht.«

»Ich bin es aber.« Ich nehme die Hände nach oben und balle sie vor seinem Oberkörper zu Fäusten. Ich kann seinen Herzschlag spüren. Vielleicht ist es aber auch mein eigener. Mein Puls pocht so schnell, dass ich ihn in jeder Faser meines Körpers spüre.

»Ich hätte nicht abhauen sollen.«

»Ich hätte dich nicht bedrängen dürfen«, sage ich, öffne die eine Faust und drücke meine Hand flach gegen seinen Oberkörper.

»Ich kann mich nicht daran erinnern, wann ich das letzte Mal so wütend war.«

Wütend ist nicht das Wort, das ich benutzen würde. »Bist du es immer noch?«

Ich bekomme keine direkte Antwort: »Ich bin rumgelaufen und habe über das nachgedacht, was du gesagt hast. Über den Abschied.«

Alle Luft strömt aus meiner Lunge. »Und?«

Er umarmt mich fester und spricht dabei sehr schnell: »Ich bin an jenem Tag zu ihm gefahren, an dem Tag, als ich ihn mit Lexy gesehen habe. Meinen Vater. Was immer ich von ihm wollte, es war nicht das, was ich bekam. Ich dachte, dass das mit dem Ticket etwas zu bedeuten hätte. In Wahrheit stammte es von meiner Mutter, sie hat nur behauptet, dass es von ihm wäre. Solche Sachen hat sie früher schon gemacht. Weihnachtsgeschenke. Geburtstage. Damit ich mich nicht schlecht fühle. Vielleicht auch, damit sie sich nicht schlecht fühlt, weil ich so einen Vater habe. Aber selbst wenn ich ihn nie wiedersehe, werde ihn mich nie wirklich von ihm befreien können.«

Die Lichter in dem Apartment auf der anderen Straßenseite gehen aus, und die plötzliche Dunkelheit bringt uns dazu, uns umzudrehen. Die Silhouette des Vaters zieht die Vorhänge zu, und ich starre immer noch auf den weißen Sichtschutz, als ich ihn frage: »Und, glaubst du, dass du ihn wiedersehen wirst?«

»Genau darüber habe ich nachgedacht.«

Ich drehe mich wieder zu ihm herum. Ohne den Lichtschein aus der Küche des Paars sind seine Augen noch dunkler als sonst. »Und?«

Er spricht weiter, als hätte ich nichts gesagt. »Bevor ich dich getroffen habe, hätte ich Nein gesagt.«

»Und jetzt?«

»Glaube ich, dass ich es tun muss.«

»Um dir Gewissheit zu verschaffen.« Meine Stimme ist leise.

»Was ist, wenn ich genauso bin wie er, Zosia? Und warum bin ich mir nicht sicher?«

Er erwartet keine Antwort, und ich muss mit aller Macht gegen den Instinkt ankämpfen zu sagen: »Du bist nicht wie er.«

Weil ich das nicht wissen kann. Nur weil ich es mir wünsche, verwandelt es sich noch lange nicht in Realität.

Ich strecke im Dunkeln die Hand nach seinem Gesicht aus und streichle seine Wange, fahre mit dem Finger über seine Lippen. Er lockert seine Umarmung, streichelt meinen Hals und meine nackte Schulter, fährt an meinem Arm hinunter, an meinem Oberschenkel wieder nach oben, über meinen Bauch und meine Brüste. Der Kimono klafft vorn auseinander, und er schiebt ihn über meine Schultern, sodass der Stoff sich um meine Füße bauscht. Dann zieht er mich an sich, küsst mich voller Leidenschaft, sodass ich mich in seinem Kuss verliere.

An die genaue Reihenfolge dessen, was dann passiert, kann ich mich nicht mehr erinnern. Erst sind wir auf dem Balkon, dann auf dem Wohnzimmerboden und in meinem Bett. Ich sitze rittlings auf seinem Schoß, sein Penis liegt feucht und hart in meiner Hand. Wir machen da weiter, wo wir in dem Love Hotel aufgehört haben, aber dieses Mal gibt er sich meinen Liebkosungen hin und küsst mich so stürmisch, dass ich mich schließlich befreien muss, um wieder Luft zu bekommen.

Finn vergräbt das Gesicht an meinem Hals und umfasst mit beiden Händen meine Pobacken. »Ich liebe dich so sehr, Zosia. So sehr.«

Meine Hände schließen sich noch fester um sein Geschlecht, woraufhin seine Hüften mir entgegenkommen. Ich steigere seine Lust, indem ich ihn noch schneller streichele. Härter. Seine Bauchmuskeln spannen sich, und ich weiß, dass er kurz davor steht, aber plötzlich schiebt er mich von sich herunter und beugt sich über mich, seine Penisspitze presst sich gegen mich. Vor Überraschung reiße ich die Augen auf, aber bevor ich darüber nachdenken kann, bahnt er sich küssend einen

Weg über meinen Körper nach unten, bis sein Kopf zwischen meinen Beinen innehält.

Die erste Berührung seiner Zunge löst in mir ein ganzes Feuerwerk an Empfindungen aus, das von meiner Mitte ausgehend bis zu den Zehen reicht. Ich schnappe unwillkürlich nach Luft, und er tut es noch einmal. Ich kann bereits spüren, wie sich der nächste Höhepunkt aufbaut. Ich will es. Das tue ich wirklich. Aber es gibt etwas, das ich noch mehr möchte.

Ich entziehe mich seinem Griff, um mich meinerseits über ihn zu beugen, ihn auf den Mund zu küssen, dann auf den Hals und die harten Brustmuskeln. Meine Zunge erforscht seinen Bauch, und ich knabbere leicht an seiner Haut, bevor ich mit dem Mund weiter nach unten wandere.

Sein Penis ist rötlich-violett und pulsiert. Aus so großer Nähe sieht er riesig aus, und als ich mit der Zunge über seine Eichel fahre, bin ich mir nicht sicher, ob ich es schaffen werde, ihn in den Mund zu nehmen. Ich rechne damit, dass er mich davon abhält. Oralsex steht eigentlich ebenfalls auf seiner Schwarzen Liste. Aber er lässt zu, dass ich eine weitere Minute von ihm koste, bevor er mich nach oben zieht, um mich zu küssen. »Viel länger kannst du das nicht machen«, sagt er heiser.

»Sonst was?«, frage ich und lege die Hand auf seinen Penis.

Seine Zähne bohren sich in meine Schulter. »Weil ich sonst auf dir kommen werde.«

Meine Lippen wandern über seinen Oberkörper. »Gut.«

Als ich ihn diesmal in den Mund nehme, ist er bereit. Ich spüre förmlich, wie sich seine Erregung immer weiter aufbaut, wie ein Gummiband, das immer weiter auseinandergezogen wird. Bis es schließlich reißt, er erschaudert und laut genug meinen Namen ruft, um das Baby auf der anderen Straßenseite aufzuwecken.

Als wir schließlich reglos daliegen, ist die Morgendämmerung bereits angebrochen, demnach muss es mindestens fünf Uhr sein. Unsere Finger sind miteinander verschränkt, und er drückt meine Hand.

»Ich glaube, wir sollten die Laken besser in die Waschmaschine stecken.«

Sie sind feucht, eine Kombination aus Schweiß, Speichel und allem anderen. Nachdem ich mich vom Bett gerollt habe und Finn ebenfalls aufgestanden ist, hebt er die Ecke des Lakens an. Als er den feuchten Fleck auf dem pinkfarbenen Futon darunter sieht, zuckt er zusammen.

»Das tut mir leid.«

»Das muss es nicht«, erwidere ich und gehe in die Küche, um das Laken in die Waschmaschine zu werfen. Finn folgt mir. »Möchtest du duschen? Ich hab mich auf deinem ganzen Körper verteilt.« Seine offensichtliche Verlegenheit ist das Letzte, womit ich gerechnet habe. Wir sind jetzt schon seit Wochen mit diesem ausgefeilten Vorspiel beschäftigt, und auch wenn es zugegebenermaßen sonst nicht ganz so intensiv ist, hat sich bis jetzt keiner von uns beiden dabei geschämt.

»Was ist los?«, frage ich, aber als er den Mund öffnet, warte ich seine Antwort nicht ab. »Jetzt sag mir bitte nicht, dass es dir leidtut …«

Aber er schüttelt schon den Kopf, bevor ich zu Ende sprechen kann. »Es tut mir nicht leid.«

»Was ist dann los?«

»Ich hab das Gefühl, die Kontrolle verloren zu haben.«

»Ging es nicht genau darum?«, frage ich grinsend.

»Wirklich?« Jetzt grinst er ebenfalls, aber ich kann sehen, dass es ihm nicht wirklich ernst damit ist.

Ich schlinge die Arme um seinen Hals. »Mir jedenfalls ging es darum.«

»Miese Idee.«

»Gute Idee.« Verdammt will ich sein, wenn ich zulasse, dass er das hier ruiniert. »Hast du eine Ahnung, wie sehr ich es liebe, dir dabei zuzusehen, wie du dich verlierst? Wie du vergisst, der zu sein, für den du dich hältst?«

Daraufhin hebt er mich hoch und setzt mich auf die Waschmaschine, und als wir uns küssen und ich die Beine um seine Taille schlinge, halte ich es eine Sekunde lang für möglich, dass wir jetzt doch noch Sex haben. Genau hier. Ich will ihn gerade an mich ziehen, und hoffe, dass er es zulässt, weil er in diesem Moment so nah vor mir steht.

Aber stattdessen macht er sich los und führt mich zurück zum Bett, wo wir uns küssen, so lange und langsam und sanft, dass es sich anfühlt, als würde sich alles Schöne der Welt in meinem Zimmer befinden.

18

Verglichen mit dem, was danach passiert, ist das Hereinplatzen meines Dads am nächsten Morgen noch das geringste Problem. Als er mein Zimmer betritt, findet er Finn und mich nackt in meinem Bett schlafend vor, und da die Bettdecke um unsere Beine gewickelt ist, bin ich mir ziemlich sicher, dass er einiges zu sehen bekommt. Sein Gesichtsausdruck ist ziemlich eindeutig: Er würde mich am liebsten umbringen.

»Ihr müsst sofort aufstehen. Alle beide.« Seine Stimme ist scharf, und er wirft Finn ein T-Shirt zu, bevor er die Tür mit einem weiteren barschen »Steh auf, Zo. Sofort!« wieder schließt.

Ich schlüpfe in eine Shorts und ein T Shirt. Dabei werfe ich Finn einen Blick zu, was er nicht sieht, weil er sich gerade das Shirt über den Kopf zieht. Er ist derjenige, der die Tür öffnet und als Erster ins Wohnzimmer geht, um sich Dads wütendem Blick und Eloises besorgtem Gesichtsausdruck zu stellen.

»Greg, es ist –«, setzt er an.

Aber Dad schneidet ihm das Wort ab. »Wart ihr beiden letzte Nacht in Shibuya?« Wir nicken. »Im Happy Dream Love Hotel?«

»Dad, es war nicht so, wie du jetzt denkst.« Ich will, dass er aufhört, Finn auf diese Art zu mustern.

Aber er ignoriert mich. »Wann seid ihr gegangen?«

»Ungefähr um neun«, antwortet Finn. Ich warte darauf, dass er dem noch etwas hinzufügt, aber das tut er nicht.

»Dad, worum geht es hier?« Mir wäre es lieber, wenn er mich ansehen würde.

»Es gab letzte Nacht einen Vorfall … in dem Hotel. Ein Mädchen wurde überfallen. Und das Zimmer war auf deine Kreditkarte gebucht.« Mein Dad fixiert Finn.

Der hält seinem Blick stand. »Was ist mit ihr passiert?«

»Ich weiß es nicht, aber sie hat den Vorfall angezeigt, und die Polizei kam heute Morgen vorbei, um mit dir zu sprechen. Sie haben in deiner und Eloises Wohnung gewartet, als wir zu Hause ankamen.«

»Warum?«

»Sie wollen, dass du dich für eine Gegenüberstellung zur Verfügung stellst. Sie haben keine Ahnung, wer der Angreifer war, außer dass es sich um einen Ausländer handelte.« Jetzt endlich sieht Dad mich an. »Du hattest das Hotel bereits verlassen. Sie sagten, dass es etwa um zehn passierte, aber da warst du schon weg.«

Finn beißt sich auf die Unterlippe und schüttelt den Kopf. »Zosia und ich haben uns gestritten. Ich habe das Hotel verlassen, bin aber wieder zurückgefahren. Ich weiß nicht genau, um welche Zeit das war, aber das Zimmer war immer noch auf meinen Namen gebucht. Ich habe für die zwei Stunden bezahlt. Ich bin dorthin zurückgefahren, weil ich gehofft habe, dass Zosia noch da ist.«

Ich hatte das Hotel kurz nach neun verlassen und war in Shibuya herumgewandert, bevor ich den Zug nach Hause genommen hatte. Ich öffne den Mund, um etwas zu sagen, aber Eloise kommt mir zuvor. Sie ist kurz angebunden.

»Jetzt ist nicht der richtige Zeitpunkt für die halbe Wahrheit, Finn.«

»Was willst du von mir hören? Ich weiß nicht, wie spät es war. Zosia war nicht dort. Deshalb bin ich losgegangen und von Shibuya aus hierhergelaufen.« Seine Stimme klingt immer noch gelassen, aber er ballt die Fäuste. Seit wir geweckt worden sind, hat er mich nicht einmal angesehen, nicht mal direkt beim Aufwachen.

»Du bist die ganze Strecke gelaufen?«, fragt Eloise.

Ich stelle mir dieselbe Frage. Shibuya ist ziemlich weit. »Ja. Ich hab mir irgendwo unterwegs eine Cola gekauft, weiß aber nicht mehr, wo. Und das war's.« Finn nickt meinem Vater zu. »Ich sollte besser duschen. Ist das in Ordnung?«

»Mach nur. Wir müssen in fünfzehn Minuten los.«

Finn geht ins Badezimmer, wobei er den Kopf in meine Richtung dreht, mich aber nicht ansieht. »Ich brauche nur eine Minute.«

Als er die Tür schließt, sagt Dad: »Du musst mir erzählen, was passiert ist, Zosia. Die Wahrheit.«

»Er hat die Wahrheit gesagt, Dad.«

»Worüber habt euch gestritten?«

»Verschiedenes.« Ich will es ihm nicht sagen. Es ist mir zu intim.

»War er wütend?«, fragt Dad.

»Wir waren beide wütend. Wir hatten Streit«, erwidere ich und stemme die Hände in die Hüften. »Du glaubst doch nicht, dass er es war, oder?« Sauer auf mich zu sein, ist eine Sache, aber Finn so etwas vorzuwerfen, eine ganz andere.

»Nein, aber es könnte dazu kommen, dass sie dich danach fragen.«

Eloise kommt auf mich zu, als wollte sie die Hand auf meinen Arm legen, aber dann überlegt sie es sich anders. »Wann ist Finn hier angekommen, Zosia?«

»Ich weiß nicht … um drei?« Es auszusprechen, gefällt mir gar nicht. Das macht es nur noch schlimmer.

Die Badezimmertür öffnet sich, und Finn kommt ins Wohnzimmer zurück. Er ist angezogen und rubbelt sich das Haar mit einem Handtuch trocken. »Lasst Zosia aus dieser Geschichte raus.«

»Das ist leider nicht möglich«, erwidert Eloise.

»Dann macht es möglich. Zosia hat nichts damit zu tun.« Sein Ton seiner Mutter gegenüber ist eiskalt. Ich habe diesen Ton schon einmal gehört, und es fühlt sich nicht besser an, wenn seine Worte an jemand anderen gerichtet sind.

»Finn …«, fange ich an und halte dann inne. Sein Blick geht durch mich hindurch, alle Zärtlichkeit ist aus seiner Miene verschwunden. Genauso wie die Leidenschaft. Wie überhaupt jegliche Gefühlsregung. Er tut so, als ob er mich gar nicht kennen würde. »Wartet auf mich. Ich komme mit.«

»Sie kommt nicht mit«, sagt er, während ich die Badezimmertür schließe.

Als ich den Wasserhahn aufdrehe, höre ich die Stimme meines Vaters: »Sie hat keine Wahl.«

»Ich will nicht, dass sie das tut.«

»Ich genauso wenig. Was auch der Grund dafür ist, dass ich …«, legt mein Vater los, hält dann aber inne. Als er wieder etwas sagt, klingt es, als wollte er Finn verhören. »Wird sie auf dich zeigen? Dieses Mädchen? Denn falls es so ist, solltest du das jetzt sagen, bevor es noch schlimmer wird.«

»Wenn sie auf mich zeigen würde, dann nicht, weil ich es war. Das habe ich dir schon gesagt. Ich habe das Hotel verlassen. Dann bin ich wieder zurückgegangen und dann hierhergelaufen. Ich kann verstehen, warum du es für möglich hältst. Wenn ich du wäre, würde ich wahrscheinlich genauso denken.«

Ihre Stimmen entfernen sich, und als ich aus dem Bad komme, stehen Dad und Eloise auf dem Balkon. Das japanische Paar von gegenüber ist wach, nur von dem Baby ist nichts zu sehen. Genauso wenig wie von Finn, bis ich zurück in mein

Zimmer gehe, um etwas anderes anzuziehen. Er hat das unbezogene Bett gemacht und das Zeug beiseitegeräumt, das wir in der vergangenen Nacht im Zimmer verteilt haben. Jede Spur seiner Anwesenheit ist ausgelöscht.

»Hey«, sage ich. »Ich brauche nur eine Minute.«

Die Erleichterung, die ich bei seinem Anblick verspürt habe, wird durch seinen Ton wieder zunichtegemacht. Angespannt. Distanziert. »Ich will nicht, dass du mitkommst. Ich will nicht, dass du das tust.«

»Warum nicht?« Ich ziehe ein Kleid vom Kleiderbügel und ziehe es an, ohne dabei mein Handtuch loszulassen. Vor sechs Stunden wäre das noch total natürlich gewesen, aber jetzt würde es sich seltsam anfühlen.

»Du solltest dort nicht hingehen müssen. Du solltest nicht zu einer polizeilichen Gegenüberstellung mit jemandem gehen müssen, von dem du dich tief im Inneren fragst, ob er es nicht vielleicht doch getan hat.«

»Aber ich frage mich gar nicht, ob du es getan hast.«

»Witzig«, erwidert er auf eine Art, die deutlich macht, dass das alles andere als witzig ist. »Ich würde mich das auf jeden Fall fragen, wenn ich du wäre.«

Dann verlässt er das Zimmer, bevor ich etwas erwidern kann. Ab jetzt sagt er nichts mehr. Absolut nichts. Auf dem Weg zum Bahnhof läuft er absichtlich ein ganzes Stück vorneweg, sodass ich neben meinem Vater hergehe. Nicht dass Dad etwas zu sagen hätte, aber er wirkt total aufgebracht, und ich will es nicht noch schlimmer machen. Im Zug versuche ich mich in Finns Nähe zu manövrieren, aber er verschwindet durch die Tür in den nächsten Waggon, und es endet damit, dass ich mich neben Eloise setze. Zwei Stationen lang kann ich ihn noch sehen, bevor es zu voll wird. Aufseufzend lasse ich mich nach hinten gegen das Fenster sinken.

»Alles in Ordnung?«, fragt Eloise.

»Ich weiß nicht. Und bei dir?«

Die Frage scheint sie zu überraschen, aber dann nickt sie. »Das Ganze ist ein Missverständnis.«

»Das hier ist sein schlimmster Albtraum.« Von allen vorstellbaren Dingen muss ausgerechnet das passieren.

Eloise nickt ein zweites Mal, und ich erwarte, dass sie mir zustimmt. Aber stattdessen sagt sie: »Weißt du, als Finn klein war, gab es da diesen herumstreunenden Kater, der unter unserer Veranda gelebt hat. Er war ziemlich räudig, und ich habe ihn gehasst. Finn hat ihn regelmäßig gefüttert. Er hat sogar eine Decke unter die Veranda gelegt, damit er ein kuscheliges Plätzchen zum Schlafen hatte. Das hat mich wütend gemacht, und ich verbot ihm, ihn zu füttern, und nahm das Futter wieder weg, wenn ich Finn dabei erwischt habe. Eines Abends kam ich von der Arbeit nach Hause, und Finn saß auf dem Bürgersteig. Er hatte Pflaster und Wattebäusche und Desinfektionsspray um sich herum verteilt. Der Kater lag einfach nur da und ließ zu, was er da tat. Finn meinte, dass er in einen Kampf geraten sei und dass er ihn verarzten würde. Er blieb stundenlang draußen und kümmerte sich um den Kater, streichelte ihn und säuberte seine Wunden. Danach hat sich das Tier in die anhänglichste Katze verwandelt, die es je gegeben hat.«

Ich bin mir nicht sicher, ob sie mir diese Geschichte erzählt, um mir etwas klarzumachen, oder sich selbst. »Hast du ihn immer noch gehasst?«

»Den Kater? Nein.« Eloise lächelt schwach. »Ins Haus gelassen habe ich ihn auch danach nicht, aber Finn meinte, dass er ohnehin lieber draußen leben würde. Er sagte das, als wüsste er das ganz genau – als hätte er den Kater gefragt, was er lieber hätte.«

»Vielleicht hat er das ja.« Ich kann mir das gut vorstellen –

den kleinen Finn, der auf dem Bürgersteig kniet und mit einer Katze spricht. Irgendwie macht mich das traurig.

Eloise scheint es zu spüren, vielleicht geht es ihr auch genauso. »Ja, vielleicht hat er das.« Sie schließt eine Minute lang die Augen. »Ich weiß, dass er alles andere als perfekt ist. Er ist stur und abwehrend und ungeduldig. Für ihn gibt es nur Schwarz oder Weiß. Er glaubt nicht an zweite Chancen, und wenn er sich einmal für etwas entschieden hat, dann war's das. Aber so etwas würde er nie tun.«

Das glaube ich ebenfalls, aber leider interessiert das niemanden. Ich weiß nicht, warum ich ihr das Folgende erzähle … wahrscheinlich nur, damit sie weiß, dass ich ebenfalls ein Bild von ihm habe. »Weißt du, Eloise, während der Highschoolzeit war ich ziemlich in ihn verknallt. Er wusste nichts davon. Wahrscheinlich fänd er es ziemlich witzig, wenn man es ihm jetzt erzählen würde. Ich fand, dass er gut aussah – als wäre sein Aussehen alles, was ihn ausmacht.« Diese Schwärmerei scheint ewig her zu sein. Er und mein damaliges Bild von ihm haben nichts miteinander zu tun. Damals kam er mir geheimnisvoll vor, distanziert und sogar ein bisschen gefährlich. Ich hatte das Gefühl, dass er für mich unerreichbar ist.

Genau dasselbe Gefühl beschleicht mich in Shibuya auf der Polizeiwache. Ein Rechtsanwalt begrüßt uns, als wir hereinkommen, was aber außer mir niemanden überrascht. Er ist zwar Engländer, spricht aber fließend Japanisch. Er schüttelt uns allen die Hand, auch mir, und führt uns in einen kleinen Raum, wo er uns darüber informiert, was auf uns zukommt. In ein paar Minuten werden Polizisten kommen, um Finn zu holen. Er wird sie begleiten, und wir anderen müssen hier auf ihn warten. Das Ganze müsste ziemlich schnell vorbei sein.

Ich höre nur am Anfang aufmerksam zu, schalte aber ab, als er anfängt, sich zu wiederholen. Das Zimmer ist klein und stickig, obwohl in der Ecke die Klimaanlage rauscht. Dad steht neben Eloise, während sie dem Rechtsanwalt Fragen stellt. Finn hört zwar zu, stellt aber selbst keine Fragen. Ich starre ihn an, in der Hoffnung, dass er mich dann ansieht – gleichzeitig bin ich mir aber ziemlich sicher, dass er das nicht tun wird. Ich mustere seine ausgebeulte hellbraune Shorts und das Stones-Shirt, das er trägt. Ich habe ihm gestanden, dass ich es mag, und weiß, dass er es gestern für mich getragen hat. Sein Haar ist länger als sonst, dunkel und weich. Der Schwanz des Drachentattoos lugt unter seinem T-Shirt-Ärmel hervor. Allerdings wirkt das Tattoo durch seine Sonnenbräune unauffälliger als sonst.

Die Tür öffnet sich mit einem schabenden Geräusch, und Finn hebt den Blick. Seine dunklen Augen sind unergründlich und voller Trauer. Dieser Anblick brennt sich in meine Erinnerung. Die Art, wie er mich ansieht.

Und dann wendet er den Blick ab, und als er den Rechtsanwalt ansieht, sind seine Augen leer und kalt. Ohne sich umzusehen, folgen er und der Rechtsanwalt den Polizisten aus dem Zimmer. Ich halte die Luft an, flehe ihn unhörbar an, sich nach mir umzudrehen, und als er es nicht tut, lasse ich mich auf einen Stuhl fallen. Weil mir in diesem Augenblick klar wird, was ich gerade tue.

Ich lasse los. Gebe klein bei.

Gebe auf.

19

In den nächsten drei Tagen verlasse ich kein einziges Mal das Haus. Dad lässt mich die meiste Zeit über in Ruhe, aber erst, nachdem er mir die Meinung gesagt hat, was mit ziemlich viel Herumgebrülle verbunden ist. Er teilt mir mit, wie enttäuscht er von meinem Verhalten ist. Dass er bis dato glaubte, mir vertrauen zu können. Dass er mir vertrauen wollte. Bla, bla, bla. Ich nicke an den passenden Stellen. Selbst dann, als er mir verbietet, Finn wiederzusehen, weil ich sein Vertrauen missbraucht hätte. Ohne zeitliche Beschränkung.

Da es ohnehin keine Rolle mehr spielt, stimme ich zu. Ich hatte gehofft, dass wir Finns Unschuld feiern würden, sobald sich die Sache aufgeklärt hätte. Das Mädchen hat ihn so schnell entlastet, dass er schon nach fünf Minuten zurück war. Zuerst schüttelte er dem Rechtsanwalt und dann meinem Vater die Hand. Nachdem er Eloise zugenickt hatte, sah er dann endlich mich an.

Seine Augen blieben dabei völlig ausdruckslos. »Es tut mir so leid. So etwas wird nie wieder vorkommen.« Mit diesen Worten küsste er mich auf die Stirn.

Das hat sich ebenfalls in mein Gedächtnis gebrannt.

Danach verließ er das Zimmer, und ich hielt ihn nicht auf.

Ich versuchte es nicht mal.

Die Tränen kamen erst, als ich wieder zu Hause in meinem Zimmer war. Es war genau zwölf Stunden her, seit er an die Tür geklopft hatte, möglicherweise sogar auf die Minute. In meinem Kissen hing immer noch sein Geruch. Das gab mir den Rest.

Seit Sonntag habe ich allerdings keine einzige Träne mehr vergossen, was aber nicht viel zu bedeuten hat. Ich weiß, dass Dad besorgt ist, auch wenn er aus seiner Erleichterung über das Ende unserer Beziehung keinen Hehl macht.

Was machst du, wenn er dir das Herz bricht, Zosia?

Er behält mich im Auge, für den Fall, dass ich wieder in Lethargie verfalle – als könnte er es dieses Mal verhindern. Mom ist tot. Finn hingegen ist gegangen. Dazwischen liegt ein himmelweiter Unterschied.

Am Ende ist es der Kaffeedurst, der mich aus dem Haus treibt. Ich habe hämmernde Kopfschmerzen und am Vortag den letzten Pulverkaffee aufgebraucht. Zuerst habe ich vor, zum Kaffeeautomaten auf der gegenüberliegenden Straßenseite zu gehen und mir dort einen Dosenkaffee zu holen. Das ist gar nicht so eklig, wie es sich anhört, und gegen den Koffeinentzug hilft es allemal. Aber als ich erst mal draußen bin, laufe ich die beiden Häuserblöcke bis zum Starbucks. Und nachdem ich zweimal an dem dampfenden venti Americano genippt habe, kann ich den Gedanken, in die Wohnung zurückzukehren, nicht mehr ertragen.

Stattdessen lehne ich mich vor dem Starbucks an die Hauswand und schreibe Amelia eine SMS. Seit sie mich am Montagabend per SMS gefragt hat, ob ich Lust auf eine gemeinsame Trainingseinheit im Fitnessstudio habe, habe ich mich nicht mehr bei ihr gemeldet. Am Montag hatte ich ihr geschrieben, dass ich mich nicht wohlfühlen würde, und sie schickte mir ein <3 und wünschte mir gute Besserung. Und schrieb, dass ich mich melden sollte, wenn es mir besser ginge.

Es geht mir zwar nicht besser, aber ich brauche eine Freundin. *Bitte sag mir, dass du heute blaumachen kannst.*

Ihre Antwort kommt schon nach einer Minute. *Geht leider nicht. Frag mal A.*

Akihiro könnte natürlich blaumachen. In drei Tagen verlässt er Japan. Aber ich kann mir nicht vorstellen, mit ihm abzuhängen, nicht ohne Finn und Amelia. Es würde damit enden, dass wir über die beiden reden, und dazu bin ich nicht in der Stimmung.

Was Finn angeht, liegt das Problem auf der Hand, und dazu gehört unter anderem, dass Akihiro nicht weiß, was passiert ist. Jedenfalls nicht von mir.

Und Amelia wäre ebenfalls schwierig, was daran liegt, dass sie in der Nacht im Roppongi tatsächlich was mit Akihiro angefangen hat, sodass die beiden gerade einem sexuellen Sinnestaumel erliegen. Mit Betonung auf sexuell. Letzte Woche hatten wir ein Doppeldate, und ich konnte zwar nicht genau ausmachen, was die beiden in dem dunklen Kino getrieben haben, aber ich bin mir ziemlich sicher, dass es dem Wort Jugendschutz eine völlig neue Bedeutung gegeben hätte.

Statt Amelia zu antworten, überfliege ich meinen Ordner mit erhaltenen SMS. Darunter sind mindestens zweihundert von Finn. Einmal borgte er sich einen Tag lang mein Handy und machte sich darüber lustig, dass ich alle seine Textnachrichten aufbewahrt hatte, aber ich habe sie trotzdem nicht gelöscht. Selbst die SMS, die er mir vor Kamakura geschrieben hat, habe ich fast alle noch.

Als ich sie durchgehe, finde ich mindestens dreißig Textnachrichten mit demselben Inhalt: *Schlaf gut und süße Träume.* Als ich ihn beim ersten Mal, als er mich nach Hause brachte, darum bat, mir nach dem Nachhausekommen eine kurze Nachricht zu schicken, fand er das ziemlich albern. Er wäre nun wirklich in der Lage, auf sich selbst aufzupassen.

Woran ich auch gar nicht gezweifelt habe. Es war trotzdem ein besseres Gefühl, Bescheid zu wissen. Und ihn würde es nur zwei Sekunden kosten.

»Nicht mal meine Mutter sorgt sich um mich, Zosia«, sagte er.

»Ich bin aber nicht deine Mutter.« Mit dieser Bemerkung hatte ich Eloise nicht kritisieren wollen, aber er fasste es so auf. Seit jenem Abend schickte er mir jedes Mal eine SMS, wenn er nach Hause kam, ohne dass ich ihn noch einmal darum bitten musste.

Ich überfliege die restlichen Nachrichten. Die Letzte kam am Samstag, vierundzwanzig Minuten nach eins. *Gerade erst aufgewacht. Sorry. Um 2 bin ich da. ILD.*

Meine Antwort aus der Umkleidekabine des Fitnessstudios. *Kein Problem. IDA.*

Ich liebe dich. Ich dich auch.

Als er es das erste Mal geschrieben hat, wusste ich nicht, was es heißen soll. Ich habe die Nachricht immer noch, das war einen Tag nach dem Roppongi.

ILD?

Ich liebe dich, Zosia. Einfach so, obwohl es so neu war.

Ich dich auch. Aber die Gefühle waren nicht neu. Sie wurden nur ausgesprochen.

Diese Nachricht ist der Auslöser. Sie zu lesen, lässt mein Herz schneller schlagen. Ich kann nicht an diesen Samstagabend denken, ohne dass sich mein Inneres in Wackelpudding verwandelt. Und ich habe noch nicht mal daran gedacht, wie es war, als wir uns berührt haben. Das macht es definitiv noch schlimmer, und das nicht nur aus offensichtlichen Gründen. Alles, was an jenem Abend passiert ist und mit dem heftigen Streit im Love Hotel anfing, war nichts als die ungeschminkte Wahrheit. Von Anfang bis Ende eine Zehn auf der Ehrlichkeitsskala.

Mom würde mir raten, ihn anzurufen. Mir sagen, dass ich aufhören soll, mich wie eine Idiotin zur verhalten, und es einfach tun soll. Denn er wird mich nicht anrufen. Oder mir eine SMS schreiben. Oder vorbeikommen. So viel ist inzwischen klar.

Alles, was an jenem Sonntagmorgen passiert ist – bis zu dem Moment, als wir die Polizeiwache verließen –, hat nur bewiesen, was er ohnehin schon glaubte. Und mein Schweigen ist die Bestätigung. Genauso gut könnte ich es von der Spitze des Tokyo Tower herunterschreien.

Und wenn ich mich in den vergangenen Tagen nicht gerade in Selbstmitleid gesuhlt habe, dann habe ich mich im Internet über misshandelte Kinder informiert. Nicht dass ich jetzt Expertin auf diesem Gebiet wäre, aber ich verstehe die ganze Sache etwas besser und habe Finn in manchem wiedererkannt. Seine Probleme damit, anderen zu vertrauen. Die Selbstzweifel. Wut. Das Schlimmste, was man in so einem Fall tun kann, ist zu glauben, dass man die Sache schon irgendwie wieder in Ordnung bringen kann. Es wiedergutmachen kann. Aber gerade das ist mir seltsamerweise nie in den Sinn gekommen. Kein einziges Mal. Allerdings frage ich mich jetzt, ob das vielleicht besser gewesen wäre. Ob es etwas geändert hätte.

Ich trinke meinen Kaffee aus, stehe auf und gehe die Kontakte auf meinem Handy durch, bis ich den richtigen gefunden hab. Dann lausche ich auf das Klingeln am anderen Ende und ein schläfriges »Hallo«.

»Hey, Min. Warum schläfst du schon?« Ich werfe einen Blick auf die Uhr. »Bei euch ist es nicht mal Mitternacht.«

»Ich weiß. Das liegt an dieser verdammten Fünfzehn-Kilometer-Wanderung, die wir heute absolvieren mussten. Ich bin total fertig. Was machst du gerade? Warum rufst du mich von deinem Handy aus an?«

»Ich habe mich nur gefragt, wie dein Date mit Super-Dan verlaufen ist? Ich habe an dich gedacht.« Ich höre ein Rascheln und dann Grillenzirpen. »Anscheinend gut, wenn du zum Antworten extra nach draußen musst?«

Von der Sache mit Finn habe ich Mindy noch nichts erzählt. Nicht seit sie mich am Montagmorgen über Skype angerufen hat, um mir von ihrem bevorstehenden Date zu erzählen. Als Dan sie fragte, ob sie mit ihm ausgehen würde, kam das für sie aus heiterem Himmel. Sie hatte ihn bisher gar nicht wahrgenommen, da er die Kinder betreute, die nur tagsüber im Camp waren. Außerdem trägt er eine schicke schwarze Brille und Karoshorts und war damit für Mindy praktisch unsichtbar. Aber er steht auf Jane's Addiction und die Sex Pistols. Und ganz offensichtlich auf Mindy.

»Sei bloß still«, sagt sie, aber ich kann ihrer Stimme anhören, dass sie lächelt.

»Also?« Ich biege von der Hauptstraße in eine Nebenstraße ab.

»Dieser Typ ist einfach unglaublich.« Der Dramatik wegen hält sie einen Moment inne, wartet meine Nachfrage aber nicht ab. »Zuerst waren wir bei diesem Mexikaner in der Stadt essen, und danach sind wir in einen Golfplatz eingebrochen.«

»Wie und warum bricht man in einen Golfplatz ein?«

»Wir sind über den Zaun geklettert, um die Sterne anzuschauen. Dan weiß irre viel über Astronomie. Du wärst stolz auf mich, ich hab sogar ein paar Sternenkonstellationen gelernt.«

»Ich wette, dass du auch noch ein paar andere Dinge gelernt hast.« Ich lächle, zum ersten Mal seit drei Tagen.

»Er hat mir einen Gute-Nacht-Kuss gegeben, der Rest war ziemlich unschuldig, vielen Dank auch.«

»Ah, und wie war der Kuss?«

»O mein Gott. Im Ernst.« Sie dämpft die Stimme. »Der absolute Wahnsinn.«

»Wow. Schön für dich.« Ich kicke eine leere Coladose beiseite. »Wann siehst du ihn wieder?«

»Morgen. Ich muss nur den halben Tag arbeiten, und er nimmt sich den Nachmittag frei, damit wir was unternehmen können. Er ist absolut nicht mein Typ. Ich meine, mal im Ernst, auf der Highschool war er Mitglied im Debattierklub. Wer macht denn so was?« Mindy lacht, und ich bin mir sicher, dass sie die Augen verdreht.

»Dann ist er also ein Andrew-Krempa-Klon? Weißt du, Min –«

»Sei bloß still. Andrew Kempa ist ein selbstgefälliges Arschloch. Dan ist das totale Gegenteil. Er arbeitet jeden Freitag ehrenamtlich in einer Suppenküche und will Lehrer werden.« Danach beschreibt mir Mindy gute drei Minuten lang Super-Dans zahlreiche Tugenden, bevor sie sagt: »Wie auch immer. Wir werden sehen. Wie geht's Finn? Ich nehme an, dass ihr euch geküsst und wieder vertragen habt?«

Sie sagt das so selbstverständlich und ist so aufgekratzt von ihrem Bericht über Dan, dass ich mich nicht dazu überwinden kann, es ihr zu erzählen. »Ja, ja.« Das ist die Wahrheit. Wir haben uns geküsst und wieder vertragen. Und dann war da noch der Rest.

»Was habt ihr heute vor?«

»Ich, äh, weiß es noch nicht.« Ich biege um eine Ecke und wäre fast mit einer Frau mit Kinderwagen zusammengestoßen, woraufhin ich mich mit fünf *gomen nasais* entschuldige, bevor ich mich wieder Mindy zuwende. »Gott, ich bin eine Gefahr für die Öffentlichkeit.«

»Reden und gleichzeitig durch die Gegend laufen war noch nie deine Stärke.«

»Fahr zur Hölle.«

Mindy lacht. »Wir sehen uns dann dort. Wollen wir das Telefonat lieber beenden? Das hier kostet dich ein Vermögen.«

Ich seufze. »Ich weiß. Wahrscheinlich. Schick mir ’ne E-Mail.«

Nachdem Mindy mir eine E-Mail mit allen saftigen Details versprochen hat, legen wir auf. Ich betrachte mein Handy und forme ein unhörbares »Danke« mit den Lippen. Das Gespräch mit Mindy hat mich wenigstens für zehn Minuten von meinen Problemen abgelenkt.

Was gut ist, weil ich mich sofort wieder mit einem Kopfsprung in sie hineinstürze. Mehr als das.

20

Ich stehe vor Finns Wohnhaus und grüble darüber nach, ob ich klingeln soll, als eine alte Frau aus dem Haus kommt. Nachdem ich sie angelächelt und mich vor ihr verbeugt habe, nutze ich die Gelegenheit, um ins Innere zu schlüpfen. Wusste ich die ganze Zeit, dass mein Weg mich hierher führen würde?

Vielleicht.

Trotzdem pocht mein Herz wie verrückt, und das liegt nicht an den vielen Treppenstufen. Zwei Minuten lang starre ich die Nummer auf der Wohnungstür an, hebe dreimal die Hand und lasse sie wieder sinken, bevor ich es schaffe, anzuklopfen. Vielleicht ist er ja ohnehin nicht …

Die Tür öffnet sich, und der Gedanke verpufft.

Ich lecke mir über die Lippen und umklammere den Schulterriemen meiner Tasche fester. »Ähm, hallo.«

Seine Augen sind dunkel und abweisend. »Was machst du hier?«

»Ich, ähm, hab mich gefragt, wie es dir geht.«

»Ach so.«

Das ist zwar keine Antwort, sagt aber alles. Mein Mut wächst. »Darf ich reinkommen?«

Er schüttelt den Kopf. »Ich bin auf dem Sprung.«

Ich sehe an ihm hinunter. Obwohl draußen höllische Temperaturen herrschen, trägt er eine Jeans und ein blauweiß gestreiftes Hemd. Für Finns Verhältnisse ist das gleichbedeutend mit sich in Schale werfen. »Wohin gehst du?«

Er fixiert einen Punkt hinter meiner Schulter. »Ich habe eine Verabredung.«

Na toll. Das ging ja schnell. »Mit wem?«

Er senkt die Stimme. »Niemanden, den du kennst.«

»Muss ich mir Sorgen machen?«

Er zuckt mit den Achseln. »Kommt darauf an, was dir Sorgen bereitet.«

»Mir fiele da schon was ein.« Auch wenn ich meinen Tonfall seinem anpasse, ist es gut möglich, dass ich meine rechte Hand nie wieder benutzen kann, so fest umklammere ich den Riemen meiner Tasche.

Sein Mundwinkel wandert einen Millimeter nach oben, aber er hat sich sofort wieder im Griff. »Das geht dich nichts an.«

Aber sein Blick wird ein kleines bisschen weicher. Nur ganz kurz. Immerhin, zusammen mit dem Anflug eines Lächelns ist es ein winziger Hoffnungsschimmer. Obwohl es nur ein Strohhalm ist, greife ich danach. »Darf ich mitkommen?«

»Ob du mitkommen darfst?«, wiederholt er, und seine Augen werden wieder hart wie Kiesel. »Sehe ich aus, als ob ich Begleitung wollte?«

»Nein.« Sein Gesichtsausdruck besagt nichts weiter, als dass er mich loswerden will. Dass ich aus seinem Blickfeld verschwinden soll. Also richte ich den Blick auf sein Hemd, den dünnen blauen Streifen. Den Perlmuttknopf.

»Ich kann das jetzt nicht.«

Das blauweiß gestreifte Hemd wendet sich ab und geht zurück in die Wohnung, auch wenn er die Tür nicht hinter sich schließt.

Ich denke darüber nach, wegzulaufen. Am besten den ganzen Weg zurück bis nach New Jersey.

Aber schon nach fünf Sekunden kehrt er zurück und dreht mir den Rücken zu, während er die Tür abschließt. Ich starre auf die Stelle zwischen seinen Schulterblättern, von der ich weiß, dass dort die Zunge des Drachen an seiner Wirbelsäule entlangzüngelt.

Eigentlich will ich ihn gar nicht berühren.

Aber in der nächsten Sekunde liegt meine Hand trotzdem auf dem frisch gestärkten Stoff, presst sich gegen seine Schulter und fährt über seinen Rücken, bevor ich innehalte, um den Finger in eine seiner Gürtelschlaufen einzuhaken.

Sein Körper versteift sich, und ich bin mir ziemlich sicher, dass sein Griff um den Türknauf unerbittlich genug ist, um das verdammte Ding abzubrechen. Ich staune immer noch darüber, wie weiß sich seine Fingerknöchel von der schwarzen Tür abheben, als er sich nach hinten lehnt und gegen mich sinken lässt.

Ich bin nicht auf sein Gewicht gefasst und öffne die Faust, bevor meine Hand in Richtung Bauch weiterwandert. Mein Atem geht flach, und ich schließe die kleine Lücke zwischen uns, um meinen Oberkörper gegen seinen Rücken zu pressen. Daraufhin legt er die Hand auf meinen Ellbogen und zieht mich so fest an sich, dass meine Wange auf seinem Schulterblatt zu liegen kommt.

»Ich kann das jetzt nicht, Zosia.« Seine Stimme ist sanft und sein Griff um meinen Arm fest.

Wenigstens bin ich schlau genug, kurz zu zögern. Weil ich weiß, dass meine nächsten Worte alles entscheiden könnten – oder zumindest so gut wie alles. Den Mund gegen sein Hemd gepresst, nicke ich. »In Ordnung. Aber du hast mich in den letzten zwei Tagen zweimal stehen lassen, und ein drittes Mal mache ich das nicht mit. Du musst dich jetzt endlich entscheiden.«

»Muss ich das?« Da ist wenigstens ein kleines Lächeln in seiner Stimme, auch wenn ich es nicht sehen kann.

»Ja.« Ich beiße mir auf die Innenseite meiner Wange, damit ich nicht noch mehr sage. Amelia wäre so cool. Mindy möglicherweise auch. Ich nicht.

»Oder was?«

Ich hab falschgelegen. Das wird mir sofort klar.

Das hier *ist* der Moment, der alles entscheidet.

»Oder du bist nichts weiter als der Typ, mit dem ich einen großartigen Sommer in Tokio verbracht habe.« Ich lasse ihn los und verschränke die Arme vor dem Bauch, während er sich zu mir umdreht. Ich betrachte seine Kehle, die zwischen den Kragenspitzen seines Hemds zu sehen ist. Sie ist weich und braun gebrannt. »Und ich wünsche mir wirklich sehr, dass du mehr bist als das.«

»Ich bin –«

»Ich habe in meinem ganzen Leben noch nie um etwas gekämpft. Nicht mal dann, wenn ich es gekonnt hätte. Mein Vater hat immer gesagt, dass ich eine genauso gute Schwimmerin wäre wie Allison Moore. Ich habe sie beim Training fast jedes Mal geschlagen, und es gefiel mir. Es gefiel mir, zu gewinnen. Aber dann sagte mein Trainer, dass ich ernsthafter an die Sache herangehen müsste. Um richtig gut zu werden. Daraufhin hörte ich auf zu joggen, ließ Trainingsstunden ausfallen und wurde nachlässig beim Schwimmtraining. Ich hatte Angst, dass das Schwimmen zu wichtig für mich wird, als dass ich einfach so wieder damit aufhören könnte.« Die Worte kommen schnell aus meinem Mund, aber nicht schnell genug, um mit meinen Gedanken mithalten zu können.

Ich halte inne, um nach Luft zu schnappen, und Finn versucht dazwischenzukommen. »Ich –«

Aber ich mache weiter, als hätte ich ihn nicht gehört. »Den ganzen Sommer geht das jetzt schon so mit diesem Hin und Her, und ich hatte genug. Ich dachte, ich wäre bereit, dich loszulassen. Es gibt da dieses Bild in meinem Kopf, von der Sekunde, in der ich mich entschieden habe. Ich dachte, dass das alles wäre, was ich brauche. Bei meiner Mom, da war dieser Moment an meinem sechzehnten Geburtstag. Der fünfzehnte August. Wir wussten, dass es der letzte sein würde. Die Krankheit war schon viel zu weit fortgeschritten, und die Chemotherapie ließ sie immer schwächer und kahler werden. Ich erinnere mich daran, wie ich sie quer durch die Küche angesehen habe. Sie lachte und aß Kuchen und sah glücklich aus. Meine Mom war da, und sie war glücklich, und ich erinnere mich, dass ich an dem Tag dachte: »Das ist schon in Ordnung, Mom. Es ist in Ordnung, zu gehen, solange wir noch lachen können.« Und wenn ich an sie denke, dann erinnere ich mich an diesen Moment. Das ist das Bild in meinem Kopf. Von dir habe ich ebenfalls ein Bild im Kopf, aber es ist nicht das richtige.«

»Woher weißt du das?«

»Es ist nicht friedlich.«

»Das muss nicht heißen, dass es nicht das richtige ist.« Seine Stimme ist sanft, fast entschuldigend.

Diese Worte schneiden durch meinen Entschluss wie ein Messer durch Butter. »Nein, das ist es nicht. So darf das zwischen uns einfach nicht enden.«

Ich habe mich die ganze Zeit auf seinen Hemdkragen und seine Kehle konzentriert. Das ist der einzige Weg, all die Dinge auszusprechen, die seit zwei Minuten aus meinem Mund kommen. Die Tränen brennen mir immer noch irgendwo zwischen Nasenwurzel und Augenlidern, und ich bin mir sicher, dass ich sofort anfange zu weinen, sobald ich hochschaue.

Und dann kann ich es nicht mehr länger verhindern, als er mit dem Finger meine Kinnlinie nachzieht. Er hebt mein Kinn an, und meine Augen sind voller Tränen, sodass ich sein Gesicht nur noch verschwommen wahrnehme. Ich kann nicht mal seine Augen sehen, obwohl ich es mir verzweifelt wünsche.

Insbesondere als er die nächsten Worte ausspricht: »Ich bin mit meinem Vater verabredet. Er fliegt nach Sidney, mit einem Zwischenstopp in Tokio. Letzten Samstag hat er mir eine E-Mail geschrieben und gefragt, ob wir uns treffen wollen. Er hat gesagt, dass er seine Fehler wiedergutmachen will.«

Ein eisiger Schauer durchzuckt mich von der Kehle bis zu den Knien und lässt wenigstens meine Tränen versiegen. Ich blinzele ein paarmal, damit ich Finns Gesicht sehen kann. Es ist gefasst und ruhig, wenn man mal davon absieht, dass seine Kiefermuskeln zucken, während er auf meine Antwort wartet.

Samstagabend. Ich hatte geglaubt, dass seine Bemerkungen über seinen Vater rein theoretischer Natur wären. Dabei wusste er es damals schon. Ich wünschte, ich könnte mich daran erinnern, was er genau gesagt hat, aber meine Erinnerungen an diesen Abend sind verschwommen, deshalb sage ich: »Und wie denkst du darüber?«

»Ich denke, dass ich zu spät kommen werde«, erwidert er und schüttelt ein wenig den Kopf. »Ich war gerade auf dem Sprung.«

Stimmt ja. »Möchtest du, dass ich dich begleite?« Innerlich wappne ich mich für ein Nein.

»Ich weiß nicht.« Immerhin kein direktes Nein.

Also taste ich mich millimeterweise vorwärts, als wüsste er nicht ganz genau, worauf ich hinauswill. »Wo trefft ihr euch?«

»In dem Café in Ueno, in dem wir damals waren. Mir ist nichts anderes eingefallen.«

»Ich fahre mit dir hin.« Ich sage das, als wäre es bereits entschieden.

»Sicher. In Ordnung.« Bei diesen Worten schnappt er sich

seinen Rucksack, der neben der Tür auf dem Boden steht, und geht los. Ich sehe zu, wie er sich in Bewegung setzt, und erst dann wird mir klar, dass er Ja gesagt hat – allerdings rechne ich jederzeit damit, dass er seine Meinung ändert.

Auf dem Weg zum Bahnhof halten wir einen gewissen Abstand. Ich will unwillkürlich nach seiner Hand greifen, verkneife es mir aber. Der nächste Schritt muss von ihm kommen. Als der Zug mit einem Ruck anfährt, sehe ich unsere Spiegelung im Fenster, ich sehe, wie er die Hand nach meiner Schulter ausstreckt und sie dann wieder sinken lässt.

»Du darfst mich ruhig anfassen.« Ich drehe mich zu ihm um. Er steht näher, als ich gedacht habe. »Du solltest es sogar tun. Ich stehe kurz davor, in Flammen aufzugehen.«

Er lächelt. Ein echtes Lächeln, das in seinen Augen verweilt. »Das würde ich gern sehen.«

»Kann ich mir vorstellen.«

Danach erwarte ich es förmlich. Fürchte mich davor. Halte praktisch den Atem an. Als es dann endlich so weit ist, sind wir nur noch zwei Haltestellen von Ueno entfernt. Der Zug ist ziemlich voll, und normalerweise stünden wir aneinandergepresst da und würden Händchen halten, statt zwischen uns genug Raum für ein kleines Kind zu lassen. Aber sogar als wir ein paarmal gegeneinandergeschleudert werden, macht Finn jeweils einen Schritt nach hinten.

Und dann nicht mehr.

Stattdessen legt er den Arm um mich und drückt mich so an sich, dass ich gegen seine Hüfte gepresst Platz finde. Erleichterung durchströmt mich. Ich gebe mir keine Mühe, sie zu verbergen, und grabe meine Fingernägel in seine Schulter, um nicht laut aufzuschluchzen.

»Autsch, das tut weh«, sagt er.

»Es wäre unhöflich, vor all diesen Menschen in Flammen

aufzugehen.« Ich versuche, einen lockeren Ton anzuschlagen, was auch beinahe funktioniert.

»Das würde den Zugverkehr für diesen Nachmittag ins Chaos stürzen, so viel ist sicher.« Seine Hand gleitet unter den Saum meines Tank-Tops und kommt auf der nackten Haut meines Rückens zu liegen. »Was hast du noch mal gesagt, wohin du unterwegs bist?«

Während er seinen Daumen unter das Gummiband meiner Shorts schiebt, huschen seine Finger unter dem dünnen Shirt über meine Haut. »Ich hab's nicht gesagt.«

Seine Gürtelschnalle bohrt sich in meine Rippen, und ich mache eine kleine Bewegung, damit es weniger schmerzt, aber als der Zug mit einem Ruck zum Stehen kommt, werde ich gegen ihn geschleudert. Das ist viel zu intim für den öffentlichen Personenverkehr. Sein Knie schiebt sich zwischen meine Oberschenkel, und die eine Hand legt er um meine Pobacke. Weil wir beide nach der Haltestange über unseren Köpfen greifen, werden unsere Oberkörper gegeneinandergepresst, und ich komme so unter seinem Arm zu stehen, dass ich seinen Atem heiß auf der Schläfe spüre. Er bewegt sich an der Haarlinie entlang zu meinem Ohr, wobei mich seine Lippen aber kaum berühren.

Und kaum bedeutet fast gar nicht. Mein Mund liegt auf der Haut, die aus seinem Hemdkragen herausschaut. Es ist kein Kuss. Aber als er mich die letzten Zentimeter zu sich zieht und ich zu ihm aufblicke, wird es zu einem.

Es fühlt sich an wie der erste.

Und das nicht, weil er genauso wild gewesen wäre. Atemlos. Denn das ist er nicht. Er ist sanft und vorsichtig.

Und passiert mitten in einem Zug der Japan Rail, weniger als eine Haltestelle von Ueno entfernt.

Dieser Gedanke und nicht die Sorge um Schicklichkeit bringt mich dazu, mich zurückzulehnen. »Ich mache, was immer du willst. Jetzt. Was deinen Vater angeht, meine ich. Du wolltest nicht, dass ich davon weiß. Schon kapiert. Ich erwarte nicht –«

»Vor Samstag habe ich nicht mal in Erwägung gezogen, mich mit ihm zu treffen. Vor unserem Streit. Aber dann bin ich spazieren gegangen und habe nachgedacht. Ich wollte es dir erzählen. Aber dann ist das alles passiert, und ich konnte es nicht. Ich dachte, ein Treffen mit ihm könnte vielleicht …«

Der Zug kommt zitternd zum Stehen, aber dieses Mal richten wir uns auf, statt uns aneinanderzuschmiegen. Eine Gruppe Schulkinder trennt uns vorübergehend, als wir den Zug verlassen, aber Finn wartet in der Mitte des Bahnsteigs auf mich und nimmt meine Hand, als ich zu ihm gehe.

Seine Hand ist feucht. Heiß. Vielleicht liegt es an der Jeans und dem langärmeligen Hemd. Wahrscheinlich aber nicht. Ich drücke seine Hand und überlege verzweifelt, was ich sagen könnte, das gleichzeitig tröstlich und trotzdem entspannt klingt. Etwas, das ihn zum Lachen bringt. Oder wenigstens zum Lächeln.

Als wir durch das Drehkreuz gehen, wird sein Griff fester. Ich greife nach seinem Unterarm. »Alles –«

Mein »in Ordnung« wird durch einen Ruf erstickt, der quer durch die Bahnhofshalle schallt, eine tiefe Stimme mit irischem Akzent, die das japanische Geschnatter um uns herum übertönt. »Mein Sohn. Ich freue mich, dich zu sehen, mein Junge.«

21

Finns Vater ist Ire, und zwar ein waschechter. Ich weiß nicht, warum mir der Gedanke nie gekommen ist – Finns Name klingt ja eindeutig danach –, und trotzdem bin ich überrascht. Wenn auch weniger als von der Tatsache, dass er sehr gut aussehend ist. So gut aussehend, dass die Leute stehen bleiben und ihm hinterherstarren. Dunkles Haar, das an den Schläfen grau wird. Groß. Breite Schultern. Schmale Taille. Er sieht aus wie ein Finn, den das Alter noch attraktiver gemacht hat.

Ich hatte mir … was anderes vorgestellt.

Niemand würde es für möglich halten, dass er solch ein Arsch ist. Richtig. Jetzt habe ich's kapiert.

Finn macht noch ein paar Schritte und bleibt dann stehen. Da ich immer noch seinen Arm umklammere, lasse ich ihn jetzt los. Aber als ich versuche, meine Hand wegzuziehen, drückt er sie nur noch fester.

Finns Vater hat genauso dunkle Augen wie Finn. Sie funkeln, obwohl er lächelt. »Danke, dass du gekommen bist. Gut siehst du aus.« Sein Blick wandert weiter zu mir. »Wie heißt deine Freundin?«

»Ich bin Zoe«, komme ich Finn zuvor. Ich will nicht, dass er mich Zosia nennt.

»Freut mich, Sie kennenzulernen, Zoe. Nennen Sie mich John.« Zu meiner Erleichterung reicht er mir nicht die Hand, sondern dreht sich wieder zu Finn um. »Ein Bier würde es wahrscheinlich leichter machen, aber ich hab mir das Biertrinken abgewöhnt. Wie wäre es mit einem Kaffee?«

»Kaffee ist prima«, sagt Finn. Sein Ton klingt zwar locker, aber wenn er nicht aufpasst, bricht er mir in spätestens zehn Sekunden die Finger.

Wir schließen uns der nächsten Welle von Fahrgästen an, die aus dem Bahnhof strömt, und John bricht das Schweigen, sobald wir in Richtung Café losgegangen sind. »Wie geht's deiner Mutter?«

»Es geht ihr gut.« Finn verzieht ein wenig den Mund. »Und wie geht's Lexy?«

»Sohn, ich –«

»Tu das nicht.« Finns Stimme wird sofort hart.

John nickt, als hätte er damit gerechnet. »Lexy ist längst Geschichte. Dann hast du also nichts von ihr gehört?«

»Nein.«

John wendet sich an mich, als ich zwischen die beiden trete. »Wie haben Sie Finn kennengelernt?«

Ich habe keine Ahnung, was ich dazu sagen soll. Ein schneller Blick auf Finn macht klar, dass er nicht antworten wird, und ich bin mir ziemlich sicher, dass er nicht sauer wäre, wenn ich einfach gar nichts sagen würde. Aber ich fühle mich unbehaglich dabei, die Frage zu ignorieren, und wahrscheinlich würde es alles nur noch schlimmer machen. »Ähm, wir kannten uns bereits aus Westfield.«

John nickt, und sein Blick verweilt genau an den falschen Stellen, als er über meinen Körper wandert. »Bei euch im Norden laufen die Dinge offenbar etwas anders. Sie haben nichts mit den Mädels gemein, die normalerweise bei uns aufgetaucht sind.«

Vermutlich soll das ein Kompliment sein, aber es fühlt sich eher an wie eine Anzüglichkeit. Ich habe keine Ahnung, woher die nächsten Worte kommen. Vielleicht bemächtigt sich Amelia kurzzeitig meines Körpers, denn meine Stimme klingt nicht mal nach mir, als ich sage: »Enttäuscht, dass Sie nicht bei mir landen können?«

Sobald ich die Worte ausgesprochen habe, fühle ich mich schrecklich. Ältere Menschen behandelt man mit Respekt. Das haben Mom und Dad mir immer wieder eingetrichtert. Und das war nicht respektvoll, ob er es nun verdient hat oder nicht.

Aber John grinst nur. »Und ziemlich temperamentvoll, wie's aussieht. Gut für dich …«

Das »Sohn« kann er sich gerade noch verkneifen. Finn entgeht es ebenso wenig wie mir. »Das Café ist da drüben. Wir sehen uns dann drinnen.«

»Kaffee, schwarz?«, fragt John.

»Nein danke. Ich bin in einer Minute da.«

Finn wartet, bis John die Tür hinter sich geschlossen hat, bevor er mich ansieht. Seine Augen sind dunkel und unergründlich. »Na schön, Zoe, wo genau kam das her?«

Ich erröte leicht. Was weniger an seinem Ton als daran liegt, dass er mich Zoe nennt. Es hört sich so fremd an. »Weiß nicht.«

»Wirklich nicht?« Er mustert mich mit hochgezogenen Augenbrauen, und seine Augen lächeln.

»Nur Menschen, die ich mag, dürfen mich Zosia nennen.«

»Gut.« Das Lächeln wandert weiter zu seinem Mund und verschwindet dann. »Ich sollte das hier wahrscheinlich tun, oder was meinst du?«

»Wahrscheinlich schon.«

Sein Blick wandert zur Tür und wieder zurück zu mir. »Ich muss das hier allein tun. Ich kann nicht …«

»Ich weiß.« Ich beiße mir auf die Zunge, um der Versuchung zu widerstehen, etwas scheinbar Hilfreiches zu sagen. »Soll ich warten?«

»Es könnte sein, dass ich nach dem Treffen keine besonders angenehme Gesellschaft bin.« Das ist kein Nein, und meine

Hoffnungen schießen ganze zweieinhalb Sekunden lang in den Himmel, ehe er sagt: »Ich weiß nicht, Zosia. Ich weiß es nicht.«

Aber es geht gar nicht ums Warten. Es geht um diese ganze Sache. Um das Gespräch mit seinem Dad. Und um uns.

Er will mich. Mich. Die Tatsache, dass ich hier stehe, ist der Beweis. Aber dieser Wunsch kann nicht alles andere ungeschehen machen. Vielleicht macht er es sogar eher noch schlimmer.

»Willst du, dass ich für das einstehe, was ich gesagt habe? Geht es darum? Willst du, dass ich kämpfe? Um dich?« Beim letzten Wort bricht meine Stimme.

»Vielleicht.« Finn lässt meine Hand los und legt sie um meinen Nacken. »Ich wette, dass du ganz schön loslegen kannst, wenn's drauf ankommt.«

»Das wette ich auch.« Ich lasse zwei Finger über seinen Oberkörper nach oben laufen. Sein Blick wandert zurück zum Fenster, und ich zwinge mich dazu, ihn loszulassen. Was auch immer aus uns beiden wird, die Entscheidung wird nicht in diesem Augenblick fallen. »In Ordnung. Geh. Tu's.«

Er küsst mich auf die Stirn, und ich lege das Kinn auf seine Brust und atme seinen Duft ein. Diesmal kein Obsession for Men. Nur Seife und der Geruch von Baumwolle. Nachdem ich seinen Arm gedrückt habe, mache ich einen Schritt nach hinten. »Dann werde ich, ähm, zum Schrein gehen.«

Er nickt. »Möchtest du vielleicht … ein Buch mitnehmen?«

Ein Buch? Ähm, nein? Ich zucke mit den Achseln. »Sicher.«

Er wühlt in seinem Rucksack und gibt mir eins. Auch als ich das glatte Cover zwischen den Handflächen spüre, bleibt mein Blick weiter auf Finn gerichtet. Das hier wird genauso wenig das letzte Bild in meinem Kopf sein. Das wird es nicht. Seine Haut schimmert in der Sonne. Um seine Augen bilden sich dieselben kleinen Fältchen, die er hat, wenn er lächelt. Und tatsächlich lächelt er eine Sekunde lang, aber beim nächsten Blinzeln ist es schon verschwunden. »Okay, ich, ähm …«

»Geh schon. Ich liebe dich.«

Ich warte darauf, dass er die Liebeserklärung zurückgibt, und als er es nicht macht, tut es weh. Sehr. Aber innerhalb von sieben Sekunden habe ich es geschafft, meine Gefühle in den Griff zu bekommen und eine Erklärung zu finden. Sogar eine Entschuldigung. Aber nicht mal das verhindert, dass sich meine Augen mit Tränen füllen, während ich über den Pfad aus festgetretener Erde Richtung Toshogu-Schrein laufe.

Verdammt.

Ich fahre mit den Fingern über die *ema*, die kleinen Holzplaketten, die den Pfad zum Haupttor säumen. Die Menschen schreiben ihre Wünsche darauf und hängen sie am Eingang zum Schrein auf, in der Hoffnung, dass die Götter sie erfüllen. Wohlstand. Gesundheit. Liebe. Ich kenne die *kanji*-Schriftzeichen für Liebe, und ein schneller Blick bestätigt, dass acht von zehn Plaketten genau darum bitten. Bei meiner wäre es nicht anders.

Wieder verdammt.

Ich bezahle die zweihundert Yen, die es kostet, das Tempelinnere zu betreten, und sei es auch nur, weil dort weniger Menschen sind. Neben der großen Glocke steht eine Schülergruppe, die von einem Tempelführer begleitet wird. Ich schnappe ein paar Worte auf. Fest. *Mochii*. Dass ich am Rand der Gruppe stehen geblieben bin, wird mir erst bewusst, als zwei Jungs, die herumgealbert haben, damit aufhören. Als hätte ich vor, sie zurechtzuweisen. Stattdessen lächle ich sie an, als sie mich unter ihren langen Ponyfransen hervor mustern. Ich habe nichts weiter vor, als in den hinteren Teil der Anlage zu gehen, in dem sich der Pfingstrosengarten befindet.

Wenn Finn mich sucht, dann wird es dort sein. Wir sind schon früher hergekommen, haben uns im Schatten auf eine

Bank gesetzt, die weit genug weg vom Haupteingang zu den Gärten steht. Es ist ruhig hier – oder wenigstens so ruhig, wie es in einem Schrein mitten in Tokio werden kann.

Ich frage mich, wie es mit John läuft. Finn hat ihn kein einziges Mal »Dad« genannt. In den letzten Tagen habe ich ein paarmal darüber nachgedacht, und jetzt geht es mir nicht mehr aus dem Kopf. Natürlich tut er das nicht. Mein Vater ist Dad. John? Ihn Vater zu nennen, wäre schon ein Zugeständnis. Es ist ja nicht mal so, dass er seinen Vater John nennen würde, weil sich ihre Beziehung wie die von Mindy und Liz verändert und zu einer neuen Ebene gefunden hätte. Finn und John haben keine Beziehung zueinander.

Gott, bitte mach, dass er damit klarkommt. Ich bin hier zwar am falschen Ort für ein Gebet, aber die Japaner sehen das mit der Religion nicht besonders eng, und ich glaube nicht, dass es ihnen etwas ausmachen würde.

Ich kreuze die Finger und öffne sie wieder.

Fahre mir mit der Hand durch die Haare.

Klopfe mit der Hand auf meinem Bein herum.

Werfe einen Blick auf meine Armbanduhr.

Zehn Minuten.

Mein Gott, es sind nur neunzehn Minuten vergangen.

Es fühlt sich an wie eine letzte Zuflucht, als ich das Buch zur Hand nehme, das Finn mir gegeben hat. Ich kann jetzt unmöglich lesen. Ich schaffe es kaum still zu sitzen, und nach dem pechschwarzen Umschlag mit dem weißen Origami-Kranich zu schließen, handelt es sich um ein ernstes Buch. Finn liest alles, und auch wenn ich meine Lektüreauswahl deutlich erweitert habe, sind mir Zahlen immer noch lieber als Wörter. Mit dem Daumen fahre ich über die unteren Ecken der Seiten und schlage das Buch dann ziemlich weit vorn auf. Auf Seite zwanzig oder so.

Mein Herz macht einen Sprung.

Die Seite ist gefüllt mit Finns achtlosem Gekritzel. Genau wie jede andere Seite in dem Buch.

Es ist sein Notizbuch. Das Notizbuch, das er den ganzen Sommer mit sich herumgeschleppt hat. Der neue Umschlag ist auf den verschlissenen roten Karton geklebt. Abgesehen von unserer ersten Nacht durfte ich es nie in die Hand nehmen. Nicht dass ich darum gebeten hätte. Aber er hat es nicht angeboten, und die unausgesprochene Abmachung lautete: Finger weg. Das Notizbuch ist seins. Zu intim, um es anderen zu zeigen.

Meine Hände zittern, als ich zur ersten Seite zurückblättere. Zunächst überfliege ich es nur, während ich versuche, alles so schnell wie möglich zu lesen. Die erste Seite: *Verlasse das Land mit dem Flieger. Keine Ahnung, wann ich zurückkomme. Mit etwas Glück vielleicht nie.*

Zeichnungen, Kritzeleien. Ich stelle mir vor, wie er zusammengesunken im Flugzeug sitzt, die langen Beine untergeschlagen. Die Hälfte seiner Aufmerksamkeit ist auf einen Film gerichtet, die andere auf den Stift in seiner Hand.

Noch eine Seite voller Worte. *Schwarz. Getümmel. Missklang. Ameisen. Wimmelnd. Wuselnd.*

Ein paar Passagen von dem Tag, an dem wir uns in Tokio wiedergetroffen haben, das Datum ist der 5. Juni. *Wahrheit. Du. Vertrauen einfach so. Lüge. Warum? Flamme. Dasselbe.*

Zwei Seiten weiter eine Eintragung von jenem Tag in Kamakura. Das weiß ich nur deshalb, weil oben drüber Kenchoji steht. Der Name des Tempels. *Innehalten und lauschen. Hast du bemerkt, wie die fieberhaften Stimmen verstummen? Oder hörst du sie nicht, weil du deinen Frieden längst gefunden hast?*

Die nächste Zeile: *Ich habe sie gefragt. O mein Gott.*

Eine andere: *Deine Haut brennt. Du stöhnst und sagst, dass du kurz davor bist, laut zu schreien. Kawumm. Ich wache auf. Und verdammt – es war mal wieder nichts als ein feuchter Traum.*

Das kommt so unerwartet, dass ich es zweimal lese, bevor ich weiterblättere. Aggressive schwarze Striche durchstoßen fast das Papier und bedecken die Worte darunter. Aber nicht so, dass ich sie nicht lesen kann. *Ich wollte dich nie wiedersehen. Ich wollte dich nie wiedersehen.*

Und dann die nächste Seite. *Glaubst du wirklich, dass du hier nur mit deiner Großkotzigkeit und deinem Lächeln aufkreuzen und mich um Verzeihung bitten kannst? Warum sollte ich dir verzeihen? Damit du kein schlechtes Gewissen zu haben brauchst … bei allem, was du getan hast? Wer bist du, und was ist aus dir geworden? Oder machst du das nur, um dir einreden zu können, dass du immer noch einen Sohn hättest?*

In meiner Kehle bildet sich ein Kloß, und ich lasse den Blick über den Pfingstrosengarten schweifen. Die Worte sind ungeschminkt. Echt. So echt, dass ich einen Moment lang daran zweifle, dass er mir das Buch wirklich geben wollte. Aber solch einen Fehler würde er nicht machen. Er hat es mir absichtlich gegeben. Hat sein Herz in meine Hände gelegt. So fühlt es sich jedenfalls an.

Falls ich noch irgendwelche Zweifel hatte, werden sie von der letzten Seite beseitigt:

She looks like she's flying on gossamer wings
The night is so black, you can't see the strings
She's soaring, she's floating, she's touching the sky
She's an angel, a vision, a trick of my mind.

Der Song. Aus jener ersten Nacht. Genau derselbe, abgesehen von der letzten Zeile.

She kisses the stars and closes her eyes
Dancing in circles she lights up the sky
She's beauty and love and goodness and light
She's real and true and somehow she's mine.

Die Tränen laufen mir über das Gesicht. Ich springe auf, und meine Sandalen machen klatschende Geräusche auf den Steinplatten des Wegs, der durch den Tempel führt. Vorbei an umherschlendernden Touristen. Der Schülergruppe. Der großen Glocke.

Ich grabe in meiner Tasche nach meinem Handy und bleibe auf dem Pfad stehen, als ich die glatte Hülle unter den Fingern spüre. Der Menschenstrom teilt sich, als ich auf die Taste drücke, und auf dem Bildschirm erscheint ein Foto von mir und Finn, das ich in irgendeiner Nudelküche aufgenommen habe. Wir strahlen über beide Ohren, und die Erinnerung bringt mich beinahe zum Lächeln, aber dann muss ich feststellen, dass ich weder eine neue Textnachricht noch Nachrichten auf meiner Mailbox noch unbeantwortete Anrufe habe. Ob ich besser hier auf ihn warten sollte? Wahrscheinlich. Aber mein Gott, ich bringe es nicht fertig, hier herumzusitzen und zu *warten*.

Sogar draußen vor dem Café auszuharren ist besser als das hier.

Ich setze mich wieder in Bewegung, langsamer dieses Mal, und suche die Menge nach einem dunklen Haarschopf ab, der alle anderen überragt. Ich erspähe tatsächlich ein paar große Männer, aber Finn ist nicht dabei. Ist das jetzt gut oder schlecht?

Ich stehe fast vor dem *ema*, als ich ihn endlich sehe.

Durch den Tränenschleier ist es unmöglich zu sagen, wo sein T-Shirt aufhört und das gleißende Sonnenlicht anfängt.

Trotzdem renne ich los. So schnell ich kann. Auf die Sonne zu.

Als ich ihn erreiche, bin ich völlig außer Atem. So sehr, dass ich mich mit den Händen auf den Knien abstützen muss und nach Luft schnappe. Daran kann man sehen, was drei Tage Trübsal blasen und eine Kaffeediät anrichten können. Das einzig Gute daran ist, dass er nicht sehen kann, dass ich geweint habe, oder jedenfalls nicht, bis mich aufrichte, und da habe ich mich wieder einigermaßen unter Kontrolle.

Finn legt die Hand auf meine Schulter. »Hey, alles klar bei dir?«

Ich nicke. Durch meinen Kopf schießen eine Million Dinge, die ich ihm unbedingt sagen will, und ich versuche, sie alle auf einmal zu sagen. »Dein Vater … ich habe nicht damit gerechnet, dass … ich meine, er ist … du … du bist zum Tempel gekommen. Und das Buch. Es ist dein Notizbuch. Du hast mir dein Notizbuch gegeben. Ich kann nicht glauben, dass du das getan hast. Es ist … ich …«

»Ich wollte gern, dass du es liest. Falls du es nicht weißt.« Die Art, wie er mich mit in den Nacken gelegtem Kopf ansieht, wobei die Sonne einen Schatten über sein Gesicht wirft, wirkt fast traurig.

»Falls ich was nicht weiß?« Meine Kehle schnürt sich schon wieder zusammen, und ich schlucke.

»Was du mir bedeutest.« Beim letzten Wort fällt sein Tonfall ab, so wie er es für gewöhnlich am Ende eines Satzes tut, der einen Abschluss bildet, weil es nichts mehr zu sagen gibt.

Dennoch erwarte ich immer noch halb, dass er noch etwas sagen wird. Dass er dem Kind einen Namen geben wird. Mir. Auch wenn alles in seinem Notizbuch steht. Ich beiße mir auf die Zunge, hart.

Das hier. In diesem Moment. Es geht nicht um uns.

»Wie war's? Da drin?« Mit dem Kinn deute ich auf das Café.

»Ja.« Sein Blick wandert ebenfalls zum Café. »Er ist, nun ja, immer noch da drin.«

»Warum?«

»Ich hab keine Ahnung. Ich meine, er hat gesagt, dass er es wiedergutmachen will. Ich hielt das für Blödsinn. Aber er ist – ich weiß nicht. Vielleicht sehe ich auch nur, was ich sehen will. Er ist immer noch ein Arsch, aber es tut ihm leid. Angeblich hat ihm noch nie etwas so leidgetan. Noch nie. Er wünscht sich einen Neuanfang und will reinen Tisch machen, bevor er nach Sidney zieht. Er hat eine Therapie oder so was gemacht und behauptet, dass das der Grund wäre, warum er hier ist. Dass er dadurch überhaupt erst den Mut gefunden hätte, sich bei mir zu melden. Das klingt zwar alles nach ziemlichem Müll, aber ich weiß nicht. Es hört sich wirklich so an, als ob es ihm leidtäte.« Finn umklammert meine Schulter immer fester, während er redet. »Er hat nach dir gefragt und gemeint, dass er dich gern kennenlernen würde. Ich meine, ihr beide habt euch ja schon kurz gesehen, aber …«

Ich löse seine Finger von meiner Schulter und nehme sie stattdessen in die Hand. »Ich hab's dir schon gesagt. Ich tue alles, was du möchtest.« Dann werfe ich einen Blick auf die Tür des Cafés und hole tief Luft. »Dazu gehört auch, dass ich da mit reinkomme.«

»Ich weiß. Es ist nur, ich fühle mich …«

Er wird mich nicht darum bitten. So viel ist klar. »Ich muss ohnehin mal auf's Klo.«

Finn zieht eine Grimasse und schüttelt den Kopf. »Bist du sicher?«

Kein Stück. Laut sage ich: »Ja. Ich hab nämlich jede Menge Kaffee getrunken.«

Das entspricht der Wahrheit, und jetzt, da ich es sage, brauche ich tatsächlich eine Toilette. Ich ziehe leicht an Finns Hand, damit wir uns in Bewegung setzen.

Als wir das Café betreten, sehe ich mich nicht um, sondern gehe direkt zu den Toiletten. Es sind Toiletten im westlichen Stil, dem Himmel sei Dank, und hinzu kommt, dass ich sie für mich allein habe. Nachdem ich auf dem Klo war, spritze ich mir Wasser ins Gesicht und ziehe das Gummiband von meinem Handgelenk, um mir die Haare zusammenzubinden. Meine Wangen sind gerötet, und meine Augen glänzen immer noch vom Weinen. Normalerweise bin ich nicht so nah am Wasser gebaut. Das war ich ohnehin nie, und nach dem Tod meiner Mutter habe ich noch weniger Tränen vergossen als vorher. Nicht am Anfang, da habe ich sehr viel um sie geweint. Bis ich eines Tages entschied, dass ich nicht mehr so nahe am Abgrund stehen möchte. Dass ich am liebsten überhaupt nicht mehr so viel fühlen möchte. Und damit Schluss.

Aber jetzt kommt alles an die Oberfläche. Finn. Mom. Schmerz. Liebe. Sehnsucht. Hallo. Auf Wiedersehen.

In meinen Augen sammeln sich wieder Tränen, und ich ziehe das Gummiband fester. Danach schnappe ich mir ein Stück Toilettenpapier und reibe mir damit über die Augen. Ich muss da rausgehen. Ich habe gesagt, dass ich alles tun würde.

Dieser Gedanke ist es, der mich aus der Tür treibt. Der mich dazu bringt, mich neben Finn zu setzen. Mich John zu stellen. Das Café ist überfüllt. Genauso wie beim ersten Mal, als wir hier waren, aber heute ist es eine Mischung aus Familien, Paaren und Touristen. Englische Wortfetzen schwirren durch die Luft, und ich schnappe ein paar auf, bevor ich den Blick auf John richte.

»Also …« Mehr bekomme ich nicht heraus, ehe die Kellnerin einen Kaffee vor mir abstellt. Dieses Mal wird er in einem Kännchen serviert, mit Sahne und Zucker.

Finn will mir einschenken, hält aber inne, als John nach dem Kännchen greift. »Darf ich?«

Ich nicke und sehe zu, wie er den Kaffee eingießt. In Japan ist es Sitte, dass man den anderen am Tisch einschenkt. Dabei spielen Statusfragen eine Rolle, und wer genau wem einschenken darf, habe ich nicht ganz verstanden, aber ich weiß, dass normalerweise die Frauen die Männer bedienen. Diese Tatsache ist ein Dauerwitz zwischen Finn und mir, und ich lächle leicht, als ich John ansehe. »Danke.«

Das Lächeln entgeht ihm nicht. Er hat dieselben Augen wie Finn, und das auf mehr als eine Art. »Finn hat gesagt, dass Sie vorhaben, an der University of Rhode Island zu studieren?«, erkundigt er sich und wartet meine Antwort nicht ab. »In welchem Fach wollen Sie denn Ihren Abschluss machen?«

»Ähem, Mathe wahrscheinlich.« Ich trinke einen Schluck von dem Kaffee, wobei ich mir prompt die Kehle verbrenne.

»Das ist eine gute Wahl. Damit kann man eine Menge anfangen«, sagt John.

Ich rutschte etwas unbehaglich auf meinem Stuhl hin und her und berühre dabei mit meinem Becken Finns Hüfte. Finn hat keinen Ton gesagt, seit ich mich gesetzt habe, und nach seinem Gesichtsausdruck zu schließen, wird sich daran auch nichts ändern. Aber es kommt mir ziemlich hirnverbrannt vor, mit seinem Vater über meinen möglichen Collegeabschluss zu diskutieren, und ich habe nichts zu verlieren.

»Warum wollten Sie mich kennenlernen?«, platze ich heraus und trinke einen weiteren Schluck Kaffee, um davon abzulenken, dass ich rot werde.

Ich spüre, wie Finn sein Bein anspannt, aber sein Blick bleibt auf John gerichtet, und ich glaube, dass er sich dasselbe fragt. Johns Mundwinkel zuckt leicht nach oben. »Sie sind wichtig für Finn. Ich bezweifle, dass er Ihnen viel von mir erzählt hat. Ich an seiner Stelle hätte es nicht getan. Ich war mir nicht sicher, ob Sie einwilligen würden.«

Ich warte darauf, dass er weiterspricht, aber stattdessen sitzen wir da und starren einander an, sodass ich mich schließlich meinem Kaffee zuwende, als wäre ich hauptsächlich zum Kaffeetrinken hier.

Die Stille breitet sich aus, aus Sekunden werden Minuten.

Ich starre meinen Kaffee an und rühre mit dem winzigen Teelöffel in der zarten Porzellantasse herum. Ich habe keine Ahnung, was ich sagen soll, obwohl ich ziemlich sicher bin, dass ich die Einzige bin, die das Schweigen brechen würde.

Schließlich stellt John klappernd seine Tasse ab und räuspert sich. »Wahrscheinlich sollte ich euch einfach mit eurem Tag weitermachen lassen.«

»Was?«

Finn nickt. »Sicher. In Ordnung«, sagt er und drückt meine Hand. »Ich, ähm, geh mal kurz auf die Toilette. Ich bin sofort zurück, okay?«

Bevor ich widersprechen kann, ist er bereits aufgestanden, und mein Blick folgt ihm bis zu den Waschräumen, als er die Tür hinter sich schließt.

»Vielen Dank, dass Sie gekommen sind.« Johns Stimme ist sanft.

»Ich … ich …«

»Sie beide werden bestimmt gut aufeinander aufpassen.« Mit diesen Worten legt er die flachen Hände auf den Tisch und drückt sich nach oben.

»Warten Sie doch. Wo wollen Sie hin? Was haben Sie vor?« Als ich ebenfalls aufstehe, verschütte ich versehentlich meinen Kaffee.

»Wie ich schon sagte, ich sollte Sie nicht länger aufhalten.«

Wenn ich ihn nicht kennen würde – oder nichts über ihn

wüsste –, dann würde er mir leidtun. Er wirkt so traurig und verloren.

»Er ist doch gleich wieder da.« Ich deute auf die Toilettentür. »Wollen Sie nicht warten?«

»Nein«, erwidert er und schüttelt dabei sehr langsam den Kopf, und bei Gott, seine Augen sind so bodenlos, dass sie mich komplett verschlucken. »Nein, das will ich nicht.«

Das hier ist der Moment, in dem ich etwas sagen sollte, das ihn dazu bringt, sich mir zu öffnen. Das ihn dazu bringt, mir alles zu erzählen, damit es endlich zu einer großen, emotional befreienden Aussprache kommen kann, sobald Finn von der Toilette zurückkehrt. All die Dinge, die sie sich bisher nicht sagen konnten. Der Moment, in dem sie sich alles von der Seele reden. Und so weiter und so fort.

Stattdessen beobachte ich Finns Vater beim Verlassen des Cafés.

Ich stehe immer noch an derselben Stelle, als Finn von der Toilette zurückkommt. Sein Blick wandert von meinem Gesicht zu den leeren Stühlen.

»Er, ähm, ist gegangen«, sage ich und erwarte dabei halb, dass er mir Johns Verschwinden vorwirft. Mich fragt, was ich gesagt habe. Oder nicht gesagt habe.

Aber er nickt nur und deutet auf meine Kaffeetasse. »Willst du deinen Kaffee zu Ende trinken?«

»Nein.« Ich rechne damit, dass er noch etwas sagt, aber das tut er nicht.

Also sammeln wir unser Zeug zusammen und verlassen das Café. Als wir draußen sind, platze ich heraus: »Ich hab keine Ahnung, warum er einfach gegangen ist. Es tut mir leid. Er hätte bleiben sollen, um sich von dir zu verabschieden.«

»Das hat er schon vor langer Zeit getan. Außerdem hat er bekommen, was er wollte. Er hat gesagt, was er loswerden wollte, und hat mir dabei in die Augen gesehen.« Finn klingt nicht traurig. Oder verärgert. Oder sonst irgendwas.

»Und was ist mit dir? Hast du bekommen, was du wolltest?« Ich frage das ganz vorsichtig, für den Fall, dass er die Frage nicht beantworten kann.

Er braucht zwei Minuten, um etwas zu erwidern. Das weiß ich so genau, weil ich zweimal bis sechzig zähle. »Vielleicht.«

Ich atme langsam und vollständig aus. »Gut.«

Es war ein Test. Ein Test, den er sich selbst auferlegt hat. Heißt das, dass er ihn bestanden hat? Ich beiße mir auf die Zunge, um nicht zu fragen. Ich würde gern fragen. Ich würde es gern hören. Sein Gesicht sehen. Ihm dabei in die Augen schauen. Aber ich werde es nicht tun.

Nein, auf keinen Fall.

»Was hast du jetzt vor?«, fragt er.

»Ich weiß nicht. Und du?« Weiter als bis zu diesem Punkt habe ich nicht gedacht. Nicht mal ansatzweise.

»Ich möchte jetzt wirklich gern nach Hause.« Und für einen Sekundenbruchteil sacken seine Schultern nach unten.

Was der Grund dafür ist, warum ich ihn endlich umarme. Einen Arm lege ich um seinen Rücken und den anderen um seine Taille, so fest wie ich kann.

Er lässt sich gegen mich sinken. Schlingt den Arm um meine Schulter und schmiegt sich enger an mich, dann küsst er mich auf den Scheitel, bevor mich loslässt. »Ich kann das nicht, Zosia.«

Zuerst verstehe ich nicht, was er meint. »Ich kann das nicht«, wiederholt er, und meine Kehle schnürt sich zusammen.

»Finn …«

»Lass uns nach Hause gehen. Ich muss nach Hause.«

22

Nach Hause.

Zu Hause stellt sich als Finns Apartment heraus. Sein Zimmer. Sein Futon.

Er führt mich durch die leere Wohnung und schließt die Tür fest hinter uns, bevor er sich auf das Futon sinken lässt, wobei er mich mit sich zieht. Wir verknoten unsere Beine miteinander, seine Jeans fühlt sich rau an auf meinen nackten Beinen. Die Perlmuttknöpfe seines Hemds graben sich in meine Wange, als ich meinen Kopf auf seine Brust lege. Es ist nicht besonders bequem. Normalerweise liegen wir Haut an Haut, wenigstens von den Knien abwärts, und ich kann die Gelegenheiten an einer Hand abzählen, in denen ich Finn in etwas anderem als Shorts und T-Shirt gesehen habe. Und in neun von zehn Fällen sorge ich dafür, dass er sein T-Shirt auch noch loswird.

Aber nicht heute. Heute sage ich nichts über sein Shirt oder etwas anderes. Seit wir Ueno verlassen haben, habe ich ohnehin kaum etwas gesagt. Ein beiläufiger Kommentar im Zug, das war's so ziemlich. Dabei muss ich mich mit aller Macht zusammenreißen, um die Stille zwischen uns nicht mit Worten zu füllen. Es geht nur, weil er meine Hand hält. Ganz fest. Wie eine Rettungsleine.

Was der Grund dafür ist, warum ich nicht herumzappele oder mich aus seiner Umarmung befreie. Mein Bein schläft zwar ein, aber ich bewege mich trotzdem nicht. Finns Atemzüge werden langsamer und tiefer, und ich frage mich, wann er das letzte Mal geschlafen hat. Wenn er seit letzter Woche von diesem Treffen wusste, dann hat er wahrscheinlich jede Nacht immer weniger geschlafen.

Ich kann mich daran erinnern, wie meine Mutter wegen dem Knoten in ihrer Brust zur Biopsie musste. Das war nach der ersten Runde Strahlentherapie. Eigentlich hätte die Bestrahlung den Tumor zerstören müssen, sodass er keine neuen Metastasen bildet. Aber dann entdeckte sie eines Tages diese Beule. Vier Tage nachdem sie es dem Arzt erzählt hatte, fand die Biopsie statt. In der Nacht vor dem Termin habe ich kein Auge zugetan. Stattdessen lag ich wach im Bett, starrte die Decke an und drückte die Daumen, so als würde das helfen. Als würde das Wünschen helfen.

Ich bin emotional ausgelaugt, deshalb ist es nicht überraschend, dass ich irgendwann einnicke, während ich einerseits sehnsüchtig an meine Mutter denke und andererseits mit Finn leide. Ich schlafe unruhig und wache schwitzend auf, mein T-Shirt hat sich verdreht und drückt gegen meine Rippen. Als ich die Augen öffne, fällt mein Blick auf Finn, der sich auf dem Ellbogen abstützt und mich betrachtet. Obwohl es dunkel ist, spiegelt sich das hereinfallende Licht der Straßenlaterne in seinen Augen. Wie Sterne in einem Nachthimmel.

»Hey.« Seine Stimme ist sanft.

»Hey.«

»Meine Mom hat eine SMS geschickt. Sie ist auf dem Weg nach Hause.«

»Das ist gut.« Ich lasse mich zurück auf das Kissen sinken. »Ist mein Dad bei ihr?«

»Wahrscheinlich.« Finn räuspert sich. »Ich kann mir nicht vorstellen, dass er besonders begeistert ist, wenn er dich hier findet.«

Nein, das kann ich mir auch nicht vorstellen. Aber ich schüttele den Gedanken ab und verlagere das Gewicht, um Finn ansehen zu können. »Wie geht es dir?«

»Ja.« Einen Wimpernschlag lang schließt er die Augen. »Danke, dass du heute mitgekommen bist.«

»Jederzeit wieder.«

Sein Lächeln ist traurig. »Ich bin mir ziemlich sicher, dass das eine einmalige Sache war.«

Das bin ich auch. Ich glaube nicht, dass Finn John jemals wiedersehen wird. Wenn sie das gewollt hätten, hätten sie sich voneinander verabschiedet. »Ich –«

»Nicht. Bitte.«

Ich beiße mir auf die Innenseite der Wange. Es gibt nichts zu sagen.

Finn fängt an, kleine Kreise auf meinen Oberkörper zu malen, die mir Schauder durch den Körper jagen. Zum Teil liegt das einfach nur körperlich an seiner Berührung. Aber zum Teil ist es auch Erleichterung. Das Gefühl seiner Finger auf meiner Haut, nachdem ich ihn tagelang vermisst habe. Am liebsten würde ich weinen oder ihn küssen.

Also küsse ich ihn.

Es ist ein explosiver Kuss, voll angestauten Verlangens, erfüllt von der Angst und Sehnsucht der letzten fünf Tage. Und das geht nicht nur mir so. Wir reißen uns die Kleider vom Leib. Knöpfe, die klimpernd auf dem Holzfußboden aufkommen, klingen wie Regen, der gegen die Fensterscheibe trommelt, gedämpft und weit weg. Wir stehen beide in Flammen, und das Feuer brennt immer heißer.

Deshalb dauert es eine Weile, ehe Dads gedämpfte Stimme in mein Bewusstsein dringt. Sie wechselt sich mit Eloises trällernder Stimme ab und wird von Topf- und Deckelgeklapper untermalt. Finn hört sie kurz nach mir, seine Lippen sind immer noch gegen meine Kehle gepresst.

»O verdammt«, flüstere ich, das Prickeln in meinem Magen verwandelt sich in Unbehagen. Ich bin mir ziemlich sicher, dass das vorhin meine Knöpfe waren. Mal ganz abgesehen von der geschlossenen Tür. Und der Tatsache, dass mein Vater denkt, dass es zwischen uns aus ist.

Finn küsst mich noch mal, auf eine Art, die mich vergessen lässt, dass mein Dad sich auch nur im selben Land befindet. Aber dann hält er inne. »Das Reden übernehme ich.«

»Nein.« Ich spreche in normaler Lautstärke und mit fester Stimme. Aber dann dämpfe ich sie ein wenig und schüttele den Kopf. »Nein.«

Nachdem ich mich aufgesetzt habe, sehe an mir hinunter. Mein BH ist offen, und die Knöpfe auf dem Boden sind tatsächlich von mir. »Ich, ähm, muss mir ein Shirt von dir leihen.«

Finn steht auf und kramt im Dunkeln in einer Schublade. Dann kommt er mit einem Oberteil zurück, zieht mir meine Bluse über den Kopf und macht den BH zu, ehe er mir das Shirt gibt. Als mir klar wird, dass es eins von meinen ist, durchströmt mich Erleichterung. Zum Glück habe ich in den letzten Wochen ein paar Klamotten bei Finn liegen lassen, die ich in meiner Sporttasche mit mir rumgeschleppt hab. Es wird so schon schlimm genug, auch ohne in Finns Klamotten vor meinen Vater zu treten.

Mit gespreizten Fingern fahre ich mir durch das Haar. Ich bin mir sicher, dass es ziemlich zerstrubbelt ist. Da es keine sanften Küsse waren, sind meine Lippen geschwollen, und ich frage mich, wie rot mein Kinn von Finns Bartstoppeln ist. Nicht dass ich etwas daran ändern könnte, aber Herrgott noch mal, so habe ich mir das nicht vorgestellt. Ganz und gar nicht. Wenn ich mir ein Katastrophenszenario ausgemalt hätte, dann wäre es genau das hier gewesen. Und noch etwas mehr. Denn ich bin mir ziemlich sicher, dass wir nicht aufgehört hätten, wenn die beiden nicht nach Hause gekommen wären. Das hätten wir schlichtweg nicht fertiggebracht.

»Ich, ähm, sollte es wahrscheinlich einfach hinter mich bringen«, sage ich und lege eine Hand auf den Türknauf und die andere auf Finns Brust.

»Zosia.« Er streicht mir ein paar Strähnen aus dem Gesicht. »Du solltest nicht –«

Aber ich ersticke seine Worte mit einem Kuss und öffne die Tür.

Bei dem Geräusch drehen sich sowohl Dad als auch Eloise herum. Ihre Mienen sprechen eine deutliche Sprache – Dad dachte, dass sie allein wären, und Eloise wusste, dass sie es nicht sind. Allerdings muss ich ihr zugestehen, dass sie bei meinem Anblick überrascht aussieht. Ich nehme an, dass sie ebenfalls davon ausging, dass es zwischen uns vorbei wäre.

»Hey Dad.« Meine Stimme klingt ganz normal. Ich spüre, dass Finn hinter mich tritt, drehe mich aber nicht zu ihm um.

»Zosia? Was machst du hier?« Einen Sekundenbruchteil lang sieht er verdutzt aus. Dann mustert er mich, Finn und die Schlafzimmertür, und sein Ton wird hart. »Was machst du hier?«

»Greg.« Eloise legt die Hand auf seinen Arm, ihre Stimme klingt zaghaft. Zum ersten Mal, seit ich sie kenne, denke ich daran, dass John sie schon lange vorher misshandelt hat, lange, ehe er seine Aggressionen gegen seinen Sohn richtete. Ihr Blick erinnert mich daran. Das Grauen, gemischt mit Angst.

»Eloise, misch dich nicht ein. Das hier ist ein Problem zwischen mir und meiner Tochter.« Er hört sich an wie ein Arsch allererster Güte.

Finns Stimme hinter mir klingt gelassen, aber gleichzeitig hart wie Stahl. »Ihre Tochter ist mehr, als ich verdiene, Mr Easton. Das habe ich begriffen. Ich weiß, dass Sie mich nicht leiden können, und das ist in Ordnung so. Aber bitte sprechen Sie nicht so mit meiner Mutter. Oder mit Ihrer Tochter.«

Eloise und ich atmen beide hörbar ein, und mein Dad wird erst blass und dann rot, und das alles in weniger als fünf Sekunden.

»Ich glaube nicht, dass *mein* Gespräch mit *meiner* Tochter –«, Dad legt Wert darauf, die beiden Worte zu betonen, »dich irgendetwas angeht.« Er funkelt zuerst Finn an und sieht dann zu mir. »Was machst du hier, Zosia?«

Finn antwortet ihm, bevor ich es kann. »Mein Vater war heute in der Stadt.«

Eloise schnappt nach Luft. Wow, offenbar hat Finn ihr auch nichts von Johns Besuch erzählt.

»Er hat gesagt, dass er seine Fehler wiedergutmachen wollte«, fährt Finn fort. »Vielleicht tut es ihm wirklich leid. Das ist bei ihm schwer zu sagen.«

»Ich wusste nicht …« Dads Ton wird etwas sanfter. Diese Neuigkeit dämpft seinen Ärger auf mich, wenigstens fürs Erste.

Finn zuckt mit den Achseln. »Zosia ist vorbeigekommen, als ich gerade loswollte. Es war nicht geplant, dass sie mich begleitet.«

Autsch.

Dads Augen wandern wieder zu mir, sein Blick hat sich erneut verhärtet. »Du warst dabei?«

Ich nicke, weil Finn immer noch redet. »Zosia hat gesagt, dass sie für mich kämpfen wollte. Nach allem, was passiert ist, ist sie hierhergekommen. Nach dem ganzen Mist, den ich gebaut habe, hat sie so etwas zu mir gesagt. Habt ihr eine Ahnung, wie das ist, so etwas zu hören? Ich meine, wer macht denn so was? Wer sagt so was? Zu jemandem wie mir? Himmel …«

Seine Stimme bricht. Ich habe ihn nur aus dem Augenwinkel angesehen, aber jetzt drehe ich mich zu ihm um. Er beißt sich auf die Unterlippe, und seine Augen glänzen. Gleich wird er in Tränen ausbrechen. Er verzieht den Mund, als könnte er es auf diese Weise verhindern. Als könnte er auf der Welle reiten, statt darin unterzugehen.

Aber das kann er nicht. Das weiß ich besser als jeder andere.

Eloise streckt die Hand nach ihm aus, und ich greife nach seinem anderen Arm, als die Tränen zu fließen beginnen. Finn reißt sich los und geht zurück in sein Zimmer. Eloise lässt ihn los.

Ich nicht.

Seine Schluchzer sind ziemlich laut. Herzzerreißend. Voller Schmerz.

Finn lehnt sich zusammengekrümmt gegen die Wand, wobei er meine Hand auf seinem Arm ansieht, als würde ihm erst jetzt klar werden, dass ich zusammen mit ihm hier drin bin. Sein Gesichtsausdruck bringt meinen Atem zum Stocken. Es ist derselbe wie an jenem Tag im Tempel, als er mir zum ersten Mal die Wahrheit über seinen Vater erzählt hat. Und das hier – jetzt – ist der Rest.

Die ganze Wahrheit.

Gott helfe mir.

»*Nidgy odszukują wiatr w terenie. To jest bezużyteczne próbować odkrycie co już jest nieobecny.*« Ich flüstere die Worte wie ein Gebet und lasse seinen Arm los.

Finn sackt gegen die Wand, als wäre ich das Einzige, das ihn aufrecht gehalten hat. Ich betrachte seinen Kopf, den er in den Armen vergraben hat. Seine Schultern zittern zwar immer noch, aber sein Schluchzen ist leiser geworden.

Am liebsten würde ich ihn in den Arm nehmen. Aber ich erinnere mich daran, wie ich mich beim ersten Mal gefühlt habe, als ich um meine Mutter geweint habe; das war, als ich die grüne Farbe von den Händen gewaschen habe. Es fühlte sich an, als würde mein Herz in dreihundert Stücke zerspringen. Ich hatte Angst, dass ich selbst ebenfalls in viele kleine Stücke zerspringen könnte.

Also beschränke ich mich darauf, mich neben ihn zu knien. Ich befinde mich gerade innerhalb seines Zimmers, und Eloise und Dad stehen immer noch an derselben Stelle im Wohnzimmer, an der wir sie zurückgelassen haben. Als wären nur ein paar Sekunden vergangen. Dabei kommt es mir wie eine Ewigkeit vor.

Ich sehe meinem Vater in die Augen. Er schüttelt ganz langsam den Kopf und hat die Hände in die Hüften gestemmt. Er sieht aus, als gäbe es eine Million Dinge, die er gern loswerden würde – und von denen ich kein einziges hören möchte. Ohne meinen Blick loszulassen, macht er zwei Schritte in unsere Richtung, bleibt aber dann draußen vor der Türschwelle stehen.

Ich weiß, dass es noch nicht vorbei ist. Teufel noch mal, es hat gerade erst angefangen. Als ich die Hände zu Fäusten balle, streift er sie kurz mit dem Blick, aber dann bleibt er zwischen Finns Schulterblättern hängen, eine Stelle, die normalerweise Stärke ausstrahlt. Dad bleibt vor der Tür stehen und betrachtet Finns Schultern. Richtig lang.

Als er die Augen wieder auf mich richtet, muss ich mir auf die Unterlippe beißen, um nichts zu sagen. Ich könnte schwören, dass seine Augen in den letzten drei Minuten tiefer in sein Gesicht gesunken sind, und seine Stimme ist rau, als er sagt: »Du bist ihre Tochter, Zo. Durch und durch.«

Dad öffnet den Mund, als wollte er noch etwas sagen, und schließt ihn dann wieder. Dann streckt er die Hand aus und macht die Tür zu.

Und so sind Finn und ich auf der einen Seite und Dad und Eloise auf der anderen.

Mindestens zehn Sekunden lang starre ich die geschlossene Tür an und versuche zu verstehen, was da gerade passiert ist. Dad sagt leise etwas zu Eloise, und obwohl ich nicht hören kann, was er sagt, glaube ich, dass er sich entschuldigt. Dann schließt sich eine Tür. Die Wohnungstür.

»Ich hab dir ja gesagt, dass du genauso bist wie sie.« Finn hat das Gesicht immer noch in den Armen vergraben, und seine Stimme klingt gedämpft.

Bin ich das?

Ich werfe einen Blick auf Finns Schultern, sein dunkles Haar, das einen Kontrast zu seiner Haut bildet. Vor meinem geistigen Auge sehe ich meine Mutter, wie sie an jenem Tag neben mir kniete, als sie mir von dem Arzttermin erzählt hat. K-Tag nenne ich ihn. Der Tag, an dem die Krebsdiagnose bestätigt wurde.

Als ich an jenem Tag von der Schule nach Hause kam, stand sie gerade in der Küche, und ich fragte sie nach dem Termin. Ihr Gesichtsausdruck war eindeutig, und ich setzte mich auf den Fußboden, lehnte mich gegen den Küchenschrank und weinte. Meine Mom kniete sich neben mich und fuhr mir mit der Hand durch das Haar, was mich nur noch lauter schluchzen ließ.

Als ich mich entschuldigte und sagte, dass ich gleich wieder in Ordnung kommen würde, drückte sie mich an sich und sagte: »Ach, Zosia. Ich erwarte nicht von dir, dass du damit klarkommst. Ich erwarte nicht, dass das hier jemals in Ordnung ist für dich.«

Ich strecke die Hand nach Finns Arm aus, halte aber inne, als er zu mir hochsieht. Seine Augen sind voller Tränen und geschwollen, aber er sieht meine Hand und versucht zu lächeln, auch wenn es nicht ganz überzeugend wirkt. »In ein paar Minuten bin ich wieder in Ordnung.«

Der Schmerz durchzuckt meinen Brustkorb, schartig und tief. »Nein, Finn. Das bist du nicht.« Meine Stimme ist kaum mehr als ein Flüstern, als ich die Hand auf seinen Arm lege.

Es dauert acht Sekunden, bis er seine Hand auf meine legt, und als er es tut, setze ich mich auf seinen Schoß und schlinge beide Arme um ihn.

Er drückt mich fest an sich, seinen Mund hat er gegen mein Haar gepresst, und ich sitze da und lausche auf Finns Herz, ein regelmäßiges Pochen an meinem Ohr.

23

»Wenn da eine Spinne in meinem Haar ist, schreie ich.«

»In deinem Haar ist keine verdammte Spinne. Beruhig dich.« Mindy schiebt noch einen staubigen Karton in meine Richtung. »Was ist mit diesem hier?«

Mit dem Nagel knibbele ich das Klebeband ab und klappe die Flügel auseinander. »O mein Gott. Das ist der Karton mit meinen alten Halloweenkostümen.« Ich halte ein paar Mickymaus-Ohren in die Höhe. Sie erinnern mich an Meriko. »Kannst du dich an die hier erinnern?«

»Dritte Klasse.«

Ich setze die Ohren auf. »Findest du, dass sie mir immer noch stehen?«

»Nein.« Mindy schiebt einen weiteren Karton über den Boden. »Wir müssen das Zeug jetzt wirklich durchgehen, damit wir aussortieren können, was wir weggeben wollen. Die Heilsarmee kommt doch schon morgen.«

»Ich weiß.« Ich ziehe eine Federboa aus dem Karton mit den Kostümen und schlinge sie um meinen Hals. »Der Rest kann weg.«

»Zwei Kartons geschafft. Jetzt bleiben nur noch fünfundzwanzig.« Mindy zeigt auf einen Karton, der direkt vor mir steht. »Ja oder nein?«

Zum Glück warnt mich der Geruch. Lavendelduft erfüllt die heiße, stickige Dachbodenluft, schon ehe ich ihn geöffnet habe. »Die Sachen gehörten meiner Mom«, erkläre ich und mache ihn auf, als wäre darin eine Bombe.

In den letzten drei Jahren bin ich kaum hier oben gewesen, aber vor einer Woche hat Dad einen Anruf von der Immobilienmaklerin bekommen. Unsere Mieter müssen wieder umziehen. Der Ehemann hat seinen neuen Traumjob in Pittsburgh bekommen, ausgerechnet. Schön für ihn. Weniger schön für uns. Zum Glück ist bereits eine andere Familie auf dem Radar aufgetaucht. Das Haus gefiel ihnen gut, aber sie wollen es lieber ohne Möbel mieten. Wann könnten Sie frühestens einziehen? Sie haben nämlich kleine Kinder, die eingeschult werden müssen. Darüber hinaus sagten sie noch eine ganze Menge anderer Dinge. Das muss so gewesen sein, denn das Telefonat dauerte fünfundvierzig Minuten. Danach vergrub Dad das Gesicht in den Händen und sagte, dass wir uns etwas ausdenken müssten, damit die neuen Mieter vor dem Labor Day einziehen können.

Der Plan erforderte vor allem, dass ich Tokio zwei Tage nach dem Telefonat verlassen und herkommen musste, um die Sachen durchzusehen. Wie ich mich dabei fühlte, war nicht weiter von Belang.. Dabei war das Haus auszuräumen das Letzte, was ich tun wollte. Aber da bei Dad auf der Arbeit ständig die Luft brennt, hatten wir keine andere Möglichkeit. Dad versprach nachzukommen, um sich um den Rest zu kümmern, bat mich aber, in der Zwischenzeit schon mal so viel wie möglich zu erledigen.

Es stellte sich heraus, dass ich eine ganze Menge erledigen konnte, als ich mich erst einmal dazu entschlossen hatte. Davor lag ein langes Gespräch mit Dad darüber, dass das Leben weitergeht und man die Vergangenheit hinter sich lassen muss. Außerdem hat er mir gestanden, dass er sich nicht sicher ist, ob er überhaupt jemals in das Haus zurückkehrt, selbst wenn er wieder in New York arbeiten sollte. Also habe ich den Großteil der Möbel über Ebay verkauft und mein Zeug durchgesehen. Denn stellen wir uns den Tatsachen – wenn Dad sich darauf vorbereitet, das Haus zu verkaufen, dann wird das auch so schon schwer genug. Nicht dass er etwas in der Art gesagt hätte. Noch nicht. Aber unsere Abwesenheit hat es leichter gemacht, sich einen Verkauf vorzustellen, und ich habe weniger Skrupel beim Aussortieren, während ich überlege, was ich behalten und was ich weggeben will. Babci kümmert sich um die Küche, und Mindy ist gerade rechtzeitig vom Sommercamp heimgekommen, um mit mir gemeinsam den Dachboden leer zu räumen.

»Willst du, dass ich es tue?«, fragt sie.

»Nein, ist schon okay.« Ich klappe den Karton auf und lasse mich vom Lavendelduft einhüllen. Obenauf liegt ein Plastikordner mit Fotos, den ich aus dem Karton nehme. Ich erinnere mich wieder. Mir fällt ein, wie ich die Sachen nach Moms Tod zusammengepackt habe. Ihre rote Kaschmirmütze und der Schal. Ein Seidenbeutel mit Schmuck. Die alte, abgewetzte schwarze Strickjacke. Die Taschenausgabe eines Englisch-Polnisch-Wörterbuchs, in dem sie nie die englischen Begriffe fand für die Dinge, die sie auf Polnisch so perfekt ausdrücken konnte. Ich nehme alles in die Hand und lege es dann vorsichtig wieder hinein.

»Den hier nehme ich mit nach Rhode Island.«

Mindy nickt und schiebt einen weiteren Karton in meine Richtung, als ich daraufzeige. Er ist voller Nancy-Drew-Bücher. Hat ebenfalls sentimentalen Wert, aber auf andere Weise. Tatsächlich sind die übrigens Kartons, die wir so lange durchgehen, bis Babci nach uns ruft, weniger schlimm.

»Mädels, wollt ihr was essen, bevor ich gehe?«, ruft sie uns vom unteren Ende der Leiter aus zu.

Ich werfe einen Blick auf meine Uhr. Drei Uhr vierzig. »Ja, wir kommen sofort runter.« Ich sehe Mindy an, die verschlissene Pappe in einen der Kartons stapelt. »Ich bin am Verhungern. Komm schon.«

Den Müll schicken wir voraus, bevor wir selbst die Leiter runterklettern und die Treppe hinunter ins Esszimmer gehen.

»Vergiss nicht, dass wir heute Abend mit Dan verabredet sind«, sagt Mindy, während wir in die Küche gehen.

Es hat sich herausgestellt, dass Dan aus Teaneck stammt, einem Ort, der über die Garden-State-Parkway-Autobahn blitzschnell zu erreichen ist. Die beiden sind seit zwei Tagen zurück, und Mindy hat mich an beiden Abenden eingeladen, etwas mit ihnen zu unternehmen, was ich aber abgelehnt habe. Ich habe keine Lust, das dritte Rad am Wagen zu sein. Aber heute Abend lernt er Liz kennen, und da ruft die Beste-Freundinnen-Pflicht.

»Ich weiß, ich weiß. Ich werde mein Haar von Spinnen befreien und mich vorbildlich benehmen, das verspreche ich dir.«

»Ich mein ja nur, dass du noch etwas Platz lassen solltest fürs Theresa's«, erwidert Mindy. Was eine berechtigte Warnung ist, wenn man sich die Essensmengen anschaut, die Babci auf der Frühstückstheke aufgebaut hat. »Hast du die Nachbarn zum Essen eingeladen, Babci?«

»Im Kühlschrank bleibt das alles ein paar Tage frisch. Und Zosia … sie kocht nicht, wenn ich weg bin.« Bei diesen Worten wirft sie erst mir und dann Mindy einen bösen Blick zu, als wäre mein Desinteresse am Kochen wenigstens zum Teil Mindys Fehler.

»Du fährst doch bloß für einen Tag nach Hause. Wie viel glaubst du, kann ich in der kurzen Zeit essen?« Babci fährt heute Abend nach Queens, um beim alljährlich stattfindenden Kirchenpicknick zu helfen. Normalerweise unterstütze ich sie dabei, aber dieses Jahr hat das Haus Vorrang.

Babci schüttelt nur noch heftiger den Kopf. »Zwei Tage. Und du bist zu dünn.«

Mindy steckt sich ein Fleischbällchen in den Mund. »Luft und Liebe – die beste Diät, die es gibt.«

»Blödsinn, japanisches Essen ist einfach sehr gesund.«

»Nun ja, da ist was dran. Ich hab noch nie eine dicke Japanerin gesehen. Trotzdem, das ist nicht der Grund, dass deine Körbchengröße auf A geschrumpft ist.«

»O Gott, können wir bitte über was anderes als meine Körbchengröße reden?«, frage ich lachend und hebe einen Stapel staubiger Pappe vom Boden auf. »Mach dich lieber nützlich und hilf mir, dieses Zeug nach draußen zu bringen.«

»Mh-mh. Ich esse gerade Fleischbällchen«, erwidert sie und steckt sich zum Beweis ein weiteres in den Mund.

»Ich rühr mich nicht von der Stelle, Zosia. Iss ein Fleischbällchen.« Babci nimmt eins in die Hand, und ich lasse zu, dass sie es mir in den Mund steckt, ohne allerdings den Kartonstapel loszulassen.

Deshalb habe ich einen vollen Mund und bin über und über mit Dachbodenstaub bedeckt, als es an der Tür klingelt. Wegen der Kartons im Arm komme ich kaum an den Türknauf, aber irgendwie schaffe ich es dann doch, ihn umzudrehen.

Und da steht Finn.

Ich hatte ihn erst in vier Tagen erwartet. Ursprünglich war geplant, dass wir am siebzehnten zusammen in die USA zurückfliegen, aber als ich mein Flugticket wegen des Hauses umtauschen musste, gab es keine freien Plätze mehr. Obwohl es all meinen Wünschen widersprach, sagte ich: »Ist schon in Ordnung. Behalt einfach dein Ticket.« Nicht dass die Fluggesellschaft ihm eine Wahl gelassen hätte.

Und jetzt steht er vor mir.

Er ist so braun gebrannt, und seine Zähne strahlen so weiß im Kontrast zu seiner Haut, dass ich gute fünf Sekunden erstarre, ehe ich die Kartons fallen lasse und mich in seine Arme werfe. Woraufhin er mich mit aller Kraft an sich drückt und das Gesicht in meinem Haar vergräbt. Dann hebt er mich hoch, ich schlinge die Beine um seine Taille, und wir klammern uns so fest aneinander, wie wir können. Eine Ewigkeit scheint zu vergehen, bevor er seine Umarmung lockert und mich wieder zu Boden gleiten lässt. Wobei mir klar wird, dass wir im Türrahmen stehen und Babci, Mindy – und ihrem Gesichtsausdruck nach auch Mrs Tuttle von gegenüber – einiges bieten.

»O mein Gott. Was machst du hier? Wie bist du hierhergekommen?« Zumindest will ich das sagen, aber ich habe den Mund voller Hackbällchen und muss erst mal kauen und schlucken, bevor ich es noch einmal versuche. »Komm rein. Du solltest reinkommen.«

Finn grinst, sein Blick wandert von meinem Gesicht zu der pinkfarbenen Federboa um meinen Hals. »Ich hoffe, ich störe nicht bei irgendwas?«

»Überhaupt nicht. Du kommst genau im richtigen Moment.« Ohne seine Hand loszulassen, drehe ich mich zu Mindy und Babci um. Mindy verkneift sich das Lachen, aber Babcis Gesichtsausdruck kann ich nicht lesen. Was mich etwas ernüchtert. Da meine Mutter nicht mehr lebt, ist Babci meine nächste weibliche Verwandte, und ich wünsch mir wirklich sehr, dass sie Finn mag.

»Ähem, Mindy kennst du ja schon, und das hier ist meine Babci. Babci, Finn.«

»Milo mi pana.« Er streckt die Hand aus.

Babci schüttelt sie und lächelt. »Ich freue mich ebenfalls, Sie kennenzulernen.«

Wow. Finn hat es kaum geschafft, auf Japanisch die einfachsten Sätze zu lernen, und Babci hebt sich ihr bestes Englisch für die Gelegenheiten auf, wenn sie aufgebracht ist. Aber er hat Polnisch mit der richtigen Betonung gesprochen, und sie lächelt. Zugegebenermaßen haben sie nur zwei Sätze ausgetauscht, dennoch ist es mehr, als ich von beiden erwartet hätte.

Zum Glück schaltet sich an dieser Stelle Mindy ein. »Wie war dein, ähm, Flug?« Trotz allem, was sie inzwischen übereinander wissen, haben die beiden nie ein Wort miteinander gewechselt. Für sie ist er immer noch der Typ, den wir beide in der Highschool toll fanden. Der Typ, von dem wir uns gefragt haben, was wir tun würden, wenn …

»Ziemlich lang. Wir hatten einen fünfstündigen Zwischenstopp in Seattle. Insgesamt war ich etwa einundzwanzig Stunden unterwegs.«

Mindy verzieht leicht das Gesicht. »Sag mir jetzt bitte nicht, dass du mich heute Abend im Stich lässt.« Ihr Blick wandert von mir zu Finn. »Tut mir leid. Ich kann mir gut vorstellen, dass du erschöpft bist. Ihr müsst auch gar nicht lange bleiben, aber ich brauche jemanden, der mir hilft, Liz in Schach zu halten. Und möglicherweise mit ins Theresa's kommt. Wenigstens für die Vorspeise? Bitte?«

»Ich hab im Flugzeug geschlafen. Vermutlich schaffe ich sogar ein ganzes Abendessen«, erwidert Finn.

Als sein Daumen unsichtbar für die anderen unter den ausgefransten Saum meiner Shorts wandert, bin ich mir allerdings nicht so sicher, ob *ich* ein ganzes Abendessen schaffe. Aber dann lächle ich und nicke. Mindy ist schon viel länger meine beste Freundin, als ich Finn kenne. Aber Herr im Himmel, wenn er so weitermacht … Ich drücke seine Finger, damit er aufhört. »Versprochen, Min. Super-Dan will ich auf keinen Fall verpassen.«

»Tatsächlich erwarte ich Super-Dan schon in zwei Stunden bei mir zu Hause, was bedeutet, dass euch noch weniger Zeit bleibt. Ich muss jetzt wirklich los.«

»Ich muss auch gehen. Blanches Neffe kommt in fünf Minuten.« Babci wechselt zu Polnisch. »Zosia, muss ich mir Sorgen machen?«

Wegen Finn. Weil er hier ist. Allein mit mir. Absolut nicht. Ich antworte ihr auf Polnisch. »Alles gut. Ich brauche keinen Anstandswauwau.«

Babci lächelt schwach. »Brauchen und wollen sind zwei unterschiedliche Dinge.«

Wohl wahr. Und das ist niemals offensichtlicher als zwanzig Minuten später, als Finn und ich allein in der Küche stehen. Wir küssen uns, als ginge es um unser Leben. Und als er mich auf die Arbeitsfläche setzt, spricht aus seinen Bewegungen pure Leidenschaft. So kommt es, dass die meisten Knöpfe offen sind, als wir schließlich nach Luft schnappen.

»Himmel, du hast mir so gefehlt.« Er ist immer noch dabei, meinen Hals mit Küssen zu bedecken.

»Du hast mir auch gefehlt. Ist das der Grund, warum du früher nach Hause gekommen bist?« Ich lasse zwei Finger über seine Brust wandern.

Woraufhin er den V-Ausschnitt meines Tank-Tops mit Küssen bedeckt. »Vielleicht.«

»Was ist das für eine Antwort?«

»Die, die du bekommst.«

Was totaler Blödsinn ist. Aber da küsst er mich schon wieder, und es endet damit, dass ich kein Shirt und keinen BH mehr anhabe und er kurz davor steht, seine Jeans zu verlieren, als er einen Schritt nach hinten macht. Und damit außer Reichweite ist. »In einer Minute denkt keiner von uns beiden mehr daran – aber soweit ich weiß, hast du Mindy etwas versprochen.«

»Richtig. Dan.« Ich hole tief Luft. »Dann müssen wir wohl los, stimmt's?«

»Sieht so aus.« Seine Augen glänzen immer noch vor Verlangen. »Darf ich auch den Rest des Hauses betreten, oder muss ich in der Küche bleiben?«

»Du passt gut in die Küche. Wie man sieht.« Ich wackele mit den Augenbrauen, springe von der Arbeitsfläche und hebe meinen BH und das Tank-Top vom Boden auf. »Komm mit. Wir bringen dein Zeug nach oben.«

Finn trägt seine Tasche hinauf in mein Zimmer. Als ich aus Tokio zurückkam, hatte ich zwei riesige Koffer dabei und hätte beinahe die Gewichtsbeschränkung überschritten. Seine Tasche hingegen sieht aus, als hätte er gerade mal ein langes Wochenende hinter sich.

Ich deute auf das Bett. »Ruh dich aus, wenn du willst. Ich, ähm, brauch erst mal eine Dusche, ich war den ganzen Tag auf dem Dachboden.« Ich beiße mir auf die Unterlippe. »Oder willst du mitkommen?«

»Was glaubst du denn?« Er verschlingt mich mit seinem Blick, was sich wie eine Berührung anfühlt.

Na schön, es war eine dämliche Frage. »Ja.« Am Ende zwinge ich mich dazu, den Blick abzuwenden, und schnappe mir den weißen Kimono vom Bett. »Mach's dir gemütlich. Ich beeile mich.«

»Ich bin hier.«

»Ja, das bist du, nicht wahr?« Ich kneife die Augen zusammen. »Tut mir leid. Es ist nur … ich kann einfach nicht glauben, dass du hier bist. Ich meine, ich hab dich erst am Dienstag erwartet.«

»Und vielleicht nicht mal dann?«

Obwohl auf seinem Gesicht der Anflug eines Lächelns liegt und sein Blick sanft ist, werde ich rot. Weil er ins Schwarze getroffen hat. Unsere letzten gemeinsamen Tage in Tokio waren der Hammer. Trotzdem konnte ich nie so richtig den Gedanken abschütteln, dass unser Kuss am Narita Flughafen vielleicht ein echter Abschiedsgruß war. »Es ist nur …«

»Ja. Ich weiß.« Sein Lächeln wird breiter, und er schüttelt den Kopf. Aber er sagt es nicht so, dass ich mich schlecht fühle. Oder das Gefühl habe, ihm widersprechen zu müssen. Nicht, wenn er mich so küsst. So langsam und so leidenschaftlich, dass sich mein Inneres nach außen kehrt.

Es kostet mich fast übermenschliche Kraft, mich aus seiner Umarmung zu befreien, dennoch schaffe ich es irgendwie in die Dusche. Allein. Ich stelle mich unter den kalten Wasserstrahl, bis sich meine Gedanken beruhigen und meine Gänsehaut nichts mehr mit Finn zu tun hat.

Er ist hier. Liegt auf meinem Bett. Höchstwahrscheinlich schlafend, denn egal, was er Mindy gesagt hat, er ist müde. Aber er ist hier.

Ich habe es vermieden, viel über uns nachzudenken, seit ich wieder zu Hause bin. Wir haben uns E-Mails und SMS geschrieben. Ständig. Unsere Nachrichten reichten von jugendfrei bis total versaut und wieder zurück. Er hat mir geschworen, dass er in diesem Flugzeug sitzen würde. Geschworen, dass er mich vermisst. Hat nichts getan, um mich das Gegenteil glauben zu lassen. Dennoch wuchs das Unbehagen in meiner Magengrube, wenn ich zu lange darüber nachdachte. Das Echo seiner Worte aus jener Nacht im Love Hotel. *Dieser Sommer ist so viel mehr gewesen, als ich jemals für möglich gehalten hätte.* Selbst als klar war, dass es so war.

Was auch immer es war, in den fünf Tagen nach der Begegnung mit seinem Vater verwandelte es sich in mehr, als es in den acht Wochen zuvor gewesen war. Finn verhielt sich nun anders, war offener. Präsenter. Warum also traute ich ihm nicht?

Letzte Nacht habe ich Babci genau das gefragt. »Was, wenn er nicht kommt?«

»Warum sollte er nicht kommen?« Sie machte sich nicht mal die Mühe, vom Geschirrspülen aufzusehen.

»Es wäre so einfach. Wir haben uns schon voneinander verabschiedet.«

Da sah sie zu mir hoch und antwortete in ungelenkem Englisch.

»Alles, was du über diesen Jungen erzählt hast. Er ist nicht leicht für dich. Du bist nicht leicht für ihn. Aber ihr seid verliebt. Ich kann sehen, wie du am Telefon lächelst, beim Sprechen mit ihm. Und das ist nicht leicht zu finden. Schwer zu vergessen.«

In der Tat. Finn schläft, als ich aus der Dusche komme, aber sobald ich ihn geweckt habe, weichen wir einander nicht mehr von der Seite. Dazu zählt auch seine Dusche, in der wir beenden, was wir in der Küche angefangen haben. Beim Anziehen legt er mir meine Kette um, und ich knöpfe sein Hemd zu. Es fühlt sich großartig an, ihn hierzuhaben. Es fühlt sich richtig an.

Und das trotz der etwas peinlichen zehn Minuten, die wir mit Liz, Mindy und Dan in Mindys Küche überstehen müssen. Finn berührt mich ständig, seine Hand liegt auf meiner Taille oder meinem Arm. Und jetzt, da wir im Auto sitzen, auf meinem Bein.

»Zum Glück ist es überstanden«, sagt Mindy.

»So schlimm war das gar nicht. Ich finde sie ganz vernünftig«, sagt Dan. Ein schneller Blick in den Rückspiegel offenbart, dass seine Hand auf Mindys Knie liegt und dass er sie durch seine Brillengläser sorgenvoll mustert. Ich hatte ihn mir komplett anders vorgestellt, obwohl Mindy mir ein Foto geschickt hatte. Er ist kleiner, als ich gedacht hatte, und sein schwarzes Haar hat blonde Ansätze, so wie das von Mindy. Er hat dasselbe Lächeln wie auf dem Foto, aber viel flüchtiger, weil er so schnell spricht.

»Das sagt sich so leicht. Du musst ja nicht mit ihr zusammenleben«, wendet Mindy ein.

»Du ab nächster Woche auch nicht mehr«, bemerkt Finn.

»Richtig«, sagt Mindy. »Was uns zur NYU führt. Auch wenn New York nicht gerade weit entfernt ist von Westfield, stimmt's?«

»Das ist alles relativ«, schalte ich mich ein. »Auf diese Weise musst du nie weit fahren, um dir die Wäsche waschen zu lassen. So schlecht ist das gar nicht.«

Als ich beim Theresa's um die Ecke parke, sucht Mindy meinen Blick und verdreht die Augen. »Sicher. Hey, ich muss unterwegs noch an einem Geldautomaten vorbei.«

»Ja, ich auch«, sagt Finn. »Ich glaube kaum, dass ich hier mit Yen bezahlen kann.«

»Ich kann zahlen. Schließlich bist du den ganzen weiten Weg hergeflogen«, widerspreche ich.

»Ich wäre die Strecke ja ohnehin geflogen«, erwidert er und drückt mein nacktes Knie, das unter dem Rock hervorschaut.

Wir steigen aus und versammeln uns auf dem Bürgersteig. »Aber wir könnten schon mal vorgehen und einen Tisch reservieren. Im Theresa's ist es immer voll, besonders an den Freitagen«, sage ich.

Finn legt einen Arm um meine Schulter und bugsiert mich Richtung Bank. »Fünf Minuten werden keinen Unterschied machen.«

»Wie steht überhaupt der Kurs für Yen?«, fragt Dan.

»Als ich Japan verlassen habe, stand er bei achtzig Yen den Dollar«, sagt Finn.

»Dann sind fünfhundert Yen weniger als fünf Dollar?«, fragt Dan. Auf dem ganzen Weg zur Bank reden sie über Währungskurse und vergleichen Preise. Dabei lache ich mich fast schlapp, denn Finn ist wirklich gut in Mathe und Dan nicht, sodass Dans Spekulationen über Mietpreise himmelweit danebenliegen. Selbst Mindy legt ihm irgendwann nahe, es aufzugeben.

»Du hast schon genug Probleme mit dem Dollar, Schatz«, sagt sie.

Schatz?, forme ich lautlos mit den Lippen, und sie zeigt mir hinter Dans Rücken den Stinkefinger.

»Das prallt völlig an mir ab, Min.«

»Ja, ja.« Schmunzelnd dreht sie sich zu Finn herum. »Was hat dir an Japan am besten gefallen?«

»Abgesehen von Zosia, meinst du?« Seine Antwort kommt genauso natürlich wie sein Lächeln, und ich erröte vor Freude, aber auch vor Überraschung.

Mindy lacht. »Gute Antwort.«

Was sie sonst noch sagt, bekomme ich gar nicht mit, da mich die Hitze in meinen Wangen und das Prickeln in meinem Bauch ablenken. Deshalb bin ich nicht besonders aufmerksam, als wir das Theresa's erreichen. Obwohl draußen eine Gruppe von Leuten wartet, bahnt sich Mindy einfach einen Weg durch sie hindurch, und wir schlängeln uns an Tischen und Stühlen vorbei.

»Was hast du vor? Hast du reserviert?«, frage ich.

Mindy scheint meine Frage nicht zu hören, vielleicht tut sie auch nur so. Denn in diesem Augenblick öffnet sie die Tür zu einem Raum im hinteren Teil des Restaurants, und alle, die drinnen warten, rufen: »Überraschung!«

Zuerst begreife ich gar nicht, was los ist. Ich geb's ja zu. Ich muss erst das »Alles-Liebe-zum-neunzehnten-Geburtstag-Zosia«-Banner an der Wand lesen, damit der Groschen fällt, und dann führen mich Mindy und Finn, die jeweils eine Hand auf meinen Ellbogen gelegt haben, zu einer Gruppe lächelnder Gesichter. Babci. Dad. Eloise. Liz. Ein paar Mädchen aus dem Schwimmteam. Und sogar Amelia? Was macht die denn hier?

»O mein Gott. O mein Gott.« Ich sage das bestimmt dreißigmal, während ich alle umarme.

Schließlich kehre ich zu Finn zurück und lege die Hand auf seine Taille. »Hast du davon gewusst?«

»Kann man so sagen.«

»Wie kommt es, dass du mir nichts davon gesagt hast?«

Er lächelt. »Dann wäre es ja keine Überraschung mehr gewesen, stimmt's?«

»Bist du deshalb früher zurückgekommen?«

Er bleibt mir die Antwort schuldig, und in diesem Augenblick kommt Amelia mit einem Teller voller Essen auf mich zu. »Hey. Tolle Party.«

»Danke.« Ich strecke die Hand aus und drücke ihren Arm. »Toll, dass du gekommen bist.«

»Mom und ich sind unterwegs zu einer Hochzeit in Virginia, und dein Dad meinte, dass es doch nett sein könnte, wenn wir hier einen Zwischenstopp einlegen.« Mit dem Kinn deutet sie auf eine hochgewachsene blonde Frau, die genauso aussieht wie Amelia, nur dreißig Jahre älter. Dann bleibt ihr Blick an Finn hängen. »Ich hab dich total falsch eingeschätzt.«

»Wohl eher nicht«, erwidert er gelassen. »Wie geht es Akihiro?«

»Das weißt du wahrscheinlich besser als ich.«

So ist das also zwischen den beiden ausgegangen. Ich frage mich, ob ich eine anteilnehmende Bemerkung machen soll, aber so unglücklich sieht Amelia eigentlich nicht aus.

»Tut mir leid, das zu hören, auch wenn ich dir wirklich sagen muss, dass er absolut nicht dein Typ war.« Finn verkneift sich ein Lächeln. »Im echten Leben hätte er niemals mit dir mithalten können.«

»Ich weiß, aber es war ziemlich aufregend, solange es gedauert hat«, sagt Amelia. Dabei grinst sie, und ich bin mir ziemlich sicher, dass ich nicht wirklich wissen will, was sie damit meint. Sie wendet sich wieder an mich. »Was hältst du von alldem hier?«

»Ja, Zo, was denkst du?« Dad legt einen Arm um meine Schulter. Wir haben uns schon vor einer Weile umarmt, aber das war inmitten des ganzen Getöses.

Finn geht um mich herum, um mit Eloise zu sprechen, während ich Dad einen Klaps auf den Arm verpasse. »Ich denke, dass du mir die Hucke vollgelogen hast. Du hast behauptet, dass du frühestens nächste Woche nach Hause kommen könntest.«

»Das entsprach auch der Wahrheit, aber ich wurde überredet.« Er seufzt. »Und nächste Woche muss ich in San Francisco sein.«

»Jetzt kommt's raus.« Ich umarme ihn. »Aber danke, Dad. Die Party ist einfach großartig.«

Dad zieht die Augenbrauen hoch. »Du dankst der falschen Person, Zo.«

Er und Amelia sehen Finn an.

Finn.

Wow.

Amelias Mund bewegt sich, offenbar sagt sie etwas, aber ich starre nur Finn an. Der seinem Gesichtsausdruck nach sofort begreift, dass ich Bescheid weiß.

»Du hast das getan.«

Er nickt, sagt aber nichts.

»Wie? Warum?«

»Dein Geburtstag ist eine große Sache.« Er lächelt leicht. »Tut mir leid, dass es nicht genau der richtige Tag ist. ich hoffe, es macht dir nichts aus.«

Ich sehe mich in dem Raum um. Mit siebzig Prozent der Anwesenden hat Finn noch nie gesprochen. Das heißt, anscheinend ja wohl doch. »Hast du … was hast du getan? Wie hast du das gemacht?«

»In erster Linie E-Mails geschrieben. Deine Babci mal ausgenommen. Ich hab sie ein paarmal angerufen, und sie hat den Raum gemietet.«

Babci? Er hat mit Babci gesprochen? »Wirklich?«

»Ja. Sie ist wirklich cool.«

Diesen Gesichtsausdruck habe ich auf seinem Gesicht noch nie gesehen. Jedenfalls nicht genau so. Irgendwie selbstzufrieden. Ein bisschen schelmisch. Ziemlich amüsiert. Aber meiner ist ihm wahrscheinlich auch neu. Völlig aus dem Häuschen.

Ich mache ein Schritt auf ihn zu, und er schiebt den Daumen unter mein T-Shirt und streichelt die nackte Haut meines Rückens. Die Leute um uns herum unterhalten sich und lachen, sie halten etwas Abstand, um uns nicht zu stören, und beachten uns nicht weiter. »Warum hast du das für mich getan?«, frage ich leise.

»Weil …« Sein Kehlkopf bewegt sich hoch und runter, während er schluckt. »Weil ich mehr bin als der Typ, mit dem du einen großartigen Sommer in Tokio verbracht hast.«

»Ja.« Das ist eine Feststellung, und ich weiß, dass er den Unterschied hört.

»Obwohl es wirklich ein großartiger Sommer war.« Er sieht mir in die Augen. Seine sind dunkel, und sein Blick ist ganz ruhig. Reglos wie das Wasser auf einem mitternächtlichen See.

»Großartig.« Ich hole tief Luft. Und mache einen Kopfsprung.

Mit dem Herzen zuerst.

Danksagung

Der Gedanke, mich hinzusetzen und die Danksagung für mein allererstes Buch zu schreiben, ist beinahe lähmend – ich habe Angst, jemanden zu vergessen und nicht die richtigen Worte zu finden, um meine tief empfundene Dankbarkeit auszudrücken. Es waren so UNGLAUBLICH VIELE Leute, die dabei mitgeholfen haben, aus dieser chaotischen Ansammlung von Wörtern ein Buch zu machen. Unglaublich viele.

Als Erstes möchte ich die zauberhaften Mitarbeiterinnen der Spencer Hill Press nennen. Patricia Riley – Ihre Hinweise und Ratschläge haben das Manuskript so viel besser gemacht. Es ist eine wahre Freude, mit Ihnen zusammenzuarbeiten und zu wissen, dass mein Buch in guten Händen ist! Maria Romero – tausend Dank für Ihre Anregungen. Asja Parish – Ihr detailliertes Lektorat wird mich ewig mit Ehrfurcht erfüllen; und Cindy Thomas – danke, dass Sie mir den Glauben daran geschenkt haben, dass mein Werk tatsächlich eines Tages publiziert werden könnte. Christa Holland – ich danke Ihnen für das fabelhafte sexy Buchcover. Ich will unbedingt diesen Badeanzug (und die Figur, ihn zu tragen, falls das möglich wäre?)!

Außerdem widme ich dieses Buch Marlene Stringer von der Stringer Literaturagentur, die das Buch nie aufgegeben hat. Herzlichen Dank, dass Sie es den Verlagen so lange angepriesen haben, bis es seine Heimat gefunden hat.

Danken möchte ich auch meinen Schreibpartnern Lee Gjertsen Malone und Jasmine Warga für Ihre Kritik. Ihr beide seid meine Felsen in der aufgewühlten See des Schreibens.

Vielen Dank für eure konstruktive Kritik und eure unaufhörliche Unterstützung. Ihr beide seid so großzügig, was Zeit, Humor und euch selbst angeht, und ich danke den Göttern aus ganzem Herzen, dass sie euch in mein Leben geführt haben. (Und falls es Götter des Schreibens gibt, bin ich mir ziemlich sicher, dass wir sie mit unserem unerschöpflichen gemeinsamen Wein- und Kaffeekonsum besänftigt haben.)

Auch wenn es sich bei diesem Roman um Fiktion handelt, habe ich ein paar Jahre in Tokio gelebt, und die Erfahrungen, die ich dort machen durfte, versorgten mich mit einem großen Erinnerungsfundus, aus dem ich beim Schreiben schöpfen konnte. Ich habe es sehr genossen, Japan einen weiteren »Besuch« abzustatten, auch wenn es nur mittels des geschriebenen Worts war. Es war eine großartige Zeit in meinem Leben, und ich werde nie aufhören, den Menschen dankbar zu sein, mit denen ich damals zu tun hatte.

Am Ende komme ich zu meinen ganz persönlichen Dankesworten, die zwangsläufig recht überschwänglich ausfallen werden – ich habe euch gewarnt. Ich danke allen meinen Freunden, die mich bei dieser Reise unterstützt und begleitet haben, indem sie mich zum Lachen brachten, meine Freude über das Projekt mit mir teilten und mich auf meinem Weg ermutigten. Ich schreibe schon sehr lange, und ich danke ganz besonders jenen Freunden, die schon meine frühesten Manuskripte gelesen und mich trotzdem zum Weiterschreiben ermutigt haben. Vielleicht wusstet ihr immer, dass ich es eines Tages schaffen würde – ich wusste es nicht.

Ein herzliches Dankeschön auch an meine Familie – euch beiden, Penny und Tina, danke ich dafür, dass ihr die ersten Versionen gelesen habt. Außerdem geht mein Dank an Mom und Dad – dafür, dass ihr schon vor der Publikation bei jedem Werbung für mein Buch macht, der euch über den Weg läuft.

Danken möchte ich auch meiner ganz persönlichen Babci, die seit mehr als zwanzig Jahren tot ist – ich hoffe, dass ich eines Tages wenigstens halb so viel Frau sein werde, wie du es warst.

Nicht zuletzt möchte ich dieses Buch meinem Mann widmen – danke, dass du mir all die Nächte verzeihst, in denen ich zwar körperlich, aber nicht geistig anwesend war – versunken in die fiktive Welt in meinem Laptop. Danke für deine unerschöpfliche Zuversicht, dass ich das hier tun kann und werde. Deine Unterstützung ist mir wichtiger, als du ahnst.

Dank auch an meinen Sohn, der verärgert darüber ist, dass es in dem Buch nicht wirklich darum geht, NACH Tokio zu schwimmen – erst du hast mich gelehrt, was es heißt, sich mit dem Herzen zuerst in eine Sache zu stürzen.

Und am Ende möchte ich auch euch, den Lesern meines Buchs, danken – danke, dass ihr an dieser Reise teilgenommen habt. Meine Geschichte mit euch teilen zu dürfen, empfinde ich als Privileg.

Kylie Scott

Kein Rockstar für eine Nacht

Roman

**Aus Versehen verheiratet ...
mit einem Rockstar!**

Am Morgen nach ihrem einundzwanzigsten Geburtstag wacht Evelyn Thomas in einem Hotelzimmer in Las Vegas auf – neben einem sehr attraktiven, tätowierten und leider vollkommen fremden jungen Mann. Sein Name ist David, und er ist Gitarrist der erfolgreichen Rockband "Stage Dive" ... und seit weniger als zwölf Stunden Evelyns Ehemann. Die beiden müssen sich entscheiden, ob sie einander den Rücken kehren wollen oder ob da vielleicht doch mehr zwischen ihnen ist ...

»Dieses Buch hat mein Herz gestohlen!« *Totally Booked*

352 Seiten, kartoniert mit Klappe
€ 9,99 [D]
ISBN 978-3-8025-9503-5

Natasha Boyd

Eversea

Ein einziger Moment

Roman

Sie ist ein normales Südstaatenmädchen. Er Hollywoods größter Superstar.

Die Kellnerin Keri Ann traut ihren Augen nicht, als eines Abends der angesagte Schauspieler Jack Eversea in ihrem Restaurant auftaucht. Ihr verschlafenes Heimatstädtchen im Süden der USA ist so ziemlich der letzte Ort, an dem sie erwartet hätte, auf einen skandalumwitterten Hollywoodstar wie ihn zu treffen. Auch wenn Keri Ann sich nicht von Jack beeindrucken lässt, sprühen zwischen den beiden sofort die Funken. Doch sie wissen, dass eine Liebe zwischen ihnen eigentlich unmöglich ist …

»Ich liebe dieses Buch so sehr. Ich konnte nicht genug davon bekommen.«
Book Passion for Life

Band 1 der Serie
352 Seiten, kartoniert mit Klappe
€ 9,99 [D]
ISBN 978-3-8025-9743-5